Unterwerfung oder Auflehnung? Zwei sehr unterschiedliche Brüder, der eine Teekoster, der andere Fischzüchter, stehen vor dieser Alternative. Beide wehren sich gegen eine unverschuldete Zwangslage, der eine mit Bereitschaft zum Kompromiss, der andere mit riskanter Unbeugsamkeit. Und doch sind ihre Niederlagen kein Grund zur Hoffnungslosigkeit, sondern zeigen vielmehr, dass im Leben nicht immer das zählt, was man erreicht, sondern auch das, was man tut und versucht.

Siegfried Lenz (1926–2014) zählt zu den bedeutenden und meistgelesenen Schriftstellern der deutschen Literatur. Für seine Bücher wurde er mit vielen wichtigen Preisen ausgezeichnet, unter anderem mit dem Goethepreis der Stadt Frankfurt am Main, dem Friedenspreis des Deutschen Buchhandels und mit dem Lew-Kopelew-Preis für Frieden und Menschenrechte 2009. Seit 1951 veröffentlichte er alle seine Romane, Erzählungen, Essays und Bühnenwerke im Hoffmann und Campe Verlag.

SIEGFRIED LENZ

Die Auflehnung

Roman

Atlantik

Atlantik Bücher erscheinen im
Hoffmann und Campe Verlag, Hamburg.

1. Auflage 2017

www.hoca.de *www.atlantik-verlag.de*
Umschlagfoto: © Herbert List / Magnum Photos / Agentur Focus
Satz: pagina GmbH, Tübingen
Gesetzt aus der Minion
Druck und Bindung: C.H. Beck, Nördlingen
Printed in Germany
ISBN 978-3-455-00051-1

HOFFMANN UND CAMPE

Ein Unternehmen der
GANSKE VERLAGSGRUPPE

1

Solch einen Ruf hatte er hier noch nie gehört, hier in seinem Tal, hier über seinen Teichen. Es war ein rauher, krächzender Warnruf, dem ein dunkles Grunzen folgte, so fremd, so durchdringend und alarmierend, daß es plötzlich still wurde; die ersten Vögel verstummten, die Hunde im Zwinger unterbrachen ihr ruheloses Pendeln, selbst die knackenden Geräusche im Unterholz des alten, zerzausten Fichtenwaldes am Ende des Tales waren nicht mehr zu hören. Frank Wittmann brach die Spitzhacke aus der tonigen Erde und lauschte. Er blickte über die im Morgendunst liegenden terrassierten Teiche; aus der Deckung des Damms suchte er die Buchen und Kiefern und das Haselgesträuch hinter den Brut- und Streckteichen ab, doch da zeigte sich nichts, nichts auf den Bäumen, nichts im Tal, nichts auf den Hängen. Mühsam trat er aus der vertieften und verbreiterten Fischgrube heraus, glitschte in seinen lehmverschmierten Gummistiefeln an den Damm heran, zog sich hinauf und spähte nun, immer noch lauschend, zum Haus, zum Anbau und zu den beiden Schuppen hinüber; sein Blick streifte die überdachten und durchflossenen Bassins, doch auch dort zeigte und regte sich nichts. Alles, was er in der Morgendämmerung hörte, war das unablässige Murmeln des Wassers, das sich durch die Stabrechen an den Teichausgängen drängte, sich an den glatten, algenbesetzten Staubrettern hob, sie überstieg und in schwachem Strahl hinabstürzte. Zuletzt suchte er den Weg ab, nicht den festen, öffentlichen Weg, der durch den Wald und nach Barglund führte, sondern den Pfad, der neben den Teichen hinlief und dann als graues Band dem Bach folgte bis dahin, wo er auf halber Höhe aus dem Hang austrat, am Fuß einer Buche.

Halb verdeckt von dem feucht schimmernden Stamm stand ein Mann und blickte zu den Teichen hinab, auch er schien zu lauschen, schien auf einen abermaligen Warnruf zu warten, unsicher oder unschlüssig geworden, ob er weiter hinabsteigen sollte; aber nach einer Weile trat er hervor, und Wittmann sah, daß er einen Sack trug und einen kurzstieligen Kescher. Geduckt und an einen Stapel ebenmäßig gestochener Grassoden geschmiegt, beobachtete Wittmann den Mann und dachte, ihm hat der Warnruf gegolten, nur ihm, weil er das Tier überrascht oder erschreckt hat; und er dachte auch, es könnte Berni sein, der kleine Halunke, der es immer noch nicht aufgegeben hat, sich heimlich zu bedienen. Sichernd kam der Mann den Hang herab, verließ den Pfad beim Abwachsteich, dessen gedämmtes Wasser sich beunruhigte von schnellenden und wimmelnden Fischen, die die geringe Erschütterung der Schritte längst wahrgenommen hatten, und ging geduckt weiter bis zur Schleuse und legte sich dort hin und beugte sich so tief hinab, daß Kopf und Oberkörper verschwanden.

Noch bevor er regungslos hinter ihm stand, wußte Wittmann, warum sich der Mann – es war Berni in seiner verdreckten, mausgrauen Joppe, mit vor Feuchtigkeit weißlichen Rohlederstiefeln an den Füßen – vor der Schleuse hingelegt hatte, hier, wo eine sanfte Strömung alles antrieb und sammelte, was ihr keinen Widerstand entgegensetzen konnte: trockene Blätter und Äste und Pflanzenreste und tote und sterbende Fische; und als er unbemerkt hinter dem Liegenden stand, verhielt er sich zunächst still und sah nur zu, wie der Mann den Kescher durch das Wasser zog, heftig, berechnet, in immer gleichen Achterschwüngen, wobei sein dünnes, bräunliches Handgelenk aus dem Joppenärmel hervorstand. Schlapp, in leichter Krümmung trieben die toten Fische an der Oberfläche – es waren weniger als am letzten Morgen –, gewiegt von den kleinen Wellen, die der Kescher erzeugte; einige, tödlich ermattet, hörten nicht auf, zäh und verzweifelt mit den Kiemendeckeln zu klappen, und wenn der eiserne Ring des Keschers sie anstieß, belebten sie sich unerwartet und schnellten davon, getrieben von letzter, aus Angst geborener Kraft, und gewannen auch etwas Tiefe, hoben aber bald ihre getigerten Rücken wieder herauf und legten sich auf die silbrig schimmernde Seite. Berni fischte sie auf, die Sterbenden und die Toten, und warf sie in einen Sack, einmal gelang es ihm, mit einem tiefen und geschickten Zug zwei Zander herauszuholen, die er mit der Handkante tötete und nicht in den Sack, sondern in die Taschen seiner Joppe steckte.

Frank Wittmann setzte dem Liegenden einen Fuß auf den Rücken und beugte sich so weit vor, daß auf dem gekrüllten Spiegel des Wassers sein Gesicht neben dem Bernis erschien; beide Gesichter zerliefen und blieben dennoch vorhanden und in Augenblicken erkennbar, und der Mann, der unter dem zunehmenden Druck des Fußes die aufsteigende Erbitterung seines Entdeckers zu spüren glaubte, wagte nicht, sich zu rühren, zumindest eine ganze Weile nicht, aber dann, als er nur noch mühsam atmen konnte, warf er den Kopf zur Seite und linste nach oben und sagte mit gepreßter Stimme: Tu's nicht, Frank, tu mir nichts, es war bestimmt das letzte Mal. Wittmann zog seinen Fuß zurück und trat auf den Damm und musterte mit kaltem, hartem Blick den Mann, der sich angestrengt aufrichtete und verlegen die viel zu weite Jacke abklopfte, bevor er Sack und Kescher aufnahm und stockend und schuldbewußt zu erklären versuchte, warum er sein Versprechen, sich nie mehr bei den Teichen blicken zu lassen, gebrochen hatte.

Es war wie immer die gleiche Ausrede – die kleine stinkende Nerzfarm, die Berni auf einem verwahrlosten Altenteil in Barglund betrieb, die schwierige Aufzucht der Jungtiere und ihr Hunger nach frischen Fischen, die den Fellen zusätzlich Festigkeit und Glanz verleihen. Glaub mir, Frank, es ist nur wegen der Tiere, sie kümmern, sie sind bald nichts mehr wert. Und wie schon einige Male zuvor bot er an, für die geborgenen toten Fische zu bezahlen, er forderte Wittmann auf, einen Preis zu nennen; doch der stand nur in einer Haltung da, die Wut und endgültige Weigerung ausdrückte, unbeweglich und gerade so, als überlegte er, zu welch einem Ende er es diesmal bringen sollte. Sag, Frank, warum darf ich die toten Fische nicht kaufen, warum nicht? Mit einer knappen unwirschen Geste aus dem Handgelenk sagte Wittmann: Verschwinde – wenn du nicht willst, daß wir dich eines Tages beim Ablassen der Teiche auf dem Grund finden, dann verschwinde hier ein für allemal.

Berni schulterte den Sack und nahm den Kescher auf, den er vor Wittmann hingelegt hatte zum Zeichen freiwilliger Auslieferung, schlurfte ohne ein Wort zum Pfad, stieg verbissen den Hang hinauf, blieb jedoch überraschend stehen und kehrte zögernd zurück, beherrscht von einem Einfall und weil ihm, da alles glimpflich ausgegangen war, der Augenblick günstig erschien. Gib mir noch eine Chance, Frank. Du hast sie gehabt, sagte Wittmann, verschwinde. Ich werd's gutmachen, sagte der kleine knochige Mann, wenn du mir noch eine Chance gibst, wirst du nie etwas zu beanstanden haben. Du hast jetzt die

Chance, zu verschwinden, sagte Wittmann und wiederholte die knappe scheuchende Geste aus dem Handgelenk und wollte nichts mehr zulassen, keine Bitte, kein weiteres Wort, so daß dem Mann nichts anderes übrigblieb, als sich abzuwenden und den Hang hinaufzusteigen, nicht eilig oder überstürzt, sondern gemächlich und wohl in der Erwartung, doch noch einmal zurückgerufen zu werden.

Wittmann blickte ihm nach, er dachte an die Zeit, in der dieser Mann für ihn gearbeitet hatte, an die Jahre, die so verlustreich gewesen waren, weil Berni es fertiggebracht hatte, auf manchen Fahrten zum Fischmarkt einen Teil der Ladung auf eigene Rechnung zu verkaufen, Forellen und Zander vor allem, aber auch Karpfen im Herbst und nicht zuletzt Aale, die Wittmann gegen alle Voraussagen in einem unablaßbaren Torfstich hatte ziehen können. Damals hat er nicht nur geahnt, wie es um uns stand, sondern hat es auch gesehen und gewußt und dennoch nicht aufgehört, uns zu hintergehen, dachte Wittmann, und er dachte auch: Nicht noch einmal, Berni, laß dich hier nie wieder blicken, noch haben wir den Kummer nicht vergessen, den du uns zugefügt hast.

Mit langsamen Schritten ging er zu der mächtigen Buche, an deren Fuß der Bach austrat, und blickte über das Tal, blickte über das System der terrassierten Teiche, von denen sich der Morgendunst hob. Hier hatte einst sein Großvater gestanden, als das Tal noch unberührt oder doch ungenutzt und keines Einzelnen Eigentum war, windstill, abgelegen und verschont, von einem Bach durchflossen, der nur sickernd aus dem Hang heraustrat und erst allmählich, gespeist von unsichtbaren Zuflüssen, drängender und energischer wurde und die verkrauteten Tümpel nährte, die von der Sohle heraufschimmerten. So manches Mal hatte Wittmann hier mit dem alten Mann gestanden und zugehört, wie alles anfing, wie sich schon unter einem ersten, forschenden und kalkulierenden Blick das Tal als geeignet anbot für die Anlage eines Systems von Teichen, und wie sie sich, Wittmanns Großvater und Vater, erst dann entschieden, nachdem sie die Herkunft des Wassers bestimmt, die Pflanzen- und Tierwelt im Bach und in den Tümpeln erkundet hatten – mit ihren damaligen Mitteln bestimmt und erkundet hatten, was ihnen aber genügte und was sich auch als genügend erwies. Und wie immer, wenn er von hier aus hinabsah, drängte sich ihm ein Bild aus einem hellen heißen Sommer auf, es ließ sich nicht vergessen, als wäre es ihm aufgegeben, es zu bewahren: das Bild seiner schuftenden Leute, die halbnackt und ohne schweres Gerät, ausgerüstet nur mit Spitzhacke, Spaten und Schaufel und auf nichts vertrauend als auf ihre Erfahrung und ihre Ausdauer, den fetten Lehmboden für die vermessenen Teiche aushoben, Dämme errichteten und Wildgerinne gruben für überschüssiges Wasser.

Wittmann brannte sich seine kurze, zerbissene Pfeife an und kam herab und ging aufmerksam neben den Teichen entlang, die er in seinen Jahren vermehrt und vertieft hatte; sie ruhten nicht mehr unbewegt, Ringe und Druckwellen und kleine Trichter entstanden auf der Oberfläche, manchmal schnellten gekrümmte Fischleiber hervor und fielen klatschend zurück, und im ersten Sonnenlicht, das das Wasser sprenkelte, wurde die Wirkung der sanften Strömung erkennbar, die Kraut und Gräser hinbog und pendeln ließ. Er prüfte ein Überfallwehr, fischte einen unbelaubten Ast aus dem Wasser, ging wieder zum Brutteich und hob dort einen Mullkescher auf, den Kai ins Gras geworfen und einfach vergessen hatte, und mit dem Kescher auf der Schulter stiefelte er auf die alten verwachsenen Baumgespenster zu, auf die Kopfweiden, die in ihrem Innern faulten, solange er denken konnte, und die sich dennoch behaupteten und in jedem Frühjahr austrieben.

Plötzlich blieb er stehen. Auf den schuppigen, wulstartigen Auswachsungen, gedeckt von schlanken Gerten, hockte ein großer, dünnhalsiger Vogel und sah ihm entgegen. Nie zuvor hatte Wittmann hier solch ein Tier gesehen; ohne sich zu rühren, faßte er es ins Auge: die schwarzen Schwingen und Steuerfedern, den dunkelgrünen, metallisch glänzenden Bauch, den bronzefarbenen Vorderrücken und den starkhakigen Schnabel, dessen Wurzel nackt und gelblich offenlag; doch obwohl er sich hier noch nie hatte blicken lassen, wußte Wittmann sogleich, was für ein Vogel es war, und nicht nur dies. Unwillkürlich mußte er an den Augenblick denken, als sein Großvater den Balg eines zerschmetterten Fischotters aus der Schlagfalle hob und zufrieden sagte: Mit seinesgleichen werden wir immer fertig, Junge, so wie wir auch mit dem Reiher und dem Eisvogel und der Wassermaus fertig werden; nur mit dem Kormoran ist es anders: wenn uns der Kormoran hier findet, Junge, dann wird es ernst.

Der Vogel floh nicht, obwohl Wittmann nur wenige Meter vor ihm stand, er schien über ihn hinwegzuspähen, zu einem der oberen Teiche hin, dessen Wasser sich krauste und riffelte, als ein Entenpaar zischend niederging. Während der Mann ihn regungslos und ungläubig beobachtete, drehte der Vogel seinen schmalen Kopf hin und her, äugte zum Haus und den Schuppen hinüber, als vermesse er den Abstand, äugte zu den Erlen und den hochgewachsenen Buchen hinauf, als begutachte er Höhe und Sicherheit des Gezweigs – alles geruhsam und anscheinend angstlos; dennoch zweifelte Wittmann nicht, daß er nach einer schroffen Bewegung auffliegen würde. Er achtete darauf, den Vogel nicht zu erschrecken. Krampfhaft hielt er den Mullkescher fest. Bleib ganz ruhig sitzen, dachte er, du darfst mir nicht entkommen, und er dachte: Also haben sie sich geirrt, alle, die davon redeten, daß er fortgezogen und verschwunden sei auf Nimmerwiedersehn, haben sich geirrt, zu früh frohlockt, die von Munkebüll und die von Wollstrup an der Küste, von wegen überlebt und ausgestorben, von unergründlichem Wandertrieb geleitet nach China heimgekehrt, vielleicht waren sie ja auch vorübergehend weggezogen auf der Suche nach reichen Gewässern, aber nun sind sie zurückgekommen – nicht einer, niemals einer, sie sind zurückgekommen.

Behutsam machte er einen Schritt rückwärts, dann noch einen, den Vogel unverwandt im Blick; zäh glitten seine Gummistiefel übers Gras, und nachdem sie, Mal für Mal, Stand gefunden hatten, hielt er inne und wartete, besorgt, daß der Vogel doch noch auffliegen könnte. Immer nur rückwärts gehend, erreichte er den mittleren Damm, der mehrere Teiche voneinander trennte, hier drehte er sich nach einem letzten vergewissernden Blick um und ging dann rasch und immer rascher auf die durchflossenen Bassins zu, hinter denen der Schuppen mit den Geräten und dem Werkzeug stand. Die Tür zum Schuppen war offen, er ging hinein und überhörte den Gruß von Kai, der in dickwandige, gläserne Hälter Wasser einließ; ohne den Beistand des Jungen anzufordern, hob er eine Leiter von den Wandhaken, richtete sie auf, schleppte sie vor die Luke und setzte sie an, und ohne sich ihres festen Standes zu versichern, stieg er nach oben und stieß den Lukendeckel auf. Auf dem lichtarmen Boden des Schuppens kroch er zu einem Stapel von ausgedienten Reusen und Senknetzen, stürzte ihn um, ertastete das Ölpapier und löste die Schnur. Der alte Wehrmachtkarabiner lag da, wo er ihn versteckt hatte, auch das Koppel mit den gefüllten Patronentaschen lag noch unter der Persenning. Wittmann kroch unter das Bodenfenster und lud den Karabiner, den er seit Jahren nicht in der Hand gehabt und aus dem er noch nie einen Schuß abgefeuert hatte.

Unwillkürlich mußte er an seinen einzigen Bruder Willy denken, dem er einst versprochen hatte, den Karabiner und die Munition abzuliefern, damals, am Ende des Krieges, als sie beide noch Kinder waren. Willy hatte den Karabiner in einem Waldversteck entdeckt, er stammte von durchziehenden Soldaten, die, erleichtert, daß alles vorüber war, die Waffen und einen Teil ihrer Ausrüstung in die Teiche geworfen oder im Fichtenwald versteckt hatten. Frank Wittmann konnte sich von der Waffe nicht trennen; anstatt zu tun, was er seinem besorgten Bruder versprochen hatte, säuberte er den Karabiner, wickelte ihn in Ölpapier und verwahrte ihn auf dem Boden des Schuppens, und wenn er sich in all den zurückliegenden Jahren einmal zufällig seines verbotenen Besitzes entsann, begnügte er sich damit, ihn zu putzen, zu ölen und probeweise zu laden und zu entladen und ihn, nach spielerischen Zielversuchen durch das Bodenfenster, wieder zu verstecken.

Er war nicht überrascht, daß der Junge ihn beobachtete, er übersah die ausgestreckte Hand, die ihm den Karabiner abnehmen wollte, befahl nur ungeduldig, die Leiter wegzuräumen, kletterte hinab und entsicherte im Gehen die Waffe. Kai hatte es noch nie erlebt, daß sein Vater den alten Karabiner in die Hand nahm, geschweige denn mit ihm ins Freie trat. Mechanisch folgte er ihm, rätselnd und gespannt und auf Abstand bedacht; er tat es so lange, bis sein Vater ihm ein unwilliges Zeichen gab, zurückzubleiben, da hockte er sich hin und folgte ihm mit seinen Blicken.

Frank Wittmann ging aufrecht, den Karabiner quer vor

dem Körper, er ging so den Damm hinab bis zum Haselgebüsch, verschwand für einen Augenblick und tauchte dann in gebückter Haltung auf, glitt hinter einen Baum, kniete und spähte kniend nach dem Ziel aus, konnte es aber anscheinend nicht finden, denn er trat hervor und bewegte sich mit sehr langsamen Schritten auf die Kopfweiden zu, den Karabiner zu schnellem Schuß bereit. Dann trat er in den Schatten der Weiden, lauschte, musterte das Geäst, sah zu den mächtigen Buchen und Kiefern hinauf, immer noch wachsam und bereit, wenn auch nicht mehr so wachsam wie bei der Annäherung an die Kopfweiden. Als er den Karabiner senkte und sich abwandte und frei auf den Pfad hinaustrat, konnte Kai ihm seine Enttäuschung ansehen. Der Junge ging ihm nicht entgegen, er stand nur auf und ließ ihn herankommen, wißbegierig, als hätte er ein Recht auf eine Erklärung; doch sein Vater, nicht nur enttäuscht, sondern auch nachdenklich, sagte lediglich: Er hat uns gefunden, der erste Kormoran, und ging an ihm vorbei zum Schuppen hinüber, wo er den Karabiner in eine Gummischürze wickelte und ihn hinter Säcken und Fischfutter verwahrte. Er brachte ihn nicht auf den Boden in das alte Versteck, er ließ den Karabiner da, wo er ihn rasch zur Hand hatte, und damit gab er zu erkennen, daß er mit dem baldigen Wiedererscheinen des Vogels rechnete.

Der Junge wollte wissen, ob es wirklich ein Kormoran war, und Wittmann sagte: Ich werde ihn dir zeigen, bald, ich werde dir unseren schlimmsten Feind zeigen, und dachte: Das hat uns gerade noch gefehlt, jetzt, da wir uns Hoffnung machen und es sich vielleicht wieder zu lohnen beginnt, hat uns gerade noch gefehlt, daß eine ganze Kolonie hier einfällt und sich ihre Horste über den Teichen baut wie in Hadeby; wir werden nicht wehrlos zusehen, wie sie unsere Gewässer leer machen, und uns wird mehr einfallen, als Rasseln zu schwingen oder Knallkörper explodieren zu lassen. Der Junge sagte: Soviel ich weiß, sind sie geschützt, und sein Vater darauf: Geschützt, ja, und wenn sie sich nur die toten Fische holen, habe ich nichts dagegen, aber die Leute aus Hadeby können dir sagen, daß jeder Kormoran sich mit zwei bis drei Kilo Fisch am Tag bedient – mit lebenden, nicht mit toten Fischen. Überschlag mal, wieviel ein – oder zweisommrige Schleie oder Forellen das ausmacht und mit welchem Schwund man rechnen muß, wenn sich fünfzig von diesen schwarzen Gästen hier ansiedeln. Wittmann wischte sich über sein graues, scheitelloses Haar und nickte beim Hinausgehen dem Jungen zu, und so, wie er davonging – aufgerichtet, mit festen Schritten –, ließ er keinen Zweifel daran, daß er entschlossen war, selbst zu bestimmen und zu tun, was ihm als notwendig erschien.

2

Zuletzt suchte er noch einmal seinen Arbeitsplatz auf. Nach allem Brüten und Rätseln, nach Tagen lähmender Ratlosigkeit entschloß er sich zu einem letzten Versuch, zu einer Probe, die ihm endgültige Sicherheit bringen sollte; und so fuhr er spät zum Hafen, stand in der Dunkelheit mit dem Rücken zur Elbe und beobachtete, wie in den Büros hinter der hohen, getönten Glaswand nach und nach die Lichter erloschen und wie seine Arbeitskollegen, von der Drehtür bedrängt, ins Freie traten und sich, in ihre Mäntel vergraben, nach hastigem Abschied zerstreuten. Beim Anblick des sich eindunkelnden Gebäudes, das allmählich seine Kontur verlor, mußte Willy Wittmann unwillkürlich an ein mächtiges, vieläugiges Wesen denken, das sich zur Ruhe begibt – unbekümmert um die Signale der Schlepper und die träge wandernden Positionslichter auf dem Strom, die die Glaswand reflektierte. Schon in der Dämmerung hatte Timming, der Hausmeister, die beiden in der Erde verankerten Scheinwerfer angestellt, deren Lichtarme sich von zwei Seiten auf die weißgraue Wand richteten und deren Kegel sich auf dem feinstilisierten, schmiedeeisernen Firmenzeichen fanden, einem Zweig des Teestrauchs mit Blüten und Blättern. Nie, nicht ein einziges Mal hatte Willy Wittmann gesehen, daß jemand dem Firmenzeichen einen längeren Blick gönnte, es begutachtete, bewunderte – bei Tageslicht nicht und nicht unter dem starren Zugriff der Scheinwerfer. Zu dem ebenfalls schmiedeeisernen Namenszug indes, der über die ganze Breite des Haupteinganges lief, hatten sich viele Blicke gehoben, erwartungsvolle und abschätzige, aber auch zweideutige Blicke, besonders nachdem offenkundig geworden war, daß sich Maack & Pottjohann nicht nur zu einem der größten Teehandelshäuser Hamburgs, sondern vermutlich auch des Kontinents entwickelt hatte.

Als nur noch die Lichter der Kantine im vierten Stock brannten, überquerte Wittmann die Straße, froh, den böigen, kalten Winden zu entkommen, stieg die Steinstufen hinauf und betrat, ohne einem Bekannten zu begegnen, die Halle, die in gedämpfter Notbeleuchtung lag; der polierte rumänische Marmor schimmerte matt. Corinnas festungsartiger Empfangstisch war unbesetzt, dennoch glaubte Wittmann ihren munteren Gruß zu hören, glaubte sie für einen Augenblick in der kleidsamen blauweißen Firmentracht zu sehen, mit einem Schiffchen auf dem langfallenden braunen Haar, einen Telefonhörer in der Hand. Unter dem Porträt des Firmengründers Julius Pottjohann, unter seinen alten, funkelnden Augen ging er zu den gläsernen Vitrinen, die auf seinen Rat hin an den Wänden der Halle aufgestellt worden waren. Es waren Schauvitrinen, Lehrvitrinen, in denen auf flachen, gemusterten Porzellanschälchen die bedeutendsten Teesorten der Welt ausgestellt waren: chinesischer Schwarztee, der einst russische Karawanenhändler belebte, großblättrige Oolongs, indischer Darjeeling und Orange Pekoe aus den hochgelegenen, nebelfeuchten Teegärten Ceylons; selbst pfannengerösteter Grüntee aus Japan, der den Geist der Ruhe verspricht, zeigte unter Glas sein eigentümliches Erscheinungsbild. Eine Sammelvitrine, die für sich auf einem Podest stand, war ihm selbst gewidmet, seinen bewährten aromatischen Mischungen, die ihm oft genug nicht nur das Lob der Geschäftsleitung und des Handels, sondern auch das zahlreicher Verbraucher eingetragen hatten; Detlev Maack, Firmenteilhaber und von Anbeginn Wittmanns Freund, hatte darauf bestanden, die Sammelvitrine als Dokument seiner Erfolge aufzustellen, die, wie in der Einweihungsrede gesagt wurde, wesentlich zum Gedeihen der Firma beigetragen hatten. Um den Hall seiner Schritte zu dämpfen, trat Wittmann leise auf, er bewegte sich so behutsam zum Fahrstuhl, daß ein Beobachter ihn für einen unerwünschten Eindringling hätte halten können; er wunderte sich nicht, daß der Hausmeister ihn warnend anrief und aufforderte, stehenzubleiben. Als er Wittmann erkannte, entschuldigte er sich und beeilte sich, ihm die Fahrstuhltür zu öffnen. Der Hausmeister trug auch am Abend seine Uniform mit dem ovalen Aufnäher, der ihn als Angestellten von Maack & Pottjohann auswies. Wie kein anderer in der Firma hatte auch er nicht das Recht, Wittmann nach dem Grund seines Erscheinens zu ungewöhnlicher Zeit zu fragen; die Vorrechte, die er sich gegenüber allen Mitarbeitern erworben hatte, wurden von jedem stillschweigend anerkannt.

Er ließ sich hinauftragen in den zweiten Stock, schaltete die Korridorbeleuchtung ein und ging angespannt, mit zunehmend gehemmten Schritten, zu seinem Arbeitsplatz, vorbei an Stichen und kolorierten Fotos, die braunhäutige Mädchen beim Teepflücken zeigten, andächtige Russen vor ihrem Samowar, schnelle Teesegler und die berühmte Kurtisane Okita, die ihrem Liebhaber ein Schälchen Sencha serviert. Seiner Anweisung folgend, hatte Ronald, sein gutwilliger, aber mäßig begabter Assistent, die Tür abgeschlossen, die Tür zur Probierküche der Firma, zur Taste-Kitchen, wie fast alle im Haus, anfällig für englische Muster und Begriffe, sie nannten. Während er stochernd nach dem Schlüsselloch suchte, bemerkte Wittmann, daß seine Hand leicht zitterte, und als er seinen Arbeitsplatz betrat, spürte er einen Reif auf der Brust und mußte sich an die Wand lehnen und warten, bis sein Atem sich beruhigt hatte. Er hängte seinen Mantel an den Haken und zog wie all die Jahre, sobald er seinen Raum betreten hatte, den weißen Kittel an; dann setzte er Wasser auf. Über dem wachstuchbespannten Probiertisch hing eine vergrößerte Fotografie, auf der, vor dem Hintergrund terrassierter Teiche, sonntäglich aufgereiht seine Leute in Barglund standen; jeder von ihnen hielt dem Fotografen einen Fisch entgegen. Und daneben hing die gerahmte Karikatur, die Wittmanns Mitarbeiter ihm zu seinem fünfundzwanzigjährigen Berufsjubiläum geschenkt hatten – ein launiges, anspielungsreiches Blatt, das seine Tätigkeit durch eine geschwollene Zunge veranschaulichte, auf der es knospte und blühte und perlte und deren Ränder von Lotus, Holunder und Hibiskusblüten besetzt waren. Noch bevor man ihm das Geschenk überreichte, hatte er erfahren, daß sie ihn in der Firma »die Zunge« nannten, was er als oft prämiierter und über Tarif honorierter Teekoster mit heiterem Einverständnis auf sich sitzen ließ.

Sorgfältig wusch er mit schwedischem Quellwasser, das in firmeneigenen Behältern bezogen wurde, sechs Probierschalen aus und trocknete sie unter dem Heißluftapparat, der auf seinen Wunsch aufgestellt worden war; dann nahm er selbst einen tiefen Schluck und ließ das temperierte Wasser über die Zunge gleiten, drückte es gegen den Gaumen, bewegte es saugend und pressend in der Mundhöhle, bis er das Gefühl hatte, daß die Geschmacksknospen reingewaschen, neutral und empfänglich waren; nach abschließendem Gurgeln spuckte er es in den Ausguß. Allein, ohne die irritierende Nähe seines Assistenten, verschont von Anrufen und unerwarteten Besuchern und ungestört vom Geschehen auf dem Strom, das die Konzentration oft genug beeinflußte, bereitete er alles vor, um sich letzte Klarheit über das Ausmaß seines Geschmacksverlustes zu verschaffen, den er sich seit geraumer Zeit, am spürbarsten seit dem sommerlichen Unglück auf der Nordsee, eingestehen mußte. Gesprochen hatte er mit niemandem darüber, nicht einmal mit Thekla, seiner Frau, die kaum bemerkte, wie sehr ihn der Verlust, den er zunächst für etwas Vorübergehendes hielt, beunruhigte und bedrückte – nur von seinem ersten Irrtum hatte er ihr erzählt, als er die Bitternis der Mandel mit der scharfen Bitternis des Ingwer verwechselte, mit dem er dann chinesischen Schwarztee aromatisierte. Es gab ihr nicht zu denken, sie ging nur mit einer ihrer üblichen bagatellisierenden Handbewegungen darüber hinweg; alle späteren Fehlbestimmungen behielt er für sich.

Als das Wasser zu kochen begann, deckte er die alte Apothekerwaage ab, legte, hauseigener Tradition entsprechend, einen Sixpence in eine Schale und wog mit seinem Gewicht sechs verschiedene Proben aus, die er sorgsam auf die Porzellangefäße verteilte. Es waren Proben der Grundsorten, die er, einschließlich der zwanzig Abarten, die es von jeder gibt, in früheren Jahren mit geschlossenen Augen und nach einem einzigen Schluck bestimmen konnte, den kernigen Assam aus dem Himalaja ebenso wie den herben Uva aus Ceylon. Einst, nach der Heimkehr von einer gemeinsamen Reise zu den Teeplantagen Asiens, hatten Detlev und er in Experimentierlaune ermittelt, daß er sogar in der Lage war, mehr als dreihundert Mischungen zu unterscheiden.

Noch nicht bereit, sich mit dem aufgetretenen Verlust abzufinden, hoffend, daß lediglich überreizte Nervenfäden einen zeitweiligen Ausfall der Sinneszellen verursacht hatten, fuhr Wittmann in seiner Selbstprüfung fort, setzte den Filter auf, um das Wasser zu entkarbonisieren, goß den Tee auf, den er nach der Regel fünf Minuten ziehen ließ, schließlich faltete er sein Taschentuch und band es sich vor die Augen; eins nach dem anderen ertastete er die Porzellanschälchen, stellte sie um, brachte die Reihenfolge durcheinander, ließ sich Zeit und versetzte die Gefäße noch einmal, denn auch die Farbe – Honiggelb, Braunrot und grünlich schimmernde Schwärze – sollte ihm das Urteil nicht wie sonst erleichtern; wahren Aufschluß konnte er nur gewinnen, wenn er auf jede Urteilshilfe verzichtete.

Mit verbundenen Augen, erregt und auch ein wenig ängstlich, kostete er die erste Probe, registrierte das rauchige Aroma, ließ – wie bei all seinen Geschmacksbestimmungen – das zunächst blasse, verhangene, dann immer schärfer werdende Bild hervorwachsen, ein Leitbild, ein farbig belebtes Ortsbild, das die empfänglichen Knospen, von Aroma und Duft inspiriert, in den Papillen entstehen ließen und weiterleiteten, so klar, daß er das Holzfeuer zu erkennen glaubte, über dem der Lapsang Souchong achtsam getrocknet wurde. Glücklich schrieb er den Namen auf einen Notizzettel und fingerte ihn unter die Probierschale. Er spülte den Mund aus, ertastete das nächste Gefäß und fühlte sich von eindeutig nussigem Aroma auf ein südindisches Hochplateau versetzt, stand im warmen Wind unter einem der Schattenbäume und winkte den Mädchen in ihren billigen Baumwollsaris zu, wie einmal, wie vor langer Zeit, und mit einem Hauch von Muskateller, den die vielgekrönte Sorte preisgab, bot sich auch der Name an; von wachsender Zuversicht erfüllt, schrieb er ihn hin. Wie selbstverständlich sich sodann der »Schwarze Drache« zu erkennen gab und das grüne »Schießpulver«; als wollten sie ihm das Risiko des Ratens ersparen, offenbarten sie rasch ihre Herkunft, empfahlen sich als alte Bekannte. Schon war er versucht, in halbgewonnener Selbstsicherheit die Binde abzunehmen und seine Bestimmungen durch den Augenschein zusätzlich zu bestätigen, doch dann setzte er ein neues Schälchen an die Lippen, und obwohl das Aroma ihm vertraut vorkam, zeigte sich nichts, stieg nichts auf; kein leitendes Bild entstand, das ihn auf die Spur brachte, ihn durch erfahrene und erinnerte Szenerie hinführte zu Land und Namen; zwar entband die Probe den eigenen frischen Flavour, aber er setzte sich nicht in Bildhaftes um, in ein charakteristisches Panorama; es war, als sei eine Leitung gekappt worden. Er spürte Hitze aufsteigen, spürte Schweiß auf der Stirn und einen Druck im Magen, und er spuckte den Rest der unerkannten Sorte aus und griff wohl zu hastig nach dem nächsten Gefäß, denn etwas von der Flüssigkeit schwappte über und netzte seine Finger, die er in unwillkürlichem Reflex ableckte. Und schon dabei, während seine Zunge den Tropfen aufnahm, hatte er den Eindruck, etwas Fremdes, nie Erprobtes zu schmecken, noch bevor er dem Aroma nachsann, es ins Bild zu bringen und zu bestimmen versuchte, wußte er, daß er ihm nicht auf den Grund kommen würde. Dennoch nahm er einen Schluck aus dem Schälchen, badete die Zunge, sutschte und kaute – ohne Ergebnis: die Geschmacksknospen verschlossen sich, rieten ihm nicht einmal zu einer Vermutung.

Willy Wittmann nahm die Augenbinde ab, wischte sich den Schweiß vom Gesicht, setzte sich auf den Hocker und trank ein Glas von dem schwedischen Quellwasser; als er das Glas abstellte, hörte er hinter sich Detlevs Stimme. Sein Chef stand noch in der offenen Tür, groß, schmalgesichtig, in langfallendem Wettermantel, den Autoschlüssel in der Hand. Lächelnd entschuldigte er sich für sein Erscheinen; er hatte zweimal geklopft, ohne eine Antwort zu bekommen. Wittmann vergaß, aufzustehen, vergaß anscheinend auch, den Gruß zu erwidern, was seinen Chef dazu bewog, hereinzukommen und nach einem Blick auf die Porzellanschalen eine Hand auf seine Schulter zu legen und nur stumm dazustehen, stumm und wissend und teilnahmsvoll; ihm entging nicht die Niedergeschlagenheit seines Freundes. Eine Erklärung für seinen späten Aufenthalt in der Probierküche brauchte er seinem Chef nicht zu geben; oft genug hatte der ihn nach Feierabend aufgesucht, wenn Wittmann allein neue Mischungen zusammenstellte, wenn er seine Früchte-, seine Blüten- und Kräutertees kombinierte; doch den Grund seiner Niedergeschlagenheit glaubte er dem Freund nicht verschweigen zu dürfen. Er hob das Gesicht und blickte ihn an, aber noch bevor er ein Wort sagen konnte, schlug Detlev ihm vor, mit ihm gemeinsam nach Hause zu fahren, zum Abendessen; Detlev fand soviel Gefallen an seinem eigenen Vorschlag, daß er gleich zum Telefon ging und sagte: Ich ruf nur eben mal Susanne an, sie wird sich freuen, Willy, glaub mir; Thekla nehmen wir auf dem Heimweg mit.

Wittmann winkte ab, er bat seinen Chef, noch einen Augenblick zu warten und lud ihn ein, sich an den Probiertisch zu setzen, was Detlev zögernd, doch ohne Verwunderung tat. Nicht fest, nicht erwartungsvoll ruhte sein Blick auf Wittmann, sondern bekümmert, fast schon mitleidig. Wittmann sagte und versuchte so beherrscht und sachlich zu sein wie nur möglich: Detlev, es geht nicht mehr, es ist vorbei, und forschte im Gesicht seines Gegenübers, darauf gefaßt, einen Ausdruck der Verblüffung oder des Erstaunens entstehen zu sehen; doch Detlev reagierte nicht. Es ist vorbei, wiederholte Wittmann, seit dem Unglück auf der Nordsee hab ich's gemerkt, seit dieser Seebestattung; auf mein Urteil ist kein Verlaß mehr, ich bin unsicher geworden, ich erschmecke nicht einmal die Grundsorten. Ob's am Alter liegt oder an diesem Unglück auf dem Wasser – ich weiß es nicht, ich weiß nur, daß ich fertig bin, unbrauchbar für die Stellung, die du mir gegeben hast. Du mußt es erfahren, Detlev; ich bin es dir schuldig.

Sein Chef wandte sich ab, er stand auf und trat ans Fenster, ließ das Rollo hochschnellen und blickte auf das erleuchtete Dock, in dem sie seit Wochen mit funkensprühenden Schweißbrennern und Niethämmern daran arbeiteten, ein Kreuzfahrtschiff zu strecken. Eine Weile bedachte er sich und sagte dann leise: Es ist gut, Willy, daß du davon anfängst; ich hätte es dir in diesen Tagen sagen müssen; und in bekümmertem Tonfall fügte er hinzu: Seit einiger Zeit wissen wir es, wir haben es mit Sorge festgestellt, mit Sorge und Anteilnahme, denn niemand hat vergessen, was du für dieses Haus getan hast, wieviel wir dir verdanken. Kaum hörbar und mit gesenktem Blick sagte er auch noch: Ohne deine Arbeit wären wir nicht da, wo wir heute sind. Wittmann zweifelte nicht, daß diese Anerkennung aufrichtig war, und er zweifelte ebensowenig an Detlevs Anteilnahme und daran, daß er unter dem Geständnis litt, das er früher als beabsichtigt gemacht hatte. Um ihn zu trösten, erwähnte er, daß sich im Alter wohl manche Sinnverluste einstellen, der Geschmack sei davon nicht ausgenommen, die Geschmacksempfänglichkeit, die sich bei vielen in hohen Jahren bis auf ein Drittel verringere, und es sei nun einmal so, daß man um so mehr einbüße, je mehr man besitze. Wittmann hörte ihm kaum zu, denn jetzt interessierte ihn nur noch, woher der Chef seine Fehlurteile, seine Irrtümer und mißglückten Mischbestimmungen kannte, und als er danach fragte, erhielt er die Antwort, die er sich auch selbst hätte geben können. Vom Handel, Willy, vom Verbraucher und vom Handel haben wir es erfahren – einige Mischungen wurden einfach nicht angenommen. Obwohl Wittmann merkte, daß der Chef ihn schonen, ihm bedrückende Einzelheiten ersparen wollte, bat er ihn, einige der erfolglosen Mischungen zu nennen, ihm schien viel daran gelegen, die rückläufigen Titel zu kennen, und nach längerem Drängen und Bitten nannte der Chef »Morgenblüte« und »Goldstimme«, zwei Blütentees, die Wittmann mit Rose und Jasmin aromatisiert hatte. Es war dem Chef anzusehen, daß er in der Lage gewesen wäre, andere, wichtigere Titel zu nennen, doch er beließ es bei diesen beiden und beklopfte leicht Wittmanns zusammengelegte Hände, als wollte er sagen: Mach dir nichts draus, das ist passiert und vorbei.

Sie saßen sich schweigend gegenüber, und unwillkürlich mußte Wittmann daran denken, daß sie sich so viele Male gegenübergesessen hatten, schon im privaten studentischen Schachclub, den Detlev einst gegründet hatte und der allen Fakultäten offenstand. Also Neuauflage: Betriebswirtschaft gegen Stoa – mit diesen Worten hatte Detlev oft ihr Spiel eingeleitet, ein elegischer, nie leichtsinniger Gegner.

Vergeblich suchte Wittmann einen bestimmten vertrauten Ausdruck im Gesicht seines Gegenübers, die etwas träge Unerschütterbarkeit von einst, die nie gespielte, herausfordernde Gelassenheit – hier, am Probiertisch, fand er ihn nicht wieder. War es ein hoher Verlust, fragte Wittmann und war nachträglich verlegen über die Direktheit seiner Frage. Der Chef machte eine beschwichtigende Geste. Nichts, was uns erschüttert, sagte er und zwinkerte Wittmann aufmunternd zu, widersprach sich aber sogleich selbst – oder hinterließ Zweifel an dem Gesagten –, indem er seinem Blick auswich und aufstand und den Telefonhörer abnahm.

Ich werde Susanne verständigen, daß ich dich und Thekla zum Abendessen mitbringe, sagte er, sagte es so entschieden und fast trotzig, als wollte er mit diesem Beschluß klarstellen, daß es für ihn vorerst nichts mehr zu besprechen gab, nicht hier und gleich, nachdem man sich schon so schwerwiegend anvertraut hatte. Die erste Etappe lag hinter ihnen, die bittere Eröffnung, das genügte einstweilen. Während der Chef seine Nummer wählte, erwog Wittmann die Konsequenzen, die sich aus seinem eingestandenen Verlust ergeben hatten: Trennung und Abschied waren unvermeidlich geworden, doch über Form und Inhalt würde wohl zu verhandeln sein, zumindest würde Detlev darauf bestehen, als Firmenteilhaber, dem jeder Personalwechsel an gehobener Stelle schon immer unangenehm war.

Wie freudig er ihrer beider Besuch ankündigte und wie wenig Zeit er brauchte, um Susannes Einverständnis zu bekommen; so, wie er mit ihr sprach, ihr antwortete, schien sie sogar auf Wittmanns zu warten, denn einmal sagte er: Eben, das meine ich auch; und nachdem er aufgelegt hatte, wiederholte er Susannes Ansicht, daß ein Wiedersehen längst überfällig sei. Wittmann sah voraus, daß im Haus des Chefs nicht über den Abschied gesprochen werden würde, und aus der Dringlichkeit der Einladung schloß er, daß Detlev auch jetzt nicht daran gelegen war – im Gegensatz zu ihm selbst: sein Versagen hatte ihn in eine Stimmung gebracht, in der er sich nichts so sehr wünschte wie eine radikale Sofortlösung. Ohne ihn zu beachten, sagte der Chef: So, Willy, alter Stoiker, und nun rufen wir Thekla an, damit sie sich fertigmacht. Obwohl Wittmann wußte, daß Thekla einen Vorwand finden würde, um abzusagen, ließ er ihn wählen, hörte seiner aufgeräumten Begrüßung zu, den höflichen Erkundigungen und Nachfragen, nahm seine Feststellung zur Kenntnis, daß sie beide, Detlev und er, erschöpft hier herumsäßen und daß ihnen deshalb ein erholsamer Abend zustände, und als Detlev schwieg, war ihm schon anzumerken, wie aus Unwillen und Enttäuschung leichter Ärger entstand, den er noch einmal durch gesammelte Beredsamkeit zu überwinden hoffte, dem er schließlich aber, angesichts Theklas beharrlicher Weigerung, Luft machte. Da ist nichts zu machen, sagte er, deine Frau fühlt sich anscheinend nicht gut, und außerdem erwartet sie Tony.

Während der Chef grüblerisch am Fenster stand und auf das Dock am jenseitigen Ufer des Stroms hinübersah, zog Wittmann seinen Kittel aus und hängte ihn mit dem Gefühl weg, es ein letztes Mal getan zu haben. Er befühlte die Taschen, zog die Schlüssel zum Probenmagazin heraus, das zu öffnen und zu schließen ihm allein vorbehalten war, und legte sie unübersehbar auf den Tisch. Dann sagte er: Komm, Detlev, setz dich hin, wir brauchen nur noch über den Rest zu reden; und nach einer Weile näherte sich sein Chef, kopfschüttelnd, resigniert, anscheinend machte es ihn zusätzlich verlegen, daß die Aufforderung, über das Ende einer langen Zusammenarbeit zu sprechen, von Wittmann kam. Der Chef wich ihm nicht aus. Aufgerichtet hörte er ihm zu, widersprach nicht, als Wittmann ihm das Risiko vorstellte, das mit seiner weiteren Arbeit verbunden wäre, schüttelte nicht den Kopf, als er die Verluste erwähnte, die er bereits verursacht hatte; regungslos hörte der Chef zu, doch als er schließlich – stockend, betreten und wohl nicht ohne Wehmut – seinem Freund zu danken begann, wußte Wittmann, daß seine Entscheidung im Sinne des Chefs war.

3

Noch vor der Abenddämmerung stieg er zu der Erlengruppe auf und hockte sich dort hin und wartete mit entsichertem Karabiner. Es war windstill im Tal, nur durch die mächtigen Kronen der Buchen ging von Zeit zu Zeit ein Rauschen, heftig und saugend, wie von einem vorüberziehenden Vogelschwarm. Enten, die das pfeifende Geräusch ihrer Schwingen ankündigte, fielen zur Nacht ein und schnitten in die dunklen Spiegel der Teiche eine schäumende Landespur. Über dem Wasser tanzten Insekten in beweglichen Säulen, sie hoben sich und fielen, stoben auseinander und organisierten sich in einem Augenblick aufs neue. Mitunter durchbrach ein Fisch die Oberfläche, krümmte im Sprung den spindelförmigen Körper und tauchte mit schwachem Platschen wieder ein.

Frank Wittmann hockte unter den Erlen, den Blick unverwandt auf die Kopfweiden gerichtet, deren wulstige Auswüchse sich deutlich vor dem Brutteich abhoben. Auf einem der faulen Gespensterbäume hatte er den ersten Kormoran gesehen, er war sicher, daß der Vogel hierher zurückkehren würde, angelockt durch die Stille und das Übermaß an Beute.

Er stellte sich vor, daß dieser einzelne Kormoran, den er entdeckt hatte, ein Aufklärer, ein Melder war, von seiner Kolonie ausgeschickt, nach ergiebigen Fanggründen zu suchen; und er war entschlossen, ihn daran zu hindern, die an der Küste der Ostsee wartenden Schwärme hierherzulocken, an den Ufern des Fjords entlang, über die Wiesen und Waldstücke Angelns hinweg, in dieses Tal, zu seinen Teichen. Deutlich sah er die Fotos in dem Buch vor sich, das Kai ihm beim Mittagessen gezeigt hatte: den Vogel in gestrecktem Flug, tief eingetaucht und ebenfalls gestreckt beim Schwimmen und mit theatralisch geöffneten Schwingen, die nach jeder Unterwasserjagd trocknen müssen. Er dachte: Komm nur, komm, du wirst hier erwartet, wirst glühend empfangen, denn wir haben gelernt, uns zu wehren, wir sind fürs Teilen, aber nur mit denen, die es verdient haben, darum werden wir nicht dulden, daß …

Frank rückte vom Erlenstamm ab, der gegen seinen Rücken drückte, er blickte hinauf zu den verblassenden, kupferfarbenen Lichtstreifen über dem Hang, von wo, wie er glaubte, der Kormoran herabgesegelt kommen würde, um sich auf der Kopfweide niederzulassen. Nichts zeigte sich da, kein Vogel, kein schneller Schatten. Trotz des warmen Tages bewahrte die Erde dort, wo Wittmann hockte, eine kühle Feuchtigkeit, die Sonnenstrahlen drangen dort nicht hinein, wärmten nicht den Boden, über dem ein Geruch von süßer Fäulnis lag. Die Dämmerung fiel, der alte Fichtenwald am Ende des Tals stand nur noch als dunkle Wand, milchiger Dunst stieg von den Teichen auf. In ihrem Zwinger unten murrten die Hunde, beruhigten sich aber bald, und dann war wieder nur das Geräusch rinnenden Wassers zu hören und das sanfte Gurgeln, das es an den Staubrettern hervorrief. Das Geräusch, die Dämme, die Hügel gestochener und bereitliegender Grassoden: alles begann sich auszuwachsen, zu verformen, es büßte seine Eindeutigkeit ein und schien sich zu beleben in dem abnehmenden Licht. Frank sah hinab zu den Gebäuden, zu dem gekalkten ebenerdigen Wohnhaus, das er selbst um einen Anbau erweitert hatte; das Wohnzimmer war schon erleuchtet, er erkannte Sophies Schatten, die etwas zum Tisch trug, mühsam, gichtgeplagt; er glaubte das Seufzen seiner Frau zu hören, als sie über den Tisch gebeugt verharrte wie so oft, darauf wartend, daß ein plötzlicher Schmerz verging. Auch in Kais Zimmer flammte jetzt das Licht auf, der Junge ging gleich zum Fenster und zog die Vorhänge zu. Auf halber Höhe des gegenüberliegenden Hangs, dunkel und konturlos unter den alten Kiefern, stand das Haus, für das er sich zum ersten Mal in seinem Leben verschuldet hatte; mit seinen vier Zimmern war es für Sommergäste geplant, die Stille suchten und Freude beim Wandern. Noch hatten sich die Hoffnungen, die er in den Bau setzte, nicht erfüllt – doch seine Ausdauer und sein Trotz und der Starrsinn, die Voraussetzung aller Selbstbehauptung hier im Tal, bewogen ihn, die Hoffnung nicht aufzugeben.

Er wandte sich ab und blickte wieder zu den Kopfweiden, die in dem unentschiedenen Dunkel ihre Gestalt verändert zu haben schienen. Selbst wenn der Kormoran nun gekommen wäre, hätte er ihn als Ziel nicht auffassen können. Es knackte und raschelte, während er sich aus seinem Versteck herausarbeitete, er ließ jetzt alle Vorsicht außer acht, trat frei auf den Damm hinaus, nicht enttäuscht, sondern ruhig und entschlossen, so oft wiederzukommen und zu warten und das Nötige zu tun, bis es für ihn und seine Leute hier im Tal keine Bedrohung mehr gab oder doch nicht das, was er als Bedrohung empfand. Er sicherte den Karabiner, hängte den Lederriemen über die Schulter und trottete den Damm hinab zum Schuppen, wo er, gewiß, daß der Junge ihn nicht hervorholen würde, den Karabiner wieder nur in die Gummischürze wickelte und ihn hinter Säcken und Fischfutter verbarg. Bevor er ins Haus ging, sah er einen Lichtschein den ausgefahrenen Sandweg herabkommen, das Licht einer Fahrradlampe, das hüpfte und ausschlug und, dicht beim Haus, die Kalkwand aufschimmern ließ. Ute erkannte ihn sogleich, und ehe er noch eine Frage stellte, sagte das Mädchen schnell atmend: Ich war in Barglund, wie spät ist es eigentlich? Er hörte ihrer Stimme an, daß das vorsorglich und zur Verteidigung gesagt war, und nickte nur und öffnete die Tür.

4

Obwohl sie wußte, daß Berni wartend hinter dem Schuppen kniete, gedeckt durch die alte, gemauerte Feuerstelle, auf der immer noch die rostige Tonne stand, beeilte sie sich nicht bei ihrer Arbeit. Sie stand in dem kahlen, gefliesten Anbau, stand mit hochgestecktem Haar und vorgebundener Gummischürze vor dem steinernen Arbeitstisch und schlachtete Fische. Ein Ausdruck von Verdruß lag auf ihrem vollen, von Sommersprossen bedeckten Gesicht, die gekrauste Stirn unter dem niedrigen Haaransatz bestätigte ihren Widerwillen, dennoch arbeitete sie so sorgfältig, wie sie es immer getan hatte. Fisch auf Fisch holte sie aus einem gemauerten Bassin, schlug mit einem handlichen Rundholz zu, hart und treffsicher auf den Kopf, so daß in gewaltsamem Reflex das Maul aufsprang und die Augen heraustraten, und setzte dann das Messer an. Mit sicherem Schnitt schlitzte sie den Fisch von den Kiemen bis zur Afterflosse auf, drehte das Messer in der Hand, riß mit der stumpfen Seite die schillernden Eingeweide heraus und schabte das feine dunkle Schutzhäutchen ab, bis das rosafarbene Fleisch aufglänzte. Den ausgenommenen Fisch warf sie in einen geräumigen, mit Wasser gefüllten Handstein, die Eingeweide stopfte sie in einen ausgesägten Schlitz im Arbeitstisch, drückte und preßte so lange, bis der Abfall klatschend in eine Wanne fiel. Jedesmal, wenn sie die Eingeweide in den Schlitz stopfte – die gelbbraunen Batzen aus Leber und Darm, die blaßsilbernen Schwimmblasen –, seufzte sie und schloß wie erleichtert die Augen.

Dann zählte sie nach, zählte und verzählte sich und kam auch beim dritten Mal auf mehr als die hundertzwanzig Forellen, die der »Quellenhof« in Barglund bestellt hatte. Sie warf die vier Fische, die sie zuviel ausgenommen hatte, in einen Plastikbeutel, bückte sich unter den Arbeitstisch und füllte einen Teil der Eingeweide ab, gerade so viel, daß der Beutel zur Hälfte voll war. Sichernd trat sie aus dem Anbau, blickte zum Haus hinüber, zu den überdachten, durchflossenen Bassins und zu den Teichen; niemand zeigte sich, nur oben zum Hang hin, wo ihr Vater eine Fischgrube aushob, schwang eine Spitzhacke hoch hinaus, verharrte einen Augenblick auf dem Scheitelpunkt und schien dann nur ihrer Fallbewegung nachzugeben. Sie packte den Beutel mit beiden Händen und schleppte ihn hinaus und weiter hinter den Schuppen, wo Berni sich sogleich aus seiner Deckung erhob und ihr mit hastigen Schritten entgegenkam. Endlich, Ute, sagte er, du hast mich ganz schön warten lassen; doch er nahm seinen Vorwurf gleich wieder zurück, indem er ihr anerkennend über die Wange strich. Es ging nicht schneller, sagte das Mädchen. Er betrachtete den Abfall, hob den Beutel probeweise an und fragte: Ist das alles, worauf sie die Achseln zuckte und sagte: Du weißt, daß ich dir nicht alles geben kann, du weißt, daß der Fischabfall abgeholt wird. Einen Augenblick überlegte sie, ob sie ihn darauf hinweisen sollte, daß sie ein paar ausgenommene Fische eigens für ihn in den Beutel gelegt hatte, doch dann dachte sie, wie überrascht und erfreut er wäre, wenn er den ganzen Inhalt entleerte, drüben bei sich, in der Grobküche, wo er das Futter für seine Nerze zusammenstellte, und sie sagte nichts. Erwartungsvoll sah sie ihn an, sie wartete auf seinen Dank, auf ein Lob, auf eine wenn auch nur flüchtige Berührung, denn für das Risiko, das sie auf sich nahm, glaubte sie ein Recht darauf zu haben. Sein unsteter Blick ging über sie hinweg, erkundete die Flanke des Fichtenwaldes, suchte nach der Stelle, wo er eintauchen und verschwinden würde. Ute erkannte, daß er erregter und besorgter war als sonst, sie erkannte es an seinem fast lippenlosen Mund, der unaufhörlich zuckte. Es wird schon gutgehen, Berni, sagte sie, es ist immer gutgegangen. Er reagierte nicht auf ihre Worte, mit einem Schwung nahm er den Beutel auf die Schulter und sagte nur: Am Sonnabend also, und trat aus der Deckung des Schuppens. Sie rief ihn zurück, sie sagte: Diesmal nicht, Berni, an diesem Sonnabend kann ich nicht kommen, und während er sie nur stumm und unwillig musterte, fügte sie hinzu: Meine Freundin kommt, meine ehemalige Schulfreundin, sie wird bei uns wohnen. Er überhörte nicht nur, was sie sagte, er wandte sich so abrupt und ärgerlich ab, als wollte er ihr auf diese Art die Bedeutungslosigkeit ihrer Absage zu erkennen geben.

5

Zum Abschiedsempfang für Willy Wittmann wurden Blumen und Gummibäume angeliefert, und der Hausmeister stellte mit einem Helfer ein Rednerpult auf und machte selbst die Mikrofonprobe. Es kamen Lohnkellner, die Kisten mit Getränken hereintrugen, Platten mit Häppchen und einige Aluminiumgefäße und Stapel von Suppentellern. Die nassen Schuhe der Kellner hinterließen auf dem schimmernden Boden der Halle eine Dreckspur. Postboten kamen, sie lieferten am Empfangstisch Telegramme ab und Eilbriefe, die Corinna für Wittmann sammelte und angesichts der wachsenden Zahl mit Erstaunen schichtete. Corinna notierte auch die Namen der eingeladenen Gäste, die in letzter Minute telefonisch absagten, und gab die Liste dem Personalchef, der sie aufmerksam las und dann gefaltet in seine Brusttasche steckte, als verwahre er sie zu einem bestimmten Zweck. Daß Wittmann sich entschlossen hatte, bei Maack & Pottjohann aufzuhören, konnte keiner verstehen, denn wie alle wußten, war er mehr als dreißig Jahre in der Firma und hatte große, für viele nur ahnbare Verdienste und war nicht zuletzt einer der engsten und ältesten Freunde des Chefs. Nicht allein der langjährige Hausmeister, der Wittmann für den wichtigsten Mitarbeiter der Firma hielt, bedauerte seinen Abschied; viele waren betrübt, denn sie hatten ihn gern – auch wenn sie sich manchmal über seine altmodische Höflichkeit belustigten und darüber, daß er bei jedem Wetter feierliches Dunkelblau trug und den Eindruck erweckte, als gehe er zur Arbeit wie zu einem festlichen Ereignis.

Bevor die ersten Gäste erschienen, traten Wittmann und der Chef aus dem Fahrstuhl und besprachen sich leise mit dem Personalchef; sie wirkten munter, wirkten gutgelaunt, der bevorstehende Abschied machte ihnen anscheinend nicht zu schaffen. Der Chef legte seinem Freund einen Arm um die Schulter und zog ihn zu den gläsernen Vitrinen, in denen Teesorten aus aller Welt ausgestellt waren, sie unterhielten sich, deuteten auf einzelne Schälchen, nickten sich zu und lächelten bei gemeinsamen Erinnerungen. Sie schlenderten zum Porträt des alten Pottjohann, dessen Asche auf See verstreut worden war, weil er es sich so gewünscht hatte; ohne ein Wort zu sagen, sahen sie eine Weile zum Firmengründer auf und kehrten ihm dann gleichzeitig den Rücken. Langsam gingen sie auf den mächtigen blaßblauen Empfangstisch zu; Corinna deutete fragend auf die geschichteten Telegramme und Eilbriefe, doch der Chef winkte ab: Später, später. Wittmann gab ihr die Hand und sah, daß sie überrascht war, bemerkte auch, daß sie ihm etwas sagen wollte, doch offenbar nicht den Mut dazu fand in Gegenwart des Chefs.

Zuerst kamen zwei Inder, sie glaubten, sich verfrüht zu haben, denn als sie merkten, daß sie die ersten waren, blickten sie verwundert auf ihre Uhren; doch dann erkannten sie Wittmann und den Chef und gingen lächelnd auf sie zu. Der ältere Inder hielt Willy an den Oberarmen fest und sprach, während er ihn sanft schüttelte, freundlich auf ihn ein und überreichte ihm einen silbernen oder versilberten Zweig des Teestrauchs mit Blättern und Blüten, den der Beschenkte glücklich und verwirrt entgegennahm und so vorsichtig betastete, als könnte er ihn zerbrechen. Auf einen Wink des Personalchefs trat dessen Sekretärin Silvia heran; sie hatte den Auftrag, sich in Wittmanns Nähe aufzuhalten und ihm, damit er sich den Begrüßungen widmen konnte, eventuelle Geschenke abzunehmen und sie auf einem Tisch zu sammeln. Nicht alle, aber die meisten der Gäste, die nun nach und nach erschienen, hatten Geschenke mitgebracht, Blumen, Bücher, in Schmuckpapier eingeschlagene Päckchen; bevor sie sich in die Gratulationsschlange einreihten, bat der Personalchef sie um ihren Namenszug in der Gästeliste. Das Schulterklopfen, die Umarmungen, die Trost- und Dankesworte wollten kein Ende nehmen, und da die meisten einander zu kennen schienen – die Handelskammer war ebenso vertreten wie das Hanseatische Teekontor, die Börse nicht weniger als auswärtige Makler –, hätte ein Fremder vermuten können, einer Familienfeier beizuwohnen. Als aber ein schwerer Mann im Nadelstreifenanzug hereinkam, wurde es plötzlich still in der Halle. Er trug eine Nelke im Knopfloch. Viele beobachteten gespannt, wie er auf Wittmann zutrat und ihm die Hand gab, wobei er nur einen einzigen Satz sagte; dem Chef gab er nicht die Hand, ihn grüßte er mit einem Zwinkern und einer angedeuteten Verbeugung: Richard Süverkopp, der Inhaber von Süverkopp & Söhne, dessen Teehandelshaus einst bedeutender, mächtiger und erfolgreicher gewesen war als das von Maack & Pottjohann.

Wittmann ertrug die Begrüßungen mit geteilter Aufmerksamkeit, immer wieder blickte er zur Tür, musterte die Gruppen der Gäste in der Hoffnung, irgendwo Thekla zu entdecken; er konnte es nicht glauben, daß seine Frau darauf verzichtete, auf seinem Abschiedsempfang zu erscheinen, er wollte es nicht glauben. Unruhig suchte er den Rand der Halle ab, blickte zur Drehtür, wo ein Pulk von Gästen sich lautstark staute, linste zur Straße hinab, wo mehrere Taxen hielten – Thekla kam und kam nicht. Er dachte an seine Heimkehr an jenem Abend, an dem Detlev und er beschlossen hatten, sich zu trennen; wie fassungslos sie war, wie erbittert, als sie erfuhr, daß er von sich aus gekündigt hatte. Sie wollte es nicht wahrhaben, wollte es ihm nicht abnehmen, daß er – und er versuchte es ihr sachlich und schonend beizubringen – nach etlichen folgenreichen Fehlurteilen und mißglückten Mischungen zum Risiko für die Firma geworden war, und daß er sich, weil die Firma sich immer loyal zu ihm verhalten hatte, zu gleicher Loyalität verpflichtet fühlte. Er glaubte sie außerdem daran erinnern zu müssen, daß Detlev sein Freund sei, den er vor weiteren und vielleicht größeren Verlusten bewahren müsse.

Sie ließ nichts gelten; sie gab ihre übliche Überlegenheit und Nachsicht auf und stellte erregt fest, daß er von sich aus nie hätte kündigen dürfen – nach allem, was er für Maack & Pottjohann getan hatte. Du hast sie groß gemacht, rief sie, sie haben dir zu danken. Sie können dich nicht einfach gehen lassen, nur weil dir ein paar Fehler unterlaufen sind. Während sich ihre Erbitterung immer gegen Detlev richtete – nie, nie mehr werde ich ihm die Hand geben –, unterbrach sie sich einmal und sah Willy spöttisch an und sagte: Das paßt zu dir, du gibst immer gleich nach, schmeißt alles hin und unterwirfst dich, ohne dich zu wehren. Du gehörst zu denen, die das Handtuch vor der Zeit werfen.

Wittmann dachte: Du kannst mich doch nicht allein lassen an diesem Tag, nicht allein, alle fragen nach dir, und er dachte: Einmal wirst du doch wohl über deinen Schatten springen können, zumindest an diesem Tage, der mein letzter Tag sein wird; du brauchst nicht mehr zu tun, als dich zu zeigen, damit ihre Nachfragen ein Ende finden. Er reckte sich, ließ noch einmal seinen Blick wie beiläufig über die Gäste wandern und gab seine Erwartung, Thekla unter den Anwesenden zu finden, in dem Augenblick auf, in dem sich die Kellner mit ihren Tabletts auf ein abgesprochenes Signal hin zurückzogen und der Chef ihn einhakte und zum Rednerpult zog.

Der Chef begrüßte die Anwesenden, er dankte ihnen dafür, daß sie sich zu Ehren von Herrn Wittmann eingefunden hatten, zu Ehren seines alten, guten Freundes, der sich entschlossen hatte, sein langes, erfolgreiches Berufsleben zu beenden. Die große Zahl der Gäste war ihm ein Beweis für die Wertschätzung, die Herr Wittmann genoß, und eine Bestätigung für die Sympathien, die er sich erworben hatte. Schmunzelnd bekannte er, daß sein Freund Wittmann anfangs keinen Abschiedsempfang gewollt habe und daß viel Überredungskunst nötig gewesen sei, um ihn schließlich zur Zustimmung zu bewegen. Auf einmal stockte seine Stimme, und er schob rasch eine Hand in seine Jackentasche und holte etwas Blitzendes heraus, einen biegsamen Gliederfisch mit einem Anhängering, den er zwischen seinen Fingern bewegte; und als hätte ihm der kleine kühle Gegenstand, dessen Herkunft nur Wittmann kannte, über die Stockung hinweggeholfen, sprach er weiter und dankte seinem Freund für die unschätzbare Arbeit, die zu Erfolg und Ansehen der Firma entscheidend beigetragen hatte. Er erwähnte Telegramme, die er aus Ceylon und Georgien, aus Indien und Java erhalten hatte, und die einen Beleg darstellten für die Hochschätzung, derer sich Herr Wittmann auch international erfreute. Wo immer du tätig warst, lieber Willy, sagte der Chef, werden deine Kenntnisse, deine Begabung, dein einzigartiges Geschmacksurteil unvergessen sein, und er sagte auch: Etwas allerdings bist du uns schuldig geblieben – ich meine die Kulturgeschichte des Tees, die du immer schreiben wolltest; mit mir hoffen viele, daß du nun Gelegenheit dazu findest. Für diese Feststellung erhielt der Chef höflichen Beifall.

Es war ihm anzumerken, daß der Beifall ihn erleichterte, ihn selbstsicher und ungezwungen machte – so sehr, daß er sich entschloß, auch Persönliches preiszugeben; und nachdem er Willy Wittmann einen der berühmtesten und unfehlbarsten Teekoster der Welt genannt hatte, erzählte er, wie er diese seltene Begabung entdeckt hatte. Er selbst hatte sie entdeckt, zufällig, als sie nach einer gemeinsamen stürmischen Segelpartie auf der Ostsee in die Schlei einliefen und Schutz fanden in einem alten Jachthafen, zwischen Maasholm und Schleswig.

Oberhalb des Jachthafens lag das Restaurant »Kanton«, das dem ehemaligen Chefsteward eines großen Ostasiendampfers gehörte und nicht nur wegen seiner Fischspezialitäten beliebt war, sondern auch wegen der auf Pfählen ruhenden Teestube, in der man unter vielen Sorten wählen konnte. Zum Getränk, erzählte der Chef, wurde dort russisches Fruchtbrot serviert, Mandelkuchen, geröstete Walnüsse und englische Teebrötchen, und mitunter auch ein Dattelkuchen, der mit Ingwer oder Anis gewürzt war. Der Chef wußte noch den Namen des chinesischen Kellners, bei dem sie ihren Tee bestellten, und er erinnerte sich, wie Herr Wittmann nach den ersten Schlucken den Kellner zu sich bat. Zuerst, Willy, hast du dich bei ihm entschuldigt, dann hast du ihn rücksichtsvoll darauf hingewiesen, daß in den kräftigen, herben Assam, den du bestellt hattest, versehentlich ein paar milde Darjeelingblätter hineingeraten waren, und schließlich hast du ihn gebeten, dir reinen und keinen Mischtee zu bringen. Wittmann lächelte bei der Erinnerung, und der Chef gestand, daß er damals sprachlos war vor Verblüffung, gerade so, als hätte man ihm einen Zaubertrick vorgeführt. Er bekannte auch, daß er zunächst an eine enge Zufallsbegabung dachte, begrenzt auf die beiden genannten Sorten, die anscheinend seine Lieblingssorten waren; aber dann mußte er erfahren, daß Herrn Wittmanns Geschmacksempfindlichkeit sehr viel weiter reichte und auch den feinsten Unterschied wahrnahm.

Begeistert, aber immer noch ein wenig ungläubig, schlug der Chef Herrn Wittmann eine Wette vor – es ging, lieber Willy, um zehn Mark –, und bestellte ein halbes Dutzend Schälchen mit verschiedenen Tees, die durch Blindurteil bestimmt werden sollten; und Herr Wittmann bestand die Prüfung wie nebenher, ohne die geringste Unsicherheit. Das Geld indes nahm er nicht an, da er, fair und korrekt, wie er immer war, glaubte, die Wette zu leicht gewonnen zu haben. Mit dieser Entdeckung hat alles angefangen, sagte der Chef und verschwieg, was sein Freund ihm nach der gewonnenen Wette überraschend anvertraut hatte. Und ich habe es ihm doch gesagt, dachte Wittmann – weil seine Verblüffung nicht aufhörte und seine Verwunderung kein Ende nehmen wollte, habe ich ihm gesagt, daß das »Kanton« Onkel Oswald gehörte, Mutters Bruder, der mich zu sich nahm, als sie in Barglund Not litten und fürchteten, alles aufgeben zu müssen, weil der gesamte Besatz in den Teichen an Saugwurm und Pockenkrankheit zugrundeging; ich habe ihm gesagt, daß ich lange bei ihm lebte und später willkommen war in den Ferien, von Barglund war es nicht weit mit dem Fahrrad, eine einsame Fahrt unter uralten Buchen zu Onkel Oswald, der mir mehr als einmal anbot, für immer zu ihm zu kommen – zu ihm, der alles selbst prüfte und wählte und bestimmte, was bei ihm auf den Tisch kam, und von dem ich gelernt habe, ohne es zu merken.

Es dauerte dann aber noch zwei Jahre, bevor wir uns beruflich fanden, sagte der Chef, wandte sich direkt an seinen Freund und fügte mit veränderter Stimme hinzu: Wer weiß, lieber Willy, ob unsere Wege uns zusammengeführt hätten, wenn du dein Studium nicht hättest aufgeben müssen; vielleicht wärst du Doktor der Philosophie geworden, vielleicht hättest du deine Studenten in Aporien und Antinomien eingeweiht und ihnen beigebracht, Geschmack an abstrakten Begriffen zu finden – und wie ich dich kenne, hättest du gewiß deine Genugtuung dabei empfunden. Nun aber hast du uns gelehrt, wieviel Geschmack wir am Wunder des grünen Blattes finden können, du hast uns die Augen geöffnet für das Labsal, das der Tee bereitet. Nach diesen Sätzen klatschten einige Gäste, andere stießen sich erheitert an und verzogen amüsiert die Lippen. Wittmann stand mit ernstem Gesicht da und blickte zu Boden, und der Chef sprach von gemeinsamen Reisen nach Indien und Ceylon und erwähnte eine Silbermedaille, die sein Freund auf einem Kongreß der Teekoster in London gewonnen hatte. Sein Lob der Freundschaft klang so, daß jeder, der ihm aufmerksam zuhörte, sogleich bilanzierend an eigene Freundschaften denken mußte.

Dann machte er eine Pause, Ergriffenheit war ihm anzusehen. Nach einer hilflosen Geste dankte er noch einmal für unvergeßliche Jahre der Gemeinsamkeit und versicherte Herrn Wittmann, daß sich die Firma immer seiner erinnern werde. Aber damit auch du, lieber Willy, bei Gelegenheit an deine alte Firma denkst, habe ich dir etwas mitgebracht, sagte der Chef und winkte Corinna heran, die ihm einen hölzernen Kasten übergab; an der Behutsamkeit, mit der beide den Kasten hielten, ließ sich erkennen, daß er etwas Kostbares enthielt. Damit du nicht auf die Idee kommst, ihn gleich zu öffnen, sagte der Chef, und damit dir deine Neugier nicht allzusehr zusetzt, will ich dir nur verraten: der Inhalt ist zart, zerbrechlich und sehr alt. Einem großen Kollegen vor dir hat es einst gehört; er hat daraus getrunken. Es war der Leibarzt des letzten Kaisers der Ming-Dynastie, seinen Namen findest du auf der beigelegten Urkunde. Ein Raunen lief durch die Gruppen der Anwesenden, erst nachdem sie sich aus ihrem Staunen, ihrer Verwunderung befreit hatten, konnten sie Beifall klatschen. Nach einer Umarmung trat der Chef zur Seite und überließ das Mikrofon seinem Freund.

Wittmann begann leise und wie zu sich selbst zu sprechen. Er dankte dem Chef, ohne zu ihm hinzublicken, dankte für Jahre gemeinsamer Arbeit und für das Geschenk. Während er sprach, nippte keiner der Gäste an seinem Glas, und keiner riß ein Streichholz an, um Pfeife oder Zigarette in Brand zu setzen; größer konnte die Aufmerksamkeit nicht sein. Bescheiden und mit bekümmertem Lächeln erklärte er, daß das, was er zu sagen hatte, nicht als Beschwerde oder Klage verstanden werden sollte; am Tag seines Abschieds möchte er lediglich feststellen, welche ganz allgemeine Enttäuschung seine Arbeit, die aus Kosten, aus Urteilen und Wertungen bestand, für ihn zurückgelassen habe. Es ist die Enttäuschung darüber, daß auch der Geschmack dem Wechsel unterworfen ist; trotz aller Feinheit und aller durch Erfahrung und Übung erreichter Empfänglichkeit müssen wir uns wohl mit seinem zeitweiligen Wandel abfinden. Nein, sagte er, den vollkommenen, den unveränderbaren Geschmack wird es ebensowenig geben wie den absoluten, denn unsere Empfänglichkeit ist einseitig, lückenhaft und launisch geblieben und abhängig von zu vielen Gegebenheiten. Es gibt keine Einstimmigkeit, Detlev, keine sicheren Normen, auch die Geschmackserlebnisse sind nur vorläufig, nur befristet, sind nur Empfindungen auf Widerruf und nicht garantiert wiederholbar.

Plötzlich schwankte er leicht, griff nach dem Mikrofonhalter und schloß für einen Moment die Augen, wobei sich sein Gesicht ein wenig verzerrte, als hätte er Mühe zu atmen; doch er fing sich sogleich wieder, zwang sich mit erkennbarer Anstrengung, weiterzusprechen. Wittmann sprach die Gäste an, bat sie um Verständnis dafür, daß er an diesem Tag des Abschieds etwas erregt sei und von sehr unterschiedlichen Gefühlen und Stimmungen heimgesucht werde. Und dann fragte er sich, ob dies nicht auch der Augenblick sei, um – bei aller Dankbarkeit, die er für die Firma empfinde – ein Lob zu äußern, das Lob eines dunkelgrünen glänzenden Blattes, das uns seit Jahrhunderten erfrischt und erquickt, gelabt und inspiriert hat und von dem viele leben in verschiedenen Ländern. Viele, wiederholte er, und lobte die Form des zartbehaarten Blattes, lobte die Stoffe, die es enthält, und beschrieb die vielfältige Wirkung, die sie gemeinsam hervorrufen.

Mitten in einem Satz hielt er inne, denn bei den Ausstellungsvitrinen erblickte er eine Frau, die Thekla ähnlich sah; er erkannte aber sofort, daß sie es nicht war, sondern ihr nur glich in dem taubenblauen Kostüm, mit dem Mittelscheitel und den Ohrringen; doch ihr Anblick genügte, um ihn daran zu erinnern, daß Thekla bei ihrer Weigerung, Detlev zu begegnen und ihm die Hand zu geben, geblieben war, selbst am Tag seines Abschieds. Es schmerzte ihn, so wie es ihn einst geschmerzt hatte, als er von ihrer Weigerung erfuhr, ihn nach ihrem letzten bedrückenden Besuch jemals wieder nach Barglund zu begleiten, wo man sich, wie sie hochmütig bemerkt hatte, unaufhörlich rechtfertigen mußte und wo alles nach Fisch stank.

Schweigend blickte Wittmann zu der unbekannten Frau hin, und auf einmal machte er eine schraubende Bewegung und griff nach dem Mikrofonhalter; sein Gesicht wurde fahl, unsicher sein Stand; wie in Abwehr warf er den Kopf zurück. Der Chef erkannte seine Schwäche sofort, er unterfaßte und stützte ihn, zögerte aber noch, ihn fortzuführen; erst als er Corinna unerwartet neben sich sah, gab er ihr ein Zeichen, ihm behilflich zu sein, und beide brachten Wittmann aus der Halle, an den stumm und erschrocken zurückweichenden Gästen vorbei. Der Personalchef ging ihnen voraus, sorgte mit flatternden Gesten für eine Gasse, öffnete Türen, zuletzt die Tür zu seinem Büro. Sie setzten Wittmann auf einer gepolsterten Bank ab, hoben seine Beine auf den Hocker und legten ein Kissen unter seinen Nacken, und er begleitete ihre Bemühungen mit schwachem, abwehrendem Lächeln, anscheinend empfand er sie als unnötig, als zu aufwendig, denn er sagte: Es geht schon wieder, es war nur eine Schwäche. Er war auch nicht damit einverstanden, daß der Chef selbst ans Telefon ging, um einen Arzt zu rufen, denn er sichelte mit einer Hand und bewegte verneinend den Kopf, verneinend und bittend zugleich. Was soll ich unseren Gästen sagen? fragte der Personalchef. Der Chef wußte es nicht gleich, er überlegte eine Weile und sagte dann: Teilen Sie ihnen mit, daß Herr Wittmann eine Schwäche erlitten hat, eine vorübergehende Schwäche. Da richtete Wittmann sich auf, in wortlosem Protest, er machte einen Versuch, den Personalchef zurückzuhalten, doch der war schon an der Tür und forderte von dort Corinna auf, Wittmanns Beine wieder auf den Hocker zu heben und ihm ein zweites Kissen unterzulegen. Sie tat es, und während sie sich über ihn neigte, blickte sie in die hellsten Augen, die sie jemals gesehen hatte.

6

Wie immer, wenn er nach Hause kam, trat er sich die Schuhe ab, zunächst über dem metallenen Rost, dann über dem Vorleger aus Kokosfasern, die vom vielen Scharren und Reiben niedergedrückt und verwirbelt waren. Er schloß auf und drückte, bevor er das Haus betrat, zweimal den Klingelknopf, um sich anzukündigen, so, wie sie es sich von ihm erbeten hatte in den letzten Jahren. Während er vor der Garderobe stand, wartete er auf ihren vergewissernden Anruf – bist du's, Willy –, doch diesmal blieb es still. Er hängte seinen Mantel auf, ging ins Wohnzimmer, warf einen Blick in den Wintergarten und dann ins Eßzimmer und in die Küche; erst als er die offenstehende Tür des Kleiderschranks im Schlafzimmer sah, wußte er, daß er allein im Haus war. Er schloß die Tür und ging zurück ins Wohnzimmer, setzte sich in den Lesesessel und starrte auf den Stapel von Fotobänden und auf das zur Hälfte gefüllte Rotweinglas auf dem Beisetztisch; er saß lange so da, weniger lauschend und auf die schwachen Geräusche von der Straße horchend als brütend und in sich gekehrt. Und plötzlich tat er, was er nie getan hatte, solange er seiner Arbeit nachgegangen war: er ergriff das Glas und trank es auf einen Zug leer. Bitter lächelnd stellte er sich vor, wie fassungslos Thekla gewesen wäre, wenn sie ihn dabei beobachtet hätte, sie, die immer mehr an ihm auszusetzen fand, je älter, launischer und gereizter sie wurde, und die ihm immer öfter vorwarf, nicht genug Unternehmungsgeist aufzubringen.

Er stieg die mit rotem Läufer ausgelegte Treppe zu seinem Arbeitszimmer hinauf, holte, ohne innezuhalten, Koffer und Reisetasche aus einer Abseite, stellte beides auf die Couch und begann zu packen, sorgsam und so geläufig, als hätte er diesen Augenblick bereits in Gedanken vorweggenommen und brauchte lediglich zusammenzutragen, was längst vorbestimmt war: das Unterzeug aus Angorawolle, Hemden und die kaum getragene Freizeitjacke, Strümpfe, Pullover und baumwollene Pyjamas, und zuoberst eine Cordhose und eine weitgeschnittene olivgrüne Hausjacke. Zwischen die Wäschestücke schob er einige kleinformatige, gerahmte Fotos, die er glaubte nicht entbehren zu können. Den Kulturbeutel, in dem außer Zahnpasta nichts ergänzt zu werden brauchte, verstaute er in der Reisetasche, desgleichen einige Bücher, Biographien zumeist, Schreibzeug, einen Packen Visitenkarten und ein Paar gefütterte Hausschuhe. Schließlich zog er eine Schublade seines Schreibtisches auf und nahm einen Umschlag mit Geld heraus, das er rasch nachzählte; zusammen mit seinem Scheckheft steckte er es in die Brusttasche. Nachdem er sein Gepäck in die Diele hinuntergebracht und ein Taxi bestellt hatte, stieg er noch einmal zu seinem Arbeitszimmer hinauf, setzte sich an seinen Schreibtisch und schrieb auf eine Visitenkarte: *Liebe Thekla, sei nicht besorgt. Du weißt, daß ich nichts unbedacht tue. Was ich jetzt vor allem brauche, ist Alleinsein. An gewisse Verstümmelungen gewöhnt man sich nur in der Einsamkeit. Ich zweifle nicht, daß Du dies eines Tages verstehen wirst. Willy.* Er legte die Visitenkarte auf eine Ecke des Schreibtisches, ging hinab und trug sein Gepäck, nachdem er die Haustür abgeschlossen hatte, zu dem bereits wartenden Taxi.

Der Taxifahrer wiederholte nicht einmal das Ziel, das sein Kunde ihm nannte, er nickte nur und fuhr gleichmütig in die graue, heruntergekommene Einkaufsstraße und hielt vor der Werkstatt, die ihm gezeigt wurde. Wittmann bat ihn, zu warten, und betrat die Schuhmacherwerkstatt. Vor seinem Dreifuß, bekleidet mit einem Islandpullover, eine fleckige braune Schürze vor dem Bauch, saß Tony und zog die Raspel über einen gerade befestigten neuen Absatz; als er seinen Besucher erkannte, waren ihm Freude und Überraschung anzusehen. Wittmanns Stiefsohn räumte sogleich einen Hocker frei, band die Schürze ab und wusch sich die Hände unter einem Wasserstrahl, dann erbot er sich, Tee zu machen. Sie hatten vor langer Zeit abgemacht, sich beim Vornamen zu nennen; die Sympathie, die sie füreinander empfanden, ließ es ihnen nicht schwerfallen. Bitte, Willy, mach mir die Freude, sagte Tony, doch Willy deutete zum wartenden Taxi hinaus und schüttelte den Kopf. Er sah sich in der kühlen Werkstatt um, deren einziger Wandschmuck der gerahmte Meisterbrief war, und er mußte unwillkürlich daran denken, wie wenig sich

Thekla damit abfinden konnte, daß der Junge nach einem leidlich bestandenen Abitur nicht studieren wollte, sondern nach einem Jahr der Unentschiedenheit auf den Gedanken verfiel, eine Schuhmacherlehre zu durchlaufen. Kommst du klar, Tony, fragte Wittmann, und der Junge darauf: Mehr als das; hier unten, zwischen all den abgelaufenen Schuhen, bekommt man ein Gefühl fürs Leben. Und auf einmal rief er: Sie sind fertig, beinahe hätte ich es vergessen, daß sie fertig sind: hier! Er zog aus einem Regal ein Päckchen heraus, schlug das Papier auseinander und hielt Willy ein Paar orthopädischer Schuhe hin und sagte: Probier sie gleich an, ich bin sicher, daß sie dir passen, sie sind mein nachträgliches Geburtstagsgeschenk. Wittmann nahm die Schuhe in die Hände, betastete die verbreiterten Kappen, den erhöhten Spann, er strich bewundernd über das polierte Leder und sagte: Deswegen bin ich nicht gekommen, ich danke dir, Tony, ich danke dir vielmals; aber die Schuhe sind nicht der Grund, warum ich zu dir gekommen bin. Er setzte sich auf den Hocker, hielt die Schuhe auf dem Schoß, und der Junge spürte seine Niedergeschlagenheit und die Not des Anfangs, und er empfand Mitleid mit dem Mann, wie so oft. Ist wieder was mit Mutter, fragte er. Wittmann antwortete darauf nichts. Mit verhaltener Stimme sagte er, daß er Schluß gemacht, gekündigt hätte nach zweiunddreißig Jahren, weil er sich den Anforderungen seines Berufes nicht mehr gewachsen fühlte, weil er unsicher geworden wäre, und damit ein Risiko für die Firma. Ich war es meinem Freund Detlev Maack schuldig, sagte er, ihm, dem ich sehr viel zu verdanken habe. Er schwieg, seine Hände begannen zu zittern, und der Junge mußte daran denken, daß es ihm lange unbegreiflich war, welche Dienste Willy seiner Firma leistete; er wußte zwar, daß sein Stiefvater Teekoster war, einer der berühmtesten und bestbezahlten, doch er konnte sich einfach nicht vorstellen, daß seine Arbeit sich darin erschöpfte, Tassen an den Mund zu heben, zu schmecken, zu prüfen. In seiner Unwissenheit hatte er ihn so manches Mal geneckt und angepflaumt, was Willy ihm in seiner Gutmütigkeit immer verziehen hatte.

Und nun, fragte Tony, was soll nun werden? Deine Mutter weiß es schon, sagte Wittmann, sie kann meinen Entschluß nicht verstehen, kann sich nicht abfinden mit meiner Entscheidung. Vielleicht wird sie es eines Tages können – ich weiß es nicht. Scheu, ohne ihn anzusehen, legte er eine Hand auf Tonys Arm, und nach einer Weile sagte er leise: Mach dir keine Gedanken um mich, ich hab mir vorerst nur Alleinsein verordnet, um mal Bilanz zu machen nach allem; noch weiß ich nicht, wie die Prüfungen ausgehen werden. Ich bin nur vorbeigekommen, Tony, um dir die Hand zu geben. Er stand auf und sah sich nach einem Platz um, auf den er die Schuhe stellen könnte; doch Tony, der seine Absicht sofort erriet, griff eine schwarze Plastiktüte und ließ die Schuhe hineinplumpsen und sagte: Du mußt sie mitnehmen, für alle Fälle. Der Junge begriff, daß er den Abschied nicht hinauszögern, nicht mehr fragen konnte; in einer Art bekümmerter Ergebenheit begleitete er Willy zur Tür und winkte dem davonfahrenden Wagen nach, und dabei dachte er an das genannte Fahrtziel, das er mitbekommen hatte: Bahnhof Altona.

7

Die Fischgrube war tief genug. Frank stand auf dem festen, lehmigen Grund des abgelassenen Teiches und schätzte das Gefälle im Hauptgraben und in den Nebengräben ab, in die sich bei künftigem Abfischen die Karpfen zurückziehen würden, um sich schließlich, immer dem ablaufenden Wasser folgend, in der Fischgrube zu sammeln, wo er sie mit dem Kescher herausheben konnte, ohne daß einzelne Fische, die an den Rändern des Teiches liegenblieben, seiner Aufmerksamkeit entgingen. Gebückt blickte er über das Niveau des Teichgrundes hin, überprüfte die Stellen, an denen die Seitengräben in den Hauptgraben mündeten. Nirgendwo in dem feuchtschimmernden Adersystem entdeckte er Mulden oder Löcher, in denen sich einmal unerwünschte Wasserlachen bilden konnten. Die natürliche Vertiefung vor dem Staubrett des Teichabflusses, die durch den ständigen Sog rinnenden Wassers entstanden war, beließ er, sie erschien ihm bedeutungslos. Nur um sich zu vergewissern, machte er einen Einschlag, hämmerte ein kurzes, starkwandiges Metallrohr in den Grund, und er brauchte nicht lange zu warten, bis unten im Rohr steigendes Wasser aufblinkte; es bestand keine Notwendigkeit, den Boden abzudichten. Er stellte sich den Augenblick vor, in dem er die Schleuse öffnen und das Wasser einströmen lassen würde, das klare Wasser des Bachs, das noch gestaut und abgelenkt war, wie darauf wartend, in das neue Bett einzufließen, ruckend zuerst, in blasigen Zungen, und dann, angespornt durch das Gefälle, immer eiliger und heftiger Besitz ergreifend von dem Grund, bis es ihn schäumend deckte. Seit je war das für Wittmann ein Augenblick der Spannung gewesen, wenn er dem trockengelegten Teich sein Wasser gab oder zurückgab; schon als Kind wollte er beim Fluten der Teiche dabeisein, und er hockte dann auf der Böschung des Dammes und sah nur zu, wie das Wasser in den vorbestimmten Raum einströmte.

Er verschob das Einfließen auf den folgenden Tag, legte sein Werkzeug in die Schubkarre, arbeitete sich glitschend und staksend hinaus und verschnaufte am Bach; dann wusch er seine Stiefel. Er rieb und schabte die Lehmbrocken ab, die sich unter dem Druck der Strömung auflösten und in Wolken aufgingen, in gelbbraune, sich ausziehende und ständig verformende Unterwasserwolken, die abwärts trieben. Er reinigte Spaten, Schaufel und Spitzhacke und spülte, indem er sie verkantet ins Bachbett tauchte und dabei Wasser aufnahm, die Schubkarre aus. Als er auf den Damm trat und die Schubkarre anhob, um zum Haus hinabzugehen, hörte er ein Geräusch, das vom Zanderteich herkam, ein Walkgeräusch, ein verzweifeltes Schlappen und Schlagen, in das sich ein Ächzen mischte, ein stoßweises Würgen. Etwas Ungewöhnliches geschah im Zanderteich, in dem Frank, um seinen Lieblingsfisch zu halten, beschwertes Wurzelwerk versenkt und Baumstümpfe hineingestoßen hatte, unter denen sich Fischunkraut rasch entwickelte. Den Spaten beidhändig gepackt, näherte er sich dem Teichrand, das Schlappen wurde stärker, Schwingen peitschten so wütend das Wasser, daß es mitunter knallte, und ein dunkles Krächzen begleitete den Aufruhr.

Unmittelbar vor der Schleuse, schwarzgefiedert, mit langgestrecktem Hals und geöffnetem Hakenschnabel, schwamm ein Kormoran, schwamm im Kreis und in unberechenbaren Bahnen, wobei er mit seinen Schwingen das Wasser so angestrengt walkte, daß es funkelnd über ihn hinsprühte. Vergeblich versuchte der Vogel, sich zu erheben, immer wieder reckte er sich, hob den Hals, bemüht, sich aufzuschwingen, doch etwas hielt ihn im Wasser. Mitunter, wenn er durch die Oberfläche brach, blieb er in eigentümlicher Streckung liegen, erschöpft, die Schwingen abgespreizt, und nur ein schwacher Grunzton verriet, daß er noch lebte. Frank hatte sofort erkannt, daß im aufgerissenen Schnabel des Vogels ein großer Zander steckte, ein Portionszander, wie sie ihn im Verkauf nannten, und er mußte unwillkürlich an den Morgen denken, an dem er den toten Fischreiher fand, der erstickt war, weil der gespießte Barsch im Schlund seine harte stachlige Rückenflosse aufgestellt hatte. Er war sicher, daß auch der Kormoran seine schwere Beute nicht hinabwürgen konnte, weil die Stachelflosse des Zanders sich endgültig und schmerzhaft im Schlund festgesetzt hatte. Mit ruhiger Erbitterung sah er den verzweifelten Versuchen des Vogels zu, den Fisch herauszuwürgen und sich aufzuschwingen. Noch war er von der Schleusenwand zu weit entfernt, als daß er ihn mit dem Spaten hätte erreichen können. Er wartete, den Spaten griffbereit in der Hand; er blickte in das dunkle Auge des Vogels, das weder Angst noch Qual verriet und das auch die Hindernisse kaum noch wahrzunehmen schien – die Baumstämme, das treibende Wurzelwerk –, denn ein paarmal prallte er dagegen und kippte zur Seite, wobei sein metallisch glänzendes Brustgefieder aufschimmerte.

Plötzlich peitschte sich der Vogel auf die Schleusenwand zu, gerade so, als wollte er sie rammen und mit einem Rammstoß öffnen; blind für die Nähe des Mannes kam er heran, und da schlug Wittmann zu, stieß die scharfe Kante des Spatens mit solcher Wucht auf den Körper des Vogels, daß dieser unter Wasser gedrückt wurde. Als der Balg hochschwappte, fischte Wittmann ihn heraus, schleuderte ihn auf den Damm und schlug noch zweimal mit flachem Spaten zu, ehe er versuchte, den Fisch aus dem Schlund des Kormorans zu zerren. Es gelang ihm nicht, und er dachte mit haßerfüllter Genugtuung: Behalt ihn, es ist sogar gut, wenn du ihn behältst und der Fisch dir aus dem Schnabel heraushängt, deinesgleichen zur Warnung, denn so oder so wird jeder dran glauben müssen, der hier auftaucht und sich heimlich bedient. Er warf den Balg in die Schubkarre und fuhr den Damm hinab bis zu den alten Kopfweiden, und als sei ihm hier erst ein Gedanke gekommen, hielt er an und betrachtete die schlanken elastischen Ruten. Dann packte er den toten Vogel, drehte die Schubkarre um und stieg hinauf, und nachdem er sicheren Stand gefunden hatte, flocht er den Kormoran in das dichtwachsende Rutenholz ein, legte den Kopf mit der halb verschluckten Beute in eine Astgabel, spreizte die Schwingen zum angedeuteten Flugversuch auseinander und klemmte sie fest. Dann nickte er zufrieden und zog mit seinem Gerät zum Haus hinunter.

Er sah, daß Sophie in der Tür stand, erkannte auch an der Art, wie sie dastand, daß sie ihn voller Ungeduld erwartete. Leicht gekrümmt stand sie da und stützte sich mit einer Hand gegen den Türpfosten, während sie mit der anderen ihr breites Gesicht beschattete. Aus ihren blassen Augen blickte sie ihrem Mann entgegen, unmutsvoll, weil er nicht rasch genug näher kam, und als er endlich bei ihr war, sagte sie nichts, sondern forderte ihn nur mit einem knappen Wink auf, ihr ins Haus zu folgen. Gegen ihren Rücken sagte Frank: Der erste hat dran glauben müssen, Sophie, ich hab ihn mit dem Spaten erwischt; doch die Frau schien es nicht gehört zu haben oder empfand es in diesem Augenblick als so unwichtig, daß sie es einfach überging. In der Küche setzte sie sich, sah ihren Mann ernst und fordernd an und sagte: Willy hat sich gemeldet, er kommt, Frank, er hat angerufen. Wo ist er, fragte Wittmann ungläubig, und er wartete nicht einmal die Antwort ab, sondern fragte gleich weiter: Hast du mit ihm gesprochen? Ja, sagte die Frau, ich habe mit ihm gesprochen. Er rief aus Hamburg an, vom Bahnhof, er wollte wissen, ob wir ihn aufnehmen können. Aufnehmen, fragte Frank, und die Frau darauf: So hat er sich ausgedrückt; nach sechs Jahren, in denen er nichts von sich hören ließ, fragt er auf einmal, ob wir ihn aufnehmen können – für wie lange, hat er nicht gesagt. Frank umrundete den Küchentisch, blieb vor dem Fenster stehen und sah hinaus auf die in friedvoller Verlassenheit ruhenden Teiche, auf denen der Schatten der hohen Buchen und Kiefern lag. Ohne sich zu Sophie umzuwenden, fragte er: Kommt er allein? Willy hat nur von sich gesprochen, sagte Sophie und fügte nach einer Welle tonlos hinzu: Für die koche ich nicht; wenn er Thekla mitbringt, leg ich mich ins Bett. Frank sprach es nicht aus, aber einem jähen Verdacht nachgebend, dachte er daran, daß Willy nie ausdrücklich auf sein Erbteil verzichtet hatte, es allerdings auch nie erwähnt oder darauf nur angespielt hatte seit dem Tod ihres Vaters. Er fragte: Weißt du, wann Willy ankommt? Ja, sagte Sophie, wenn er es schafft, kommt er mit dem letzten Triebwagen an. Gut, sagte Frank, dann werde ich Kai mit dem Transporter losschicken, er kann Willy in Barglund abholen.

8

Der Triebwagen fuhr durch hügeliges Land. Er fuhr an Waldinseln, an eingezäunten Koppeln und einsamen Gehöften vorbei. Tiefgrün lagen die Maisfelder. Auf sandiger Heide explodierten die flachen Kronen der Krüppelkiefern. Über einer Kiesgrube, auf deren Grund ein Gewässer schimmerte, schwebten einige Möwen, die von der nahen Ostsee herangesegelt waren. An der Böschung des Bahndamms wuchsen Kamille und wilder Mohn und hartes, dorrendes Gras, das vom Fahrtwind des Triebwagens so gezaust wurde, daß es zu fließen schien.

Willy blickte hinaus aufs Land, das ihm, obwohl er es lange

nicht gesehen hatte, vertraut war und immer vertraut bleiben würde. Er erkannte den alleinstehenden Baum auf einem Feld wieder, dessen verformtes Astwerk bewies, aus welcher Richtung der dauerhafteste und stärkste Wind wehte. Es gab ein Wiedersehen mit einem Haufen mächtiger geschichteter Feldsteine, die, von Unkraut umwachsen, wohl vergessen oder nie mehr benötigt worden waren. Er lächelte beim Anblick der längst aufgelassenen Ziegelei, hinter der immer noch der uralte Dampfkessel mit dem rauchlosen Schornstein rostete, wie gefangengesetzt von Hügeln aus Ziegelbruch. Er registrierte die Schufterei der Männer, die, nur mit einer Hose bekleidet, dunkle, versumpfte Gräben aushoben oder verbreiterten, und er empfand Freude bei dem geglückten Versuch, sich alle Namen der Stationen vorzusagen, an denen der Triebwagen hielt. Die Namen verstärkten das Gefühl, heimgekehrt zu sein.

An einer dieser stillen, weltvergessenen Stationen, die Süderwullstrup hieß, stieg ein einziger Reisender zu, ein sehr alter, sonntäglich gekleideter Mann; er trug einen schwarzen Anzug, dem man ansehen konnte, daß er jahrzehntelang geschont worden war, trug trotz der abendlichen Hitze eine Samtweste und einen schwarzen Binder – vielleicht kam er von einem Begräbnis. Obwohl der Triebwagen nur schwach besetzt war, zog es ihn zu Wittmann, der schon auf den ersten Blick den Eindruck hatte, dem alten Mann irgendwo begegnet zu sein, und wenn nicht ihm selbst, so doch einem Doppelgänger. Nachdem er wortlos seinen Hut zum Gruß gelüftet hatte, setzte sich der Mann und sah starr an Wittmann vorbei; das asketische, dünnhäutige Gesicht erhoben, ohne Regung. Wittmann glaubte, in dem fremden Gesicht einen Ausdruck von Eigensinn und Selbstgerechtigkeit entdeckt zu haben. Auf einmal wußte er, wo er ihn oder seinesgleichen gesehen hatte, und nicht nur dies: im Augenblick des Wiedererkennens spürte er, daß sich ihm das Herz zusammenschnürte wie damals in der Fotoausstellung, als er mit Thekla vor den Bildern ihres ersten Mannes Nico stand, vor vielgelobten und preisgekrönten Bildern, die auch er bewunderte. Da sah er das Foto eines jungen Mannes, der demütig die Beine eines schwarzgekleideten Greises umklammerte, demütig, vielleicht schuldbewußt, doch offenbar ohne eine einzige Regung in dem alten Mann zu wecken, der nur achtlos und mit erbarmungsloser Gleichgültigkeit über ihn hinwegsah.

Willy hörte nicht auf, den Alten aus den Augenwinkeln zu mustern, er merkte, wie er auf ihn sogar die Gefühle übertrug, die er damals für den Mann auf dem Foto empfunden hatte – Gefühle des Grolls, der Abneigung und der Erbitterung –, und als der alte Mann aufblickte und ihn freundlich nach dem Namen der Station fragte, an der der Triebwagen gerade hielt, antwortete er abweisend nur mit einem einzigen Wort. Später, als der alte Mann ausgestiegen war, bedauerte er seine knappe Antwort.

Ermattet lehnte Willy sich zurück. Der Triebwagen ruckelte, bremste seine Fahrt mit einem Schleifgeräusch ab und passierte sehr langsam eine Brücke, die über einen Hohlweg führte. Lastend lag der weite Himmel über den Wiesen; die Tiere standen bewegungslos vor dem Horizont. Begleitet vom verwinkelten Sturzflug der Schwalben, durchquerte der Wagen die Ebene, klomm dann hinauf in den Waldschatten und warnte vor seiner Annäherung mit Pfeifsignalen.

Willy dachte an den Ausstellungskatalog, den er auf Theklas Wunsch gekauft hatte; während der ganzen Heimfahrt hatte sie in dem großformatigen Katalog geblättert, hatte sich noch einmal vertieft in die Chiffren von »Schneckenspuren« und

»Baumrinden«, die ihr erster Mann auf seinen Fotos abgebildet hatte. Und als sie das Vorwort las, das Nicos künstlerisches Glaubensbekenntnis enthielt, hatte sie sich mehrmals unterbrochen und ihm ein paar Sätze zitiert, von denen sie meinte, daß er sie einfach hören müßte. Plötzlich hast du das Gefühl, in einem einzigen Augenblick alles über einen Menschen zu wissen, und im nächsten Augenblick mußt du dir eingestehen, nichts über ihn gewußt zu haben: an diesen Satz erinnerte sich Wittmann noch. Deutlich sah er Nicos Bild vor sich, die Porträtaufnahme eines hageren dunkeläugigen Mannes.

Auf einmal sah er die Linde wieder, die Gerichtslinde; morsch und unvergänglich erhob sie sich auf einem Hügel, und er stand auf, zog Jacke und Binder zurecht, holte Koffer und Reisetasche aus dem Gepäcknetz und trat an die Tür. Die Station Barglund hatte sich nicht verändert; das ockerfarbene, von wildem Weinlaub behängte Stationshäuschen lag da, wie Wittmann es in Erinnerung hatte; der leicht gebuckelte sandige Bahnsteig war immer noch nicht mit Platten ausgelegt, und auf dem toten Gleis, verwittert und mit zerbrochenen Fenstern, stand wie ehedem der ausrangierte Wohnwagen für Streckenarbeiter.

Außer ihm verließ nur eine Frau mit einem übermüdeten, quengelnden Kind den Triebwagen, sie grüßte Wittmann, so wie hier alle den Fremden grüßen – wortlos, mit einem Nikken –, und zerrte das Kind in den Warteraum, in dem nichts angeboten wurde, nur Schutz vor Regen und Wind. Diesmal verließ er den Bahnsteig nicht wie in vergangener Zeit durch eine immer offen stehende Holzpforte, sondern ging durch das Stationshaus und trat hinaus auf einen mit Eschen gesäumten Vorplatz, auf dem ein blauer, ramponierter Transporter stand. In dem Augenblick, als er sein Gepäck absetzte, glitt aus dem

Fahrerhaus des Kleinlasters ein blonder Bursche in kurzen Leinenhosen und kam lächelnd auf ihn zu und sagte: Willkommen, Onkel Willy, ich soll dich abholen. Willy ließ den Handschlag dauern, vor Überraschung, vor Erstaunen; er faßte die schlanke und doch breitschultrige Gestalt des Jungen ins Auge, blickte in ein offenes hellhäutiges Gesicht, betrachtete seinen kräftigen Unterarm und schüttelte den Kopf und sagte: Wenn ich dich auf der Straße getroffen hätte, ich glaube, Kai, ich hätte dich nicht wiedererkannt. Und leise fragte er: Wie alt bist du? Neunzehn, sagte der Junge und nahm das Gepäck auf und wuchtete es ohne sichtbare Anstrengung auf die offene Ladefläche. Ich hätte dich wirklich nicht wiedererkannt, sagte Willy leise, und der Junge darauf, heiter und keineswegs verletzend: Das kommt davon, wenn man sich eine Ewigkeit nicht blicken läßt.

Sie stiegen ein, fuhren über eine schnelle Asphaltstraße, die durch Gerste- und Weizenfelder schnitt, der Wind hatte sich gelegt, ruhig lagen die Felder da, in strenger Bemessenheit, einige erstreckten sich bis zum Horizont. Als sie den Hügel mit der stillgelegten Mühle erreichten, sah Willy in der Ferne den Fjord, die Schlei, ein graues, grün gesäumtes Band, auf dem, reglos in der abendlichen Flaute und wie für einen Prospekt arrangiert, schwach ein paar Segel leuchteten. Er erkannte auch die Ansammlung von Masten in einem der kleineren Jachthäfen und fragte: Gibt es das »Kanton« noch, das Restaurant mit der Teestube? Es hat schon wieder einen neuen Besitzer, sagte Kai, der Besitzer wechselt dort wohl alle zwei Jahre; es ist sehr teuer geworden. Und er erzählte, daß sie bis zum vergangenen Herbst einen Lieferauftrag hatten für Zander und Forellen, er selbst hatte die Fische oft hingebracht, doch der neue Besitzer zahlte zu unregelmäßig, und deshalb mußten sie die Lieferungen einstellen. Das »Kanton« hat einmal Onkel Oswald gehört, sagte Willy, er hat es gegründet, nach langer Fahrenszeit. Ich weiß, sagte Kai, Vater hat von ihm erzählt.

Sie fuhren nicht durch Barglund. Sie bogen vor dem Ort, der in einer länglichen Senke lag und jetzt still und feierabendlich wirkte, in den lichten Buchenwald, über dessen Alter sie gerätselt hatten, solange Willy denken konnte. Sie hatten noch nicht den Kamm des Hangs erreicht, als Kai unvermittelt fragte: Stimmt es, daß du von Beruf Teeschmecker bist? Willy blickte ihn überrascht an und sagte lächelnd: Teekoster, ja; die genaue Bezeichnung heißt Teekoster. Der Junge schwieg, er dachte darüber nach und fragte weiter: Wenn man so kostet – um was geht es dabei? Um den Geschmack, sagte Willy, es geht auch um den Duft, um Klarheit und Farbe, vor allem aber um den Geschmack. Kann man das lernen, fragte Kai. Sicher, sagte Willy, am Anfang muß man es sogar lernen, aber alles Lernen hilft dir wenig, wenn du nicht eine empfindliche Zunge hast, eine Zunge, die die feinsten Unterschiede erschmeckt, die sich erinnert und urteilt; denn von dir wird erwartet, daß du dich unter Hunderten von Mischungen auskennst. Kai streifte seinen Onkel mit einem schnellen, ungläubigen Blick und fragte, ob er wirklich Hunderte von Mischungen voneinander unterscheiden könnte, und statt direkt zu antworten, erwähnte Willy einen Londoner Berufskollegen, der sogar tausend sichere Geschmacksurteile fällen konnte. Das haut mich um, sagte der Junge und wollte wissen, wie solch ein Geschmacksurteil zustande kommt. Und Willy erklärte ihm bereitwillig, daß in den Blätter- und Wallpapillen der Zunge nicht nur die Geschmacksknospen enthalten sind, sondern auch Spüldrüsen, die Sekrete verdünnen und transportieren; was man im Mund wahrnimmt, sagte er, wird von gewissen

Nerven und Sinneszellen nach oben gemeldet, ins Gehirn, wo es dechiffriert wird. Es ist ein bißchen kompliziert, sagte Willy, nicht zuletzt, weil die Sinneszellen, die nur eine Lebensdauer von wenigen Tagen haben, alles in einem eigenen Code übermitteln, aber dieser Code bildet schon die Basis für ein Urteil. So also läuft das, sagte Kai, und obwohl er es nicht so gemeint hatte, klang es belustigt, klang ironisch; er mußte es wohl auch selbst gemerkt haben, denn um den befürchteten Eindruck zu korrigieren, fügte er hinzu: Seltsam, aber nach manchen Dingen fragt man sich gar nicht.

Als sie den Hang hinabrollten, als unter ihnen, verschwommen in bläulichem Abenddunst, das System der terrassierten Teiche zu erkennen war und das Haus und die überdachten Bassins, bat Willy den Jungen, einen Augenblick zu halten, und Kai hielt, ohne den Motor abzustellen. Nicht suchend oder beunruhigt blickte Wittmann ins Tal, sondern gelassen und zufrieden, erfüllt von einem Gefühl wiedergefundener Zugehörigkeit, das sich so unwillkürlich einstellte, wie er es nie vermutet hätte. Er drehte die Scheibe herunter, aufsteigende Kühle wehte ihn an, die vertraute Kühle des Wassers, die ihn nie frösteln gemacht hatte und die ihn auch jetzt, an diesem warmen Abend, nicht frösteln ließ; und obwohl der Motor lief, glaubte er das Geräusch rinnenden und über die Staubretter fallenden Wassers zu hören, das Geräusch seiner Kindheit. Er blickte auf das Haus, auf das Fenster, das einmal sein Fenster gewesen war – keine Gardinen hingen davor. In sein Schweigen hinein sagte der Junge: Siehst du den runden weißen Bau? Das ist unsere Räucherkammer, wir haben sie selbst gemauert, jetzt liefern wir auch geräucherte Forellen. Ich werde sie probieren, sagte Willy und nickte Kai auffordernd zu, und sie fuhren sehr langsam zum Haus hinab und hielten vor dem Eingang.

Seine Ankunft war längst bemerkt worden, die Hunde im Zwinger schlugen an, sie rasten wütend vor dem Drahtgitter hin und her und bellten ihn an, und als Willy ein paar Schritte auf sie zu machte und besänftigend auf sie einsprach, erhoben sie sich auf die Hinterläufe und fletschten das Gebiß, der Geifer tropfte von ihren Lefzen. Ein Kommando, scharf und nicht einmal sehr laut, brachte sie zur Ruhe, sie knurrten nur noch und kuschten, und noch bevor Willy sich umwandte, wußte er, daß sein Bruder das Kommando gegeben hatte. Gebeugt, schmaläugig, mit grauem, verstrubbeltem Haar stand Frank im Hauseingang, er nahm sich Zeit mit der Begrüßung, er musterte seinen Bruder eingehend – den dunkelblauen Anzug, die Krawatte, die Schuhe – und machte keine Anstalten, ihm entgegenzugehen, sondern wartete, ein sparsames Lächeln auf seinem fleckigen Gesicht, und sagte schließlich, als Willy zu ihm kam und sie sich die Hände reichten, nur einen Satz: Na, Willy, mal wieder hergefunden? Danke, Frank, sagte Willy, danke, daß ihr mich aufnehmen wollt, und nach einer Pause: Ich freu mich, mal wieder zu Hause zu sein. Es sind wohl sechs Jahre, seit du zum letzten Mal hier warst, sagte Frank. So ist es, sagte Willy, und es hat sich viel ereignet in dieser Zeit, bei mir, und vermutlich auch bei euch. Frank zuckte darauf nur die Achseln, er wies Kai an, das Gepäck in den Neubau hinaufzutragen, und ging seinem Bruder voraus in die niedrige, aber geräumige Wohnstube des Hauses, die Willy noch niedriger vorkam, als er sie in Erinnerung hatte. Auf dem verschossenen weinroten Sofa saß Sophie, saß wie endgültig da mit ihrem massigen Körper; sie hatte weder eine Häkel- noch eine Flickarbeit unter den Fingern, und als Willy sie begrüßte, hob sie kaum das Gesicht. Obwohl er ahnte, welche Antwort sie ihm geben würde, fragte er, wie es ihr gehe, und sie sagte nur: Siehst doch, und zog die Lippen zusammen, hilflos und vorwurfsvoll. Nicht sie, sondern Frank forderte Willy auf, sich zu setzen, und während Willy sich umsah, um herauszufinden, was sich verändert hatte, dachte er: Ich hätte nicht herkommen sollen, nicht zu ihnen, nicht so überraschend, als zähle das Schweigen der letzten Jahre nicht, Theklas und auch mein Schweigen, das die Entfernung wachsen ließ, und das sie daran hindert, ein einziges Wort des Willkommens zu äußern; aber nun bin ich hier, und Frank hat immerhin mein Gepäck wegtragen lassen. Wie du siehst, sagte Frank, bei uns hat sich kaum was verändert: die alten Möbel, die alte Standuhr, die Truhe und Mutters Lästerzungen, die uns immer noch das Licht wegnehmen – nur das Bord mit dem Geschirr ist neu. Ich sehe, ich sehe, sagte Willy langsam, mit schleppender Stimme und tat, als könne er nicht losfinden von den Dingen, die er nach und nach wiedererkannte, und man ließ es ihn tun und unterbrach ihn nicht.

Als er sich nach ihrer Meinung genug umgesehen hatte, ging Sophie in die Küche und holte ein paar Scheiben Schwarzbrot und Bier und eine geräucherte Forelle. Sie entschuldigte sich, daß sie nicht mit ihm essen könnten, sie hätten ihr Abendbrot schon gehabt – du weißt, sagte sie, hier sind wir mit allem früh dran –, und dann lud sie ihn ein, sich die Forelle schmecken zu lassen, sie sei noch warm, frisch geräuchert, die schrumpelige Haut sollte ihn nicht stören. Willy dankte, er dankte so wortreich, so übertrieben, daß die beiden einen Blick wechselten; sie taten es noch öfter, denn er beließ es nicht bei einem einzigen Mal, das Fleisch der Forelle zu loben und das körnige Schwarzbrot, das er genußvoll in sich hineinbrockte. Plötzlich fragte Sophie: Wollte Thekla nicht mitkommen? Nein, sagte Willy und verbesserte sich sogleich: Sie weiß nicht, daß ich hier bin, ich bin einfach allein hergekommen, vielleicht wird sie vermuten, wo ich bin, vielleicht. Und leise sagte er: Allein sein, weiter möchte ich nichts nach allem, für eine Zeit allein sein; das hab ich ihr geschrieben. Und nach einer Pause sagte er: Ich habe gekündigt. Es ging nicht mehr. Ich habe Schluß gemacht bei Maack & Pottjohann. Gleichmütig, anscheinend unbeeindruckt wandte Sophie ihm ihr Gesicht zu und fragte: Und wovon wollt ihr jetzt leben? Leben, wiederholte Willy verblüfft und dachte einen Augenblick nach und sagte dann: Einiges hat sich angesammelt, und außerdem wird die Firma mir wohl eine Pension aussetzen. Und weil er witterte, daß Sophies Frage mehr einschloß, als sich auf einen ersten Eindruck erkennen ließ – jetzt erinnerte er sich instinktiv an ihre Art, Wünsche auf Umwegen zu äußern und Fragen so zu bemänteln, daß sie nicht nur auf das Vordergründige abzielten –, sagte er: Ich weiß, daß ich euch Mühe mache, weiß auch, daß ihr es nicht leicht habt; selbstverständlich bin ich bereit, euch alle Auslagen zu ersetzen – das ist nur recht und billig; und nachdrücklich fügte er hinzu: Wir werden uns bestimmt einig werden. Obwohl sie auf sein Anerbieten nicht eingingen, wußte er, daß es ihnen gelegen kam und sie nichts dagegen einwenden würden, wenn er für seinen Aufenthalt bezahlte, und er selbst fühlte sich erleichtert, nun, nachdem geklärt war, daß er nicht auf ihre selbstlose Gastfreundschaft rechnete. Er sagte noch: Ich werde euch nicht zur Last fallen, und ihr könnt sicher sein, daß ihr nicht allzuviel von mir merken werdet. Es entging ihm nicht, daß Sophie unter Schmerzen litt, und obwohl sie ihm auf seine Frage nach ihrem Ergehen nur eine knappe, fast schroffe Antwort gegeben hatte, erkundigte er sich noch einmal mitfühlend, was sie gegen die Krankheit tat und welche Hoffnungen auf Linderung bestanden, doch Sophie wollte nicht lange reden; immerhin erwiderte sie jetzt, daß sie sich in ihrer Krankheit eingerichtet hatte und auch mit ihr leben könnte, wenn da nicht die Überraschungsschmerzen wären, das Ziehen in den Gliedern, das Stechen wie mit heißen Nadeln, plötzlich. Während sie das sagte, sah sie ihn an, mit einem Blick, der alles Leid und das Vorauswissen um den Verlauf der Krankheit enthielt, und er nahm sich vor, sie nie mehr nach ihrem Ergehen zu fragen.

Sie schwiegen eine Weile, saßen still da aus Mitgefühl und Verzagtheit, und erst als Willy das Glas an die Lippen hob und einen kleinen Schluck nahm, wandte Frank den Kopf und fragte lächelnd: Seit wann trinkst du Bier, du hast doch nie Alkohol getrunken, und da Willy ihn so überrascht anblickte, als habe er eben erst selbst entdeckt, was er trank, sagte Frank noch: Ich wußte schon immer, daß man im Alter den Geschmack wechselt, den Geschmack und einige Grundsätze. Da hast du recht, sagte Willy, und er erschien bekümmert und amüsiert zugleich, du hast recht – Grundsätze sollte man sich nur auf Widerruf zulegen; wenn sie entwertet sind, kann man sie über Bord werfen. Ich dachte man bloß an deinen Beruf, sagte Frank, und an das, worauf du verzichten mußt; früher hast du bei allem abgewinkt, was deiner Zunge schaden oder was sie unempfindlich machen könnte. Früher war das so, sagte Willy, aber das hat sich nun geändert, es ist vorbei. Er starrte auf den wegsterbenden Schaum auf seinem Glas; sie warteten darauf, daß er mehr sagen würde, doch er war offenbar nicht bereit oder nicht fähig dazu. Und als Frank fragte, ob er sich schon umgesehen oder bei anderen Firmen beworben habe, wiederholte er nur: Es ist vorbei, mit meiner Arbeit ist es vorbei, für immer. Es blieb ihnen nicht verborgen, daß ihn diese Feststellung nicht nur bedrückte, sondern auch ratlos erscheinen ließ, gerade als sei ihm etwas Unerklärliches zugestoßen, das er vergeblich zu enträtseln versuchte. Brütend saß er da, anscheinend erwog er, sich auszusprechen, sie spürten sein Bemühen und warteten, kamen ihm mit ihrem Schweigen entgegen und respektierten schließlich verständnisvoll seinen Verzicht.

Frank linste hinaus in die Dämmerung, er deutete auf den Neubau unter den Kiefern und sagte: Sieh mal da am Hang, das kennst du noch nicht, das haben wir gebaut – für Sommergäste. Wir mußten uns krummlegen, aber wir haben es riskiert. Willy blickte nur flüchtig auf das bescheidene Haus mit dem Flachdach. Und, fragte er, hat es sich gelohnt? Wir haben zwei Annoncen aufgegeben und warten nun darauf, daß sich jemand meldet; stiller kann einer nicht wohnen, und zu erkunden und zu finden – das weißt du – gibts hier genug. Mehr als genug, sagte Willy, und er sagte auch: Es muß sich rumsprechen, die Ersten müssen es den Zweiten empfehlen und die wieder den nächsten, zum Schluß könnt ihr dann wählen. Hoffen wir, daß es so wird, sagte Frank, denn noch sind wir unentdeckt, und die Kredite, die wir aufnehmen mußten, die drücken. Und weil er glaubte, ihn nicht im unklaren lassen zu dürfen über den Grund, aus dem sie sich entschlossen hatten, die Kredite aufzunehmen und das Haus für Sommergäste zu bauen, sprach er von den Verlusten in den letzten Jahren und den Schwierigkeiten, sie aufzufangen und wettzumachen allein mit dem, was die Teichwirtschaft hergab. Mit mühsam unterdrückter Erregung erwähnte er die Diebstähle und Unterschlagungen eines Mannes, der einmal sein Vertrauen hatte, sein blindes Vertrauen – wir hatten ihn aufgenommen in die Familie, Willy; er sprach von einer Epidemie in den unteren Teichen, von Karpfenpocken und der Fleckenkrankheit der Forellen, Infektionen, denen der ganze Besatz zum Opfer fiel, und er bekannte auch seine eigene Schuld an einem Fischsterben in den Torfstichen, am Ausgang des Tals, deren Wasser er zwar geprüft, aber den Grad der Humussäure unterschätzt hatte. Während er die Verluste und Heimsuchungen aufzählte – zweimal nach Wolkenbrüchen hatten die Schleusen nachgegeben und die Staubretter waren fortgerissen worden –, musterte Frank unausgesetzt das Gesicht seines Bruders, als sei er darauf aus, in ihm eine Wirkung abzulesen. Doch Willy hörte ihm nur unbeweglich und mit gleichbleibender Aufmerksamkeit zu, und nachdem Frank ihn ausreichend eingeweiht hatte, sagte er: Ohne Verluste ist es bei uns nie abgegangen, denk nur an Großvater, denk an Vater; kaum hatten wir ein Unglück gemeistert, trat schon ein neues Mißgeschick auf; hier war es nie anders. Mag sein, sagte Frank, aber damals hatten sie auch weniger Unkosten.

Mach Licht, sagte Sophie plötzlich in ihr Gespräch hinein, und Frank ging zum Schalter und knipste das Licht an und öffnete auch gleich die Tür und lauschte. Ute ist zu Hause, sagte er, ausnahmsweise; und an Willy gewandt: Sie bringt dich rüber und bezieht dir das Bett, du kannst das Zimmer mit dem besten Ausblick einweihen. Willy stand auf und lächelte Sophie zu, die sein Lächeln aber nicht erwiderte, sondern, ihren Blick auf die Tür gerichtet, fragte: Wie lange willst du bleiben? Ohne überrascht zu sein, antwortete Willy: So lange es euch recht ist.

Auf Franks Ruf kam Ute mißvergnügt in die Wohnstube, ihr Gesicht hellte sich jedoch auf, als sie Willy erkannte. Das finde ich toll, sagte sie, daß du uns mal besuchst, was macht Tante Thekla, ist sie nicht mitgekommen? Diesmal nicht, sagte Willy und nickte ihr freundlich zu, er dachte daran, daß er ihr bei früheren Begegnungen immer eine Münze geschenkt hatte, für die Spardose. Du wirst Onkel Willy rüberbringen, sagte

Frank, du wirst ihm das Bett beziehen im hinteren Zimmer. Gern, sagte Ute, mach ich gern, und wollte gleich vorausgehen, aber Frank bat sie durch einen Wink, noch zu bleiben, und sagte zu Willy: Wenn es dir recht ist, regeln wir morgen alles; es ist klar, daß wir dir einen Sonderpreis einräumen. Einverstanden, sagte Willy. Ungewiß, ob er sie an diesem Abend noch einmal sehen würde – sie gaben ihm nicht zu verstehen, ob sie ihn nach dem Auspacken hier unten erwarteten –, oder ob Frank selbst vorhatte, zu ihm hinaufzukommen, winkte er ihnen grüßend zu und folgte dem Mädchen in die Dunkelheit.

Es war nicht schwierig, ihr zu folgen; sie lotste ihn zu einem schmalen, aufsteigenden Sandweg, der neu geschüttet war und schimmernd durch die alte moosgrüne Erde den Hang hinauflief, keine Mahnung war nötig, keine Warnung vor freiliegenden Wurzeln, nur als sie an die Rückseite des Hauses kamen, nahm Ute seinen Arm und führte ihn achtsam um einen Stapel aufgeklafterten Holzes herum, das für kühle Tage bestimmt war. Sein Gepäck stand schon auf dem Flur, Ute nahm es im Vorübergehen auf, hob seinen Koffer und die Reisetasche so beiläufig an, als wollte sie ihm beweisen, daß sie einiges an Gewicht gewohnt war; und ohne es ein einziges Mal abzusetzen, trug sie das Gepäck zu dem Zimmer, das sie für ihn bestimmt hatten, schaltete das Licht an und ließ ihn eintreten. Es war ein sauberes, sparsam möbliertes Zimmer, nur Bett, Schrank, Tisch und zwei Stühle, der Fußboden aus hellem Holz. An der Wand ein gerahmter Druck: Krug mit Früchten, im engen Badezimmer eine tröpfelnde Dusche. Ute bedauerte, daß keine Blumen auf dem Tisch standen, bedauerte auch, daß im Bad ein Zahnputzglas fehlte; sie versprach, für rasche Abhilfe zu sorgen. Geschäftig ging sie hin und her, zog die rotweiß gewürfelten Vorhänge vor den beiden Fenstern zu, öffnete den Schrank und zählte die Bügel, drehte zur Probe den Wasserhahn auf und prüfte, als wollte sie selbst darin schlafen, die Federung des Betts. Sie war zufrieden. Einen Augenblick stand sie an der Tür und dachte nach, und da fragte Willy: Wie alt bist du nun, Ute? Und sie fragte zurück: Was schätzt du? Zwanzig, sagte er. Stimmt, sagte sie. Dann stieg sie auf einen Stuhl und holte aus dem obersten Fach des Schranks eine Fliegenklatsche heraus und sagte: Gegen unsere Mücken mußt du dich selbst wehren, aber das kennst du ja.

Dann bezog sie sein Bett, sorgfältig, ohne Eile; tief tauchten ihre bloßen Arme in die Bezüge, wendeten sie, brachten sie über Kissen und Inlett, und nachdem sie die Federn aufgeschüttelt hatte, verschloß sie die Bezüge mit kleinen Schleifen. Sie tat es nicht stumm; wie oft zuvor, wenn Willy hier gewesen war, fragte sie ihn, wohin ihn die letzte Reise geführt und was er erlebt hätte; sie wußte immer noch, daß er einmal in Indien irrtümlich verhaftet und auf einer Teeplantage in Ceylon von einer seltenen Schlange gebissen worden war; sie wußte noch alles, denn sie hatte ihm einst zugehört wie keiner sonst – erregt, angstvoll und träumerisch beteiligt. Doch diesmal hatte er nichts von Japan oder von Sumatra zu erzählen. Es gab zuviel in der Firma zu tun, sagte er, sie brauchten mich zu Hause, darum konnte ich nicht weg. Ich hätte dich gern mal begleitet, sagte Ute, weiter als bis Berlin bin ich noch nie gekommen, wir haben eine Klassenreise dorthin gemacht und in der Jugendherberge geschlafen. Wenn's nach mir gegangen wäre, sagte Willy, hätte ich dich gern mitgenommen, aber ich war immer nur mit meinem Chef unterwegs, es waren Berufsreisen, auf denen wir mit unseren Partnern verhandeln mußten.

Willy saß auf einem Stuhl und staunte über die Geschicklichkeit, mit der sie das Spannlaken über die Matratze zog; energisch zerrte sie die Ecknähte des Lakens über die Kanten der Matratze; zog den Stoff aus, daß er zu reißen drohte, brachte ihn kraftvoll über das untere Matratzenende und kniete dann auf dem Bett und stopfte, während sie mit vorgeschobener Unterlippe das Haar aus ihrem Gesicht blies, den gespannten Stoff unter die Seiten. Du machst das sehr geschickt, sagte Willy anerkennend, und das Mädchen darauf: Das macht die Übung. Heute hab ich schon ein Bett im Vorderzimmer bezogen, eine Schulfreundin kommt zu Besuch, sie wird auch hier wohnen. Und dann fragte sie ihn, ob sie ihm beim Auspacken helfen könnte, und er dankte ihr und sagte: Das mach ich schon allein. Er wandte ihr den Rücken zu, zog aus seiner Brieftasche einen Fünfzigmarkschein und gab ihn ihr und sagte: Wenn nicht für die Spardose, dann um einen kleinen Wunsch zu erfüllen. Nach einem schnellen Blick auf den Geldschein trat Ute nah an ihn heran, küßte ihn flüchtig auf die Wange und sagte nur: Danke, Onkel Willy, und ging zur Tür.

Während er noch ihre Schritte auf dem Gang hörte, fiel draußen ein Schuß; die Hänge schienen das Echo, das nach einem Ausweg suchte, hin- und herzuwerfen und schließlich talabwärts zu drängen, wo es verebbte. Willy löschte das Licht und zog die Vorhänge zurück und starrte hinaus in die Finsternis; alles hatte sich eingedunkelt: die Teiche, der Schuppen, die überdachten Bassins, nur zwei Fenster im Wohnhaus waren erleuchtet, hinter denen sich ein Schatten bewegte. Doch als er den Blick hob, sah er über dem jenseitigen Hang einen graugelben Lichtstreifen und gegen das Licht die mächtigen Silhouetten der Kiefern und Buchen, das Muster ihres ragenden Astwerks, und einmal war es ihm, als hätte er über den Bäumen die schwarzen Körper abstreichender Vögel erkannt.

9

Zuerst glaubte er sich getäuscht zu haben, aber dann wurde ein zweites Mal ans Fenster geklopft, und er setzte den leeren Koffer ab, den er gerade auf den Schrank heben wollte, und lauschte noch einen Augenblick, ehe er die Vorhänge beiseiteschob. Dicht vor der Scheibe, erhellt vom hinausfallenden Licht, erkannte er Franks Gesicht. Willy forderte ihn durch ein Zeichen auf, hereinzukommen; er zog rasch seine Jacke an, die er beim Auspacken über eine Stuhllehne gehängt hatte und steckte seine auf dem Tisch liegende Brieftasche ein.

Er öffnete Frank die Tür und bot ihm gleich einen Stuhl an, doch sein Bruder übersah die Geste: Ich will nicht lange stören, sagte er, ich will mich nur vergewissern, daß alles in Ordnung ist, und daß es dir an nichts fehlt. Frank sagte es, ohne ihn anzublicken, sagte es mit gepreßter Stimme, die nicht seine gewohnte Stimme war, und Willy wußte sofort, daß seine Besorgnis nur ein Vorwand war, um noch einmal zu ihm zu kommen. Mit einem Anschein von Zufriedenheit musterte Frank das gemachte Bett, auf dem schon der Schlafanzug lag, musterte die auf Bügeln hängenden Kleidungsstücke und die Hausschuhe und die auf dem Fensterbrett gruppierten Fotos, und als spräche er zu sich selbst, sagte er: Wie ich sehe, hast du dich schon eingerichtet. Neugierig, ohne sie zu berühren, beugte er sich dann über die Fotos – insgeheim wohl auch darüber belustigt, daß Willy sie nicht entbehren wollte für die Dauer seines Aufenthalts –, die an Reisen zu den bedeutendsten Teeplantagen der Welt erinnerten. Sie zeigten Willy im Stromgebiet des Brahmaputra, vor hügeligen, unabsehbaren Teegärten, zeigten ihn auf Ceylon und in China, auf allen

Bildern in Khakizeug, neben seinem Freund und Chef Detlev Maack. Offenbar von einem Regen überrascht, präsentierten sich beide einmal fröhlich und klatschnaß dem Fotografen; ein andermal ließen sie sich von einem Mädchen mit silberbereiften nackten Armen das Gepflückte reichen: zwei Blättchen und die haarige Blattknospe. Auf einem Foto fehlte sein Freund; es war im Festsaal eines Londoner Hotels aufgenommen, zeigte dunkelgekleidete Männer und erinnerte an ein Treffen der berühmtesten Teekoster, an einen Wettbewerb, der eine Woche lang dauerte und bei dem Willy die Silbermedaille gewann. Frank betrachtete die kleine Galerie, er nahm sich Zeit, fand mitunter auch zu einem Foto zurück, als müßte er einen Vergleich anstellen, und dabei drehte und befingerte er unausgesetzt seine abgenagte Stummelpfeife.

Du bist viel herumgekommen in der Welt, sagte er schließlich, du hast eine Menge gesehen. Der Beruf, sagte Willy nur, und nachdem er Frank noch einmal aufgefordert hatte, sich zu setzen, fragte er: Hast du auch den Schuß gehört? Ich, sagte Frank, ich hab geschossen, und nach einer kurzen Pause: Sie fielen in der Dämmerung ein, gleich ein halbes Dutzend von diesen Räubern, anscheinend haben sie uns entdeckt. Er hob den Kopf und sah Willy fest an und sagte: Wenn wir uns nicht wehren, Willy, können wir hier aufgeben; gegen eine Kolonie von Kormoranen sind wir machtlos. Ein Zug von Erbitterung und Entschlossenheit erschien auf seinem Gesicht, und als Willy wie nebenher fragte: Stehen sie nicht unter Schutz, bestätigte er höhnisch: Im Gegensatz zu uns werden sie geschützt, ja. Er brannte sich seine Pfeife an; weil er sie zu heftig anriß, brachen mehrere Streichhölzer. Er rauchte und starrte eine Weile vor sich hin, gerade so, als konzentrierte er sich und legte sich da etwas zurecht, und auf einmal hob er den Blick und fragte: Warum bist du gekommen, Willy? Warum bist du nach all der Zeit gekommen?

Willy setzte sich auf die Bettdecke, er lächelte, nicht aus Unsicherheit, sondern weil er diese Frage – weniger direkt allerdings, weniger schroff – erwartet hatte, und noch bevor er antwortete, sagte Frank, und es klang bittend und vorbeugend: Vielleicht hast du es schon herausgehört – bei uns läuft es nicht gut, wir kommen man knapp über die Runden. Ich weiß, sagte Willy ruhig, und da er spürte, worauf sein Bruder hinauswollte und woran ihm gelegen war, fügte er hinzu: Nichts anderes, Frank, als Alleinsein; das will ich hier, und darum bin ich gekommen; und ich danke dir und Sophie, daß ihr mich gleich hier aufgenommen habt; von euch will ich nichts. Frank sagte: Wir sorgen dafür, daß du hier alles findest, was du suchst; sag nur Bescheid, wenn du etwas brauchst. Eine Spannung schien von ihm genommen, eine Unsicherheit, ein Argwohn – seine Bewegungen wurden natürlicher, seine Stimme klang nicht mehr so gepreßt, es fiel ihm ein, daß im Zimmer eine Flasche Mineralwasser fehlte. Willy merkte, daß Frank etwas beschäftigte und auf seinem Stuhl hielt, und er dachte: Das also war es, was ihn beunruhigte und was er klären mußte; als ob ich ihm jemals eine Andeutung darüber gemacht hätte, daß ich eines Tages erscheinen und mein Erbteil fordern würde, ich hab nur vergessen, offiziell darauf zu verzichten, weil damals die Reise nach Kenia bevorstand, aber nun können wir es nachholen, obwohl Thekla …

Ich hab da noch eine Frage, sagte Frank unvermittelt, aber du brauchst sie nicht zu beantworten; wenn du es für richtig hältst, brauchst du sie nicht zu beantworten. Frag nur, sagte Willy, und Frank darauf: Du hast vorhin gesagt, daß es mit deiner Arbeit vorbei sei, für immer vorbei; willst du dir tatsächlich nichts Neues suchen? Einer wie du ist doch immer gefragt, mit deinen Fähigkeiten findet einer doch leicht eine andere Firma. Verbraucht, Frank, sagte Willy, was ich mal besaß und wovon wir lebten, das hat sich verbraucht. Das kann im Alter passieren, es passiert sogar zwangsläufig im Alter: der Geschmack nimmt ab. Frank wollte es nicht glauben, er gab zu, daß wohl Sehschärfe und Hörfähigkeit abnehmen, doch er konnte sich nicht vorstellen, daß sich auch der Geschmackssinn verliert. Aber so ist es, sagte Willy und hob resignierend die Hände, damit müssen wir uns abfinden; unsere Sinne, sie sind nur Geschenke auf Zeit, und vielleicht werden sie uns im Alter genommen, um den Abschied von der Welt zu erleichtern. Wie hast du das gemerkt, fragte Frank. Wie ich das gemerkt habe? Ich wurde unsicher im Urteil, sagte Willy, ich schwankte, wenn ich Sorten bestimmen sollte, die Geschmacksnerven waren wie betäubt, wie überlagert, und ich irrte mich, irrte mich einmal und noch einmal. Und das kam alles wie von selbst, fragte Frank. Von selbst und nicht von selbst, sagte Willy, genau weiß ich es nicht, ich weiß nur, daß es nach dem Unglück begann, nach diesem Unglück auf der Nordsee, bei einer Seebestattung.

Was ist da passiert, fragte Frank und sagte: Erzähl mal; und Willy erzählte, schleppend, auf jedes Wort bedacht und mit grübelnder Miene, so als wollte er selbst noch einmal dem Verlust auf den Grund kommen, wie sie mit dem weißen Schiff hinausfuhren, das einmal als Passagierschiff die kleinen Häfen bedient hatte und nun von einem Seebestattungsinstitut gechartert worden war. Bei bedecktem Himmel legten sie in Cuxhaven ab, die Urne mit der Asche des Firmengründers Julius Pottjohann stand unter einem Hügel von Kränzen auf dem Mitteldeck. An Bord waren die leitenden Mitarbeiter der Firma und überraschend zahlreiche Familienmitglieder; es wurde kaum gesprochen. Anfangs war die Nordsee grau gewesen, doch je weiter sie mit nordwestlichem Kurs fuhren, desto sonderbarer begann das Meer zu glimmen, als ob es rötlich und gelb heraufschiene vom Grund, es war wie der Widerschein eines Sonnenuntergangs, der auf dem Meeresgrund stattfand. Je weiter sie hinauskamen, desto mehr nahm der Wind zu, doch die Wellen machten ihnen nicht zu schaffen, da sie gegen sie anliefen; seekrank wurde niemand. Erst als das Schiff stoppte und quer zur rollenden See lag, wurde es Willy zunehmend mulmig, wenn auch nicht so schlimm, daß er den Worten des Pastors nicht hätte folgen können. Dem Wunsch des Firmengründers entsprechend, wurde die Urne von einem seiner Enkel geöffnet, ungeschickt, vor allem unbedacht geöffnet, denn bevor er noch die Asche ins Meer streute, langte der Wind in die Urne hinein, blies und wühlte den Inhalt auf und riß eine Fahne heraus, eine Aschenfahne, die über die Reling forttrieb und sich, von Wirbeln zerweht, kaum sichtbar aufs Wasser senkte. Willy stand am Heck, dicht neben der Reling; um der Aschenfahne zu entgehen, duckte er sich, er tat es in einem Augenblick, in dem das Schiff schwer krängte und sich schüttelte wie nach einem mächtigen Dämpfer. Auf einmal gab alles nach, er fand keinen Halt und stürzte ins Meer und griff nach einem Kranz, der neben ihm schwamm, aber der trug nicht. Daß er sich beim Sturz auf die Zunge gebissen hatte, nahm er nur undeutlich wahr, er fühlte lediglich einen vagen Schmerz; paddelnd versuchte er sich über Wasser zu halten, trieb ab, niedergezogen von dem nassen Zeug, das ihn immer mehr einschränkte in seinen Bewegungen. Willy konnte es nicht vermeiden, daß er Wasser schluckte, und obwohl er nur ein schwaches Empfinden für den Schmerz hatte, wollte er ein um so stärkeres für das Meerwasser gehabt haben, das er scharf und ätzend und adstringierend nannte.

Sie warfen ihm von Bord zwei Rettungsringe zu, die er jedoch nicht erreichen konnte. Geborgen hat ihn ein Mann der Besatzung, der sich anleinen ließ und zu ihm hinschwamm und ihn packte, als er wegzusacken drohte, ihn packte und umklammert hielt, bis sie die Leine, an der beide hingen, eingeholt hatten. Als sie ihn mit dem Gesicht nach unten aufs Deck legten und seinen Körper bearbeiteten, um das Wasser aus ihm herauszupressen, verlor er das Bewußtsein.

Als überliefe ihn ein Schauer, krümmte Willy sich zusammen und sagte: Vielleicht ist damals etwas passiert; genau weiß ich es nicht, ich weiß nur, daß danach die Unsicherheit begann. Willy schwieg, und eine Weile saßen sie sich stumm gegenüber, jeder auf seine Art damit beschäftigt, das Geschehene und seine Folgen zu ermessen; schließlich sagte Frank: Es muß nicht so bleiben – was verlorenging, findet sich manchmal wieder, die Zeit hat schon viel repariert. Er stand auf und legte Willy eine Hand auf die Schulter, nicht fühlbar, kaum, daß sie ihn berührte, so stand er ausdauernd da, und in dieser Geste lagen sowohl Anteilnahme als auch Beschwichtigung. Er überlegte, was er Willy noch sagen könnte in diesem Augenblick, doch es fiel ihm nichts ein, und er hatte auch das Gefühl, das, was notwendig war, gesagt zu haben.

10

Der dickwandige gläserne Hälter zerbarst auf dem Zementfußboden. Er zersprang mit einem so lauten Knall, daß Kai, nachdem er seinen Stolperschritt am Arbeitstisch aufgefangen und so den Sturz verhindert hatte, zuerst erschrocken zum Eingang des Schuppens trat und sich vergewisserte, ob jemand in der Nähe war. Das einzige Geräusch an diesem Morgen kam von der Spitzhacke seines Vaters, der, fern genug, das Eisen in den tonigen Grund schlug, um die Fischgrube zu vertiefen; im Haus blieb es still. Dann blickte der Junge fassungslos auf den verwaschenen Zementfußboden, auf dem die Scherben und Splitter des Hälters lagen, und zwischen ihnen in kleinen Lachen, festgeklebt ans Glas und an den Boden, die winzigen Forellen, dünn wie Tannennadeln. Waren sie eben noch, im sanft schwappenden Wasser des Hälters, träge und benommen, so bewiesen sie nun, zu wieviel Leben die Gefahr sie erweckt hatte: sie peitschten mit den Schwanzflossen, krümmten sich, schnellten in ungenauen Sprüngen empor und zuckten und wimmelten dichtgedrängt in einem Bodenstück des Hälters durcheinander, das nicht gebrochen war und noch ein wenig Wasser enthielt. Er riß den prallen Schlauch zur Seite, über den er gestolpert war, füllte einen Plastikeimer mit Wasser, breitete eine Gummischürze auf dem Boden aus, kniete sich hin und sammelte die Fische ein, achtsam, mehr tupfend als zugreifend und immer wieder verzagt, wenn er einen der winzigen Fischkörper unabsichtlich zerdrückt hatte. Nachdem er einen Teil der Fische eingesammelt hatte, rührte er mit der bloßen Hand den Inhalt des Eimers um; der Strudel mobilisierte die großäugige Brut.

Als er dabei war, die scharfkantigen Scherben und Splitter aufzuheben, die das Licht der Morgensonne reflektierten, verdunkelte sich plötzlich der Eingang, und überrascht aufblikkend erkannte er Willy, der ihm einen guten Morgen wünschte und sich dann, da er in einer Sekunde erfaßte, was geschehen war, ohne Zögern hinhockte und ihm half, die immer noch zuckende und hopsende Brut einzusammeln und in den Eimer zu setzen. Es war der verdammte Schlauch, sagte Kai. Behutsam, jeden Druck vermeidend und bemüht, den Fischkörper an der Fingerkuppe kleben zu lassen und ihn dann einfach in den Eimer zu tauchen, nahm Willy die verschüttete Brut auf, ohne vorerst darauf zu achten, die Toten von den Lebenden zu trennen. Er dachte: je geringer etwas ist, desto schwerer läßt es sich retten, und er sammelte und suchte und beeilte sich, angespornt von dem kummervollen Eifer des Jungen. Dann fegte er den Fußboden, erstaunt darüber, wie weit einzelne Glassplitter geflogen waren, während Kai, um die Brut im Eimer zu beleben, den Schlauch der Sauerstoff-Flasche ins Wasser leitete. Es schäumte auf, es burbelte und kochte, und im Steigen und Platzen der Blasen strebten die meisten Fische zum Boden des Eimers; die toten, die später bäuchlings oben trieben, schöpfte er ab und warf sie ins Bassin zu den einsommrigen Zandern, wo sie sogleich weggeschnappt wurden. Erleichtert kroch er sodann unter den Arbeitstisch, unter dem mehrere geräumige Glashäfen standen, wählte einen aus und kippte den Inhalt des Eimers hinein, und nachdem das Wasser sich beruhigt hatte, überschlug er die Zahl und stellte fest, daß nicht allzuviele der kleinen Fische fehlten, jedenfalls nicht so viele, daß es auf den ersten Blick aufgefallen wäre.

Danke, Onkel Willy, sagte er, und nachdem er sich davon überzeugt hatte, daß auf dem Fußboden keine Spuren zurückgeblieben waren: Du brauchst Vater nichts davon zu sagen, er regt sich nur auf, und ich bekomm es eine Woche lang aufs Brot. Es ging doch noch glimpflich ab, sagte Willy. Ihn regt jede Kleinigkeit auf, sagte der Junge, mitunter machen wir uns seinetwegen schon Sorgen. Willy ging nicht darauf ein, er hatte hinter den Säcken mit Fischfutter den Kolben des Karabiners entdeckt, anscheinend war die Waffe da nur eilig zwischen Wand und Säcken hineingeschoben worden. Er sagte nichts, und als er merkte, daß Kai seinen Blick aufnahm, wandte er sich um und sah hinaus ins Tal, über dem noch, obwohl das frühe Licht schon die unteren Teiche aufglänzen ließ, lange keilförmige Schatten lagen. Mit unsicherem Lächeln nickte er dem Jungen zu und murmelte etwas und ging hinaus ins Freie, ohne zu wissen, wohin er sich wenden sollte; unschlüssig musterte er den Hang, die Teiche, die Flanke der Fichtenschonung, alles schien ihm gleich viel zu bedeuten. Aber dann ließ er sich von der zerbeulten rostigen Tonne anziehen, in der sie seit jeher kranke Fische zerkocht hatten; er warf einen Blick hinein, schnupperte, schüttelte den Kopf und ging dann langsam zu den überdachten Bassins und starrte auf die lauernde, gegen die Strömung stehende Schule von Forellen.

Kai fand nicht los von dem Mann im gebügelten Freizeithemd, das ihn hier wie verkleidet erscheinen ließ, er beobachtete ihn mit Wohlwollen und Nachsicht, folgte ihm blickweise auf dem Sandweg und höher hinauf zu den schrundigen, einzeln stehenden Kiefern. Dort blieb Willy stehen und blickte zurück, nicht flüchtig, nicht so, als wollte er nur den Weg vermessen, den er zurückgelegt hatte, sondern grüblerisch und als sei er darauf aus, etwas wiederzufinden. Auf einmal entdeckte er ein neues Ziel; stolpernd, das Übergewicht mit Stemmschritten abfangend, bewegte er sich den Hang hinab zu der alten Buche, an deren Fuß der Bach austrat. Hier hockte er sich hin. Er tauchte eine Hand ins Wasser. Kai war sicher, daß er von dem Wasser trinken würde, doch er tat es nicht; er schöpfte nur ein wenig mit der Hand und nahm es in den Mund, und nach einem Augenblick drehte er den Kopf zur Seite und spuckte es aus.

11

Diesmal wurde der Barglunder Bäcker erwartet. Er brauchte nicht wie sonst seine Messingglocke zu schwingen, brauchte nicht zu rufen und suchend durchs Haus zu gehen, denn als sein sandfarbener Lieferwagen hielt, stand Sophie schon in der Tür, angetan mit einer hellen Bluse, das graue Haar im Nakken gesammelt und mit einem Kamm festgesteckt. Zum Gruß nannten sie, leicht zur Frage angehoben, ihre Vornamen – Sophie? Jörn? –, und ohne ein weiteres Wort öffnete der Bäcker die Schiebetür: links, auf sauber geschrubbten Bretterregalen, lagen die Brote, Weizen-, Misch- und duftende Schwarzbrote, rechts Buttercreme-Torten, Hefegebäck und glasierter Obstkuchen; in der Mitte ein Plastikkorb, halbvoll mit Brötchen. Schon beugte sich der Bäcker, ein blasser, stämmiger Mann, ins Innere des Wagens, um wie seit jeher ein Schwarz- und ein Mischbrot herauszuholen, als Sophie ihn um ein drittes Brot bat und dazu um ein halbes Dutzend Brötchen, worauf der Bäcker nach kurzem Innehalten und ohne sich umzuwenden fragte, ob die ersten Sommergäste gekommen seien. Sophie antwortete nicht gleich; erst nachdem sie Brote und Brötchen in Empfang genommen hatte, sagte sie, und in ihrer Stimme lag unüberhörbare Genugtuung, daß Willy zu Besuch sei, nach langer Zeit mal wieder; und da der Bäcker sie verwundert ansah, fügte sie hinzu: Er wird wohl länger bleiben. Während der Bäcker eine Eintragung in seinem abgegriffenen Kundenbuch machte – ausgefahrene Ware wurde bei ihm einmal im Monat bezahlt –, erschien ein Ausdruck von Unverständnis auf seinem Gesicht: anscheinend konnte er nicht begreifen, daß der Mann, der jahrelang ferngeblieben war und über den sie, wenn überhaupt, nur mit wortkarger Bitterkeit gesprochen hatten, nicht nur heimgefunden, sondern auch beschlossen hatte, länger zu bleiben. Ruhig auf sein Buch hinabsprechend sagte er: Ist man schön, daß er euch nicht vergessen hat. Sophie entging nicht die vorsichtige Ironie, sie fühlte sich gereizt – wohl nicht zuletzt deshalb, weil sie an alte Kommentare erinnert werden sollte –, dennoch gab sie sich gelassen und erklärte, daß einer, wenn er soviel in der Welt unterwegs war wie Willy, ab und zu mal ausruhen muß, da, wo er kein Fremder ist, da, wo er herkommt. Und im Abdrehen, über die Brote hinweg, sagte sie heiter: Grüß Karin, und schleppte sich ins Haus zurück und sah nicht mehr, wie der Bäcker die Schultern hob und eine Weile erstaunt dastand, bevor er die Schiebetür zuzog.

12

Der Bus hielt auf dem Hügel bei der aufgelassenen Windmühle, und außer Willy stiegen noch einige Reisende aus, die alle einander zu kennen schienen; bevor sie, bepackt mit Taschen, Tüten und Netzen, die Asphaltstraße verließen und auf schmalen, verkrusteten Lehmwegen abgelegenen Gehöften zustrebten, stellten sie einander kurze Fragen, gaben kurze Antworten, riefen sich Scherzworte zu, trugen Grüße auf. Schon auf ihrem Weg blieben manche noch einmal stehen und winkten zurück oder gaben einander mahnende Zeichen, mit denen an eine Abmachung, an ein Versprechen erinnert wurde; dann verflimmerten ihre Gestalten zwischen den weiten unbewegten Feldern, Mais- und Gerstenfeldern, die unter einer Hitzeglokke lagen.

Willy folgte dem abschüssigen Weg, der zum Fjord hinabführte. Zwei farbige Schilder, auf denen eine Forelle im

Sprung, ein Aal in arteigener Schlängelbewegung abgebildet waren, versprachen nach sechshundert Metern Weges Fischspezialitäten im Restaurant »Kanton«; das Teehaus war nicht erwähnt. Immer wieder mußte er an den Wegrand treten, um Autos vorbeizulassen. Sie fuhren rasch vorbei, eine Staubwolke hinter sich herschleppend, die sich auf dorrendes Gras senkte und auf den wilden Rhabarber. Mitten in einem Knick stand noch immer der Mirabellenbaum. Er fand den gärenden, mükkenumschwirrten Tümpel wieder und das trigonometrische Zeichen und den Steinbuckel, über den er einst mit dem Fahrrad gestürzt war.

Von keiner Welle angehoben, von keinem Windhauch bewegt, ragten die Masten der Segelboote starr in den karpfenblauen Nachmittagshimmel. Alle Liegeplätze in dem kleinen Jachthafen waren besetzt, gebleichtes Tauwerk lag aufgeschossen auf den hölzernen Laufstegen. An Bord der Boote saßen Männer mit nacktem Oberkörper, Kinder in Badeanzügen, gesichert mit gelben, monströs wirkenden Schwimmwesten, sie zogen kleine Kescher durchs Wasser und jubelten über jeden gefangenen Stichling. Weder sie noch die apathisch auf Deck liegenden Frauen zeigten Interesse für Willy, der nach alter Gewohnheit auf dem Uferweg vorbeiging, von Zeit zu Zeit stehenblieb, die Augen mit der Hand beschattete und über Boote und Menschen hinweg auf den Fjord hinausblickte und immer wieder zu einem strohgedeckten Haus am jenseitigen Ufer. Langsam stieg er die Zementstufen zum Hauptweg hinauf, die Schwingtür zum Restaurant stand offen. Willy ging nicht hinein. Er erkannte von draußen, daß Tische und Stühle umgruppiert worden waren; anstatt wie einst voneinander getrennte Inseln zu bilden, auf denen man für sich sein konnte, waren die Möbel zusammengedrängt und, um die Plätze zu vermehren, in Reihen aufgestellt. Nach einem flüchtigen Blick auf die Gäste trat er auf die aus Planken errichtete Plattform, die um das Restaurant herumlief, und ging über die schmale Brücke auf das auf Pfählen ruhende Teehaus zu.

Es waren noch die alten Pfähle, zerschrammt, mit Pocken besetzt, mit fächelnden Algenbärten behangen und zum Schutz gegen antreibende Boote mit Teilen von Autoreifen gesichert; er sah es, und er sah auch neben der Eingangstür die goldenen, auf rotem Grund prangenden chinesischen Schriftzeichen aus der Mandarin-Sprache und auf einer Wandmatte den schnaubenden Drachen, der aus einem Schilfdickicht hervorbrach. Unwillkürlich mußte er an Onkel Oswald denken, nach dessen Plänen und Wünschen dieses Teehaus errichtet worden war, und der ihn vorübergehend zu sich genommen hatte, als sie in Barglund keinen Ausweg aus ihrer Not zu finden glaubten, und dem er ein Gefühl der Dankbarkeit bewahrt hatte. Er sah ihn vor sich: schmalgliedrig, versonnen, die Augen ein wenig verengt, als stünde er unter einem dauernden Zwang zur Konzentration. Er trug seine gestärkte Leinenjacke, die er wohl schon als Chefsteward getragen hatte. In dem strohgedeckten Haus am jenseitigen Ufer des Fjords hatte er gewohnt, dort war er ohne erkennbares Leiden oder ein Anzeichen von tödlicher Krankheit gestorben. Willy glaubte seine Stimme zu hören, die immer freundliche, erbötige Stimme, und als er das Teehaus betrat, fühlte er sich von ihr willkommen geheißen, so wie Onkel Oswald einst viele seiner Gäste willkommen geheißen hatte, nicht aufdringlich oder gar untertänig, sondern nur mit versonnener Freundlichkeit.

Nur zwei Gäste saßen an einem Fenstertisch, ein älteres Paar, das sich bei seinem Eintritt zu ihm hinwendete und interessiert darauf wartete, für welchen Tisch er sich entscheiden wurde.

Erstaunt und erfreut zugleich, daß der neue Besitzer kaum etwas an der alten Ordnung des Inventars geändert hatte – hier galt anscheinend noch die abgeschlossene Tischgemeinschaft, die, von verschiebbaren, bemalten Papierwänden umgeben, jedem Gast das Gefühl geben konnte, für sich zu sein –, strebte Willy zu dem Platz, an dem er früher oft gesessen hatte, nach Geschäftsschluß oder, was Onkel Oswald ihm erlaubt hatte, um hier seine Schularbeiten zu machen. Obwohl das Tageslicht den Raum erhellte, brannte über dem Tisch eine Laterne, in deren Schein das schwarze, polierte Holz schimmerte. Die Zeichnungen auf dem Ölpapier der Laterne zeigten einen Bergwald, den, bis auf die Wipfel der Bäume, der Nebel deckte, zeigten ein Boot in dekorativen Stromschnellen und eine in Ergebenheit erstarrte Frau, die einem Mandarin eine Schale mit Tee anbietet. Statt der in rotem Saffianleder gebundenen und reich kolorierten Getränkekarte – einst der Stolz des Hauses –, in der der Gast unter sehr vielen Sorten und Mischungen wählen konnte, steckte in einem Metallständer eine Angebotsliste, die zwischen Pappdeckel gelegt war; für die Frontseite hatten sie aus der alten Karte das Bekenntnis des Kaisers Hui-tsung übernommen, das Willy schmunzelnd wieder las: Drei Dinge auf der Welt sind höchst bedauernswert – das Verderben der Jugend durch falsche Erziehung, das Schänden der Bilder durch gemeines Angaffen und die Verschwendung besten Tees durch unsachgemäße Behandlung.

Der junge Kellner beobachtete ihn, er wartete geduldig. Willy bemerkte es anerkennend und schlug die Getränkekarte auf. Er setzte die Brille auf, lächelte einmal verlegen zum Kellner hinüber und vertiefte sich in die Angebote und wollte nicht glauben, was er auf der ersten Seite las. Da wurde ein Sherpa-Tee mit Rotwein angeboten und ein Nilgiri-Tee mit Gin, ein

Assam-Ingwer-Punsch war angeblich mit Rum vollendet, und ein Tee namens Nikolaschka mit einem Glas Schnaps. Verwundert registrierte Willy, daß es einen Hawaii-, einen Kuba- und einen Pflanzerpunsch gab oder doch geben sollte, und er schüttelte den Kopf bei der Entdeckung, daß ein Tee-Punsch »Steife Brise« hieß, ein anderer »Windstärke 9«. Er mußte an Onkel Oswald denken, der davon überzeugt war, daß im Tee eine ganze Apotheke enthalten sei, eine Apotheke fürs Gehirn, fürs Gemüt, für stille Lebensfreude, allerdings nur dann, wenn man ihm seinen eigentümlichen Charakter läßt, seinen angestammten Duft, sein ursprüngliches Aroma. Bevor du ihn mischst, Junge, hatte er Willy beigebracht, mußt du wissen, welche Verbindungen er scheut und welche er liebt; auf die Verbindungen kommt es an, denn einige steigern den Genuß, andere vereiteln ihn, heben ihn auf. Und Willy entsann sich, wie ihn Onkel Oswald zwinkernd einlud, einen Schluck aus seinem Schälchen zu nehmen und die Sorte zu erraten, die er gerade trank, und Willy dachte an das Glücksgefühl und an den Stolz, den er empfand, wenn er die Sorte bestimmen konnte, und an das verblüffte Lob, das er erhielt. So groß war Onkel Oswalds Verblüffung, seine Begeisterung so dauerhaft, daß er bereits erwog, Willy zu einer Tee-Auktion mitzunehmen.

Nach einem abermaligen Blick zum Kellner, mit dem er um ein wenig Geduld bat, blätterte er weiter in der Getränkekarte, mit wechselnder Zufriedenheit, denn er fand die Namen großer Tees wieder, den Darjeeling von den Südhängen des Himalaya, den vom Monsun gekräftigten St. James Fannings aus Ceylon. Als er entdeckte, daß sie auch noch den Uva führten und den Ichang und den Formosa-Oolong, suchte und prüfte er nicht weiter: es waren verschiedene Oolongs, die er einst mühelos bestimmte, nachdem Detlev Maack ihm eine Wette angeboten hatte, und im Gedanken an die gewonnene Wette winkte er dem Kellner und bat nicht um ein, sondern um zwei Kännchen – Oolong-Pfirsichblüte und Oolong-Jasmin. Der Kellner quittierte die Bestellung mit einer angedeuteten Verbeugung; anscheinend war ihm klargeworden, daß er einen Kenner bediente.

Willy wartete, bis er hinter der Schwingtür zur Küche verschwunden war, dann stand er auf und ging zu dem breiten, eigens für das »Kanton« angefertigten Glasschrank, in dem Onkel Oswald einst seine vielbestaunte Sammlung von Teegeschirr aufhob. Hier hatte er oft gestanden, hier hatte er oft, wenn er allein war, der Versuchung widerstehen müssen, die einzelnen Stücke zu berühren; mitunter allerdings hatte Onkel Oswald ihm eines in die Hand gegeben, eine Bone-China-Tasse aus durchscheinendem Weichporzellan, oder eine Kanne in Staffordshire-Blue, die mit kobaltblauen Jagdszenen verziert war; er hatte ihn die Stücke halten lassen, um in ihm ein Gefühl für die Schönheit zu wecken und ihn die Wertschätzung des Tees ermessen zu lassen, für den Liebhaber das feinste und phantasievollste Geschirr erfanden.

Vor dem Glasschrank sah Willy sogleich, daß einige Stücke fehlten, vergebens suchte er nach dem Meißner Service, er vermißte die kostbaren Stücke aus weißem Eierschalen-Porzellan, die selbst Onkel Oswald nur selten berührt hatte, und er fand auch die bemalten Teebüchsen nicht an ihrem Platz und nicht das silberne Teesieb; dennoch gab es manches, das er wiedererkannte und das beim Wiedererkennen die alte Freude hervorrief. Die Empfindungen, die ihn dabei erfüllten, kamen ihm vertraut vor, er war sicher, daß es die gleichen waren, die ihn schon einmal bewegt hatten vor langer Zeit.

Während er die verbliebenen Stücke betrachtete, hörte er hinter sich eine Stimme: der junge Kellner fragte ihn, ob er vielleicht etwas kaufen wollte, alles stünde zum Verkauf, mit Ausnahme der Petersburger Teekanne. Willy zuckte zusammen. Er erstarrte. Er wandte sich nicht um. Gegen die Glaswand sprechend, fragte er leise, ob die fehlenden Stücke – das, was hier einst noch gestanden hatte –, bereits verkauft worden seien, und der Kellner bestätigte es; er sagte: Die besten Sachen sind leider schon weg, sie haben ihre Liebhaber gefunden. Und dann bot er sich an, den Schlüssel zu holen, falls der Herr etwas kaufen möchte. Willy rührte sich nicht, und als der Kellner schon glaubte, daß der Gast auf einen Kauf verzichten würde, deutete er auf einen englischen Teewärmer und sagte: Diesen Wärmer, diesen Teacosy – ich möchte ihn gern mitnehmen. Der Kellner wiederholte seinen Wunsch und wies darauf hin, daß der Tee bereits auf dem Tisch stand, Oolong-Pfirsichblüte und Oolong-Jasmin, wie bestellt.

Willy goß sich ein, hob das dünnwandige Schälchen an die Lippen, spürte die fruchtige Süße, noch bevor er trank, sah vor sich unter lanzettförmigen Blättern die hellrosa gefärbten Pfirsichblüten, und nachdem er, zaghaft zunächst und dann rasch hintereinander, ein paar kleine Schlucke genommen hatte, setzte er das Schälchen überrascht ab – in dem Gefühl, daß die gewohnte Empfänglichkeit ihm zurückgegeben sei. Erregt schmeckte er nach und ließ die Zunge spielen, und dabei fielen ihm Pfirsichnamen ein, die ihn immer schon entzückt und belustigt hatten: Frühe Viktoria und Bollweiler Liebling und Venusbrust. Doch dann schenkte er sich von dem Oolong-Jasmin ein und trank nachdenklich; was er kostete, war lediglich eine Ahnung, ein Versprechen, und nachdem er noch einmal mit geschlossenen Augen getrunken hatte, mußte er sich eingestehen, daß er sogar, wenn er nicht Oolong-Jasmin bestellt hätte, auf die Gardenienblüte gekommen wäre.

Er trank das Schälchen leer und füllte es nicht nach, saß nur und starrte vor sich hin. Gelächter drang aus der Küche zu ihm; als er zur Durchreiche blickte, erkannte er zwei Augenpaare, die ihn musterten, und sah, wie zwei Gesichter sich seitwärts zurückzogen, gerade so, als seien sie erwischt worden. Gleich darauf kam der Kellner heraus, er schloß den Schrank auf, griff mit zwei Fingern den Teewärmer und trug ihn zu Willys Tisch und setzte ihn ab. Ich hoffe, das Stück wird Ihnen Freude machen, sagte er und stutzte auf einmal und fragte besorgt: Zieht es Ihnen, oder ist Ihnen der Tee nicht bekommen? Wieso meinen Sie das, fragte Willy. Ihre Augen tränen, sagte der Kellner. Willy zuckte die Achseln und bat um die Rechnung, und während der Kellner sie an seinem Tisch ausschrieb, fuhr er sich mit dem Handrücken über Augen und Wangen und sagte: In meinem Alter sollte man sich wohl nicht der Zugluft aussetzen. Er zahlte und blieb noch eine Weile auf seinem Stuhl sitzen, unentschlossen, wie in der Schwebe gehalten von Erinnerung und Enttäuschung, eine Hand auf dem Teewärmer, dessen Stoff ihm spröde und steif vorkam und der die Silhouette eines Flecks bewahrte, das Wasserzeichen eines längst vergessenen Mißgeschicks, das sich nicht vollständig hatte tilgen lassen. Der Preis, den der Kellner für den Teewärmer verlangt hatte, war ihm nicht zu hoch vorgekommen, er hätte auch einen Liebhaberpreis bezahlt. Als er aufstand und, den Teewärmer über eine Hand gestülpt, das »Kanton« verließ, sah er rasch zu dem älteren Paar am Fenster hinüber; auf ihren Gesichtern lag ein Lächeln.

Auf der Holzbrücke kam ihm eine Familie entgegen, Mann und Frau und zwei kleine Mädchen in Badeanzügen; Willy drückte sich gegen das Geländer, um sie vorbeizulassen, und hob dabei den Teewärmer an die Brust. Eines der Mädchen blieb vor ihm stehen und linste von unten in den Teewärmer und fragte: Hast du da was gefangen, und Willy sagte: Rat mal, was es ist. Einen Vogel vielleicht? Ja, sagte Willy, einen kranken Vogel, aber ich kann ihn nicht zeigen, weil er Wärme braucht und da drin bleiben muß. Das Mädchen rannte seinen Eltern hinterher und rief: Er hat einen Vogel gefangen, Mami, einen kranken Vogel. Von der Plattform des Restaurants aus erkannte er, daß ein Kiosk gerade geöffnet wurde, er überlegte noch, ob er hinübergehen und sich einen Schokoriegel kaufen sollte, als er seinen Namen hörte: Herr Wittmann, und dann noch einmal, angestrengter: Herr Wittmann. Der Mann, der seinen Namen rief, stand auf dem Parkplatz des Restaurants, neben einem dreckigen, zerbeulten Wagen, auf dessen Ladefläche, kreuzweis mit Stricken gesichert, zwei Aluminiumtonnen schimmerten. Erstaunt ging Willy auf ihn zu, zögernd und erstaunt, er konnte sich nicht erinnern, dem Mann, der schmalbrüstig war und ein verschossenes Baumwollhemd trug und einen neuen, noch fleckenfreien Overall, jemals begegnet zu sein. Auf den letzten Metern kam ihm der Mann entgegen und streckte frühzeitig eine Hand zur Begrüßung aus, während er mit der anderen seine olivenfarbene Segeltuchmütze vom Kopf zog und mit einer Stimme, in der eine Art Überraschungsfreude lag, sagte: Wie schön, Sie mal wieder zu treffen, Herr Wittmann; Ute hat mir schon erzählt, daß Sie zu Besuch gekommen sind. Verlegen ließ Willy sich die Hand schütteln, und auf einmal glaubte er, diesen Mann – das schmale, ebenmäßig geformte Gesicht, den unsteten Blick – schon einmal gesehen zu haben, wußte aber nicht, wo es gewesen war. Der Mann sah ihm die Verlegenheit an, er sagte: Ich bin Bernhard, Bernhard Drews, in Barglund nennen mich alle Berni; wenn Sie nach Hause wollen, haben wir den gleichen Weg. Danke, sagte Willy, und obwohl er nicht sicher war, ob er dem Angebot zugestimmt oder es abgelehnt hatte, ging Berni ihm einfach voraus zum Wagen und stieg ein; Willy folgte ihm. Den Teewärmer legte er neben den Sitz.

Schweigend fuhren sie den unebenen Sandweg zur Chaussee hinauf, die Tonnen auf der Ladefläche hopsten und rumpelten trotz der Vertäuung; erst als sie auf den glattgewalzten Asphalt kamen, standen sie still. Willy, der sich mehrmals besorgt nach ihnen umgedreht hatte, sagte nur: Sie sind noch da, worauf Berni ihm freundlich zunickte und dann bedauernd erwähnte, daß die Tonnen leer seien; er hatte gehofft, die Abfälle des Fischrestaurants zu bekommen, es gehe ja eine Menge von den Tischen zur Küche zurück, nicht nur blanke Gräten; aber der Küchenchef habe ihm gesagt, daß ein Bauer auf die Abfälle abonniert sei, ein Bauer, wiederholte er mißmutig, der das Zeug gewiß an seine Schweine verfüttere, was alles andere als erlaubt sei. Er, Berni, brauche die Abfälle für seine Nerze, für die Jungtiere besonders, Fisch gibt ihren Fellen Glanz und Festigkeit, Fisch ist die beste Nahrung für Nerze. Den Blick auf die Chaussee gerichtet, sagte Willy: Nun weiß ich, Bernhard Drews, Sie haben die Nerzfarm. Der bin ich, sagte Berni und musterte Willy einmal schnell aus den Augenwinkeln, mißtrauisch und gespannt, welch einen Ausdruck das Gesicht des neben ihm sitzenden Mannes angenommen hatte, und da es ihm unverändert erschien, fühlte er sich ermutigt, mehr zu sagen.

Es wird Sie vielleicht wundern, sagte er sinnierend, warum Frank und ich keine Abmachung getroffen haben, ich meine: wegen der Fischabfälle; schließlich sind wir die nächsten Nachbarn, und was andere ihm zahlen, könnte Ihr Bruder auch von mir bekommen. Mehr als einmal habe ich es ihm vorgeschlagen, meine Angebote sind nicht schlechter als die der anderen, doch er hat sie zurückgewiesen, alles, was von mir kam, hat er zurückgewiesen.

Berni unterbrach sich, warf abermals einen schnellen, erkundenden Blick auf Willy und erfuhr wiederum nicht, worauf er aus war; der Mann neben ihm gab durch nichts zu erkennen, ob er eingeweiht war in die Verhältnisse des Tals, er verzichtete sogar darauf, die naheliegende Frage nach dem Grund der Zurückweisung zu stellen. Da dachte er: besser, wenn er's durch mich erfährt als durch seinen Bruder, der nachtragend und unversöhnlich alles auf seine Art darstellt; vielleicht wird er sich bereitfinden, bei Frank ein gutes Wort für mich einzulegen; und bekümmert sagte er: Ich muß zugeben, Herr Wittmann, daß es ein Mißverständnis gegeben hat zwischen Ihrem Bruder und mir, es liegt schon eine Weile zurück, aber es belastet unsere Beziehungen immer noch; wir sprechen nicht mehr miteinander. Wenn ich mich nicht irre, sagte Willy plötzlich, haben Sie einmal für meinen Bruder gearbeitet. So ist es, sagte Berni, bemüht, seine Überraschung zu verbergen, ich habe für Frank gearbeitet, und wir kamen gut miteinander aus, er konnte sich auf mich verlassen. Es ist zwar lange her, sagte Willy, aber ich erinnere mich daran, ich erinnere mich, daß er Ihren Namen genannt hat.

Sie überholten einen Traktor und gleich darauf einen Lastwagen, der mit Brettern beladen war, und dessen Fahrer Berni ein Zeichen mit der Hupe gab, zweimal kurz, und als Willy fragte: Ein Bekannter? Ewaldsen vom Baugeschäft in Barglund, sagte Berni, sie haben bei Ihnen das Haus für die Sommergäste gebaut. Berni steckte sich eine Zigarette an und ließ sie in den Mundwinkel wandern, und nach einigen Zügen nahm er das Gespräch wieder auf und erzählte – nunmehr in der Gewißheit, daß der Mann neben ihm nicht genug wußte –, und daß sie eine lange Zeit gut zusammengearbeitet hatten, Frank und er, und daß sie miteinander zufrieden waren. Er erzählte, daß er verantwortlich war für die Lieferungen, Frank hatte sie ihm anvertraut, jahrelang war nichts vorgekommen, was er zu beanstanden gehabt hätte, jeden Donnerstag war er, Berni, losgefahren, hatte Fische in der Markthalle abgeliefert und war noch nachts zurückgekehrt. Daß seine Lieferungen falsch eingewogen und unter Gewicht bezahlt wurden, hatte nicht er, sondern Frank bemerkt, der sich eigens eine größere Waage angeschafft hatte, um den Verlusten auf den Grund zu kommen. Der Verdacht aber, den Schwund für sich selbst abgezweigt zu haben, fiel auf ihn, Berni, dem alle Erklärungen und Beteuerungen nichts nutzten; Frank glaubte ihm nicht. Und selbstsicher sagte er: Sie kennen Ihren Bruder, Herr Wittmann, Sie wissen, wie er ist – gegen seine Überzeugungen kommt man nicht an; und weil er davon überzeugt war, daß ich ihn hintergangen hätte, zog er mir die Hälfte von meinem Lohn ab und wollte mich nicht mehr an seinem Tisch haben.

Berni machte eine Pause, drückte die Zigarette aus und versuchte, Willys Blick aufzufangen, was ihm jedoch nicht gelang. Willy fragte ruhig: Und was geschah dann? Und Berni gestand, daß er dann wohl einen Fehler gemacht hätte. Seine Stimme klang schuldbewußt, als er sagte: Es war wohl ein Fehler, daß ich mir zurückholte, was Frank mir vom Lohn abzog; obwohl es ungerecht war von ihm, hätte ich das nicht tun sollen. Es ist nicht oft passiert, und auf eigene Rechnung habe ich gerade nur soviel verkauft, wie er mir an Lohn geschuldet hat. Ich sehe ein, daß ich nicht allein und heimlich für Gerechtigkeit hätte sorgen dürfen.

Willy, der ihm aufmerksam zugehört hatte, spürte Bernis Erleichterung – nun, da er ihm auch das anvertraut hatte, was gegen ihn sprach – und spürte ebenfalls, daß nun etwas von ihm erwartet wurde, ein Schiedsspruch, ein Urteil, doch er schwieg und schüttelte nur den Kopf. Während er über die Selbstbezichtigung des Mannes nachdachte, nahm er sich vor, bei nächster Gelegenheit mit Frank zu sprechen, und nicht nur dies – da er ein gewisses Mitleid mit Berni empfand, beschloß er, etwas zu seinen Gunsten zu sagen, jedenfalls so für ihn zu sprechen, daß es, wenn auch nicht gleich zu einer Versöhnung, so doch zu einem Gespräch zwischen den beiden Männern führen konnte. Um sicher zu sein, daß auch Berni an einem Gespräch gelegen war, fragte er nach einer Weile: Wären Sie bereit, sich mit meinem Bruder noch einmal zusammenzusetzen, ihn anzuhören und ihm alles zu erklären? Aber sicher, sagte Berni, und wenn er es möchte, würde ich auch gern wieder für ihn arbeiten; nur den Lieferwagen, den möchte ich nicht mehr fahren. Er war auf einmal gelassen, war sogar froh gestimmt, er nickte Willy dankbar zu und nickte auch für sich selbst, wie erfüllt von Zuversicht, und nachdem sie die stillgelegte Zuckerrübenfabrik von Barglund passiert hatten, schlug er ihm vor, noch für einen Augenblick zu ihm zu kommen. Vielleicht haben Sie Lust, meine Nerze zu sehen, sagte er, und da Willy einverstanden war – nicht spontan, sondern eher halbherzig und nur, um Berni eine Freude zu machen –, bog er auf einen von Erlen flankierten holprigen Weg ein, an dessen Ende ein heruntergekommenes Anwesen lag.

Berni entschuldigte sich für das Aussehen der Kate, die, weil der Kalk geplatzt und abgeblättert war, wie mit Flecken übersät schien, mit Ausdünstungen, die unter der Sonne versteinert waren. Er bat, den hingeworfenen Krempel zu übersehen – Drahtrollen und Pfähle, Wagenräder und rostende Eimer –, den er demnächst fortzuschaffen gedachte, und lotste Willy an einer leeren Hundehütte vorbei, auf deren Dach eine Kette lag. Grinsend schlug er eine Schiffsglocke aus Messing an, die mit einem Lederriemen an einem Ast befestigt war; mit diesem Signal, erklärte er, könne man ihn rufen, falls er hinten bei den Tieren sei. Sie gingen durch einen verwilderten Garten, der Umriß der Beete war nur zu ahnen, überall siegte die Brennessel, triumphierte die Distel, und durch Beerensträucher flocht sich die Ackerwinde. Altes Astwerk, das ein Sturm abgerissen hatte, lag unter krummen Obstbäumen. Ringeltauben flogen auf, zogen mit klatschendem Flügelschlag eine Runde, bevor sie sich entfernten. Vor dem schiefen Holzzaun, der den Garten begrenzte, sah Willy das Spalier von Drahtkäfigen und hörte jetzt das Fiepen der Nerze, die ihre Annäherung bereits bemerkt hatten.

Ruhig, ihr schönen Räuber, seid nur ruhig, sagte Berni und bat Willy, zu warten. Er öffnete eine Holzkiste, hob einen Eimer heraus, der zur Hälfte mit Fischabfällen gefüllt war, mit Innereien, Schwanz- und Ruderflossen und Köpfen. Die Nerze fiepten heftiger. Sie sprangen gegen den Maschendraht. Sie verbissen sich in ihn. Die braunen, huschenden Körper drehten und wirbelten um sich selbst, hingen kopfunten, entblößten das feine Dolchgebiß. Manchen hatte der Draht die Zehenkrallen aufgeschnitten, manche hatten Bißwunden am Kopf. Berni warnte Willy, ihnen nicht zu nahe zu kommen. Er sagte: Es ist zwar keine Fütterungszeit, aber Ihretwegen sollen sie einen Leckerbissen bekommen. Dann verteilte er mit einem Holzspieß einige Batzen Fischfleisch an die Nerze, deren Wildheit ihn freute, deren Gefräßigkeit ihm Vergnügen machte, und wenn sie sich, rasend vor Futterneid, ineinander verbissen, steckte er den Holzspieß durch den Maschendraht und suchte sie zu trennen, nicht besorgt oder zornig, sondern gut zuredend: Immer halblang, ihr Schönen, immer mit der Ruhe.

Willy hielt sich zurück, er stellte keine einzige Frage; mit wachsendem Widerwillen starrte er auf die Tiere, die sich, toll vor Gier, in einigen Käfigen verknäulten und dann, als hätte ein Schlag sie getroffen, blitzartig auseinanderfuhren und sich gegen den Maschendraht warfen. Ein Geruch von Fäulnis und Urin setzte ihm zu, Ekel befiel ihn beim Anblick der Fliegen, die den Futtereimer umschwirrten, aus dem Berni – heiter und mit grimassierendem Gesicht – immer neue Batzen herauspickte und durch den Maschendraht drückte. Ihm wurde übel. Er berührte Berni an der Schulter und gab ihm zu verstehen, daß er genug gesehen habe und daß es für ihn Zeit sei, zu gehen. Auf Bernis Angebot, ihn nach Hause zu fahren, verzichtete er, holte nur seinen Teewärmer aus dem Wagen und ließ sich zum Erlenweg bringen, wo er sich mit knappem Dank verabschiedete.

Er entschloß sich, nicht zur Straße zurückzukehren, sondern an einem Maisfeld entlang zur bewaldeten Höhe hinaufzugehen und von dort wieder hinab zur Fichtenschonung und zu den Teichen.

Zuerst schritt er frei aus, atmete tief durch, ihn bekümmerte weder der sanfte Brandgeruch, der in der Luft lag, noch lauschte er auf das Rascheln im Mais, das ihn unaufhörlich begleitete; als schiene ihm zunächst nur daran gelegen, sich rasch von dem Ort zu entfernen, dessen Fäulnis- und Wildgeruch er kaum hatte ertragen können, klomm er am Feldrand zur Höhe hinauf, über Kamille und Schafgarbe hinweg, über Haufen abgesammelter Steine hinweg. Auch als er zu keuchen anfing, verlangsamte er nicht seinen Schritt, ohne zu verschnaufen, stieg er weiter und weiter, auf die einzeln stehenden Kiefern zu, hin zu ihren Schatten. Seine Erschöpfung wuchs, er lockerte den Knoten seiner Krawatte und knöpfte seine Freizeitjacke auf, immer wieder spuckte er aus, um den säuerlichen Schweißgeschmack loszuwerden. Das Rascheln im Mais – ein vertrautes Geräusch seiner Kindheit, fast so vertraut wie das Geräusch rinnenden und über die Staubretter fallenden Wassers – erschien ihm lauter, verdächtiger, er hatte das Gefühl, begleitet und beobachtet zu werden von lauernden Unsichtbaren, die neben ihm durch die Pflanzen streiften. Er dachte: Erst einmal oben sein.

Und dann erreichte er den Kamm, doch statt sich hinzusetzen und auszuruhen, wie er es vorgehabt hatte, zog es ihn nach kurzem Atemholen schon wieder den Hang hinab talwärts. Eben noch waren ihm die Bäume, der Schatten, der Blick auf den Grund des Tals wie ein Versprechen vorgekommen, das den Frieden und die innere Stille wiederherstellen würde, da mußte er schon erfahren, daß er sich geirrt hatte oder sogar getäuscht worden war.

Etwas hatte sich verändert, hatte seine Verläßlichkeit eingebüßt und seine Unschuld. Er stolperte den Hang hinab, suchte nun Halt an den Buchen, von denen er mit vorgestreckten Armen abfederte und dabei für einen Augenblick verharren konnte; doch dann überließ er sich wieder dem Gefälle, er geriet an den Fichtenwald und stand auf einer schmalen grasbedeckten Schneise. Es war nicht die Schonung, die er kannte, die dazu einlud, sich zu verstecken; von dem Wald, über den er einst geherrscht hatte, existierten nur noch hier und da pilzbesetzte, faulig schimmernde Stümpfe, die beiden großen Ameisenhügel und der verkrautete Tümpel, in dessen Nähe er, unter Ästen verborgen, vor langer Zeit den Karabiner entdeckt hatte.

Ohne sich zu orientieren, hastete er die Schneise entlang, auch jetzt in der Gewißheit, beobachtet und belauert zu werden; einmal glaubte er Stimmen und Axtschläge zu hören, einmal das Fauchen eines Tieres. Seine Augen brannten, das Hemd klebte am Körper, sein Atem wurde zu einem rhythmischen Stöhnen. Dann sah er das Wasser des Torfstichs durch die Zweige aufglänzen, sah auch schon die aufeinandergelegten behauenen Baumstämme an seinem sumpfigen Rand, und wie befreit strebte er auf sie zu und setzte sich hin.

In dem stehenden braunen Wasser zu seinen Füßen entstand eine heftige Bewegung, eine Schlammwolke löste und verbreiterte sich – gerade als hätte eine lautlose Explosion sie entbunden, und eine Druckwelle, die einen Wirbel nach sich schleppte, wanderte zur Mitte hin.

Er zog sein nach Lavendel duftendes Taschentuch heraus, betupfte sein Gesicht, rieb den Schweiß vom Nacken, dann brach er sich einen Stock und strebte ohne Eile nach Hause.

13

Gemeinsam setzten sie den zweiten Madenkasten zusammen. Kai sägte die ausgemessenen Stücke von einem Brett ab und reichte sie seinem Vater, der sie zupaßte und mit Schrauben aneinander befestigte; das rohe Fichtenholz war weich, die Schrauben drangen leicht ein und hielten die nicht einmal kniehohen Stücke gut zusammen. Eine Seite ließen sie offen, die Schlüpfseite, die wurde mit einer Lage Maschendraht überspannt, der mit Blauköpfen festgenagelt wurde, worauf das Ganze einem seltsamen, behelfsmäßigen Miniaturgefängnis glich, das für Tiere bestimmt war. Nachdem Frank noch einmal die Festigkeit geprüft hatte, holte er aus dem Schuppen ein totes Huhn, das bereits gerupft war, ergriff ein Beil und begann, den Körper zu zerhacken und die einzelnen Teile und schließlich auch die Innereien in den Kasten zu werfen und, da einiges über den Rand hervorstand, alles mit einer Schaufel zusammenzudrücken. Er schien zufrieden; er sagte: Wir brauchen noch einen Deckel, Kai, damit die Krähen nicht rankönnen und die Elstern, und der Junge nahm Maß und sägte abermals ein Stück von dem Brett ab, das sie auf den Kasten nagelten. Dann trugen sie ihn zum großen Teich, zu dem vertäuten Floß, das, als es ihrer beider Gewicht trug, einsackte und beim Hinausstaken sanft überspült wurde. Sie stakten zur Seite, bemüht, in ihren Gummistiefeln die Balance zu halten; an dem Pfahl, den sie tags zuvor in den Grund gerammt hatten, legten sie an, und während Kai das Floß festhielt, brachte sein Vater den Madenkasten aus. Er setzte ihn auf das Tragebrett, das auf den Pfahl genagelt war, zog und schubste ihn, bis die offene Seite frei über dem Wasser stand, und sicherte die Position des Kastens mit einem dünnen Kupferdraht. Frank klopfte sich die Hände ab. Er sagte: Dann man guten Appetit, und forderte Kai durch eine Kopfbewegung auf, zu dem bereits ausgebrachten Madenkasten hinüberzustaken, der nur wenige Meter vom Ufer entfernt war. Der Pfahl warf einen genauen Schatten wie der Zeiger einer Sonnenuhr. Langsam glitten sie näher, ließen die Bewegung des Floßes auslaufen und brachten es mit der Stakstange zum Stillstand. Grüne Aasfliegen umschwirrten den Kasten, schlüpften unaufhörlich durch das Drahtgitter und setzten sich auf das verwesende Fleisch, um ihre Eier abzulegen. Maden krochen heraus, richteten sich, nachdem sie das Gitter passiert hatten, züngelnd auf, fühlten, suchten, krümmten die blaßblauen Körper und tropften ab und fielen ins Wasser. Die Männer sahen es, und sie sahen unter dem Kasten, lauernd, fächelnd, eine Schule von Forellen, die darauf wartete, daß eine Made herabfiel. Wie sie heranschossen, wie sie zuschnappten - anders als beim pillenförmigen Preßfutter –, dies schien eine seltenere, eine wertvollere Beute für sie zu sein, eine Beute, die den alten Jagdinstinkt zufriedenstellte. Du siehst, wie schnell die Fische gelernt haben, sagte Frank, und er sagte auch: Es gibt nichts Besseres für sie als Lebendfutter.

Plötzlich durchbrach eine Forelle die Oberfläche, sprang jedoch nicht empor, sondern warf sich auf die Seite und trudelte und taumelte mit abgeklappten Kiemendeckeln vor dem Floß, gerade als hätte die Drehkrankheit sie befallen und als versuchte sie mit verzweifelter Anstrengung das Gleichgewicht wiederzugewinnen. In unberechenbarer Bahn, schleppend, wegtauchend und wieder aufsteigend, bewegte sich der Fisch vor dem Floß, blieb ermattet liegen, schoß mit gesammelter Schnellkraft davon, wobei sein getüpfelter Rücken sich aus dem Wasser hob. Frank ging in die Hocke. Er krempelte die Ärmel seines Hemdes auf. Er streckte den Arm aus. Er beobachtete die wirren Bewegungen der Forelle, folgte ihr, sobald sie sich näherte, mit griffbereiter Hand, und auf einmal packte oder stieß er zu, kurz und entschieden wie ein Reiher, und hob den sich krümmenden Fischkörper aus dem Wasser. Er betrachtete den Fisch. Er erkannte gleich die dünnen, schlitzartigen Wunden, die sich auf beiden Seiten von den Brustflossen bis zum Rücken hinaufzogen. Es gab keinen Zweifel über ihre Herkunft. Da, sagte er, da, und hielt dem Jungen den Fisch hin und bog ihn ein wenig, so daß die Tiefe der Wunde deutlich wurde. Er hatte ihn schon im Schnabel, sagte Kai, vermutlich mußte er ihn wieder loslassen. Er wird in der Morgendämmerung gekommen sein, sagte Frank, vielleicht war auch schon ein ganzer Schwarm hier. Guck dir nur die Wunden an – die Schnabelränder sind scharf wie Rasiermesser. Frank hob sein Gesicht und musterte die Weiden und die Erlen und das Haselgebüsch, er tat es ausdauernd, mit zusammengepreßten Lippen, und nachdem er die niedrigen Gehölze abgesucht hatte, glitt sein Blick höher hinauf zu den Buchen, wo er sein Augenmerk auf die Astgabeln richtete. Kai sprach ihn nicht an. Er sah auf den schnappenden Fisch in der Hand seines Vaters, sah atemlos zu, wie die Hand drückte und drückte, mit soviel Kraft, daß der Rücken platzte und das rosige Fleisch zwischen den Fingern aufschimmerte.

14

Am Abend saß Willy am offenen Fenster und schrieb einen Brief an Theklas Vater. Es war still. Dunst lag über den Teichen. Der von Kiefernnadeln bedeckte Boden bewahrte die Wärme des Tages, die durch das Fenster hereinströmte. Hoch über dem Dach, in den Kronen der Bäume, führten Vögel ihr abendliches Streitgespräch. Im Tal zeigte sich niemand; einmal nur war Sophie herausgetreten, hatte sich durch den Küchengarten geschleppt und von einer Wäscheleine Strümpfe und Handtücher abgenommen und sie ins Haus getragen.

Während er schrieb, sah Willy das Gesicht des alten Mannes vor sich: die schwimmenden, blaßgrauen Augen, die stark geäderte Haut, die herabgezogenen Mundwinkel, die ihm einen Ausdruck eingefrorener Geringschätzung gaben; obwohl er die Achtzig längst überschritten hatte, wirkte er immer noch bullig und unwirsch und unterbrach immer noch jeden, der mehr als drei Sätze zu ihm sprach. In seiner Gegenwart hatte Willy sich nie wohlgefühlt, dennoch schätzte er die Lebensleistung seines Schwiegervaters, der als Schiffsausrüster internationalen Ruf genoß und auch noch in seinem Alter fast täglich ins Büro fuhr. Das Wasserrad muß sich drehen, mein Junge, war seine ständige Redensart, wenn es erstmal stillsteht, dann ist der Müller erledigt.

Willy teilte ihm mit, daß er sich gezwungen gesehen habe, sein Arbeitsverhältnis mit Maack & Pottjohann nach zweiunddreißigjähriger Tätigkeit zu lösen, weil er sich den Forderungen, die an ihn gestellt wurden, nicht mehr gewachsen fühlte. Er schrieb, daß ihm das, was ihn einst befähigt hatte, die Vertrauensstellung in seiner Firma auszufüllen, abhanden gekommen sei, und zwar so unwiderruflich, daß auf seine Urteile und Bestimmungen kein Verlaß mehr sei und er, wollte er auf einer Fortsetzung seiner Arbeit bestehen, nurmehr ein folgenreiches Risiko für Maack & Pottjohann darstelle. Als er hinzufügte, daß die abnehmende Empfindlichkeit des Geschmacks nichts Ungewöhnliches, sondern ein fast unabwendbares Merkmal des Alters sei, ging ihm auf, daß er schon wieder nahe daran war, sich zu entschuldigen, zumindest sah er voraus, daß der Alte dies als Entschuldigung auslegen würde; oft genug hatte er kopfschüttelnd und belustigt festgestellt: Du entschuldigst dich zu oft, Willy, und zu früh.

Er bedachte den Satz, strich ihn aus und sah den begonnenen Brief lediglich als Entwurf an. Nicht bereit, sich zu entschuldigen oder seine Entscheidung zu verteidigen, erwähnte er, daß die Trennung in gütlichem Einvernehmen erfolgt sei und daß er sich in absehbarer Zeit mit seinem Freund Detlev Maack treffen werde, um über die ihm zustehenden Abfindungen beziehungsweise Pensionsansprüche zu verhandeln – daß diese

Verhandlungen zur Zufriedenheit verlaufen würden, könne er nicht zuletzt deshalb annehmen, weil der Firmeninhaber seine Verdienste immer wieder bestätigt habe. Nach seiner Einschätzung jedenfalls gäbe es für Thekla keinen Grund, sich über ihr weiteres Leben Sorgen zu machen. Das glaubte Willy dem alten Mann um so nachdrücklicher versichern zu müssen, als er wußte, wieviel diesen mit seiner einzigen Tochter verband. Ohne hinzusehen, brach er sich eine Rippe von der Nußschokolade ab, schob sie in den Mund und überflog den Text und fand nichts, das verändert werden mußte.

Einen Augenblick lauschte er auf ein fernes Motorengeräusch, dann schrieb er weiter, dankte seinem Schwiegervater für das lange zurückliegende Angebot, immer für ihn dazusein, immer einen Platz in der eigenen Firma für ihn zu finden, nicht in gehobener Position, nicht mit besonderen Vollmachten, aber doch als bevorzugter Probandus. Willy hatte nicht vergessen, daß der alte Mann zwar nicht abschätzig, aber doch mit gutmütiger Nachsicht von Willys Beruf sprach, allein, wie er das Wort »Teekoster« artikulierte und es manchen Geschäftsfreunden als »Geschmackskünstler« übersetzte, ließ den gutmütigen Vorbehalt ahnen, den er für Willys Tätigkeit empfand. Um so mehr hatte Willy das Angebot erstaunt und zugleich erfreut. Und weil er es nicht für ausgeschlossen hielt, daß es ihm nun, nach seiner Trennung von Maack & Pottjohann, noch einmal gemacht werden könnte, bedankte er sich grundsätzlich, fügte aber auch vorsorglich hinzu, daß es ihm einstweilen nicht möglich sei, eine neue Tätigkeit anzunehmen. Er schrieb, daß er sich mutlos fühle, leer und verbraucht, und daß nichts die Selbstzweifel beseitigen könne, die gegen jeden neuen Lebensplan sogleich Einspruch erhöben. Mitunter käme er sich vor, als habe er die Achse verloren, die ihn bisher im Gleichgewicht hielt. Um mit neunundfünfzig etwas Neues zu beginnen, schrieb er, bedürfe es einiger Voraussetzungen – Selbstvertrauen gehöre ebenso dazu wie Ausdauer und Bereitschaft, zu vergessen; und über diese Eigenschaften verfüge er einstweilen nicht. Er werde Zeit brauchen, um herauszufinden, was ihm noch möglich sei.

Willy las die bekenntnishaften Sätze noch einmal, und obwohl sie ihn nicht ganz zufrieden stimmten – sie kamen ihm vor wie ein Offenbarungseid –, beschloß er, sie erst später zu ändern; zunächst glaubte er Theklas Vater die Gründe seiner Abwesenheit erklären zu müssen. Er schloß das Fenster, zog die Gardinen zu und schaltete das Licht ein, und zurückgenommen auf den matten Schein der Tischlampe teilte er mit, daß sein Fortgang nicht als Auflösung einer Gemeinschaft zu verstehen sei, als definitive Trennung, vielmehr habe er Stille und Abgeschiedenheit gesucht, um sich über das Ausmaß und die Folgen seines Verlustes klarzuwerden. Noch falle es ihm schwer, diesen Verlust zu akzeptieren, auch Unterwerfung wolle gelernt sein – obwohl er sich, wenn er zurückblicke, eingestehen müsse, daß das ganze Leben aus einer Kette von vielfältigen Unterwerfungen besteht –, und damit ihm dies in seiner jetzigen Situation gelinge, habe er sich Alleinsein verordnet. Er wisse nicht, schrieb er, zu welcher Erkenntnis ihn die Selbstgespräche bringen würden, zu denen er hier die nötige Ruhe finde, er hoffe nur, daß sich sein Wunsch erfülle, wieder Zutrauen zu sich selbst zu gewinnen.

Er hob den Kopf und horchte, denn er glaubte unten im Tal Stimmen gehört zu haben, Willkommensrufe, Rufe der Wiedersehensfreude, doch gleich herrschte wieder Stille, und er blickte auf seine Hand, die den Stift hielt, und sah, daß sie zitterte. Müdigkeit überfiel ihn, seine Augen brannten, in der

Schulter spürte er einen ziehenden Schmerz. Er nahm die Brille ab und legte beide Handflächen auf sein Gesicht, und einen Augenblick war ihm, als hörte er, lautstark wie über Hall, seinen eigenen Pulsschlag. Er verzichtete darauf, den Brief zu Ende zu schreiben, er gab es nicht zuletzt deshalb auf, weil er sich nicht in der Lage fühlte, dem alten Mann zu bekennen, daß er fortgegangen war, ohne sich von Thekla zu verabschieden. Als er den Brief begann, war er noch entschlossen, auf sein Zusammenleben mit Thekla einzugehen, behutsam, schonungsvoll, in Andeutungen, er hatte sich vorgenommen, zu erklären, warum er allein sein wollte, unbeeinflußt von ihren Maßregeln und schroffen Urteilen – und nun konnte er es nicht. Morgen dachte er, vielleicht morgen.

Seufzend stand er auf, zog seine Freizeitjacke aus und hängte sie auf einen Bügel, zog die Schuhe aus und stellte sie ausgerichtet unters Bett. Die Hosen legte er sorgsam zusammen, daß die Bügelfalten sich erhielten. Nachdem er den Tisch abgeräumt, sein Schreibzeug in der Reisetasche verwahrt hatte, ging er ins Badezimmer. Im Licht der zu schwachen Birne betrachtete er sein Gesicht im Spiegel und die eingefallene, kaum behaarte Brust, und er lächelte bei dem Gedanken, daß Trübnis ihre Vorzüge haben kann. Gleichzeitig nahm er zur Kenntnis, daß aus dem Warmwasserhahn nur kaltes Wasser kam; er putzte sich die Zähne und zuckte zusammen, wenn die Bürste allzu kräftig über die freiliegenden Zahnhälse strich.

Dann trat er unter die Dusche, die anscheinend noch nie benutzt worden war; stotternd, fauchend fiel das Wasser auf ihn herab, setzte ihn abwechselnd einer wütenden Massage und einer schmeichelnden Berieselung aus.

Im Dunkeln, entspannt und auf den Schlaf wartend, verwarf Willy den Brief an seinen Schwiegervater und nahm sich vor, ihn noch einmal zu schreiben, knapp und sachlich, ohne seinen Entschluß zu erklären. Ein kratzendes, schabendes Geräusch ließ ihn aufhorchen, es kam vom Boden oder vom Dach, genau ließ es sich nicht bestimmen, doch da es sich nicht veränderte, nahm er an, daß es ein vom Wind bewegter Kiefernast war, der das Geräusch verursachte. Beruhigt legte er sich zurück und schloß die Augen.

Er sah sich an Bord des Segelschiffs während eines festlichen Empfangs zum Hafenjubiläum; sein Schwiegervater hatte ihn mitgenommen, ihn und Thekla. Es war kurz nach ihrer Hochzeit. Das Schiff hatte über die Toppen geflaggt, Veteranen der Meere entsannen sich der Stürme, die sie abgeritten hatten, sie scherzten über eiserne Matrosen, die einst hölzerne Schiffe bändigten, und verglichen sie herablassend mit den hölzernen Seeleuten, die heute auf eisernen Schiffen fuhren, und Theklas Vater, der sich anscheinend herausgefordert fühlte, machte plötzlich den Vorschlag, in die Wanten zu steigen, bis zu den Bramsegeln hinauf. Los, Willy, komm, rief er, wir wollen es ihnen mal zeigen, und packte mit seinen fleischigen, behaarten Händen die Führungstaue und kletterte nach oben, belacht und beklatscht von seinen Zuschauern. Und dann trat er vorbei und konnte sich nicht fangen und hing wie ein Kartoffelsack in den Wanten, jämmerlich und auf die Hilfe junger Matrosen angewiesen, die ihn wieder runterbrachten. Willy hatte nicht einen Fuß in die Wanten gesetzt, und als der gescheiterte Kletterer wieder an Deck stand, unsicher, mit pfeifendem Atem, nahm er sich seiner gemeinsam mit Thekla an und führte ihn zu einem Segeltuchstuhl. Sie drückten ihn nieder, tätschelten seine Schultern, ordneten sein zerzaustes Haar. Als Willy in seinen Gesichtskreis trat, bewegte er die Lippen, er versuchte, etwas zu sagen, doch da es ihm nicht gelang, setzte er nur ein spöttisches Lächeln auf und machte eine lasche, resignierende Handbewegung. Später, auf der Heimfahrt, als sie noch einmal über den mißglückten Enter-auf-Versuch sprachen, sagte sein Schwiegervater zu ihm: Versuchen, Willy, versuchen; manchmal bestätigt uns das, was wir versuchen, nicht weniger als das, was wir erreichen.

Willy setzte sich auf, er lauschte, denn er hatte deutlich gehört, wie die Haustür geöffnet wurde, und hörte nun auch Schritte und verhaltene Stimmen auf dem Flur und einen dumpfen Laut und ein Scharren, als würde ein schwerer Gegenstand über den Flur gezerrt. Er machte Licht, er blickte zur Zimmertür, die er abzuschließen vergessen hatte, stand jedoch nicht auf, sondern lauschte nur und hörte heraus, daß es Mädchenstimmen waren, die sich flüsternd verständigten. Es wird Utes Besuch sein, dachte er, die Schulfreundin, die sie erwartet hat. Er tappte zur Tür und drehte den im Schloß steckenden Schlüssel um, angestrengt bemüht, kein Geräusch zu machen. Dann legte er sich wieder ins Bett und löschte das Licht, hörte aber nicht auf, hinüberzuhorchen in das andere Zimmer, in dem geschäftig ausgepackt und manchmal gekichert wurde. Die Männerstimme, die plötzlich herüberdröhnte, schien einem Nachrichtensprecher zu gehören, sie brach abrupt ab – anscheinend war da nur ein Transistor ausprobiert worden. Auf einmal änderte sich das Geräusch der Schritte, statt des harten, tackenden Geräusches hoher Absätze hörte Willy nur noch ein schwaches Schlappen. Zu hellhörig, dachte er, das Haus ist zu hellhörig, aber vermutlich mußten sie an allen Ecken sparen, als sie den Plan faßten, Zimmer für Sommergäste anzubieten, und einmal angefangen, wuchs es ihnen über den Kopf. Willy legte sich auf die Seite, zog das Kissen über das freiliegende Ohr und atmete in die leicht geschlossene Hand, die ihm die Wärme des Atems zurückgab. Ein Prickeln lief über seine Gesichtshaut, ein wohliges Brennen; die Schwere verlor sich, und er hatte das Gefühl, leicht und immer leichter dahinzutreiben, zu trudeln, sich zu fangen, in einem unbegrenzten Raum, in dem es keinen Widerstand gab.

Zuerst glaubte er, die Klopfzeichen nur geträumt zu haben, und er öffnete die Augen und lag ohne sich zu rühren da, bereit, gleich wieder den Schlaf zu suchen, doch dann hörte er sie wieder an der Tür, zaghafte, anfragende Klopfzeichen, und er machte Licht und setzte sich auf. Er war sicher, daß es Frank war, der wie am ersten Abend mit ihm allein sprechen wollte, und er warf das Zudeck ab und schlüpfte in die Hausschuhe, hängte sich seine Freizeitjacke über die Schultern und ging zur Tür.

Er schloß auf und öffnete. Vor ihm auf dem dürftig beleuchteten Flur stand ein Mädchen und hob bei seinem Anblick erschrocken einen Finger an die Lippen, während ihre Augen lächelten. Willy erkannte sie sofort, doch bevor er noch ihren Namen aussprach, entschuldigte sie sich schon mit Worten, die wie zurechtgelegt klangen, und dabei streckte sie ihm impulsiv ihre Hand hin, die er verwirrt und automatisch ergriff. Corinna, sagte er verblüfft, und das Mädchen darauf, einen Schritt zurücktretend: Ich wollte es Ute nicht glauben, ich konnte es einfach nicht glauben, aber sie hat doch recht – Sie sind unser Herr Wittmann. Jetzt bin ich beruhigt.

Sie entschuldigte sich noch einmal für die Störung, wollte sich bereits abwenden, als Willy sagte: Wenn ich für Sie unser Herr Wittmann bin, dann sind Sie für mich unsere Corinna. Er nickte ihr freundlich zu und fragte, ob sie Utes Schulfreundin sei, und sie sagte: Vier Jahre waren wir in derselben Klasse. Wir saßen in einer Bank. Wir haben uns lange nicht gesehen, nun hat sie mich eingeladen. Ich weiß, sagte Willy, ich weiß; und er blickte auf ihre Gestalt, die ihm schlanker erschien als in der blauweißen Firmentracht von Maack & Pottjohann. Sie trug eine einfarbige grüne Bluse, deren Enden sie über dem Bauch verknotet hatte – so geschickt verknotet, daß die Spitzen wie die Flügel einer Spielzeugwindmühle wirkten; ihre Jeans hingen auf den Hüftknochen, und am linken Fußknöchel baumelte ein silbernes Kettchen mit einem Anhänger, den Willy nicht identifizieren konnte. Wie ich sehe, sagte er, sind Sie schon ganz auf Urlaub eingestellt. Ich war schon zweimal hier, sagte Corinna, aber immer nur für einen Tag, immer nur an Sonntagen; diesmal bleib ich länger. Und immer noch verwundert und freimütig sagte sie: Ich finde es einfach toll, daß Sie hier sind. In der Firma sind viele traurig, daß sie uns verlassen haben; sogar Ronald, Ihr Assistent, hat gesagt, daß er Sie vermißt. Immerhin bin ich nicht ganz aus der Welt, sagte Willy, und hier werden wir uns gewiß ab und zu begegnen. Wenn Sie einverstanden sind, möchte ich morgen ein Foto von Ihnen machen, sagte Corinna, ich habe meine Kamera mitgebracht. Er nahm ihren Blick auf, der an ihm vorbei in sein Zimmer lief und an dem mit Rosen bestickten Teewärmer hängenblieb, der, von der Nachttischlampe angeleuchtet, mehrfarbig und von Goldfäden glitzernd, ihr Interesse fand. Der sieht aber schön aus, sagte Corinna, und Willy darauf: Ein alter englischer Teewärmer, ich habe ihn zufällig entdeckt und gekauft. Wenn man den aufsetzt, sagte Corinna, könnte man für einen Bischof oder so gehalten werden, er hat wirklich was Frommes. Dann sollte er mit aufs Foto, sagte Willy und nickte ihr lächelnd zu und wünschte ihr eine gute Nacht, schloß jedoch die Tür nicht vollends, sondern wartete, bis die schlappenden Geräusche ihrer Sandalen nicht mehr zu hören waren.

15

Erst am Sonntag nahm Frank sich Zeit für seinen Bruder. Es war ein klarer Tag. Das Tal war blau vor Hitze, Lichtsplitter funkelten auf den Teichen. Das Geräusch rinnenden, über die Staubretter fallenden Wassers hob die Stille nicht auf. Komm, sagte Frank, wir machen einen Rundgang. Als die Männer am Zwinger vorbeigingen, jaulten die Hunde, sie bettelten darum, freigelassen und mitgenommen zu werden. Frank brachte sie mit einem kurzen Kommando zum Schweigen. Sonntäglich gekleidet – er trug ein gestärktes Leinenhemd, Manchesterhosen und an den Füßen ein Paar saubere Holzschuhe –, ging er Willy voraus und führte ihn zu der Räucherkammer, die er mit Kais Hilfe gemauert hatte. Er hakte die Tür aus, beugte sich in den Raum, in dem der Geruch nach kalter Asche hing, und betätigte den Schieber, der den Rauch gleichmäßig durch die Kammer streichen lassen sollte, es aber anscheinend nicht so tat, wie Frank es sich gewünscht hätte, denn bei den knackenden Geräuschen, die der Schieber verursachte, schüttelte er unzufrieden den Kopf und fluchte leise und beschuldigte sich, einen Konstruktionsfehler gemacht zu haben. Er war nicht einverstanden mit seinem Werk. Willy versuchte ihn zu trösten, er lobte die geräucherte Forelle, die er am Tag seiner Ankunft gegessen hatte, doch Frank schien nicht viel auf das Lob zu geben – die Esse sei zu nah, sagte er, und der Schieber funktioniere nicht richtig, so daß der Rauch ungleichmäßig durch die Kammer striche und die Fische unansehnlich würden.

Er wandte sich ab und klagte darüber, daß zuviel zu tun sei hier unten, manches müßte repariert, geordnet, vervollkommnet werden, der Junge sei tüchtig, habe sehr gute Einfälle, aber mit ihm allein sei es nicht zu schaffen. Und er sah voraus, daß es in absehbarer Zeit noch schwieriger werden würde, denn Kai habe sich gerade endgültig entschlossen, nach Hamburg zu gehen, um Fischereibiologie zu studieren. Bevor er in den gefliesten Anbau trat, drehte er sich zu Willy um und lenkte seinen Blick auf die terrassierten Gewässer und auf die bewaldeten Hänge und dann talabwärts, wo hinter dem Fichtenwald die Torfstiche lagen; mit seiner Umschau bezeichnete er die Aufgabe, die er sich stellte, und er mußte sich wundern, wie die Alten alles geschafft und gemeistert hatten, ohne fremde Hilfe, nur auf sich gestellt. Er gab zu, daß sie einst alle rangenommen wurden, für jede freie Hand gab es etwas zu tun, dennoch könne er nur staunen, wenn er daran denke, wie Vater und Großvater mit allem fertig geworden seien. Willy widersprach ihm nicht; er dachte zwar daran, daß es eine Zeit gab, in der die Not sie hier zwang, ihn zu Onkel Oswald zu geben, doch er wollte seinen Bruder nicht daran erinnern.

Sie gingen in den Raum, in dem auf Bestellung einiger Gastwirtschaften und des Hotels »Quellenhof« in Barglund Fische geschlachtet und ausgenommen wurden. Die Messer, nach Größe geordnet, steckten in einem offenen, länglichen Lederetui, das Rundholz, mit dem die Tiere getötet wurden, lag auf dem Schlitz des Arbeitstisches. Leichte Kisten, an deren Brettchen noch die verblaßten Schuppen älterer Lieferungen klebten, waren in einer Ecke neben dem Bassin gestapelt, dessen Wände seegrün gestrichen waren und in dem, gehalten von fächelndem Flossenspiel, zwei Forellen Kopf an Kopf standen. Unwillkürlich mußte Willy daran denken, wie sie mitunter in vergangener Zeit Fische schlachteten, wenn Eilbestellungen eintrafen, und er nickte anerkennend und sagte: Weißt du noch? Weißt du noch, damals, als wir alle in der Küche standen, jeder mit einem Messer in der Hand? Was für ein Unterschied!

Frank winkte Willy zu sich heran, er deutete in einen angrenzenden Raum, der vollgestellt war mit Bottichen, Plastiksäcken und Aluminiumschüsseln, auch einige ausgediente zerbeulte Milchkannen standen da und eine alte Fleischhackmaschine. Das Futter, fragte Willy. Ihr Futter, sagte Frank, alles, was sie haben müssen. Fischmehl und Blutmehl und Mais und Futterkuchen aus Lupinen, den ich mit Wasser ansetze. Großvater hat ihnen noch Rübenabfälle und einen Brei aus Kleie gegeben und Molken, aber das bringt nicht die Ergebnisse, die du heute brauchst, um durchzuhalten. Manchmal, sagte Willy, schickten sie uns los, um Regenwürmer und Schnecken und Engerlinge zu sammeln, und Frank darauf: Das gibt's nicht mehr, das ist vorbei; was unsere Fische an Lebendfutter bekommen, es ist wenig genug, fällt aus den Madenkästen. Und dann klagte er über die Preise für Mais und Lupinen, deren Korn erst gebrochen werden müßte oder für die Karpfenbrut zu Schrot zermahlen, was zusätzlich Kosten verursache; auch an dem überteuerten Hartfutter für Forellen hatte er etwas auszusetzen, weil es nach seiner Ansicht die Fische anfällig machte und schleimige Überzüge von Algen und entzündliche Erscheinungen an den Kiemen hervorrufe.

Mißmutig verließ er den Anbau, trat hinaus in die blendende Helligkeit und sah Willy mit verengten Augen an und sagte: Auf und ab, bei uns geht's auf und ab, kaum machen wir uns Hoffnungen, da bekommen wir schon einen Dämpfer. Aber Vater hat's geschafft, sagte Willy, und du wirst es auch schaffen. Frank zuckte die Achseln, er brannte sich seine Pfeife an, und unterbrochen von knallenden Sauggeräuschen sagte er: Wenn wir Glück haben, Willy, werden wir uns gerade so durchkrebsen – wenn wir Glück haben; mehr können wir hier nicht erwarten.

Ein Bussard strich über sie hinweg; während Willy ihm nachblickte, dachte er: Hier haben sie immer geklagt, vorsorglich und weil es wohl dazugehört, schon Großvater wußte weder ein noch aus und sprach täglich vom Ende. Aber Frank hat andere Gründe, und wenn Kai weggeht, wird er's allein nicht schaffen, er muß sich einen Mann nehmen, einen Helfer. Willy fragte, ob es sich nicht lohnen würde, einen Mann einzustellen, einen, der vertraut sei mit der Arbeit, die hier gemacht werden müsse, und auf den man sich verlassen könne, worauf Frank nur sagte: Find mal einen. Vielleicht weiß ich einen, sagte Willy, und er erzählte von seiner Begegnung mit Bernhard Drews; er glaube sich nicht darin getäuscht zu haben, daß dieser Berni, wie er sich selbst nannte, seine Verfehlungen eingesehen habe und entschlossen und bereit sei, sie wieder gutzumachen; ein Zeichen, meinte Willy, ein Wort des Entgegenkommens würden genügen, um diesem Mann, der lieber morgen als übermorgen anfangen möchte, die Fortsetzung der Arbeit zu erleichtern; gib ihm doch eine Chance. Frank schüttelte den Kopf, er sagte, und aus seinen Worten sprach ruhige Erbitterung: Es gibt Chancen, die bekommt man nur einmal – er hat seine gehabt, der kleine Halunke hat sie gehabt. Das klang so endgültig, war so abschließend gesagt, daß Willy darauf verzichtete, noch ein weiteres gutes Wort für Berni einzulegen, und auch gleich beschloß, es nie mehr zu versuchen.

Er ließ sich hinter den Schuppen führen, in dessen Schatten noch die alten Fässer standen, die schon sein Großvater benutzt hatte, um Kompost für die Düngung der Teichböden zu bereiten, und in denen Frank es immer noch tat, immer noch aus Geflügelmist, der mit Heu, Gemüseabfällen und Kalk versetzt wurde. Frank beklopfte eines der Fässer. Den Kompost auf diese Art zu bereiten, hatte er vom Großvater gelernt, auch wenn es eine aufwendige, vielleicht schon vergessene Methode war – für die junge Fauna auf den Teichböden gab es angeblich nichts Besseres. Ohne Eile, ohne ein bestimmtes Ziel gingen sie zum Abwachsteich hinauf, gesprenkelt von Sonnenlicht, das durch die Wipfel hoher Buchen fiel. Obwohl es windstill war, schien das Wasser bewegt, nicht gekraust oder geriffelt an der Oberfläche, sondern sacht aus der Tiefe angehoben und ebenso sacht wieder zurücksinkend, im Rhythmus langsamer Atemzüge. In der Mitte des Teiches spiegelten sich Wolkenfragmente. Schwarzes, blattloses Astwerk stieß, von der Strömung des durchfließenden Baches bewegt, gegen ein Staubrett, schrapend, als fordere es Durchlaß.

Immer, wenn er an dieser ausgetretenen Stelle des Damms stand, mußte Willy an einen lange zurückliegenden, von Stimmen und metallenem Geklirr erfüllten Abend denken, an jenen Abend am Ende des Krieges, als geschlagene Soldaten hierherfanden und ein Feuer anzündeten, an dem sie ihre Konservendosen wärmten. Einer von ihnen, ein junger, betrunkener Offizier, warf eine Handgranate in den Teich – er tat es, nachdem etliche seiner Kameraden ihre Waffen und einen Teil ihrer Ausrüstung in den Teichen versenkt hatten –, und wie damals sah Willy auch jetzt, wie das Wasser sich hob, sich aufbuckelte und wie nach einer dumpfen Explosion eine Fontäne hervorschoß, funkelnd, blasig, durchsetzt von gekrümmten Fischleibern; und er sah die Fontäne unter tausend Spritzern in sich zusammenfallen und zwischen den auslaufenden Wellen tote und verletzte Karpfen aufschimmern. Dieses Bild vor Augen, faßte Willy nach dem Arm seines Bruders, nickte zur Teichmitte hin und fragte: Weißt du noch, Frank? Die Handgranate damals? Die toten, treibenden Fische? Aber die meisten lagen auf dem Grund, sagte Frank, mit geplatzter Schwimmblase, sie lagen zwischen all dem Krempel, den wir nach dem Ablassen eingesammelt haben: Wenn ich dran denke, krieg ich heute noch die Wut.

Sie folgten dem Damm, der sie zum Hauptdamm führte, schlenderten an den Teichen vorbei, deren Wasser sich beunruhigte von erregten Fischen, die in Erwartung des Futters hin- und herwimmelten und in jähen Wendungen kleine Wirbel und Strudel entstehen ließen. Die Männer stiegen den Hang hinauf bis zu der Buche, an deren Fuß der Bach austrat, dort setzten sie sich hin; Willy allerdings erst, nachdem er sein Taschentuch auf der Erde ausgebreitet hatte. Er bemerkte Franks Lächeln nicht; überwältigt von Erinnerung und verloren an die Aussicht, die sich ihm bot, ließ er seinen Blick durch das Tal wandern und dann den jenseitigen Hang hinauf zum Sommerhaus. Obwohl es ihn zu reden verlangte, schwieg er, denn er glaubte, Frank das Wort lassen zu müssen, in dessen Gegenwart er ein immer deutlicheres Gefühl der Unterlegenheit empfand, ohne sich zu fragen, woher es kam. Frank starrte in den Bach, und als er nach einer Weile Wasser mit der Hand schöpfte und es in den Mund nahm, tat Willy es ihm nach und schlürfte und saugte und preßte es in feinem Strahl zwischen den Schneidezähnen hinaus, wie er es als Kind gemacht hatte. Das Wasser macht uns keine Sorgen, sagte Frank, einstweilen zumindest – oder was meinst du? Willy verstand die Anspielung, er lächelte seinem Bruder zu und bestätigte, soweit er sich dafür in der Lage hielt, die gute Qualität des Wassers; nach seiner Ansicht zeigte sie sich in der vollkommenen Geschmacklosigkeit; kein Schwefel, kein übermäßiger Salzgehalt, kein Eisen, geeigneter kann das Wasser nicht sein. Das sagt uns auch der Flohkrebs, meinte Frank, solange der sich hier wohlfühlt, er und all die winzigen Crustaceen, die im Insektenkescher hängenbleiben, haben wir nichts zu befürchten.

Auf einmal deutete er zum jenseitigen Hang hinüber, zum Sommerhaus, vor dem die beiden Mädchen standen, Ute und Corinna. Sie fotografierten einander vor der Eingangstür; abwechselnd winkten sie sich ein, prüften Lichteinfall und Hintergrund, korrigierten die Position und schienen nach jeder Aufnahme zu frohlocken, gerade als hätten sie glückliche Beute gemacht. Danach nahm Ute eine Tasche auf, und Corinna warf sich einen Beutel über die Schulter, und Hand in Hand und mit leichten Schritten, die ihre gute Stimmung verrieten, gingen sie den Weg zu den Torfstichen hinunter. Die Überraschung, die Willy empfunden hatte, als Corinna plötzlich vor seiner Tür stand, dauerte anscheinend immer noch an, denn er schüttelte langsam den Kopf und gestand, daß er auf mancherlei vorbereitet gewesen sei, nur nicht darauf, hier einer Kollegin – er meinte, einer Kollegin von Maack & Pottjohann – zu begegnen, und da Frank ihm mit erhöhter Aufmerksamkeit zuhörte, erwähnte er auch ihre Aufgabe hinter dem mächtigen Empfangstisch mit der hauseigenen Telefonzentrale und lobte ihre heitere, impulsive Art, in der sie mit den Mitarbeitern umging – das begann schon beim Morgengruß. In der Firma mag sie jeder, sagte er. Das war hier nicht anders, sagte Frank, einer ihrer Lehrer mochte sie so gern, daß er drauf und dran war, seine Frau und seine beiden Kinder zu verlassen – wenigstens erzählt man sich das. Frank wußte auch, daß ein Bootsbauer Corinna adoptiert hatte und daß sie mit drei Stiefbrüdern heranwuchs, die sich darin überboten, ihr zu gefallen, und die bereit waren, alles zu tun, was sie von ihnen verlangte. Von ihren Eltern war ihm nur bekannt, daß beide Chemiker gewesen waren, beide begeisterte Segler, die auf einem Törn nach

Bornholm verschollen waren, für immer verschollen. Worüber er nicht aufhören konnte, sich zu wundern, das war die jahrelange Zuneigung, mit der Ute an ihrer Freundin hing – da war wohl, wie er glaubte, Bewunderung im Spiel und dieser oder jener heimliche Wunsch; es war ihm unbegreiflich, wieviel die miteinander zu flüstern hatten.

Ein schweres Auto kam den festen öffentlichen Weg herab und hielt vor dem Wohnhaus; niemand stieg aus. Nach mehreren Hupsignalen erschien Sophie im Eingang, ließ sich eine Bestellung zurufen, schleppte sich ins Haus zurück und erschien nach einer Weile mit einem flachen, breiten Pappkarton und reichte ihn durch das herabgelassene Fenster ins Wageninnere. Die Männer sahen, wie Sophie die Hand ausstreckte und sich das Geld vorzählen ließ, danach wendete das Auto bei den Bassins und fuhr zurück. So ist es bei uns, sagte Frank, auch am Sonntag müssen wir bereit sein. Vermutlich hat sich herumgesprochen, wie gut eure Zander schmecken, sagte Willy, und Frank darauf, während er aufstand: Die holten geräucherte Forellen.

Schräg gegen den Hang gingen sie talabwärts, und ohne darauf zu achten, ob Willy nahe genug war, um ihn zu verstehen, klagte Frank darüber, daß die Teiche immer weniger Naturfutter hergäben und daß er besonders bei den Forellen immer mehr zufüttern müsse; um ein Mehrgewicht von einem Kilo zu erzielen, müßte er zwei bis drei Kilo Futter aufwenden, und das rentiere sich nur knapp. Bekümmert wies er auf eine hölzerne Schleuse, die offenbar repariert werden mußte, deutete achselzuckend auf einen verbeulten Gitterkorb auf einer Ablaßröhre, der längst hätte ausgewechselt werden müssen – wohin er auch blickte: überall fand er Gründe für seine Unzufriedenheit.

Bei den Kopfweiden blieb er plötzlich stehen. Zwischen

den schlanken Gerten hing immer noch der Balg des toten Kormorans, doch seine Schwingen waren nicht mehr geöffnet, und der Kopf hatte seine Stütze verloren und lag auf der Brust, so daß es aussah, als habe sich der Vogel in seinem eigenen Fleisch festgebissen. Das glanzlose Federkleid wirkte wie gezaust, die Schwimmfüße baumelten in der Luft. Nur einen Augenblick sah Frank zu ihnen auf, dann ging er wortlos zum Floß hinab und drehte dort ein Stück entbehrlichen Draht ab, das er mit heftigen Knickbewegungen noch einmal teilte. Und immer noch wortlos, stemmte er sich im ausgefaulten Innern der Weide nach oben, bis er den Kormoran berühren und, nach einer weiteren verbissenen Anstrengung, seine Schwingen erfassen konnte. Er spreizte die Schwingen, mit Hilfe des Drahts befestigte er ihre Spitzen an zwei senkrecht aufgeschossenen Gerten, nur der Kopf ließ sich nicht beklemmen und festsetzen, solange Frank es auch versuchte, es mißlang. Fluchend kletterte er aus dem Baum und schätzte vom Boden aus ab, was er getan hatte, und war zufrieden. Er erwartete nicht, befragt zu werden, er stand nur da und blickte zu dem Vogel auf, und in seinen Augen schimmerten Haß und Genugtuung. Wie blind ihn sein Haß macht, dachte Willy, als ob der tote Vogel mit den gespreizten Schwingen andere warnen und abschrecken könnte; wie die meisten Tiere wird der Tod von ihresgleichen sie nicht abschrecken. Vielleicht wird der Balg sie sogar einladen, dachte Willy, doch er sagte es nicht, und er schwieg auch und fragte nicht ein einziges Mal nach, als Frank ihm überraschend anvertraute, daß er es einst nicht über sich bringen konnte, den gefundenen Karabiner abzuliefern, wie er es Willy versprochen hatte, einfach weil er glaubte, daß einmal der Augenblick kommen könnte, da sich sein Besitz als nützlich erweisen würde; und diesen Augenblick hielt er nun für gekommen. Es kümmerte ihn nicht, was sie sich in einem lebensfremden Ministerium zum Schutz des Räubers ausdachten, diese unsinnigen Gesetze mochten für andere gelten, nicht für ihn, er werde sein eigenes Gesetz befolgen, und das zwinge ihn, sich zu wehren, wenn all das bedroht sei, wofür er Jahre und Jahre geschuftet habe. Er schluckte mehrmals und hatte Mühe, seine Erregung zu beherrschen.

Grollend nahm er einen Mullkescher auf, den Kai liegengelassen hatte, und bohrte seinen Griff so in den Boden, daß der Kescher mit seinem weißgrauen Netz wie ein mahnendes und anklägerisches Zeichen hinter dem dunklen Teichwasser erkennbar war; was er dabei zu murmeln hatte, war nicht für Willy bestimmt. Mit verschlossenem Gesicht ging er weiter, zu den Bassins hinunter und dann auf den Fichtenwald zu, er hielt sich nicht auf, schien nichts mehr wahrzunehmen, was ihm als Anlaß zu Klage und Beschwerde hätte taugen können; Willy glaubte ihm anzusehen, daß er den Rundgang am liebsten beendet hätte. Auf dem warmen, zermahlenen Sandweg, auf dem noch die Schleifspuren von Baumstämmen zu erkennen waren, blieb er unvermittelt stehen und lauschte: Hörst du das? Ja, sagte Willy, Musik, ein Transistor vermutlich. Mit wenigen Schritten durchquerten die Männer das schmale Waldstück und sahen vor einem der Torfstiche das Lager im Gras: die hellgraue Decke, auf der, den Kopf in die Hände gestützt, ein Mädchen lag, Ute. Sie trug einen zweiteiligen Badeanzug, Saftflaschen und Pappbecher lagen neben ihr, eine Cremedose, Handtücher und eine Zellophanpackung mit Keksen; unmittelbar vor ihr stand der Transistor. Die Beine erhoben, die Fesseln leicht aneinander reibend, lag sie auf dem Bauch und beobachtete Corinna, die im Torfstich schwamm – nicht genußvoll und arglos, sondern zaghaft, mit belustigtem Schaudern, so als rechne sie jeden Moment mit rätselhaften Berührungen. Die Schwimmerin, die eine weiße Badekappe trug, hielt den Kopf hochgereckt, sie hütete sich davor, Wasser in den Mund zu bekommen, und paddelte angestrengt im Kreis.

Noch bevor Frank bei dem Lager war, rief er: Komm da raus, sofort, das ist kein Badeteich! Corinna schien ihn nicht verstanden zu haben, denn sie winkte den Männern vergnügt zu, warf sich auf den Rücken und wirbelte mit schnellen Beinschlägen das torfbraune Wasser auf. Zu Ute gebeugt, sagte er zornig: Hol sie raus, los, das ist kein Badeteich, und Ute schaltete den Transistor aus und stand auf und forderte Corinna durch Zeichen auf, aus dem Wasser zu kommen. Corinna verstand die Zeichen, gemächlich paddelte sie an den Rand des Stichs und hielt sich am Ufergras fest; und mit einem einzigen Griff riß sie sich die Badekappe herunter und fragte lächelnd: Ist was? Wenn ihr baden wollt, fahrt an die Schlei oder an die Küste, sagte Frank, das hier ist ein Fischteich. Bisher hat mich noch kein Fisch berührt, sagte Corinna und hob ihre Schultern aus dem Wasser, die mit winzigen Torffäden und grünglänzenden Schwebeteilchen bedeckt waren. Sie hob eine Hand und ließ sie klatschend aufs Wasser fallen. Sie schüttelte ihr Haar, das an den Spitzen naß wurde, lächelte breit und machte keine Anstalten, aus dem Torfteich herauszukommen.

Da wandte sich Frank gereizt an Ute und herrschte sie an: Sie weiß es wohl nicht, aber du, du weißt es: ein Fischteich ist kein Badeteich; also hol sie da raus, los! Ute zögerte, und Frank fuhr sie wieder an: Mach schon, worauf das Mädchen wortlos an den Rand des Teiches trat und Corinna eine Hand bot. Corinna schnellte aus dem Wasser, zog und zupfte ihren Badeanzug zurecht und strich sich Wassertropfen von Armen und Schenkeln; anscheinend wollte sie nicht bemerken, wie aufgebracht Utes Vater war. Versteckt winkte sie Willy zu, der ihr nur verwirrt zunickte und nicht aufhören konnte, sie anzusehen. Als Frank Ute dann abermals anherrschte, als er sie daran erinnerte, daß das Baden im Teich Folgen haben könnte, mischte sich Willy ein. Er sagte versöhnlich: So schlimm können die Folgen wohl nicht sein, nach einem einzigen Bad, bei einer so netten Schwimmerin. Frank blickte ihn überrascht an, überrascht und mißbilligend, und knapp auf Ute deutend, sagte er: Sie kann dir etwas über Infektionen erzählen, frag sie mal, sie hat es selbst erlebt. Danach ging er davon, verließ sie einfach, ohne ein Wort, und ohne sich darum zu kümmern, ob Willy ihm folgte, und als wollte er die Zurückbleibenden seinen Groll erkennen lassen, zwängte er sich dort in die Schonung, wo sie besonders dicht war, und hob dabei, um sich zu schützen, die Arme knapp vors Gesicht.

Willy sah, daß Ute Tränen in den Augen hatte, und um sie zu trösten, sagte er: Nimms nicht so schwer, er hat eine Menge Sorgen, und an beide gewandt: Ihr müßt versuchen, ihn zu verstehen, er hat's wirklich nicht leicht, und wenn einiges zusammenkommt, kann er schon mal grob werden. Sie beachteten seine Worte nicht. Ute setzte sich auf die Decke, fischte aus ihrer Tasche ein Papiertaschentuch heraus und schnupfte sich aus, während Corinna begann, sich mit einem Handtuch abzutrocknen, wobei sie ihren trainierten Körper dehnte und streckte und geschickt auf einem Bein balancierte; das und das Eincremen und das Bürsten ihres Haars schien ihr Vergnügen zu bereiten. Willy stand nur da und schaute sie an, und immer, wenn ihn ihr Blick streifte, lächelte er. Nicht nur aufmerksam, sondern auch teilnehmend beobachtete er, wie sie sich hinter Ute auf die Fersen niederließ, ihrer Freundin übers Haar strich und ihr etwas zuflüsterte und dann den blassen Rücken eincremte, so sorgsam und feinfühlig, daß Ute sich den Händen entgegenwölbte.

Als er begriff, daß er schon zu lange dastand, kündigte er seinen Weggang an; er sagte: Ich glaube, ich muß jetzt wohl gehen. Die Mädchen waren anscheinend einverstanden mit seinem Entschluß, sie nickten nicht einmal, doch nachdem er schon auf den Wald zugeschritten war, rief Corinna ihm nach: Das Foto, Herr Wittmann, wann machen wir das Foto? Morgen vielleicht, rief Willy zurück.

16

Kai kam nicht ins Haus; als er sah, daß das Fenster von Willys Zimmer offenstand, reckte er sich und wedelte mit dem Expreßbrief und rief: Onkel Willy, hier ist was für dich, gerade gekommen. Erstaunt beugte Willy sich hinaus, legte das Buch auf die Fensterbank und nahm den Brief, und noch bevor er einen Blick darauf warf, lud er Kai ein, zu ihm hereinzukommen. Doch der Junge bedauerte: In Schleswig warten sie auf die Lieferung, die Kisten sind schon aufgeladen. Das Stück Schokolade, das Willy ihm anbot, nahm er gern und sprang nach einem zwinkernden Gruß den Hang hinab zum Anbau, neben dem der Transporter stand, und da unten wandte er sich noch einmal um und winkte hinauf.

Willy erkannte die Handschrift sofort, die großen, verwackelten, ungenau ausgezogenen Buchstaben, die zu entziffern er in den ersten Jahren Mühe hatte und die er, ohne es jemals auszusprechen, für einen Ausdruck der Achtlosigkeit hielt. Es verblüffte ihn nicht, daß Thekla schrieb; er hatte damit gerechnet, daß sie sich über kurz oder lang melden würde, beleidigt und empört darüber, daß er sie allein gelassen hatte. Gefaßt auf Vorwürfe, auf Beschwerden und die Aufforderung, sofort zurückzukehren, öffnete er den Brief, dessen Länge ihn überraschte. Thekla dankte ihm für die Nachricht, die er hinterlassen hatte. Ohne seinen Entschluß zu bewerten, schrieb sie, daß sie ihn zur Kenntnis genommen habe und nur hoffe, daß ihm die Tage des Alleinseins bringen würden, was er von ihnen erwarte. Beunruhigt von ihrem sachlichen Ton, irritiert durch das Verständnis, das sie anscheinend für seinen Entschluß zeigte, las Willy weiter und erfuhr, daß Thekla einen Abend im Haus von Richard Süverkopp verbracht hatte; er hatte sie zu einem Essen eingeladen, bei dem auch seine beiden Söhne, gerade aus Ceylon heimgekehrt, anwesend waren. Sie schrieb, daß die Rede wie von selbst auf Willy gekommen sei, auf seine jahrzehntelange und überaus erfolgreiche Arbeit für Maack & Pottjohann, für die sie, Süverkopp und seine Söhne, ihre eigene Bewunderung hätten. Wörtlich schrieb sie: *Herr Süverkopp gestand mir, daß er viel darum gegeben hätte, Dich in seiner Firma zu beschäftigen, einige Male war er sogar nahe daran, Dir ein Angebot zu machen, doch schließlich bewahrte ihn sein Anstand davor, Dich abzuwerben.*

Und dann teilte sie ihm mit – und Willy spürte die Genugtuung, die Thekla dabei erfüllte –, daß Herr Süverkopp nahezu empört sei über die Art, in der Detlev sich von seinem wichtigsten Mitarbeiter, der zudem sein Freund war, getrennt hatte, nur weil einige Mischungen nicht den gewünschten Erfolg brachten. Sie und der alte, erfahrene Mann stimmten darin überein, daß Detlev seinen Freund nie hätte gehen lassen dürfen, insbesondere eingedenk der vollbrachten Lebensleistung nicht, selbst wenn er, Willy, in all seiner Rechtschaffenheit um Trennung bat. Thekla schrieb, daß Herr Süverkopp einst einen Teekoster in seiner Firma beschäftigte, der nach siebzehn

Jahren erfolgreicher Arbeit über Geschmacksverlust klagte und Unsicherheit im Urteil zeigte; statt ihn zu entlassen, schickte er ihn für längere Zeit nach Nepal, wo er, stimuliert durch einheimischen Regentee, die alte Trennschärfe und Sicherheit in der Bestimmung von Aromen wiedererlangte. Während er dies las, ahnte Willy bereits, warum Thekla ihm den Brief geschrieben hatte, und er irrte sich nicht; zum Schluß teilte sie ihm mit, daß Herr Süverkopp bereit sei, ihn in seine Firma aufzunehmen, sofort und zu Bedingungen, die er selbst festlegen könne. Sie schrieb: *Ich bin sicher, daß der alte Herr glücklich wäre, wenn Du zu ihm kämst; er hält so viel von Dir, daß für ihn ein Wunschtraum in Erfüllung ginge, denn wie er ein paarmal sagte, hat er Deine Arbeit nicht nur bewundert, sondern insgeheim auch neidvoll verfolgt, und daß einer wie Du seine Fähigkeiten für immer eingebüßt haben sollte, will er einfach nicht glauben. Er hat mich ermächtigt, Dir von unserem Gespräch zu berichten; bitte antworte mir. Wenn Du Dich entscheidest, wie er es hofft, wird er Dir selbst schreiben und Dich aus Barglund abholen lassen.*

Willy las den Brief nicht ein zweites Mal, er zwängte ihn in den Umschlag zurück, hielt ihn eine Weile in der Hand und nahm dann das Buch von der Fensterbank und legte ihn hinein. Ächzend stand er auf und sah hinab ins Tal, es zeigte sich in friedvoller Stille, nichts bewegte sich.

17

Frank hockte vor ihrem Fahrrad und ölte Kette und Naben, und dabei hörte er durch das offene Fenster, was Ute vom Kaufmann in Barglund mitbringen sollte: Streichhölzer und Mehl und Fischgewürz und Batterien für die Taschenlampen.

Ute ließ sich von ihrer Mutter den Einkaufszettel diktieren, sie wiederholte leise, was ihr aufgetragen wurde, notierte ohne Rückfrage Waschpulver und Reis und Kerzen, und Frank dachte: Bald haben sie den halben Laden zusammen, je länger sie nachdenken, desto mehr brauchen sie, ich möchte nur wissen, warum uns alles so schnell ausgeht. Einen Moment war er versucht, die Preise für die einzelnen Waren rasch zusammenzuzählen, doch da er nicht alle kannte, gab er den Versuch auf. Er hob das Hinterrad des Fahrrads an und trat mehrmals auf die Pedale, damit sich das Öl verteile, und als er es zufrieden an die Wand lehnte, kam Ute, den großen Einkaufskorb eingehenkelt, aus dem Haus. Ungläubig starrte er sie an: Ute trug sandfarbene Shorts, die ihre strammen Schenkel umspannten, und an den nackten Füßen Sandalen; die Enden ihrer Bluse waren über dem Bauch verknotet, und da sie die oberen Knöpfe nicht geschlossen hatte, war der Ansatz ihrer Brüste zu sehen. So hatte er sie noch nie gesehen, auch nicht im vergangenen, dem heißesten Sommer, an den er sich erinnern konnte, und als sie ihn freundlich grüßte, nickte er nur und beobachtete wortlos, wie sie den Korb auf dem Gepäckträger festklemmte und davonfuhr, wobei sie sich so angestrengt in die Pedale legte, daß ihr Hintern sich vom Sattel hob.

Anscheinend hatte Sophie eine Bestellung vergessen, denn sie erschien am Küchenfenster und wollte Ute zurückrufen, doch die war schon oben auf dem öffentlichen Weg und fuhr zügig und weniger angestrengt durch den Schatten der Buchen. An Frank gewandt sagte sie: Marmelade, sie sollte noch Marmelade mitbringen, wir brauchen jetzt mehr. Frank ging nicht darauf ein, er blickte immer noch Ute nach, deren gelbe Bluse zwischen den Baumstämmen aufleuchtete, kurz verschwand und wieder aufleuchtete. Erst als Sophie fragte: Ist was mit dem Fahrrad, drehte er sich langsam zu ihr um und sagte: Hast du ihre Aufmachung gesehen, hast du gesehen, wie sie in den Ort fährt? Vielleicht wird sie demnächst noch was weglassen. Sophie verzog die Lippen, sie sagte ruhig: Ute wird sich schon nicht erkälten; die Bluse hat ihr Corinna geschenkt, und die Shorts hat sie ihr geliehen. Mehr glaubte sie nicht sagen zu müssen, und da er wußte, daß seine Mißbilligung ihr nichts bedeutete, sah er sie nur stirnrunzelnd an und wollte dann zum Schuppen hinüber. Doch Sophie ließ ihn noch nicht gehen. Sie teilte ihm mit, daß sie den Scheck über tausend Mark, den sie von Willy bekam, Kai mitgegeben hatte, um ihn auf der Bank in Schleswig einzulösen; außerdem brachte sie ihm bei, daß Willy, als er ihr den Scheck gab, mit keinem Wort erwähnt habe, für welchen Zeitraum die Summe gedacht war. Frank zuckte die Achseln und stellte gleichmütig fest, daß Willy ihnen noch nicht zur Last falle und oben wohnen könne, solange er für die Unkosten aufkomme; er sei ein zahlender Gast, der eines Tages die Schlußabrechnung erhalten werde. Da wollte Sophie wissen, ob das gleiche auch für Thekla gelte, ob sie ihm ebenso willkommen sei, und um ihre Frage zu begründen, verwies sie auf den Expreßbrief, den Thekla gerade geschickt und in dem sie vermutlich schon ihre Ankunftszeit genannt hatte und alles, womit sie empfangen zu werden wünschte. Aus der Abneigung, die in ihren Worten lag – und die er selbst nicht nur teilte, sondern Thekla beim letzten Besuch auch vorsichtig zu verstehen gegeben hatte –, hörte er wieder ihre Weigerung heraus, Willys Frau aufzunehmen und für sie zu sorgen. Er sagte: Sie kommt nicht, du brauchst keine Angst zu haben, keiner von uns wird Spalier stehen. Woher weißt du das, fragte Sophie, und Frank berief sich auf seine Erfahrung und sagte, daß Willy nicht zuletzt deshalb hierhergekommen sei, weil er allein sein wollte. Ich möchte nicht wissen, wie sie ihm zugesetzt hat, sagte er, sie mit ihrer Geltungssucht und ihrem Hochmut, und er sagte auch: So wie sie auf uns, so hat sie doch auch auf ihn herabgesehen, hat ihn gegängelt und dressiert, und er ließ es sich gefallen, der immer nachsichtige Willy ließ es sich viele Jahre lang gefallen, nickte nur höflich zu allem. Die Frau senkte den Blick, knipste von einer Geranie ein welkes Blatt ab und murmelte: Wenn Kai zurückkommt, kann er die Marmelade holen. Und Kandis, den brauchen wir auch.

18

Rühren, rühren, Corinna, beim Abstreichen mußt du immer rühren, sagte Ute und ging voraus in den gefliesten Anbau, in dem alles bereit war. Die laichreifen Forellen, Rogener und Milcher, schwammen fächelnd im gemauerten Bassin, die große, zerbeulte Aluminiumschüssel stand schon auf dem Arbeitstisch, und in einem Pappkasten lagen ein paar Gänsefedern, Schwungfedern. Ute winkte ihre Freundin zu sich heran, kescherte einen Fisch heraus, schnappte ihn bei den Kiemen und hielt ihn, während er sich krümmte und mit der Schwanzflosse gegen das Handgelenk des Mädchens schlug, über die Schüssel und begann sanft zu streicheln und zu drükken. Sie streichelte und drückte vom Kopf zum Schwanzende hin, einfühlsam, geduldig, bis auf einmal – und jetzt blickte sie Corinna fast triumphierend an – rotgoldener Rogen zwischen den Afterflossen hervorperlte, glänzende Fischeier, die einzeln, manchmal auch geklumpt, in die Schüssel tropften. Immer ruhiger wurde der Fisch in ihren Händen, nur sein Maul sprang auf, die Kiemendeckel klappten ab und die Schwanzflosse zitterte. Behutsam ließ sie die Forelle in eine mit Wasser gefüllte Wanne gleiten und fischte gleich die nächste aus dem Bassin; wieder war es ein Rogener, wie auch die folgenden drei oder vier Fische Weibchen waren; aber dann – der Grund der Schüssel war bereits mit Fischeiern bedeckt – erwischte sie einen Milcher und gab Corinna ein Zeichen, die Feder in die Hand zu nehmen. Ute drückte nun weniger sanft, gleich einem Zylinder umspannte ihre Hand den Fischkörper, glitt pressend über ihn hin, bis es scharf und weißlich hervorspritzte, in einem dünnen Strahl, den sie auf den Rogen lenkte. Jetzt rühren, sagte sie, immer gleichmäßig rühren, und Corinna strich mit der Gänsefeder über die schimmernde Masse, zaghaft zuerst, danach aber, nach Utes Aufforderung, entschlossener, kräftiger, sie mengte, mischte, vereinigte, immer blasser wurde der Rogen, er büßte seine rotgoldene Farbe ein und glich zuletzt einem matten Brei.

Corinna schnupperte an der Feder, sie sagte: Es ist ganz geruchlos, und als Ute abermals einen Fisch aus dem Bassin holte, legte sie die Feder beiseite und fragte: Darf ich auch mal? Bitte, Ute, ich möchte es auch mal versuchen. Eine Gänsehaut überlief sie, mit banger Miene nahm sie den Fisch, der sich in ihren Händen wand und krümmte, hielt ihn über die Schüssel und begann mit dem Abstreichen. Sie blies eine Haarsträhne aus ihrem Gesicht und preßte die Lippen aufeinander und atmete angestrengt, während sie den Bauch des Fisches massierte, der ihr, je länger sie es tat, nicht mehr so kalt und glatt vorkam wie im Augenblick der ersten Berührung. Du streichelst ihn nur, sagte Ute, du mußt kräftiger drücken, und Corinna gehorchte und schloß die Finger um den silbrigen Leib und spürte auf einmal ein Kribbeln in ihren Wangen und ein Zittern unter der Haut. Sie konnte den Fisch kaum noch ansehen, der in ihren Händen zu vibrieren schien; sie schluckte und lächelte gequält, und als die Milch endlich herausspritzte, stieß sie einen kleinen, erschrockenen Schrei aus. Unwillkürlich hob sie den Fisch so hoch, daß die Milch über den Schüsselrand hinausspritzte und in feiner Tropfenspur auf den Arbeitstisch regnete.

Probier mal, sagte Ute, das Zeug schmeckt nach nichts, doch Corinna brachte es nicht über sich, einen Tropfen aufzutupfen und eine Geschmacksprobe zu machen; selbst als Ute es ihr vormachte, konnte sie sich nicht dazu entschließen. Corinna setzte den abgestrichenen Fisch in die Wanne, er schnellte nicht davon, ließ sich nicht auf den Grund sinken, sondern legte sich wie erschöpft auf die Seite, kippte ein wenig und schwamm bauchoben und hielt sich so bei schwachen Bewegungen der Brustflossen. Er stirbt, sagte sie ängstlich, und Ute darauf, nach einem flüchtigen Blick: Mach dir keine Sorgen, der kommt wieder zu sich, der ist nur benommen; bei manchen gehört es dazu. Während sie zum Bassin ging, um den nächsten Fisch herauszukeschern, sagte sie: Du bist jetzt Fischmutter, für ein paar tausend bist du es, und dabei wandte sie den Kopf und zwinkerte Corinna zu.

Sie setzten ihre Arbeit fort, und nachdem sie mit dem Abstreichen fertig waren, trugen sie die Schüssel, die sie mit Ölpapier abgedeckt hatten, zu den Bruttrögen hinaus, die Frank konstruiert und gemeinsam mit Kai gefertigt hatte: überdachte hölzerne Kästen, durch die schmale Rinnen liefen, Brutrinnen.

Frank erwartete sie; er war noch damit beschäftigt, Kieselgrus in die Rinnen zu streuen und reinen, bereits angefeuchteten Sand. Das Wasser, das durch die Brutrinnen floß, hatte er vom Bach abgeleitet, es war sorgfältig gefiltert und führte weder erdige noch humose Reste mit sich. Frank erkannte sogleich, daß die Masse der Fischeier befruchtet war, er verkantete die Schüssel, ließ den glitschigen Inhalt sanft hin und her gleiten und warf Ute einen anerkennenden Blick zu – mehr an Lob hatte er nicht übrig. Mit einem Finger schnippte er die Fischeier ins Wasser, einige ließ er einfach abtropfen, andere kippte er kontrolliert über den Schüsselrand und beobachtete, wie sie auf den Grund sanken und, von der sanften Strömung erfaßt, davonrollten und ruckend über winzige Hindernisse kugelten, doch nicht lange, denn schon nach kurzer Strecke setzten sie sich fest und fanden dauerhaften Halt, gerade als hätten sie sich an den geschütteten Grund angesaugt. Ich möchte es sehen, sagte Corinna begeistert, ich möchte einmal sehen, wie sie ausschlüpfen und sich zurechtfinden und etwas fangen. Da gibts nicht viel zu sehen, sagte Frank, zuerst suchen sie sich nur Verstecke – weiter unten haben wir sie ihnen geschaffen –, denn am Anfang sind Verstecke das wichtigste. Bis zum Ausschlüpfen dauert es noch eine Weile.

Sie hockten so gespannt vor der Brutrinne, daß sie nicht merkten, wie Kai herankam und hinter sie trat, erst als er rasch mit der Hand Wasser schöpfte und es in Corinnas Nacken tropfen ließ, fuhren sie auf. Corinna versuchte, sein Bein zu greifen, doch er tänzelte geschickt zurück, fröhlich, weil es ihm gelungen war, sie zu erschrecken. Dann sprang er über die Brutrinne, sah einen Augenblick zu, wie sein Vater die Fischeier ins Wasser brachte und wartete darauf, von ihm angesprochen zu werden. Da dies nicht geschah, sagte er: Ich soll dich von Nicolai grüßen, Nicolai aus Hadeby, ich hab ihn in Schleswig getroffen. Vertieft in seine Arbeit, ohne auch nur aufzusehen, nahm Frank die Grüße seines Berufskollegen zur Kenntnis. Sie hatten plötzlich Schwärme von Kormoranen in Hadeby, fuhr der Junge fort, auf einmal waren sie da und bedienten sich, und wenn sie vertrieben wurden, kamen am nächsten Tag neue; Nicolai meinte, sie waren auf dem Durchzug. Jetzt nickte Frank, kurz und gleichmütig, so als hätte er das vorausgesehen, als ein Schicksal, das allen hier bevorstand, die von ihren Teichen lebten. Der Junge hatte indes noch mehr zu erzählen, er wußte, daß die in Hadeby Buch führten über ihre Verluste und die Unterlagen und Aufrechnungen ans Ministerium schickten, das sich nach einiger Zeit bereit zeigte, die Ertragseinbußen auszugleichen; es war nicht sehr viel Geld, das das Ministerium den Teichwirten anbot, aber ein paar tausend Mark waren es schon.

Genaue Zahlen wollte Nicolai nicht nennen, sagte Kai, und nachdem er eine Weile vergeblich auf ein Wort seines Vaters gewartet hatte, erzählte er, daß sie Nicolai im Ministerium den Rat gegeben hatten, einen Jagdschein zu erwerben; wer einen Jagdschein hätte, dürfte sich selbst gegen die Kormorane wehren und sie abschießen, allerdings höchstens acht in einer Saison, und höchstens zwei pro Teich. Frank unterbrach seine Arbeit, er blickte nun Kai an, und auf seinem Gesicht erschien ein spöttisches Lächeln. Acht in einer Saison, erwiderte er langsam und sagte: Das kann doch nicht wahr sein, und fügte nach einer Weile hinzu: Wenn es so ist, dann möchte ich gern mal den Fachmann kennenlernen, der diese Quote errechnet hat, und ich möchte ihn nur mal fragen, auf welche Erfahrungen er sich gestützt hat. Nicolai wußte noch mehr, sagte der Junge. Auf der einen Seite hätten sie ihm im Ministerium geraten, selbst Jagd auf Kormorane zu machen, auf der anderen Seite hätten sie gedroht, daß er keine einzige Mark Entschädigung bekäme, wenn er sich an der Jagd beteiligte; so sieht es aus. Sein Vater drückte die Schüssel unter Wasser, die Strömung des Baches löste die verbliebenen, festgeklebten

Fischeier, wusch sie heraus und trieb sie über den Grund der Rinne; dann hob er die Schüssel heraus und reichte sie Kai und sagte: Es würde mich nicht wundern, wenn sie da oben Richtlinien ausarbeiten, nach denen man die Räuber nur erschreckt und ihnen klarmacht, daß sie sich allein an die Ostsee zu halten haben. Das würde mich wirklich nicht wundern. Wir werden tun, was wir für richtig halten.

19

Kaum war er an ihrem Zimmer vorbeigegangen, als die Tür hinter ihm geöffnet wurde, zaghaft, schüchtern beinahe, aber doch so hörbar, daß er sich umwandte. Ohne auf den Flur zu treten, winkte Corinna ihn zu sich heran, sie hielt ihm eine Seltersflasche entgegen, entschuldigte sich und fragte, ob er ihr helfen könnte, den Kapselverschluß zu öffnen, anscheinend habe man vergessen, ihr einen Öffner hinzulegen. Willy war gern bereit, er trug die Flasche in sein Zimmer; er war sicher, auf dem Tablett, das Ute ihm gebracht hatte, neben der Seltersflasche einen Öffner gesehen zu haben. Er machte Licht und sah, daß er sich geirrt hatte; auch neben seiner verschlossenen Flasche lag kein Öffner. Suchend blickte er sich um, trat zuerst ans Fensterbrett und versuchte, die Kapsel an der Kante abzustreifen; es mißlang, so sehr er auch riß und ruckte. Danach versuchte er es am metallenen Handtuchhalter im Badezimmer und schließlich mit Hilfe seines Zimmerschlüssels, doch die Kapsel lockerte sich nicht, sprang nicht ab. Bekümmert brachte er die Flasche zurück und erbot sich, ins Wohnhaus hinabzugehen und von dort einen Öffner zu holen. Er sagte, daß es ihm eine Freude sei, den kleinen Weg zu machen; aber

Corinna wollte es nicht. Corinna fiel es plötzlich ein, den Griff einer Schere zu benutzen, sie lud Willy in ihr Zimmer ein und reichte ihm die Schere, und nachdem er ein Auge des Griffs fest über die Kapsel gebracht hatte, ruckte er nur ein wenig, und die Flasche war offen. Toll, sagte Corinna und dankte ihm, und als müßte sie ihn für seinen Erfolg belohnen, stellte sie zwei Gläser auf das niedrige Tischchen und legte eine angebrochene Kekspackung dazu. Sie bat ihn, sich zu setzen, einen Augenblick nur, und Willy gehorchte und sah zu, wie sie die Gläser füllte und sich mit ihrem Glas auf den Bettrand setzte. Für ihren Durst – sie trank auf einen Zug das halbe Glas aus – hatte sie nur eine Erklärung: den Räucherfisch, den es zum Abendbrot gegeben hatte.

Während sie trank, sah er sie an; Corinna trug einen Jeansrock und ein weißes T-Shirt mit den Konturen der Golden-Gate-Bridge; ihr langes braunes Haar war, anders als sonst, in der Mitte gescheitelt und verlieh ihrem Gesicht einen Ausdruck von Sanftmut und Ergebenheit. Sie saß barfuß da, ihre Beine glänzten von Sonnenöl. An ihrer Fessel hing immer noch das Kettchen mit dem Anhänger, den Willy bei der ersten Begegnung nicht hatte identifizieren können; jetzt entdeckte er, daß es eine kleine silberne Eidechse war. Nachdem sie getrunken hatte, zog sie die Nase kraus und sah ihn mit einem Blick an, in dem Freude und Verwunderung lag. Ihre kräftigen Zähne glänzten. Sie nahm einen Keks, schob ihm die Packung zu und ermunterte ihn nicht ein zweites Mal, als er mit einem Kopfschütteln dankte. Das wird mir keiner in der Firma glauben, sagte sie und schien sich bereits voller Genugtuung den Augenblick vorzustellen, in dem sie den Arbeitskollegen bei Maack & Pottjohann erzählte, mit wem sie hier draußen unter einem Dach gewohnt hatte. Am meisten wird sich Ronald wundern, sagte sie, und wie ich ihn kenne, wird er mich beneiden. Willy hob verlegen die Schultern, er dachte an den rothaarigen, übereifrigen Burschen, der sein Assistent gewesen war und den er gern hatte, obwohl er ihn in seiner Arbeit oft genug enttäuschte. Ronald, ach ja, sagte er, und das war schon alles. Es erstaunte ihn aber doch, daß Ronald erwogen hatte, von sich aus zu kündigen, nachdem er, Willy, die Firma verlassen hatte; Corinna wußte es, und sie wußte auch, daß der Chef selbst ihn zum Bleiben überredet und ihm versprochen hatte, sein Gehalt zu erhöhen.

Corinna bemerkte sein Erstaunen, es entging ihr nicht, daß eine stille Freude in ihm aufkam, und als habe sie nur auf diese Gelegenheit gewartet, versicherte sie ihm, daß nicht allein Ronald traurig sei über seinen Fortgang, sondern etliche in der Firma; sie bekomme es immer wieder zu hören. Sie sagte: Ob Sie's nun glauben oder nicht, Herr Wittmann, aber seit Sie nicht mehr ins Haus kommen, hat sich etwas verändert, schon in dieser kurzen Zeit. Mir ist aufgefallen, daß die Leute anders grüßen, wenn sie morgens zur Arbeit erscheinen: manchmal habe ich den Eindruck, daß sie besorgt aussehen. Das wird am Wetter liegen, sagte Willy, vielleicht auch an der Beleuchtung in der Halle, man möchte kaum glauben, was wechselnde Beleuchtung mit Gesichtern machen kann. Corinna musterte ihn vergnügt und fragte plötzlich: Wußten Sie, daß Sie einen Spitznamen hatten? Alle nannten Sie nur die Zunge. Ich weiß, sagte Willy, gegen Spitznamen kann man sich nicht wehren. Einige nannten Sie sogar Goldzunge, sagte Corinna, und Willy darauf, heiter und kopfschüttelnd: Das ist mir neu, aber der Namensgeber wird wohl wissen, warum er mich so genannt hat. In der Kantine haben sie erzählt, daß Sie der berühmteste Teekoster in Europa sind, sagte Corinna, sie waren sich alle darin einig, daß Maack & Pottjohann ohne Sie nicht so groß geworden wäre. Die Hälfte, sagte Willy, ich wäre bei allem schon mit der Hälfte zufrieden.

Er nahm einen kleinen Schluck aus seinem Glas und blickte, von zunehmender Unruhe erfüllt, auf das Fenster, in die entschiedene Dunkelheit draußen, in der weder die Kiefern noch die Kuppe des Hangs zu erkennen waren. Je länger er hier saß, desto unbehaglicher war ihm bei dem Gedanken zumute, daß er von draußen gesehen werden könnte, von einem zufälligen Beobachter, und deshalb fühlte er sich erleichtert, als Corinna, die seinen Blick aufgenommen hatte, aufstand und die Gardinen zuzog. Sie setzte sich gleich wieder aufs Bett, hob die Beine herauf und angelte sich ein buntes Kissen mit eingestickten Abbildungen von Katzenköpfen, ihr Lieblingskissen, das sie, wie sie sagte, überallhin mitnahm; ohne auf das Kissen hinabzusehen, beklopfte und streichelte sie es.

Ein Geruch nach frisch geschnittenem Holz erfüllte das Zimmer; es war der gleiche Geruch, den Willy auch bei sich wahrnahm und der ihn unwillkürlich an Sonne und Harz denken ließ. Obwohl er es vermied, sich freimütig umzusehen – und wenn auch nur unter dem Vorwand, ihre beiden Zimmer zu vergleichen –, blieb ihm nicht verborgen, daß Corinna einige ihrer Sachen wahllos abgelegt hatte. Shorts und Bluse lagen wie hingewischt auf dem Fußende des Bettes, über der offenen Schranktür hing der Badeanzug, und das Fensterbrett war von Cremedosen, von einer Badekappe, von mehreren Packungen Papiertaschentüchern und ihrem Fotoapparat besetzt; nicht einmal ihre Sandalen standen ordentlich nebeneinander vor dem Bett. Er dachte: Ich möchte nur wissen, was in ihr vorgeht, in diesem selbstsicheren Mädchen, das nach allem, was ich hörte, genug erfahren haben muß an Kummer und Enttäuschung, und das sich dennoch so gelassen und unbeschwert gibt. Und er dachte auch: Sie muß ein Bild von sich haben, muß ihre Wirkung kennen. Auf einmal fragte sie, wann er wieder in die Firma zurückkehren werde; im Haus gehe das Gerücht um, daß er auf Anraten des Chefs nur in einen unbefristeten Urlaub gegangen sei und daß er eines Tages wiederkäme. Gerüchte, sagte Willy leise, nichts als Gerüchte, und er erinnerte Corinna an den Abschiedsempfang. Sie sah ihn traurig an und machte eine Bewegung, als wollte sie seine auf dem Tisch liegende Hand nehmen. Seine Hand zuckte nicht zurück, er wäre in diesem Augenblick nicht einmal verblüfft gewesen, wenn Corinna sie genommen hätte. Er wollte aufstehen, er hielt es für an der Zeit, sich zu verabschieden, er blickte auf seine Uhr und blieb.

Es belustigte ihn, als Corinna plötzlich sagte, daß jede Frau es wohl schwer haben müßte, mit ihm verheiratet zu sein, mit einem Mann, der beim Essen und Trinken alles herausschmeckt; wörtlich sagte sie: Wenn einer so empfindlich ist wie Sie – also ich hätte immer Angst, etwas für Sie zu kochen. Warum, fragte Willy. Weil Sie zuerst immer alles ergründen müssen, sagte Corinna; ich stelle mir vor, daß Ihre Zunge jedem feinsten Geschmack nachspürt, alles trennt und zergliedert, so lange, bis Sie auf den Namen gekommen sind, und bei diesem Suchen und Ergründen finden Sie keine Zeit, etwas zu geniessen; das stelle ich mir vor. Also ganz so arm bin ich nicht dran, sagte Willy erheitert, die Geschmacksnerven haben sich zwar spezialisiert auf Aroma und Duft, aber das heißt nicht, daß sie für bestimmte Genüsse unempfindlich sind, und ich muß auch nicht zwanghaft ergründen, warum mir etwas schmeckt. Nein, nein, Corinna – ich darf Sie doch Corinna nennen –, das brauchen Sie nicht anzunehmen. Alle sagen du zu mir, in der Firma und auch hier, sagte Corinna, und Sie können auch ruhig du zu mir sagen, in Ihrem Alter dürfen Sie das.

Gleichzeitig hoben beide den Kopf und lauschten; denn draußen wehte es plötzlich auf, pfiff über das gestapelte Holz hinweg, riß an den Ästen der Kiefern. Ein Schurren und Kratzen war vom Dach her zu hören, dann ein Rascheln, als flüchteten kleine Tiere darüber hin, und während Willy und das Mädchen sich noch anblickten, fiel der Regen. Hart und wütend betrommelte er das Dach, ein kurzer heftiger Abendregen, den die Dachrinnen nicht aufnehmen und wegleiten konnten; das Wasser stieg über die Ränder, stürzte herab und wurde vom Wind in Fahnen gegen die Wand und die Fenster geworfen. Die Gardinen bewegten sich leicht, Corinna zog sie ein wenig zur Seite und sah hinaus, konnte aber im herausfallenden Licht nichts erkennen – das gegen die Scheibe klatschende Wasser nahm ihr die Sicht. Sie tappte zum Bett zurück, hob sich hinauf, saß nun mit untergeschlagenen Beinen da und biß in einen Keks und sagte kauend: Ob die Fische wohl merken, daß es regnet? Sicher, sagte Willy, sie hören den Regen, vielleicht spüren sie auch die Zufuhr an Sauerstoff, die er bringt. Die meisten Fische haben erstaunliche Sinnesorgane, frag nur mal Kai, der weiß viel darüber. Ich mag Kai, sagte Corinna spontan, er hat manchmal ausgefallene Ideen, in seinen Augen bin ich eine Elritze. Warum Elritze, fragte Willy, und Corinna darauf: Kai glaubt, daß jeder Mensch zu einem Fisch paßt – Ute ist für ihn eine Schleie, ein bißchen träge und grätenreich, und sein Vater ein eigenbrötlerischer Wels, der nach allem schnappt, und ich bin für ihn eine Elritze, weil ich angeblich immer Gesellschaft suche und vor Unternehmungslust über den Beckenrand aufs Trockne springen möchte; er selbst hält sich für einen Stint, weil das der durchsichtigste Fisch ist. So, so, sagte Willy, und ich? In welchem Fisch hat er mich erkannt? Wenn ich Kai richtig verstanden habe, sind Sie für ihn ein Goldbutt, eine besondere Art von Scholle. Willy mußte lachen, und lachend sagte er: Wenn es doch so wäre! Die Scholle kann nämlich gleichzeitig mit einem Auge nach vorn und mit dem andern nach hinten gucken; außerdem nimmt sie nach ganz kurzer Zeit die Farbe des Meeresgrundes an: liegt sie auf Sand, wird sie sandfarben, zieht sie in Tangwälder um, wird sie grünbraun. Das ist ja toll, sagte Corinna, so etwas möchte man für sich selbst wünschen, ich meine, solch einen Farbwechsel nach Bedarf.

Sie veränderte ihre Haltung, zog die Knie an und umfaßte einen großen Zeh, anscheinend wärmte sie ihn. Mit gesenktem Gesicht blinzelte sie Willy an und sagte: Ich wußte gar nicht, Herr Wittmann, daß Sie so fröhlich sein können; den Leuten in der Firma geht es übrigens genauso – sie halten Sie alle für ernst und unnahbar und immer in schweren Gedanken, deshalb wagt es auch kaum einer, Sie anzusprechen. Sie sind beliebt, das schon, die Leute mögen Sie und sprechen von Ihnen mit Hochachtung, aber sie wissen auch, daß es unmöglich ist, mit Ihnen vertraut zu werden. Ronald glaubt sogar, daß Ihre Höflichkeit nur dazu dient, alle auf Distanz zu halten. Was man nicht alles glaubt, sagte Willy und schüttelte den Kopf und dachte eine Weile über das nach, was er über sich erfahren hatte; dann sagte er: Es ist hoffnungslos, Corinna, es wird uns nicht gelingen, das Bild zu korrigieren, das andere von uns haben wollen, und daran ist nichts zu ändern.

Sein Blick senkte sich und glitt an ihr hinab und blieb an dem silbernen Kettchen hängen, das ohne viel Spielraum ihre Fußfessel umschloß. Der Anhänger war ein wenig zur Seite gerutscht und lag flach auf dem Knöchel, während der Kopf aufgerichtet zu lauschen schien in gewohnter Starrheit. Ein schöner Anhänger ist das, sagte Willy, ich vermute: Ihr Talisman. Sie lauscht für mich, sagte Corinna, sie schläft nie, und wenn uns etwas bedroht, dann meldet sie es. Corinna nahm den Anhänger zwischen die Finger, drehte ihn hin und her, und in plötzlichem Entschluß rutschte sie zur Bettkante und streckte ihr Bein aus und sagte: Es ist eine Eidechse, aus der Nähe wirkt sie noch schöner, Sie können sich überzeugen. Vorsichtig, als könnte er ihn beschädigen, berührte Willy den Anhänger, der auf der glatten, gebräunten, nach Sonnenöl riechenden Haut schimmerte. Einen Augenblick war er darauf gefaßt, daß Corinna, um das Bein zu stützen, die Ferse auf sein Knie legen würde, doch sie ließ ihm nur wenig Zeit zur Bewunderung und setzte sich wieder aufs Bett. Es ist gewiß ein Geschenk, sagte Willy. Von meinem Deutschlehrer, sagte Corinna, er hat es mir zum Geburtstag geschenkt. Und dann erzählte sie, daß sie den Anhänger noch am selben Tag verloren hatte, er fiel ins Wasser, als sie an der Schlei waren und sich auf einem Holzsteg sonnten, der nur aus krummen, mageren Brettern bestand. Zwischen die Bretter fiel der Anhänger und war auf dem trüben Grund nicht zu erkennen. Sie tauchte danach, bis ihr die Luft ausging, ohne daß es ihr gelang, das kleine Ding zu finden. Ihren Brüdern aber gelang es; Dirk, Henning und Paul tauchten auf ihre Bitte sofort, keiner fragte im voraus nach einer Belohnung, sie wetteiferten darin, den verlorenen Anhänger zu finden, und schließlich war es Paul, der Jüngste, der ihn triumphierend ans Licht brachte.

Corinnas Gesicht nahm einen grüblerischen Ausdruck an. Sie legte einen Finger an die Wange, krauste die Stirn, sie wollte etwas sagen und zögerte, es zu tun; Willy konnte ihr ansehen, daß es ihr schwerfiel, sich zu entscheiden, aber als er nach dem Glas griff, um den letzten Schluck zu trinken, fragte sie rasch, ob er Kinder habe. Statt zu antworten, sah Willy sie nur überrascht an, worauf Corinna, wohl um ihre Frage zu rechtfertigen, erklärte, daß es schön sein müsse für Kinder, wenn ihr Vater ihnen von seinem Beruf erzählte. Ich stelle mir nur vor, sagte sie, wie gern ein Kind zuhören müßte, wenn ihm von China erzählt wird und von Indien und Ceylon.

Einen eigenen Sohn habe ich nicht, sagte Willy, aber ich habe einen Stiefsohn; er ist vierundzwanzig Jahre alt und heißt Tony. Ist er so nett wie Sie, fragte Corinna. Ich habe ihn sehr gern, sagte Willy, er macht gute und nützliche Dinge, er ist ein Meister seines Fachs; wer das Glück hat, seine Schuhe zu tragen, braucht sich nie über Druckschmerzen zu beschweren. Tony ist Schuhmachermeister. Hat er auch schon für Sie Schuhe gemacht, fragte Corinna. Ja, sagte Willy, oh ja. Auch für Ihre Frau? Einstweilen nicht, sagte Willy, aber wenn er es wollte, könnte er es; ich bin nur nicht sicher, ob meine Frau sie tragen würde. Sie hat sicher sehr persönliche Wünsche, sagte Corinna, und da Willy darauf schwieg, setzte sie hinzu: Ich hab Ihre Frau noch nie gesehen; die Frau des Chefs kenne ich, sie kommt manchmal ins Haus, aber solange ich in der Firma bin, habe ich Ihre Frau noch nie begrüßt; gewiß hat sie viele Pflichten. Sie ist ausreichend in Anspruch genommen, sagte Willy ruhig. Ich stelle mir vor, daß sie schwarzhaarig ist, sagte Corinna, und daß sie am liebsten sportlich geschnittene Kostüme trägt; außerdem vermute ich, daß sie gut aussieht und mindestens zwei Fremdsprachen beherrscht – hab ich recht? Eine Fremdsprache, sagte Willy, sie gibt sich mit ihrem Englisch zufrieden. Aber alles andere stimmt doch, fragte Corinna. Willy zuckte die Achseln, es war ihm unangenehm, über Thekla zu sprechen, doch da Corinna eine Antwort auf ihre Vermutungen erwartete, meinte er, ins Allgemeine ausweichend, daß allzugroße Nähe wohl kein objektives Urteil erlaube. Sinnierend hörte Corinna ihm zu, spürte wohl seine Unlust, direkt zu antworten, und dann sagte sie auf einmal: Ich werde müde, entschuldigen Sie.

Willy stand sofort auf, nicht verblüfft oder gekränkt, sondern eher so, als habe er ein ausgemachtes Stichwort erhalten. Er dankte für die Erfrischung, so nannte er das Mineralwasser. Ohne seine zaghaft ausgestreckte Hand zu ergreifen, rutschte Corinna vom Bett und trat dicht vor ihn hin und fragte, ob er sie einmal begleiten würde, an die Schlei, zu einer kleinen Bootswerft, wo sie als Kind gelebt habe; sie müsse einfach mal dorthin. Er brauchte sich nicht zu bedenken; zwar sagte er in seiner Art nur: Es wird mir eine Freude sein, doch in seinem Innern empfand er ein unruhiges Glücksgefühl, das ihn noch erfüllte, als er in seinem Bett lag und auf den immer sanfter fallenden Regen lauschte.

20

Auf der flimmernden, abschüssigen Straße von Barglund ließen sie die Räder laufen und genossen den Fahrtwind. Erfrischt nach dem Besuch des Freibads, munter und gut aufgelegt winkten sie einem Traktorfahrer zu, grüßten im Vorbeifahren ein altes Ehepaar, das sich im Baumschatten ausruhte, versuchten sich ausgelassen in Schlangenlinien, bis sie auf der Höhe des Erlenwegs waren, der zu Bernis Anwesen hinführte. Hier bog Ute plötzlich ab; einem spontanen Einfall nachgebend, ohne sich mit Corinna abgesprochen zu haben, bremste sie überraschend und lenkte in den Erlenweg hinein – zur

Erklärung machte sie nur eine vergnügte, ankündigende Geste. Der holprige Lehmweg zwang sie, langsam zu fahren und die Lenkstange mit beiden Händen festzuhalten; die vom Weg zurückgeworfene Mittagsglut erhitzte ihre Gesichter. Corinna schloß zu ihrer Freundin auf, sie wollte nur wissen, ob es nicht ratsamer sei, Berni am Abend zu besuchen, aber Ute hatte sich bereits entschieden, überzeugt davon, daß Berni sich freuen würde, Corinna endlich kennenzulernen.

Je näher sie dem Anwesen kamen, desto spürbarer und drükkender wurde die Stille, nichts regte sich in der Hecke, im verwilderten Garten, kein Vogel flog auf, keine Stimme war zu hören in dieser todmatten Mittagszeit, in der die Sonne in den Beerensträuchern kochte. Vor der Holzpforte, die schief in den Angeln hing, stiegen sie ab, stellten ihre Fahrräder zusammen und horchten einen Augenblick, ehe sie zögernd weitergingen zur Kate, Ute voran. Die Tür stand offen, hinter den schmutzigen Fenstern bewegte sich nichts; als Corinna sich über einen leeren Trankeimer beugte, stieg ein Schwarm von Fliegen auf, umschwirrte sie und stürzte sich gleich wieder in den zerbeulten Eimer. Flüsternd fragte Corinna noch einmal, ob sie ihren Besuch nicht verschieben sollten, doch Ute winkte ab und war schon an dem Baum, an dem die Messingglocke hing, hatte schon den gespleißten Tampen in der Hand, schlug schon an und rief einen Ton hervor, der hell und schmerzhaft war, scharf die Stille durchdrang und nachzuzittern schien in der flirrenden Luft. Sie warteten, sie sahen den überwachsenen Weg hinab, der in die Tiefe des Gartens führte, und nach einer Weile trat Berni aus dem Gebüsch und sah mißmutig zu ihnen hin, als wollte er sich nur vergewissern, wer ihn mit der Glocke gerufen und bei seiner Beschäftigung gestört hatte.

In einer Hand hielt er den Balg eines Nerzes, der schlapp

und schlenkrig mit dem Kopf nach unten hing. Weil er keine Anstalten machte, den Weg heraufzukommen, gingen die Mädchen auf ihn zu, nicht eilig, sondern zaghaft und gehemmt, als spürten sie über die Entfernung hinweg, daß sie nicht sonderlich willkommen waren. Aus schmalen, geröteten Augen blickte er ihnen entgegen; er war unrasiert und mit einem Overall bekleidet, der seine schmächtige Figur nur lose umschloß.

Ich habe Corinna mitgebracht, sagte Ute, hier ist sie endlich, und nach dieser Einführung bemerkte sie erleichtert, daß Bernis Gesicht sich aufhellte. Er gab Ute einen flüchtigen Kuß und begrüßte ihre Freundin – willkommen in meiner Wildnis, sagte er –, die unverwandt mit einem Ausdruck von Furcht und Neugier auf den toten Nerz starrte, dessen Nacken verklebt war von Blut. Ute nahm den Balg aus seiner Hand, strich mit den Fingerkuppen über das Fell, betrachtete mitleidig das feine Räubergesicht, und während sie den Körper Corinna hinhielt, fragte sie: Woran ist er gestorben? Ich weiß nicht, sagte Berni, vielleicht haben die anderen ihn totgebissen – jedenfalls ist er angefressen, schau dir die Wunde am Nacken an. Corinna verzichtete darauf, den Balg zu berühren; ihr war auf einmal unbehaglich zumute, alles um sie herum – die Blätter, die Sträucher, das hohe Gras – schien zu zittern und gab ihr das Gefühl, daß die herrschende Stille gewaltsam herbeigeführt worden war. Sie wich Bernis Blick aus. Sie nickte zu allem, was er sagte, und sie war mehr als einverstanden, daß er ihr nicht, wie Ute es wünschte, die Tiere in ihren Käfigen zeigen wollte, weil sie angeblich zu erregt waren. Ute fragte, warum die Tiere erregt wären, und Berni zuckte zunächst die Achseln, als wüßte er den genauen Grund nicht. Gleich darauf aber fiel ihm ein, daß es ihnen an Frischfutter fehlte, an Fischabfall, und an Ute gewandt fügte er mit unüberhörbarem Vorwurf hinzu, daß es gut gewesen wäre, wenn sie etwas mitgebracht hätte; du weißt doch, was sie brauchen. Ihre Entschuldigung – wir waren in Barglund, im Freibad – nahm er nicht mehr zur Kenntnis, er hatte sich schon umgedreht und ging tiefer in den Garten hinein, tiefer in seine verschattete, gärende Wildnis, bis er vor der Hecke stand. Dort steckte ein Spaten in der Erde; er brach ihn aus und begann wortlos zu graben, während die Mädchen ihm zusahen, beeindruckt von der Kraft und Geschicklichkeit, mit der er eine Grube aushob. Dann begutachtete er die Tiefe, warf den Balg hinein und schippte die Grube zu, zuletzt klatschte er die Erde mit dem Blatt des Spatens an. Das war's, sagte er und hieb den Spaten zwischen dem wilden Rhabarber fest.

Sie gingen zur Kate hinauf, und Berni lud sie ein, sich an den alten aufgeblockten Mühlstein zu setzen, der schon seinem Vorgänger als Tisch gedient hatte. Er bedauerte, daß er ihnen nichts anbieten konnte, er sagte: Auf Überraschungsbesuch bin ich nicht eingerichtet. Lächelnd entschuldigte er sich bei Corinna, die ab und zu auf Wade und Schenkel schlug, wegen der angriffslustigen Mücken hier draußen; er sagte: Anscheinend haben Sie besonders süßes Blut. Er bemühte sich, höflich zu sein, und nachdem Ute sich einmal zu ihm gebeugt und ihn flüsternd um etwas gebeten hatte, entfernte er sich ohne eine Erklärung, kehrte jedoch bald wieder mit einem sehr jungen Nerz zurück, den er behutsam vor seiner Brust hielt; wie in einem Nest trug er das Tier in seinen zusammengelegten Händen. Vor Corinna ging er in die Knie und öffnete das Gitter seiner Finger, worauf sich sofort ein schmales Mardergesicht hindurchzuzwängen versuchte, ein possierliches Gesicht mit einem rosa Mäulchen und dunklen Knopfaugen. Hier, sagte

Berni, nehmen Sie ihn, er ist zwar ein Raubmarder, aber er tut Ihnen nichts. Nimm ihn schon, sagte Ute ermunternd, er ist noch ganz jung; doch Corinna bog sich zurück und streckte die Hände abwehrend aus. Da legte Berni den jungen Nerz in Corinnas Schoß, rasch und in der Gewißheit, daß sie zufassen und das Tier halten werde, und Corinna wollte es auch tun und berührte es fast, als der Nerz mit einem Satz wegsprang, sich auf der Erde überschlug, gleich aber wieder auf den Beinen war und in wellender Bewegung und in hektischem Zickzack davonwieselte durch das ungeschnittene Gras, in den Schutz der Büsche.

Berni stieß einen Fluch aus, lief schon dem Flüchtenden hinterher und forderte im Laufen die Mädchen auf, mitzusuchen. Los, schrie er, los, kommt schon, wir müssen ihn finden. Sie gehorchten. Während Ute zu den altersschwachen Obstbäumen hinüberscherte, ging Corinna suchend den Weg hinab, teilte Buschwerk, hob tiefhängende Zweige an, beklopfte mit einem Stock verrottete Holzfässer und stieß dabei kurze Zischlaute aus. Sie machte sich Vorwürfe, weil das Tier durch ihre Unachtsamkeit hatte fliehen können, insgeheim aber freute sie sich, daß die Flucht anscheinend geglückt war, und deshalb stöberte und suchte sie nur halbherzig weiter. Als sie unvermittelt das Spalier der Drahtkäfige erblickte, zuckte sie zurück, erschrocken und wie dabei ertappt, ein Verbot übertreten zu haben; einen Augenblick war sie versucht, näher an die Käfige heranzugehen, doch plötzlich hörte sie Utes Schrei, ihr Kreischen, ihre schrille Freude. Weil sie nicht ausmachen konnte, woher der Schrei kam, zwängte sie sich aufs Geratewohl durchs Buschwerk und an den mehr als mannshohen Bärenklauen vorbei, stieg über morsches Astwerk und geriet an eine verwachsene Fliederhecke, die ursprünglich wohl als

Umzäunung angelegt worden war. Hinter der Hecke, vor einem schiefen Wäschepfahl, hockte Ute und preßte eine Hand auf die Öffnung einer rostigen Gießkanne und sah triumphierend zu Berni auf und sagte: Ich hab ihn, ich hab ihn; ich hab gesehen, wie er hier reingewutscht ist.

Corinna stand still und beobachtete, wie Berni die Gießkanne aufnahm und sie nach einem prüfenden Blick wieder abstellte. Er war zufrieden, doch anscheinend nicht so, wie er es hätte sein können, denn nun, da er sich mit Ute allein glaubte, hielt er ihr vor, daß sie eine Abmachung verletzt habe; ärgerlich erinnerte er sie an ihr Versprechen, nie fremde Leute anzuschleppen, nicht einmal Kai, von dessen Besserwisserei er genug habe. Warum, fragte er sie scharf, warum hast du sie mitgebracht? Sie ist meine Freundin, sagte Ute kurz, und wenn ich dir früher von ihr erzählt hab, konnte es dir nicht schnell genug gehen, sie kennenzulernen. Er merkte, daß dies nicht der Augenblick war, mit ihr zu streiten; er winkte ab, verharmloste seine Bezichtigung und fragte hastig und in veränderter Tonart, ob es ein Gespräch gegeben habe zwischen Onkel Willy und ihrem Vater, und ob sie zufällig etwas gehört habe. Ute schüttelte den Kopf, sie sah ihn erstaunt an und wollte wissen, um was es gegangen sein sollte bei diesem Gespräch, aber Berni winkte wieder nur ab: Gut, schon gut, vielleicht später einmal. Und dann sagte er: Du mußt mir helfen, Ute; ich weiß nicht, wie lange es noch so weitergehen kann. Die Tiere sind in keinem guten Zustand, das hat auch der Händler gesehen, als er hier war, um ihre Felle zu begutachten; er ist nicht bereit, die üblichen Preise zu zahlen. Es geht nicht, sagte Ute, du hast selbst gesehen, wie schwierig es ist, und wenn Vater es merkt – ich hab schon genug riskiert. Nur die toten Fische, sagte Berni, wenn du immer nur die toten Fische einsammelst und sie zu der Erle am Torfstich bringst – das würde schon helfen. Du weißt, daß er nicht gut auf dich zu sprechen ist, sagte Ute, und wenn er dahinterkommt, ist es für immer aus.

Du hast selbst gesagt, daß er ungerecht ist, du hast gesagt, daß er hartherzig ist und nachtragend, und daß du selbst manches hinter seinem Rücken tun mußt, sagte Berni, und als Ute darauf schwieg, erinnerte er sie an das, was er sich hier vorgenommen hatte, was er vergrößern, verändern, neu anlegen wollte, sobald die Nerzfarm erst genug abwarf, und er vergaß nicht, zu erwähnen, daß er alles nicht nur für sich allein plante. Denk nur daran, was wir abgemacht haben, sagte er. Er sagte auch: Du hast versprochen, mir zu helfen – wenn du es nicht tust, kann ich hier einpacken.

Ute wandte ihr Gesicht ab, sie starrte auf die Fliederhecke und erkannte Corinna hinter dem Blattwerk. Hier sind wir, Corinna, wir haben ihn, komm schnell. Corinna umrundete die Hecke, wich ihren Blicken aus und hockte sich gleich hin und wollte den jungen Nerz sehen, und als Berni seine Hand von der Öffnung der Gießkanne nahm, beugte sie sich über den kleinen Gefangenen, der zusammengekrümmt auf dem Grund lag und sie unbewegt anfunkelte. Er wollte sich hier verstecken, sagte Ute, und Berni fügte hinzu: Eine bessere Falle konnte er nicht finden; und nach einer Weile, auf Corinna hinabsprechend: Jetzt kommt er wieder zu seinen Geschwistern. Corinna richtete sich auf. Leise fragte sie, und es klang, als fragte sie es sich selbst: Was meint ihr, ob er es geschafft hätte in Freiheit? Schlecht und recht wäre er wohl durchgekommen, sagte Berni, aber im Käfig geht es ihm bestimmt besser.

21

Sophie bestreute die noch warmen Waffeln mit Zucker, dann goß sie ein Glas Milch ein und trug beides in Kais Zimmer, zufrieden und gespannt, wie es dem Jungen schmecken würde, der, wann immer sie Waffeln backte, die erste Portion außer der Reihe erhielt. Obwohl Kai sie hereinschlurfen hörte, kam er nicht gleich an den Tisch; er stand auf einem Schemel und befestigte Bilder an der Wand, Farbfotos, die er aus einer Zeitschrift ausgeschnitten hatte. Verbissen drückte er die Reißnägel in die Wand, hob oder senkte ein Blatt, korrigierte den Abstand – zuletzt, da er die wortlose Verwunderung seiner Mutter zu spüren glaubte, immer flüchtiger und nur noch bemüht, alle Blätter rasch an die Wand zu bringen. Und als er vom Schemel sprang, fragte Sophie auch schon: Was soll denn das sein, Junge? Und Kai antwortete ihr mit der Stimme eines Dozierenden; er forderte Aufmerksamkeit für einige Kuriositäten und Wunderwesen des Wassers, deren Fähigkeiten ausreichen, um einem die Sprache zu verschlagen, beispielsweise, hier, für den indischen Spritzfisch, einem Meister im Genauigkeitsspucken, der sich mit gezieltem Wasserstrahl Insekten von den Blättern holt; oder, hier, für den afrikanischen Schmetterlingsfisch, der, wenn er den Gauklerflug eines Schmetterlings berechnet hat, aus dem Wasser emporschnellt, um sich die Beute zu schnappen. Er deutete auf elektrische Aale, die sogar Lampen aufleuchten lassen, und auf Igelfische, die sich bei Gefahr so aufblasen, daß sie an die Oberfläche treiben. Er erklärte ihr Koffer-, Kletter- und Neonfische, phosphoreszierende Ungeheuer, die in der ewigen Nacht der Tiefe leben, und die zu suchen und aufzufinden sein ganzer Traum sei. Sie, die abgebildeten Kuriositäten, und dazu einige noch unbekannte Bewohner des Meeres und der Flüsse hoffte er einmal auf ausgedehnten Expeditionen zu fangen und zu erforschen: etwas Schöneres konnte er sich nicht vorstellen.

Sophie, die ihm während seines begeisterten Vortrags nur gleichmütig zuhörte, sagte nach einer Pause: Nun setz dich aber hin und iß, sonst werden die Waffeln kalt, und Kai gehorchte und dankte ihr und konnte selbst am Tisch nicht von den seltenen Fischporträts wegfinden, erregt von einem Entwurf, den er mit kindlicher Hingegebenheit weiter und weiter entwickelte. Brütend sah Sophie zu, wie er aß, sie wartete auf ein Lob, und gerade als sie ihn fragen wollte, wie es ihm schmeckte, bescheinigte er ihr, daß die Waffeln gut gelungen seien, wieder einmal. Er sagte: Du hast wirklich den Bogen raus, Mutter, das muß man dir lassen. Gleich darauf aber versetzte er sich wieder an die Ufer tropischer Gewässer, sah sich, mit Fangnetz und Glashafen ausgerüstet, durch artenreiche Sümpfe waten oder an Bord eines Fischereiforschungsschiffes die Beute untersuchen, die sie aus der Tiefsee ans Licht holten. Er wußte, was zu seinem Traum gehörte und wo er ihn einlösen würde, und es entmutigte ihn nicht, daß zunächst Jahre der Lehre vor ihm lagen, in denen er sich würde aneignen müssen, was die, die das Sagen hatten, von jedem Teilnehmer erwarteten. Er wußte sogar, daß es nicht leicht sein würde, allen Anforderungen zu genügen; dennoch war er zuversichtlich. Du wirst sehen, daß ich es schaffe, ihr alle werdet es sehen; und Sophie sagte nichts dazu, sondern blickte an ihm vorbei durchs Fenster, auf die stumpfen, graublauen Flächen der Teiche, deren glatter Spiegel ohne Regung war. Träge saß sie da, mit zusammengelegten Händen, seine Worte schienen echolos in sie hineinzuregnen, ohne eine Reaktion hervorzurufen; Kai kannte diese Haltung, diesen Ausdruck, und es erstaunte ihn nicht, daß sie kein einziges Wort übrig hatte für das, was er ihr anvertraute.

Aber plötzlich sah er, wie ihr Gesicht einen Ausdruck der Bestürzung annahm, etwas interessierte, fesselte und beunruhigte sie, etwas, das nicht mit ihm zusammenhing, sondern draußen geschah, in der Helligkeit des Morgens und dennoch fern und undeutlich genug, daß es sie unsicher machte. Da sie nicht aufhörte, ihre Aufmerksamkeit nach draußen zu richten, trat Kai ans Fenster und erkannte erst auf den zweiten Blick seinen Vater; er stand nicht auf dem Grund des abgelassenen Teiches, sondern auf den wulstigen Auswachsungen einer Kopfweide und riß und brach da etwas und schleuderte es auf die Erde. Nach einer Weile war Kai sicher, daß das, was sein Vater wegräumte, dünnes Astwerk war, die Unterlage eines Nestes, die ein Kormoran angeschleppt und in die jungen elastischen Reiser der Weide hineingeflochten hatte; auch über die Entfernung hinweg war noch die Wut erkennbar, mit der der Mann das unfertige Nest zerstörte und, nachdem er hinabgesprungen war, die auf dem Boden liegenden Äste zertrampelte. Da hat wohl einer angefangen zu bauen, sagte Kai, der erste Kormoran. Jetzt kam auch Sophie ans Fenster, sie stützte sich aufs Fensterbrett und sah ausdauernd und ruhig zu dem Mann hinaus, der sich offenbar nicht zufriedengab mit der Zerstörung des Nests, sondern hier und da einzelne Äste noch einmal aufhob, sie in kleine Stücke brach und fortwarf. So hab ich ihn selten erlebt, sagte Sophie, so voller Haß, und sie fügte hinzu: Wenn man nur nichts passiert. Kai wandte sich seiner Mutter zu. Auf ihrem Gesicht lag ein Vorwissen, das ihn besorgt machte.

22

Lange vor der verabredeten Zeit war Willy am Treffpunkt. Um nicht gemeinsam mit Corinna das Haus zu verlassen, hatte er vorgegeben, zunächst nach Schleswig fahren zu müssen, um dort seine Bank aufzusuchen; danach aber wollte er sogleich mit dem Mittagsbus nach Balnis kommen und im »Alten Fährhaus«, dem Gartenlokal, das sie vorgeschlagen hatte, auf Corinna warten. Balnis, das einstige Fischerdorf, das er ein paarmal in seiner Kindheit durchstreift hatte und dessen äußere Armut und Ereignislosigkeit ihm im Gedächtnis geblieben war, machte einen gepflegten, einen idyllischen Eindruck: weinrot und blau, blau und weiß waren die niedrigen Häuser gestrichen, Malven wuchsen vor den Fenstern, manche der Mauern, die handtuchschmale Gärten voneinander trennten, waren mit Ornamenten aus Muscheln bedeckt. Nach dem »Alten Fährhaus« brauchte er nicht zu fragen; bevor er noch das Ende der kopfsteingepflasterten Straße erreicht hatte, sah er unter Pappeln die weißen Klappstühle und Tische, sah den Fahnenmast und die vom Wind gezauste Flagge in den Landesfarben und weiter unten, am Ufer der Schlei, den längst verwaisten Fähranleger. Willy fand einen schattigen Platz und bestellte bei der Kellnerin eine Zitronenlimonade, und als müßte er sich für die dürftige Bestellung entschuldigen, erklärte er, daß er einen Gast erwarte, man werde dann weiter sehen.

Er blickte auf die Schlei hinab; Segelboote, von ihren Hilfsmotoren getrieben, zogen in lockerer Prozession seewärts, vorbei an den warnenden Wimpeln ausgelegter Aalreusen. Am jenseitigen Ufer mühte sich ein Paar, mit seinem Schlauchboot in den bergenden Schilfgürtel einzudringen. Angekündigt von dunklem Dröhnen, glitt ein Minensucher mit gedrosselter

Kraft vorbei, von seiner Brücke winkte man den Mädchen zu, die sich, nur mit Bikinis bekleidet, auf dem Vordeck einer Zweimastjacht sonnten. Je länger er auf den Fjord hinaussah, desto fühlbarer hob sich alles in einem Glitzern auf, es schmerzte, es blendete, ein tänzelndes Blinkern, durch das die Blasenspuren des Heckwassers liefen; es tat dem Auge so weh, daß Willy sich abwandte und den Stuhl wechselte.

Vorfreude erfüllte ihn, eine absichtslose Erwartung, die ihm nicht unbekannt war; er rückte den Stuhl gegen die Pappel, um den Eingang zum Gartenlokal im Auge zu haben. Er hatte plötzlich das Bedürfnis, Corinna ein Geschenk zu machen, doch bevor er sich noch überlegte, was es sein könnte, suchte er nach einem Grund, einem unverfänglichen Anlaß, und da er nichts fand, womit sich ein Geschenk rechtfertigen ließe – die Freude, mit ihr zusammenzusein, glaubte er als Grund nicht nennen zu können –, drängte er das Bedürfnis zurück. Auch sie erschien vor der verabredeten Zeit. In Shorts und T-Shirt, Sandalen an den Füßen, eine vollgepackte Segeltuchtasche in der Hand, stand Corinna unter dem Schild »Zum alten Fährhaus«. Sie entdeckte ihn sofort und winkte und kam zu seinem Tisch. Willy stand auf und nahm ihr die Tasche ab, und als wären sie sich nicht erst am Morgen begegnet, gab er ihr schon wieder die Hand, wobei er das bestickte Stirnband musterte, das sie zum ersten Mal trug; das Band gefiel ihm. Corinna wollte sich gar nicht erst setzen, sie bat ihn um Erlaubnis, einen Schluck aus seinem Glas zu nehmen, dann fragte sie, ob er sich ihr anvertrauen möchte, und er nickte und zahlte beim Hinausgehen.

Während sie die mit Kopfsteinen gepflasterte Straße hinabgingen, linste sie freimütig in Fenster und Gärten, sie grüßte nahezu jeden, manchmal wurde sie verwundert zurückgegrüßt, manchmal rief einer: Bist du nicht Corinna? Kaum hatte sie das bestätigt, spürte Willy auch schon prüfende Blicke auf sich ruhen, es blieb ihm nicht verborgen, daß man sich unwillkürlich etwas zurechtdachte, daß man etwas erwog und abschätzte; er nahm es um so bekümmerter hin, je öfter es geschah. Mitunter jedoch, wenn sie alten Leuten antwortete, wenn sie Auskunft gab über ihre Tätigkeit und ihre Pläne, stand er geduldig und wie in Bereitschaft neben ihr, das Gesagte zu bekräftigen. Corinna genoß es, wiedererkannt zu werden; einmal stellte sie Willy einem schwarzgekleideten Mann vor, und dabei nannte sie nicht allein seinen Namen, sondern betonte: Herr Wittmann, aus der Leitung unserer Firma.

Als sie das schüttere Wäldchen erreichten und zwischen den Stämmen das Werftgelände mit der freitragenden Fertigungshalle mit aufgebockten Booten und der Slipanlage erkannten, entschuldigte sie sich dafür und bekannte, daß sie sich immer noch nicht mit Willys Abschied von Maack & Pottjohann abgefunden habe, für sie gehöre er einfach zur Firma. Willy schüttelte versonnen den Kopf.

Und dann traten sie auf den freien Platz, der sanft zur Schlei abfiel, und Corinna zeigte ihm das Haus aus rotem Klinker, wilder Wein zog sich daran empor, verschattete schon die Fenster, hinter dem Dach leuchteten hochgewachsene Birken. Corinna deutete auf ein Eckfenster im oberen Stock; dort war ihr Zimmer, dort hatte sie geschlafen, solange es die Bande von Spatzen erlaubte, die im Wein ihre Nester hatte. Und plötzlich verließ sie den Weg, der auf das Haus zuführte, sie zog Willy zur Halle hinunter, aus der Schleifgeräusche drangen; und wo es etwas zu bemerken, zu erklären gab, da blieb sie stehen und beklopfte Eschen- und Eichenholz, erläuterte die Herstellung von Spanten, schilderte die Kiellegung eines Fischkutters und bewies Kenntnisse beim Bau eines Rettungsbootes. Von der Slipanlage deutete sie auf einen Punkt zwischen den Schienen: hier hatte sie einmal als Taufpatin gestanden, ein Fischer aus Balnis hatte sich gewünscht, daß sein Kutter ihren Namen trug, und wie sie wußte, fuhr die *Corinna* oft in die Gewässer bei Bornholm und kehrte mit Lachs und Heringen heim.

Als sie über den wasserziehenden Booten standen, die an der Holzbrücke vertäut waren – die Boote lagen bis zum Dollbord im Wasser, und Corinna erklärte ihm, daß dies die einfachste Methode war, um die Planken fugendicht aufquellen zu lassen –, kam ein Mann das Werftgelände herunter, ein blonder, athletischer Bursche in kurzärmeligem Polohemd; er kam so entschlossen und eilig herab, als wollte er sie zur Rede stellen, doch auf einmal blieb er stehen, stutzte, legte den Kopf schräg, und dann rief er: Corinna! und begann zu laufen. Ohne Willy zu beachten, lief er auf Corinna zu, sprang über die Schienen, lief zuletzt mit ausgebreiteten Armen, und dann umschloß er sie so heftig, daß beide wankten. Er gab sie nicht frei, fest hielt er sie an sich gepreßt, schwenkte sie hin und her, sein Gesicht auf ihre Schulter gesenkt, und Corinna lachte und machte keinen Versuch, sich seiner Umarmung zu entziehen. Willy wandte sich betreten ab, er blickte auf die vollgelaufenen Boote, es war ihm unangenehm, Zeuge dieses ungestümen Wiedersehens zu sein. Hallo, Corinna, wie schön, daß du mal hergefunden hast, das muß gefeiert werden. Die Art des Wiedersehens machte Willy nicht nur verlegen, sondern bereitete ihm auch einen sonderbaren Verdruß, und der schwächte sich auch nicht ab, als Corinna, endlich der Umarmung entkommen, die Männer einander vorstellte: Herr Wittmann aus unserer Firmenleitung – mein Bruder Dirk. Noch während sie sich die Hände reichten, dachte Willy, ich hätte sie nicht begleiten sollen, und nachdem Dirk ihn willkommen geheißen hatte: hoffentlich lädt er uns nicht ein zu Weißtdunoch und Alswirdamals, zu ihrer persönlichen Erinnerungsreise, hoffentlich nicht. Ich werde nie mehr jemanden an die Orte seiner Vergangenheit begleiten. Dirk lud sie ein, er schlug ihnen vor, ins Haus zu kommen, Beate, seine Frau, würde sich freuen, Corinna endlich kennenzulernen, selbstverständlich sei auch Herr Wittmann eingeladen, für eine Tasse Tee sollte man immer Zeit haben. Schon legte er eine Hand auf Corinnas Hüfte, schon zog er sie mit sich, bereitwillig auf ihre Fragen antwortend. Wie es uns geht? Kleine Boote – kleine Brötchen. Henning? Der ist Zahntechniker geworden. Paul, dein Paulchen? Nachdem du fort warst, verliebte er sich in die Ferne, er fährt auf einem Küstenmotorschiff. Einander abfragend näherten sie sich der Halle, im Eingang stand bereits der alte Knut mit breitem Lächeln, und als sie bei ihm waren, nahm er die Mütze ab und begrüßte Corinna und wischte ihr mit dem Zeigefinger, dem die Kuppe fehlte, über die Wangen. Uns Corinna, sagte er, und mehr fiel ihm nicht ein. Hinter ihm, in der Dämmerung, erschienen seine beiden Gehilfen, der alte Mann winkte sie heraus, und mit der Bemerkung: Dat also is uns Corinna, forderte er sie auf, ihr die Hand zu geben. Willy konnte den beiden ansehen, daß sie, obwohl sie Corinna noch nie begegnet waren, manches über sie erfahren hatten; ihre erkundenden Blicke bestätigten es ihm. Auch die jungen Bootsbauer freuten sich, sie endlich zu Gesicht zu bekommen; für Willy zeigten sie nur flüchtiges Interesse.

Sie gingen nicht ins Haus. Nachdem Corinna dem alten Bootsbauer versprochen hatte, während ihres Urlaubs in Barglund noch einmal vorbeizukommen, schlug sie Dirk vor, den Besuch in seinem Haus noch ein paar Tage hinauszuschieben, sie werde sich bestimmt melden, jetzt sei die Zeit zu knapp. Still für sich dankte Willy ihr für diesen Vorschlag, er war erleichtert, die Aussicht, nun einige Stunden mit Corinna allein zu sein, machte ihn froh, und als Dirk ihnen nachwinkte, winkte auch er zurück.

Corinna wollte ihm die Segeltuchtasche vorübergehend abnehmen, doch das ließ er nicht zu, er sagte: Laß mir die Freude, und um ihr zu beweisen, wie leicht es ihm fiel, die Tasche zu schleppen, schwang er sie übertrieben vor und zurück. Da sie hier zu Hause gewesen war, ließ er sie führen, einverstanden mit jedem Weg, den sie einschlug. Es zog sie zum Uferweg, zum Wasser, sie gingen schweigend nebeneinander. Der Uferweg führte zu einem hellen, sandigen Platz, auf dem gemäßigtes Strandleben herrschte. Wo Corinna vorbeiging, da blickte man ihr nach – Willy bemerkte, daß es nicht nur die Jungen in Badehosen waren, die sich auf sie aufmerksam machten, auch ein Familienvater, der seine vier Kinder bewachte, und eine weißhaarige, lederhäutige Frau blickten ihr beifällig nach.

In dem warmen Sand schlüpfte Corinna aus ihren Sandalen, und noch ehe sie sie aufheben konnte, schoß ein kleiner, struppiger Hund heran, der sich eine der Sandalen schnappte, sie schüttelte und mit ihr davonsprang, nach wenigen Metern aber stehenblieb, auffordernd und erwartungsvoll, als wolle er sie zu einem Spiel einladen. Weil er auf ihre Befehle nicht hörte, ließ Corinna ihm die Sandale; sie setzte sich in eine Kuhle, die andere gegraben hatten, und Willy zog seine Jacke aus, lockerte den Schlipsknoten und setzte sich neben sie. Willy ließ den Hund nicht aus den Augen, der noch eine Weile darauf wartete, verfolgt zu werden, dann mit seiner Beute im Maul zum Strand lief und hier die Sandale einem kleinen Mädchen anbot. Das Mädchen drohte dem Hund, sprach ernst auf ihn ein, und nachdem es ihn schimpfend, klapsend fortgeschickt hatte, brachte er die Sandale zu Corinna zurück und ließ sich mit schuldbewußt gesenktem Kopf von ihr kraulen.

Das Interesse, das Corinna hervorrief, irritierte Willy; dazu litt er unter dem Eindruck, daß er nur deshalb mit abschätzigen Blicken betrachtet wurde, weil man ihn beneidete. Was er an Corinna bewunderte, war die Gelassenheit, mit der sie alle Zeichen der Aufmerksamkeit quittierte; sie übersah sie nicht, doch sie nahm sie so selbstverständlich zur Kenntnis, als gehörten sie zu ihren alltäglichen Erfahrungen.

Willy war begeistert über die Geschicklichkeit, mit der Corinna plötzlich einen Ball fing, gleich aufsprang und ihn so plaziert zurückschoß, daß die beiden Jungen sie einluden, mitzuspielen. Sie winkte ab. Sie beobachtete eine Weile die Badenden und entschied dann, auch selbst ins Wasser zu gehen, nur kurz, nur um sich zu erfrischen; auf einem Trampelpfad im Schilfgürtel, wo die meisten Erwachsenen sich umzogen, pellte sie ihren Badeanzug an. Kaum war sie auf dem Holzsteg, versuchte ein Junge auch schon, sie ins Wasser zu schubsen, doch sie war darauf vorbereitet, sie stellte ihm ein Bein und stieß ihn selbst vom Steg. Mit emporgerissener Hand signalisierte sie dann Willy, daß sie nun springen werde, und mit einem flach geratenen Kopfsprung tauchte sie ein und blieb und blieb verschwunden, kam weder am Schilfgürtel zum Vorschein noch weiter draußen auf dem glitzernden Fjord, ohne daß es einen der Badenden beunruhigte. Willy aber begann sich zu sorgen; je länger sie unter Wasser blieb, desto ängstlicher wurde er, und er stand auf und beschattete die Augen und suchte, und da er sie immer noch nicht entdeckte, ging er zum Strand und trat schließlich auf den Holzsteg. Schon sah er die üblichen Bilder eines Unglücks; Rettungsschwimmer, die nach Corinna tauchten, sie hochbrachten, ihren schlaffen Körper in den Sand legten und sie von Mund zu Mund beatmeten. Er mußte eine Suche einleiten, mußte Retter mobilisieren, vielleicht einen der Schwimmer, die sich gerade an einer Markierungstonne festklammerten. Während er dies noch bedachte, reckte sich ein brauner Arm am Holzsteg empor und eine Hand tastete nach seinem Fuß und versuchte, ihn zu greifen. Er trat zurück, da tauchte Corinna auf, prustend, lachend, mit nassem Haar. Mit gesammelter Kraft schnellte sie vom Grund ab, setzte sich auf den Steg und sah fröhlich zu Willy auf, der nur erleichtert dastand.

Er ließ sie vorausgehen zu ihrer Kuhle im Sand, der schwarze Badeanzug umschloß faltenlos ihre Gestalt, Wassertropfen funkelten auf ihrem Rücken, und bei manchem Schritt blitzte der Talisman an ihrem Knöchel auf. Hinter seinem Rücken trocknete sie sich ab, zog wieder Shorts und T-Shirt an, wikkelte den Badeanzug in das Handtuch und stopfte es in die Segeltuchtasche. Und plötzlich sagte sie: Mein Ausweis ist weg, Ausweis und Geld und alles. Bestürzt wandte Willy sich ihr zu und nahm den Inhalt der Tasche entgegen, den sie mit hastigen Bewegungen hervorkramte und -zerrte, den Rest Sonnenöl, ein Taschentuch, ein Etui und Kamm und Spiegel. Es ist weg, sagte sie entsetzt, jemand hat es geklaut, und in jähem Argwohn musterte sie die Leute in der Nähe, die ballspielenden Jungen, den Lesenden, die essende Frau. Willy wollte es noch nicht glauben, scheu befühlte er Corinnas Sachen, schlug noch einmal das Handtuch auseinander, guckte in die leere Tasche, doch er fand nicht, was Corinna vermißte. Er fragte: Ist es eine Brieftasche? Eine Cellophanhülle, sagte Corinna, da steckt mein Ausweis drin, und da ist auch das Geld. Das hat uns gerade noch gefehlt, dachte Willy, es muß passiert sein, als ich auf dem Steg war, als die Tasche hier unbeaufsichtigt lag für wenige Minuten, neben meiner Jacke, die wie weggeworfen daliegt, ganz so, als hätte man auch ihre Taschen untersucht.

Ohne zu zögern, nahm er die Schuld auf sich, er warf sich vor, die Tasche unbeaufsichtigt gelassen zu haben, und gleich darauf bat er Corinna um Verständnis, erwähnte seine Unruhe und Sorge, die sich, da er sie nach ihrem Sprung nirgends auftauchen sah, wie von selbst einstellten. Corinna schien ihn nicht zu hören, erbittert, mit zusammengepreßten Lippen beobachtete sie die Leute auf dem sandigen Platz, und sobald sie sich an einem einzelnen festsah, nahm Willy ihren Blick auf und schätzte ihn seinerseits ein. Auf einmal sagte sie, nicht zu ihm, sondern leise zum Fjord hin sprechend: Ich darf mich eben nicht freuen, immer wenn ich mich auf etwas freue, passiert ein Unglück. Willy schüttelte den Kopf, er wollte hier nicht von einem Unglück sprechen, ein ärgerliches Mißgeschick sei es, nicht mehr. In dem Wunsch, sie zu trösten, faßte er sie an beiden Schultern und sah sie aufmunternd an, und in einem Augenblick, als sie das Gesicht senkte, strich er über ihr nasses Haar. Das regeln wir, sagte er, das kommt schon in Ordnung. Nun, da er wußte, daß auch sie sich auf ihr Zusammensein gefreut hatte, fühlte er sich ungezwungener, freier; bei allem Verdruß über den Diebstahl empfand er ein Glück, das ihm ein unverhofftes Zutrauen gab – er berührte ihr Kinn, hob ihr Gesicht auf und plinkerte ihr beschwichtigend zu. Wir werden den Verlust melden, sagte er, am besten bei der Polizei, hier in Balnis.

Wütend, ohne ein Wort, stopfte Corinna ihr Zeug in die Segeltuchtasche, musterte noch einmal die Leute in ihrer Nähe, ratlos, weil gleich mehrere ihren Verdacht erregten, und folgte

Willy, der jetzt die Führung übernahm. Zum Trost erzählte er ihr, daß auch seinem Freund Detlev Maack einmal die Brieftasche abhanden kam, und daß der Dieb, der nur auf Geld aus war, die persönlichen Dokumente in einen Briefkasten warf, worauf er alles von der Post zugestellt bekam. Wollen wir hoffen, sagte Willy, daß auch unser Dieb so höflich ist; und er fügte hinzu: Vielleicht bereut er seine Tat, wenn er dein Foto im Ausweis sieht. Corinna hielt es für ausgeschlossen, sie sagte: Auf dem Foto sehe ich aus wie ein verhungerter Strauchbesen. Gut, sagte Willy, dann haben wir Grund zu hoffen, daß er deine Papiere aus Mitleid in den Briefkasten wirft.

Die Polizei von Balnis residierte in anderthalb Zimmern im Haus der Gemeindeverwaltung, sie fanden dorthin, ohne sich den Weg beschreiben zu lassen, und mußten auf dem Flur nicht warten, sondern wurden gleich reingebeten in einen dürftig möblierten Raum. Ein alter Polizist, der hinter einer Schreibmaschine saß, erhob sich, knöpfte seinen Uniformrock zu und fragte, womit er helfen könnte; als Willy erklärte, daß sie einen Diebstahl anzeigen wollten, nahm er es ohne Regung zur Kenntnis und fragte nur, was gestohlen wurde und wo, und zu welcher Uhrzeit es geschah. Danach setzte er sich wieder an die Schreibmaschine und spannte einen Bogen ein, um die Verlustanzeige aufzunehmen. Ein flüchtiger Ausdruck von Überraschung erschien auf seinem Gesicht, als nicht Willy, sondern Corinna zu Protokoll gab, daß ihr der Personalausweis und zweihundertachtzig Mark abhanden gekommen waren, auf dem unbewachten Badestrand, nicht weit von der Bootswerft, vor einer Stunde. Geläufig, wenn auch nur mit zwei Fingern schreibend, ließ er sich Namen, Geburtsdatum, Wohnort und Beruf nennen, es schien ihm daran gelegen, die Meldung rasch aufzunehmen und Corinna die benötigte Bescheinigung über den Verlust der Papiere auszustellen, doch nachdem Corinna Balnis als Geburtsort genannt hatte, stockte er, nahm die Brille ab, schwang auf dem Drehstuhl herum und musterte sie ausdauernd.

Dann stand er auf, ging auf sie zu und fragte: Tatsächlich? Bist du – sind Sie tatsächlich Corinna Claasen? Die Tochter von Dr. Claasen? Ja, sagte Corinna, ja, und mit einem Anflug von Unsicherheit: Ist was nicht in Ordnung? Wir waren im Shanty-Chor zusammen, sagte der Polizist, der Doktor und ich haben gemeinsam im Balniser Shanty-Chor gesungen, es war eine schöne Zeit. Er nannte seinen Namen – Heiner Bysans – und hörte nicht auf, Corinna freimütig anzustarren. Im Frühjahr, sagte er dann, habe ich deinem Vater oft geholfen, sein Boot seeklar zu machen, zu spachteln, zu kalfatern, zu firnissen, all das; und dich habe ich viele Male auf der Schulter getragen, das mochtest du, ich war dein Pferd. Du weißt es nicht mehr, aber ich spüre immer noch, wie du mir die Sporen gabst, und ich höre dich quietschen vor Begeisterung. Er nahm Corinnas Hand und tätschelte sie nachdenklich, und mit veränderter Stimme sagte er: Daß dieses geschehen mußte! Daß dieses Unglück geschehen mußte! Einen Tag bevor deine Eltern damals ausliefen, habe ich noch mit ihnen gesprochen; sie freuten sich auf die Reise nach Bornholm. Daß nach ihrem Schiffbruch nichts gefunden wurde – keine Planke, kein Rettungsring –, versteh ich bis heute nicht. Corinna, die schweigend zuhörte, nickte dankbar und wandte sich Willy zu, dem es anscheinend widerstrebte, eingeweiht zu werden in einen tragischen, lange zurückliegenden Unglücksfall, denn er hielt seinen Blick starr auf das an der Wand hängende Foto des Bundespräsidenten gerichtet.

Wieder an seiner Schreibmaschine, fragte der Polizist: Wissen Sie, daß Dirk jetzt die Werft leitet? Er und Knut, der bei ihm geblieben ist, machen das seit ein paar Jahren. Ich war schon bei ihnen, sagte Corinna, wir haben uns verabredet, und wenn es Ihnen recht ist, schau ich hier auch mal vorbei. Einem spontanen Bedürfnis folgend, stellte sie Willy vor, und diesmal verzichtete sie darauf, zu erwähnen, daß er zur Firmenspitze gehöre, sie begnügte sich mit der Feststellung: Herr Wittmann von unserer Firma; dabei fixierte sie ihn heiter, gerade als wüßte sie, daß er hier nicht protestieren würde; der Polizeibeamte sagte lediglich: Angenehm, und schrieb die Verlustbescheinigung aus und stempelte sie. So, sagte er, damit sind wir schon ein Stück weiter. Vielleicht aus Gewohnheit mahnte er Corinna, auf das Dokument, das er ihr ungefaltet überreichte, gut zu achten.

Corinna war froh. Als sie auf der Straße standen, war sie so erleichtert, daß sie sich plötzlich bei Willy einhakte, ihre Brust an seinen Arm preßte, sich hochreckte und ihn aufs Kinn küßte, schnell und überfallartig. Hier gibt's wohl keinen, der dich nicht mag, sagte Willy und vermied es, sie anzusehen. Corinna lächelte, sie versuchte, in seinen Schritt einzufallen, gab es aber bald auf. Wissen Sie, was ich jetzt möchte, fragte sie. Was denn? Eis essen, sagte sie, bevor wir zum Bus müssen, eine große Portion gemischtes Eis. Kaum hatte Willy zugestimmt, widerrief sie auch schon ihren Wunsch, es war ihr sogar peinlich, ihn geäußert zu haben, denn sie hatte nicht bedacht, daß sie kein Geld mehr besaß. Willy überging einfach ihren Widerruf, er ließ sich nicht aus der Richtung drängen, die sie bereits eingeschlagen hatten, und als Corinna vor der bewimpelten Eisdiele stehenblieb und sich weigerte, ihn zu begleiten, faßte er ihre Hand und zog sie entschlossen mit sich.

23

Zweimal an diesem Tag hatte Frank bereits auf die schwarzen Vögel gewartet. Er hatte ihnen im Dunst des frühen Morgens aufgelauert und, nach dem Ausbringen von Wasserkresse im Forellenteich, im einschläfernden Sonnenlicht des Nachmittags. Mit dem Karabiner über den Knien, wachsam und haßerfüllt, hatte er nach ihnen Ausschau gehalten, ohne auch nur einen einzigen durch die Länge des Tals oder über den Hang hinweg heranschweben zu sehen. Und nun hatte er sich, gedeckt von Erlengebüsch, abermals auf die Lauer gelegt in der späten Dämmerung, in der die Geräusche sich vermehrten, klarer, dringlicher wurden und gesteigerte Aufmerksamkeit verlangten. Ein Zischen in der Luft, ein Planschen im Teich, ein Knacken im Geäst bewirkten schon, daß er den Karabiner fester umspannte und dem Geräusch eine Weile nachlauschte. Nicht zu erkennen, doch deutlich zu hören, strich ein Vogel über die Wipfel der Kiefern und fiel unten in der Schonung ein. Das Fiepen einer Ratte drang zu ihm herauf, und sogleich nahm Frank sich vor, bei Tageslicht nach dem Bau zu suchen.

Die Umrisse der Kopfweiden im Blick, dachte er an seinen Großvater, dachte an den gemeinsamen Rundgang, auf dem der alte Mann, der beim Fällen eines Baumes ein Auge verloren hatte, plötzlich ein Reihernest entdeckte und, statt besorgt zu sein, nur verblüfft dastand und auf einmal, ohne ein Wort zu sagen, fortging und mit seiner selbstgemachten Holzleiter wiederkehrte. Wie damals sah Frank ihn wieder hinaufsteigen und sich über das Nest beugen, und er erinnerte sich, wie sein Großvater voller Schadenfreude auflachte und ihm ein Ei zeigte, das er zwischen Daumen und Zeigefinger hielt.

Nacheinander ließ er dann vier Eier, die er im Nest gefunden hatte, einfach auf die Erde fallen; sie zerbrachen ohne einen Laut, ihre Dotter zogen sich sämig auseinander. Viel zu sagen hatte er nicht; nachdem er herabgeklettert war und beschlossen hatte, die Leiter vorerst stehenzulassen, meinte er nur: Wolln mal sehn, ob die Vögel Lust haben, nachzulegen. Frank wußte noch, daß das Reiherweibchen tatsächlich nachlegte, zweimal zwei Eier, die er selbst aus dem Nest nahm, befühlte, abhorchte und dann in den Teich warf.

Als der kupferfarbene Streifen am Himmel sich eindunkelte und Frank bereits erwog, sein Versteck zu verlassen, sah er für einen Moment einen Lichtschein unten aus dem Haus fallen, anscheinend wurde die Haustür rasch geöffnet und ebenso rasch wieder geschlossen, und gleich darauf lief jemand geduckt an den erleuchteten Fenstern vorbei. Dann hörte er in der weit tragenden Abendluft des Tals ein hartes ratschendes Geräusch, das so klang, als würde ein schwerer Deckel auf einer Eisentonne festgesetzt; danach – und diesen Laut kannte er genau – drang das unwillige Knarren der Tür zu ihm herauf, die in den gefliesten Anbau führte. Er wartete darauf, daß in dem Raum, in dem sie die Fische schlachteten, Licht aufflammte, doch zu seinem Erstaunen blieb es dunkel, und nach kaum mehr als einer Minute hörte er wieder das Knarren, und er war sicher, eine Gestalt heraushuschen zu sehen, die sich an der Räucherkammer und an den überdachten Bassins vorbei zu den Teichen bewegte. Die Hunde schlugen nicht an, nur ein einziges Mal winselten sie freudig auf. Frank kroch aus seinem Versteck, er schmiegte sich an die Böschung des Dammes, auf dem der Pfad lief, den Karabiner hielt er dicht an seinem Körper und rieb langsam den Schaft.

Noch bevor er sie erkannte, wußte er, daß es Ute war, die mit sicheren Schritten auf ihn zukam; er stand nicht gleich auf, er ließ sie so nah herankommen, bis er ihren angestrengten Atem hörte; dann richtete er sich auf und trat ihr mitten auf dem Damm entgegen.

Ute erschrak und ließ den schweren Beutel, den sie bis hierher heraufgeschleppt hatte, auf den Boden fallen. Unwillkürlich blickte sie zurück zum erleuchteten Gästehaus, wo in Corinnas und Willys Zimmern ebenfalls Licht brannte; doch sie gab den schnellen Fluchtgedanken gleich wieder auf und wandte sich ihrem Vater zu, zerknirscht, aber auch mit aufsteigendem Trotz. Sie schwieg, während er den Beutel öffnete und den Inhalt betastete, und nicht nur betastete, denn ab und zu langte er tief hinein und holte aus dem Abfall, der vom Schlachten zurückgeblieben war, einen Zander heraus, eine Schleie, und legte die unversehrten Fische auf den Pfad. Er nahm sich Zeit, gerade als wollte er mit seiner langsamen Untersuchung, bei der er immer mehr Fische zum Vorschein brachte, seine Anklage ausdehnen und begründen, er tat es so lange, bis Ute plötzlich aufschluchzte, zupackte und ihm den Beutel entriß.

Fast wäre sie ihm entwischt, fast wäre sie an ihm vorbeigekommen und hätte den Hang erreicht, wo er sie nicht mehr hätte einholen können, aber beim Antritt glitt sie auf den Fischen aus und ließ beim Sturz den Beutel los. Sie war gleich wieder auf den Beinen und wollte nach dem Beutel greifen, da sagte Frank: Nun also auch du; zuerst hat er uns hintergangen, und nun versuchst auch du es. Weißt du überhaupt, was du tust? Hat der kleine Halunke dich soweit gebracht, ihn heimlich und kostenlos zu beliefern? Frank setzte einen Fuß auf den Beutel und stieß einen Laut der Verachtung aus und wartete darauf, daß Ute sich entschuldigte oder zumindest eine Ausrede erfand, doch sie tat es nicht, sondern suchte seinen Blick und sagte mit unvermuteter Kälte: Ich hab's mir genommen, ja, ich hab mir den Abfall und die paar Fische genommen, weil ich ein Recht dazu habe. Was da in dem Beutel ist, hab ich mir wohl verdient, es ist nur ein Teil der Bezahlung, die du mir schuldest, schuldest für all die Schufterei; mit dem Zeug kann ich machen, was ich will.

Einen Augenblick standen sie sich schweigend gegenüber, dann sagte Frank: Du wirst ihm nichts bringen, weder heute noch morgen, und er sagte dies warnend. Ute entging die Warnung nicht, dennoch bückte sie sich plötzlich, packte mit beiden Händen den Beutel und riß ihn an sich und versuchte ihn mit ihrem Körper abzudecken, als auch ihr Vater nach dem Beutel griff, heftig und rücksichtslos. Mit einer kurzen schroffen Bewegung brachte er ihn an sich und hob zurücktretend eine Hand, als sei er bereit, sie zu schlagen, falls sie noch einmal nach dem Beutel greifen wollte, und obwohl Ute wußte, daß er es tun würde, wich sie keinen Schritt zurück. Trotzig hielt sie die Drohung aus, herausfordernd, vermutlich hätte sie nicht einmal den Versuch gemacht, sich unter seinem Schlag wegzuducken. Sie rührte sich auch nicht, als er mit Karabiner und Beutel so dicht an ihr vorbeiging, daß sie seinen Atem im Gesicht spürte; erst als seine Schritte unten am Hundezwinger erstarben, befreite sie sich aus dieser Starrheit und begann zu schluchzen und stieg langsam, doch zielbewußt den Hang hinauf, ohne ein einziges Mal zu dem erleuchteten Haus hinabzublicken.

24

Mit gleichmäßigen Schwüngen, ohne Pflanzen und Teichgrund zu berühren, zog Kai das Planktonnetz durch das Wasser, den zipfelförmigen Gazebeutel, in dem sich alles sammelte, was schwebte und taumelte, was, von der sachten Strömung bewegt, zu den Staubrettern trieb. Riß er dennoch Stengelteile ab, verfing sich ein kleiner Ast im Netz, so holte er es sogleich ein und entfernte die unerwünschte Beute, immer nur darauf aus, das Winzige, das kaum Sichtbare hervorzubringen, von dem der Ertrag des Gewässers abhing. Nach ein paar erneuten Schwüngen schüttelte er den Inhalt des Netzes auf einen flachen Holzteller, den er so lange drehte und verkantete, bis das überflüssige Wasser abgelaufen war und es auf dem Teller zu zucken und zu krabbeln begann; das krümmte und peitschte sich voran, das ließ behaarte Fühler spielen und steckte aus kunstvollem Larvengehäuse kleine Gespensterköpfe hervor und drohte mit zangenartigen Fangapparaten. Kai nahm die Lupe zu Hilfe, inspizierte gespannt das wimmelnde Leben, Weißwürmer, Wasserasseln, Hüpferlinge – er kannte alle, kannte die Larven der Köcherfliege und die der kleinen blauen Bachjungfer, und nicht nur dies: er hatte abzuschätzen und zu beurteilen gelernt, wieviel niederes Tierleben im Wasser vonnöten war, um den Fischen als erste Nahrungsquelle zu dienen.

Er nahm sich Zeit, um alles durchzumustern, mitunter stupste er einen Rüsselkrebs, eine Wasserwanze, und eine rötliche Libellenlarve schnippte er in den Teich. Je länger er den Fang begutachtete, desto besorgter wurde er, denn zu seinem Erstaunen entdeckte er in dem Gewimmel nur selten den wichtigsten Kruster, der zu einem Forellengewässer gehört, den Flohkrebs, der ihnen noch jedesmal ein sicheres Zeichen für die Beschaffenheit des Wassers gegeben hatte. Der Junge wußte, daß der Flohkrebs verschwindet, sobald der Luftreichtum im Wasser abnimmt, und darum galt ihm seine besondere Aufmerksamkeit. Und nachdem er die erste Probe genommen und untersucht hatte, ging er am Teichufer entlang und wählte einen anderen Platz, von dem aus er abermals das Planktonnetz durch das Wasser zog und den erbeuteten Inhalt wiederum auf dem Holzteller auskippte und die Lupe über ihn hingleiten ließ. Er tat es noch mehrmals, zügig und beunruhigt und zuletzt nur noch darauf aus, den Kleinkrebs aufzufinden. Seine Zahl schien sich mit jeder Probe zu verringern. Kai ahnte, was es bedeutete, er erinnerte sich daran, daß sie hier einmal vor langer Zeit einen ganzen Besatz einsommriger Forellen verloren hatten, nur weil sie dem plötzlichen Verschwinden der Flohkrebse nicht genügend Beachtung schenkten. Er schulterte die Stange mit dem eingehängten Planktonnetz. Morgen, dachte er, gleich morgen werden wir eine Wasseranalyse machen lassen.

25

Kaum hatte Willy den Brief begonnen, als Corinna aus dem Haus trat, die nahestehenden Kiefern ins Auge faßte und nach raschem Entschluß eine Nylonschnur holte und sie zwischen zwei Stämme spannte und geübt knotete. Dann hängte sie Wäsche auf, T-Shirts und Baumwollhöschen und ein kurzes Nachthemd, die sie nur festklammerte, und später zwei leichte Blusen, die auf Bügeln hingen; nach einem vergewissernden Blick zur Sonne ging sie wieder ins Haus. Willy wartete auf das Geräusch ihrer Zimmertür, doch er konnte nichts hören.

Er nahm den Brief auf, vertiefte sich in die ersten Sätze, mit denen er Thekla sowohl für ihr Verständnis als auch für ihren Mittlerdienst zu danken versuchte; daß sie keine Vorwürfe, keine Beschuldigungen erhoben hatte, erleichterte ihm die Antwort. Das Angebot, das sie ihm im Auftrag von Richard Süverkopp machte und von dem sie gewiß hoffte, daß er es, ohne zu zögern, annehmen werde, brachte ihm keine Genugtuung, es zeigte ihm vielmehr, daß Thekla sich nicht im klaren darüber war, welcher Verlust ihn getroffen hatte. Vermutlich glaubte sie, daß, ähnlich wie es Süverkopps altem Teekoster gelungen war, seine Fähigkeiten an einem fernen Ort wiederzuerlangen, es auch ihm glücken müßte, sich die alte Empfindlichkeit und Trennschärfe bei der Bestimmung von Aromen noch einmal anzueignen, gerade als stellten sie sich wie von selbst zu einer Zeit ein, zu der sie nicht gefordert wurden.

Er schrieb: *Leider muß ich Dir sagen, daß es Dinge gibt, die sich nach aller Erfahrung nicht regenerieren, und dazu gehört die Urteilssicherheit auf meinem Gebiet; was unsereiner einmal verliert, hat er für immer verloren. Ich bezweifle nicht, daß sich der Kollege, den Herr Süverkopp nach Nepal schickte, und dem der Regentee half, seine Kosterfähigkeit wiederzugewinnen, eine gewisse Zeit hat bewähren können, allerdings nur eine gewisse Zeit; denn wie ich von ihm selbst weiß – er hieß Gernot Finck –, sah er sich eines Tages gezwungen, sein Arbeitsverhältnis zu lösen, angeblich aus familiären Gründen. Es gibt Verluste, liebe Thekla, die sich nicht ausgleichen, nicht ersetzen lassen, sie sind einmalig und unwiderruflich, und es bleibt uns nichts anderes übrig, als uns mit ihnen abzufinden. Jedenfalls fürchte ich, daß ich Herrn Süverkopp, der soviel Vertrauen in mich setzt, auf längere Sicht enttäuschen müßte; vielleicht verliefe anfangs alles zur Zufriedenheit, das mag sein, aber die Enttäuschungen ließen nicht lange auf sich warten. Ich bitte Dich, dies Herrn Süverkopp bei Gelegenheit zu sagen und ihm für das Angebot zu danken.*

Willy hob den Blick und sah durch das Fenster auf Corinnas Wäsche, die sich sanft im Wind bewegte, der den Hang hinabstrich. Der Stoff wellte sich, bauschte sich leicht, die Blusen auf den Bügeln hörten nicht auf, sich in bemessenem Spielraum hin und her zu drehen, während die Ärmel unter kleinen Windstößen auffuhren, sich abspreizten und danach schlapp, wie resigniert, pendelten. Er mußte lächeln. Er dachte, wie kurios Wäsche an der Leine wirken kann, wie armselig und bedürftig und sogar lächerlich, wenn sie schaukelt und sich bläht, erst am Körper macht sie was her. Willy schüttelte den Kopf und überflog den Text, und obwohl er zu wissen glaubte, daß Thekla sich nur mäßig für das interessierte, was er hier vorfand und erlebte, setzte er den Brief fort und teilte ihr mit, daß die Gicht Sophie noch unbeweglicher gemacht hätte, daß sie es sich aber dennoch nicht nehmen ließ, den Haushalt zu führen. Klagen bekomme man von ihr kaum zu hören – im Unterschied zu Frank, der die Tradition des vorsorglichen Stöhnens bei jeder Gelegenheit fortsetzte und noch bärbeißiger, noch härter und rechthaberischer geworden sei als in vergangenen Jahren, ein verdrossener Einzelgänger, den nichts zufrieden stimme. Willy deutete auch an, daß Frank seine Existenz bedroht sah durch die Kormorane, die von der Küste herüberkamen und gegen die er sich auf eigene Art wehren wollte, ohne auch nur im geringsten auf bestehende Gesetze zu achten. Von Ute sagte er, daß Thekla sie vermutlich nicht wiedererkennen würde, so erwachsen sei sie geworden, ein freundliches, anhängliches Mädchen, das nur bei aller Arbeit hier – beim Schlachten, Räuchern, Packen und auch Liefern – zu kurz zu kommen scheine. Und dann erwähnte er auch Kai, lobte sein Wesen, seine Kenntnisse und riskierte die Feststellung, daß es nicht zuletzt dem Jungen zu verdanken sei, wenn die Teichwirtschaft sich überhaupt noch lohnte. Er schrieb: *Falls Kai wirklich demnächst nach Hamburg geht, um zu studieren, könnte Frank in die Klemme kommen; gewiß aber wird er sich nach einem Helfer umsehen müssen.* Über Corinnas Anwesenheit wollte er zunächst nichts sagen, denn er fand keinen Grund, sie zu erwähnen, doch nach kurzem Bedenken teilte er Thekla mit, daß in dem neugebauten Gästehaus noch ein Besuch wohne, eine ehemalige Schulfreundin von Ute.

Er unterließ es, sich die Gefühle zu erklären, die er auf einmal empfand, er schrieb ohne Pause weiter, schilderte, wie ihm zumute war auf den alten Pfaden der Erinnerung, berichtete von seinem Besuch im Teehaus »Kanton«, vom Kauf des Teewärmers, er verlor ein paar Worte über die zahlreichen Seglerhäfen am Fjord und hob die Ruhe hervor, die er wiederfand im Tal seiner Kindheit. Kaum hatte er den letzten Satz hingeschrieben, bezweifelte er auch schon seine Wahrheit – dennoch ließ er ihn stehen, einfach, weil er ihm geeignet erschien, sein Hiersein zu rechtfertigen. Und in einem quälenden Gefühl von Unsicherheit bat er sie dann um eine Frist, keine beliebige, nur eine angemessene Frist, vielleicht zwei Wochen …

Plötzlich bemerkte er, wie ein Windstoß Corinnas T-Shirt, das wohl nicht fest genug beklammert war, von der Leine riß, der Stoff wölbte sich auf, straffte sich, segelte hangabwärts und blieb auf dem nadelbedeckten Boden liegen. Willy trat ans Fenster, er wartete, er rechnete damit, daß Corinna im nächsten Augenblick herauskommen und das Wäschestück aufnehmen werde, doch sie erschien nicht, und nach einer Weile deckte er sein Schreibzeug ab und ging selbst hinaus. Mit wenigen Schritten hatte er das T-Shirt erreicht, er hob es auf, klopfte die Kiefernnadeln ab und zog den Stoff auseinander, der warm war vom Sonnenlicht. Auf der Brustseite zog eine Entenmutter ihre fünf Küken in Kiellinie hinter sich her. Das belustigte ihn, und er war gerade dabei, das T-Shirt wieder an der Leine zu befestigen, als er Franks Stimme hörte; wie ertappt wandte er sich um.

Frank blickte ihn spöttisch an und deutete mit dem Pfeifenstiel auf die baumelnden Kleidungsstücke und fragte, ob heute Waschtag sei, gemeinsamer Waschtag, worauf Willy, über die Leine hinwegsprechend und in spürbarer Verlegenheit, darauf hinwies, daß er nur das T-Shirt retten wollte, das der Wind hinabgeweht hatte. Nickend, als hätte er diese Antwort erwartet, kam Frank näher und hörte nicht auf, ihn spöttisch anzusehen und seine Verlegenheit zu genießen, aber nicht lange; denn unvermittelt nahm sein Gesicht ernste Züge an, und er fragte förmlich: Kann ich dich mal sprechen, Willy? Sie gingen ins Haus, an Corinnas Zimmer vorbei, aus dem leise Musik zu hören war, gingen schweigend über den Flur und schwiegen immer noch, als sie in Willys Zimmer saßen, in dem, seit er hier eingezogen war, jedes Ding seinen eigenen Platz hatte.

Frank sah sich ausdauernd um, anscheinend einverstanden mit der Ordnung, die hier herrschte; mitunter allerdings verzog er in ironischer Bewunderung die Lippen. Obwohl er wußte, welche Antwort er zu erwarten hatte, fragte er Willy, ob hier alles nach seinen Wünschen sei und ob er sich vielleicht gestört fühlte durch die Nachbarschaft; ihm, Frank, sei daran gelegen, daß er sich in jeder Hinsicht zufrieden fühle, worauf Willy ihm bestätigte, was er hören wollte: Ich fühle mich hier fast so wie zu Hause. Mehr sagte er nicht, denn er wußte, daß Frank nicht zu ihm gekommen war, um sich nach seinem Befinden zu erkundigen, er legte die Hände im Schoß zusammen und wartete mit gesenktem Blick und zeigte sich überrascht, als sein Bruder ihn um Geld anging.

Da ist eine Nachzahlung für Fischfutter, sagte Frank, wir dachten, alles sei abgerechnet und erledigt, aber wir haben uns wieder mal geirrt. Wieviel brauchst du, fragte Willy. Wir wollen es nur geliehen haben, sagte Frank, wenn du willst, schreib ich dir einen Schuldschein aus, und Willy darauf: Sag, wieviel? Frank stand auf und ging ans Fenster, er hieb mit der Faust aufs Fensterbrett und sagte: Auch daran ist er schuld, der kleine Halunke da drüben; vermutlich hat er zu der Menge, die wir bestellt haben, noch einige Säcke auf Kredit gekauft, die er dann billig irgendwo abgab und sich darauf verließ, daß uns bei Nachzahlungen das Gedächtnis im Stich läßt und wir nicht groß fragen, sondern alles stillschweigend begleichen. Gewiß hat er seine Hand im Spiel. Also wieviel, fragte Willy abermals, und Frank hob die Summe, die er nannte, zur Frage an: Dreitausend? Du bekommst sie bestimmt zurück.

Ohne die Summe zu wiederholen oder sonst noch ein Wort zu verlieren, gemächlich und als handele es sich um etwas Selbstverständliches, das keiner Nachfrage wert war, ging Willy an den Schrank, zog aus einer Ledertasche sein Scheckheft heraus, schrieb ohne Eile einen Scheck aus und schob ihn an den Rand des Tisches; den Dank wehrte er mit einer knappen Handbewegung ab. Damit hast du uns sehr geholfen, sagte Frank und deutete auf das Briefpapier und bat um ein leeres

Blatt, um den Schuldschein auszuschreiben. Ist schon in Ordnung, sagte Willy, zwischen uns brauchen wir das nicht zu tun. Und dann wollte er wissen, ob sein Bruder sicher sei, daß es Berni Drews gewesen war, der ihn auch in diese Klemme gebracht hatte, und Frank sagte: Nur er, eine andere Erklärung gibt es nicht. Er hat uns bei den Lieferfahrten hintergangen, und er hat es auch beim Fischfutter getan, und wenn er hier nochmal eine Chance bekäme, wie du es wolltest, würde er es über kurz oder lang wieder tun; er ist so, er gehört zu dem Schlag von Leuten, der sich nicht ändert, weil es ihm nicht gegeben ist, zwischen Mein und Dein zu unterscheiden. Übrigens bist du nicht der einzige, der versucht hat, gut für ihn zu sprechen; du hättest nur hören müssen, wie Ute für ihn warb und bettelte und wie sie mich zu überreden versuchte, es noch einmal mit ihm zu probieren. Willy erkannte, daß sein Bruder dabei war, sich in Wut zu reden, ein Wort schien sich am andern zu entzünden, eine Anklage die nächste auszulösen; wie besessen zählte er auf, was alles ihm zugefügt worden war, und Willy schwieg und ließ ihn reden, ohne ihn auch nur ein einziges Mal zu unterbrechen, selbst dann, wenn er einen Namen oder ein Wort nicht verstanden hatte.

So erfuhr er, daß Berni Drews erst nach dem Tod seiner Eltern nach Barglund zurückgekehrt war, niemand wußte, woher, und daß er das Haus mit dem Garten übernahm, der damals bestellt und gepflegt war und vieles von dem lieferte, was die Alten zum Leben brauchten. Sie brauchten nicht viel; beide bezogen eine Rente und verdienten sich mit ihrer Korbflechterei etwas dazu, sie flochten schöne und haltbare Körbe, Matten und Basttaschen; was sie nicht hatten verkaufen können, das gab Berni zu einem Schleuderpreis weg, kaum daß er sein Erbe übernommen hatte. Anfangs sah es nicht danach aus, daß er bleiben würde, doch dann verfiel er auf die Idee, eine Nerzfarm einzurichten, und so kam es, daß er auf der Suche nach frischem Futter für seine Tiere hierherfand, ein gefälliger, gutaussehender Mann, der zunächst alle für sich einnahm. Er wickelte sie so völlig ein, daß sie ihm von sich aus eine Mitarbeit anboten, und mehr als das: sie nahmen ihn auf und ersetzten ihm mit der Zeit die Familie, ließen ihn teilhaben an allem, was sie bewegte und auch bekümmerte, nie darauf gefaßt, daß er ihres Vertrauens unwürdig sein könnte.

Frank war nicht einmal sicher, daß er alles wußte, was Berni ihm zugefügt und was er im einzelnen verschuldet hatte; jedenfalls wäre er nicht überrascht gewesen, wenn sich herausgestellt hätte, daß mehr auf sein Konto ging als das, was sie in Erfahrung gebracht hatten. Daß Ute nicht von ihm loskam, daß sie zu dem kleinen Halunken hielt und sogar gewisse Aufträge für ihn erledigte, schien Frank mehr als alles andere zu erbittern, er sprach darüber nur in wortknappem Zorn und zögerte nicht, das Mädchen herabzusetzen. Und dabei erfuhr Willy zum ersten Mal, daß sie auch ihre Sorgen gehabt hatten mit Ute, die nur träge und faul und uninteressiert war, zumindest in den letzten Jahren, bevor Berni hier auftauchte; sie war eine schlechte Schülerin und erschöpfte sich darin, von einem Stuhl auf den anderen zu rutschen. Alles war ihr gleichgültig, nicht zuletzt auch ihr Aussehen, und da sie unmäßig aß, wurde sie dick, ein fauler, frühentwickelter Kloß, der mit fünfzehn den Eindruck einer erwachsenen Frau machte. Und das änderte sich auch nicht, nachdem sie Berni aufgenommen hatten; die beiden beachteten einander kaum, er hatte allenfalls ein neckendes Wort für sie übrig, eine behutsame Anspielung auf ihre Körperfülle, während Ute ihm nur in trägem Erstaunen nachblickte und nicht einmal erkennen ließ, ob sie ihn verstanden hatte.

Plötzlich aber war das vorbei. Auf einmal überraschte Ute sie mit vorher nie gezeigtem Interesse; sie fragte, sie nahm teil, sie entdeckte den Spiegel und bewies eine unerwartete Freude an der Bewegung – gerade als sei sie aus einem Schlaf erweckt worden. Sie nahmen diese Veränderung zuerst nicht nur zufrieden, sondern auch argwöhnisch zur Kenntnis, und ihr Argwohn bekam recht, als Kai ihnen eines Tages bestätigte, was sie befürchtet hatten. Nun wußten sie, daß Berni manche seiner Lieferfahrten unterbrach – immer an der gleichen Stelle am Ende eines Maisfeldes –, um sich mit Ute zu treffen. Es nützte und half nichts, daß ihre Leute sie sich vornahmen, mit ihr sprachen, sie warnten und ihr schließlich auch drohten, nur um diese Beziehung zu beenden; immer, wenn sie vor eine Entscheidung gestellt wurde, lehnte sie sich auf und drohte ihrerseits, die Familie zu verlassen.

Seinetwegen hätte sie es getan, sagte Frank, für ihn tut und riskiert sie alles; und nach einer Pause sagte er: Wer weiß, was sie noch alles anstellen wird; ich hab sie abgefangen, als sie heimlich mit Fischen zu ihm wollte, einen ganzen Sack voll wollte sie ihm hinschleppen. Er trat auf Willy zu und wartete auf ein Wort, anscheinend hoffte er auf einen Ratschlag oder zumindest auf eine Parteinahme seines Bruders, doch Willy, der nachdenklich in seinem Sessel hockte, sagte nichts und vermied es, aufzublicken. Und auch als unten im Tal mehrere Hupsignale ertönten und Frank feststellte, daß man nach ihm rief und daß der blaue Transporter schon beladen und fahrbereit war, sagte Willy nichts, sondern deutete nur stumm auf den ausgeschriebenen Scheck, den Frank im Vorbeigehen an sich nahm. Wieder allein, hob er den Kopf und sah hinaus auf die baumelnden Wäschestücke an der Leine, und ohne sich darüber zu verwundern, mußte er an die helle Sommerhose denken, die er als Junge geschenkt bekommen hatte, es war eine Sonntagshose, die er gleich am ersten Tag mit dem warmen roten Saft zerquetschter Preiselbeeren befleckt hatte.

26

Auf der Bank vor dem Haus saß Sophie und besserte ein Teichnetz aus, ein muldenförmiges Zugnetz. Wenn sie die Maschen erneuerte, blickte sie kaum hin, nur wenn sie mit dünnem Baumwollfaden an der Unterleine Bleisenker und an der Oberleine Schwimmer befestigte, rückte sie die Brille zurecht und hob das Netzzeug vor die Brust. Als sie dabei war, die Spreizknüppel an den Seiten des Netzes anzubringen, sah sie Corinna von den Torfstichen heraufkommen, barfuß, in jeder Hand eine Sandale; ab und zu schlug das Mädchen die Sandalen gegeneinander, daß es knallte, dünn, wie ein Pistolenschuß. Corinna kam direkt auf sie zu und beobachtete eine Weile, wie die knotigen Finger die Schnur wickelten und verknüpften; mitunter verfehlten sie das Ende eines Fadens, mitunter mußte bereits Geschlungenes wieder aufgerebbelt werden, doch trotz einiger Fehlgriffe und Mißgeschicke zeigte sich immer noch etwas von der einstigen Geläufigkeit. Voller Bewunderung sagte das Mädchen: Das möchte ich auch können, und Sophie darauf, nicht übellaunig, sondern nur achselzuckend: Lern es, dann kannst du es. Lernt es sich schwer, fragte Corinna. Es ist man ein einfaches Netz, sagte Sophie, das ziehen sie durch die Fischgrube, wenn der Teich abgelassen ist; mit einer Flügelreuse hat man mehr zu tun. Plötzlich sagte Corinna: Ich hab sie gesehen, es waren zwei, zwei von diesen schwarzen Vögeln; sie schwimmen unten auf dem Torfstich. Jetzt sah Sophie von ihrer Arbeit auf und fragte: Hast du's Frank gesagt? Ich hab sie verscheucht, sagte Corinna, indem ich die Sandalen gegeneinanderschlug und sprang und trampelte, da flogen sie weg. Leise setzte sie hinzu: Sind es die, die euch Angst machen, diese Kormorane? Angst, sagte Sophie bitter, bei uns muß viel zusammenkommen, ehe wir Angst haben; sie muß schon einen Grund haben, die Angst – so wie jetzt.

27

Alle am Tisch hörten zu essen auf und beobachteten den uniformierten Mann, der auf dem Damm zwischen den Teichen erschien und sich wie bei einer geruhsamen, nicht allzu beflissenen Inspektion verhielt, die Staubretter und die Stabrechen an den Teichausgängen kontrollierte, einen Fuß auf das kleine Floß setzte und es zum Wippen brachte, gemächlich weiterging und erwägend vor einem Hügel aus gestochenen Grassoden stand, bevor er plötzlich, mit entschlossenen Schritten, auf eine der alten Kopfweiden zutrat. Er legte den Kopf in den Nacken und starrte hinauf in das Gitterwerk wildschießender Gerten, in dem, schwarz und konturlos, immer noch der Balg des toten Kormorans hing.

Am Tisch sprach keiner ein Wort, auch Kai nicht, der als erster den Mann bemerkt hatte und auch gleich seinen Namen wußte: Henning Holmsen. Still verfolgten sie, wie der Mann in das faulende Innere des halboffenen Baumes trat, sich hochstemmte, bis seine Hand über den wulstigen Auswachsungen erschien, dann mit einem schnellen Griff hinauflangte und den Balg erwischte. Er zerrte ihn herab. Er drückte ihn an sich und trug ihn zu einer hölzernen Kiste. Hier setzte er sich und begann, den Balg des Vogels zu untersuchen, zunächst den Hals, dann Brust und Rücken; gegen den Strich fuhr er mit gespreizten Fingern durch das verklebte Federkleid, legte ein Stück der Haut frei und betastete sie, und zuletzt öffnete er den Schnabel und blickte kurz in den Schlund.

Jetzt stand Frank auf und ging zur Tür; er erklärte nicht, warum er es tat, er stand auf, als sei nun für ihn genug geschehen und als habe er verstanden, was das alles bedeutete; Sophies Frage, ob sie seinen Teller warmstellen sollte, beantwortete er nicht. Obwohl auch er den Mann längst erkannt hatte, grüßte er nicht von weither, rief ihn auch nicht an, wie er es sonst getan hätte, sondern ging ohne Eile auf ihn zu. Die Hunde, die in ihrem Zwinger ein paar Schritte neben ihm herliefen, schickte er mit einem barschen Befehl in ihre Hütten. Auf dem Damm zwischen den Teichen schien er zu versteifen, seine Schritte schleiften über den Boden, und seine Arme lagen so dicht am Körper an, daß die, die ihm nachschauten, den Eindruck hatten, er bereite sich auf etwas vor. Ein paar Schritte vor dem uniformierten Mann, der sich erhoben hatte und ihn ruhig erwartete, blieb er stehen und stand so eine ganze Zeit, ehe er, nach einem schnellen Blick auf den toten Vogel, fragte: Wer hat'n dich geschickt, Henning? Statt gleich zu antworten, streckte der Mann ihm zur Begrüßung eine Hand hin und hob mit der anderen den Kormoran an, den er am Hals gepackt hatte. Ist das eine Besichtigung, fragte Frank, eine Durchsuchung? Der ist wohl an irgendwas krepiert, sagte der Mann gedehnt und ließ den Balg los, der die Böschung des Dammes hinabrollte, aber kurz vor dem Wasser liegenblieb. Verschluckt hat er sich, sagte Frank, der Zander, den er sich geschnappt hatte, war etwas zu groß für ihn, der blieb ihm im Hals stecken.

Schon damals, als sie beide in dieselbe Klasse der Dorfschule von Barglund gingen, hatte Henning Holmsen seinen Spitznamen weg. Alle, nicht nur die Mitschüler, sondern oft auch die beiden Lehrer, nannten ihn wegen seiner schleppenden Sprechweise und seiner trägen, wenn auch verläßlichen Auffassungsgabe nur Henning Langsam – ein Titel, der ihn durch sein ganzes Leben begleitete und der sein Kennzeichen blieb, auch als Polizist in Barglund. Hier im Tal hatten sie ihn selten zu Gesicht bekommen, und wenn er einmal erschienen war, hatte er es nie versäumt, zuerst bei ihnen anzuklopfen und bei Kaffee oder dünnem Rumgrog ein paar Erinnerungen aufzuwärmen, immer die gleichen Erinnerungen an Lehrer und Mitschüler.

Daß er hier aufgetaucht war, ohne sich bei ihnen zu melden, geschah zum ersten Mal und rief sowohl Franks Erstaunen als auch sein Mißtrauen hervor. Und dies Mißtrauen verringerte sich nicht, als Henning Holmsen sich nach dem allgemeinen Befinden erkundigte, nach der wirtschaftlichen Lage und danach, ob das neugebaute Haus für Sommergäste bezogen sei und ersten Ertrag abwerfe; er erkundigte sich gleichmütig und pausenreich danach, während sie dicht nebeneinander auf dem Damm herabkamen. Frank entging nicht, daß er dabei die Teiche musterte und die Buchen und das Gebüsch, nicht beiläufig oder absichtslos, sondern mit einer Aufmerksamkeit, die nicht bemerkt werden wollte. Als sie dann vor den überdachten Bassins standen und Holmsen durch seine Unschlüssigkeit zu erkennen gab, daß der Besuch für ihn noch nicht beendet sei, fragte Frank von der Seite her: Bist du dienstlich hier? Holmsen war nicht überrascht, er nickte nur und fragte dann zurück: Habt ihr hier Schüsse gehört in der letzten Zeit?

So gegen Abend? Bist du deswegen hier, fragte Frank. Wir haben eine Anzeige bekommen, sagte Holmsen, wir müssen ihr nachgehen. Darf ich wissen, wer die Schüsse gehört haben will, fragte Frank, worauf Holmsen sich gegen den Schuppen wandte und in sachlichem Ton sagte: Anonym, die Anzeige kam anonym, aber wir müssen ihr nachgehen. Er nahm seine Mütze ab und wedelte sich Luft zu und setzte seinen Weg zum Schuppen fort, unbekümmert darum, ob Frank ihm folgte und ob er mit dieser Art der Überprüfung, die anscheinend schon begonnen hatte, einverstanden war. Ich will mich nur mal umsehen, sagte Holmsen, und das hörte sich nicht nur wie eine Entschuldigung an, sondern war auch so gemeint.

Er, dachte Frank, das kann nur er mir eingebrockt haben, der kleine Halunke, sieht ganz nach seiner Rache aus; wer sonst könnte ein Interesse daran haben, uns in Verdacht zu bringen, in bestimmten Verdacht; nicht umsonst hat Henning Langsam den Balg des Kormorans auf Schußwunden untersucht, denn das war es, was er finden wollte – eine Schußwunde.

Noch bevor sie am Schuppen waren, fiel Holmsens Blick auf die gekalkte Räucherkammer, und weil er sie zum ersten Mal sah, änderte er die Richtung und fragte: Ich darf mir's doch mal ansehen? Frank sagte nichts, er zuckte nur die Achseln, nicht gerade einverstanden, aber ebensowenig abwehrend, er ließ es einfach geschehen und dachte: Tu, was du für richtig hältst. Und während er das dachte, fiel ihm ein, daß er den Karabiner zwar in Ölpapier eingeschlagen, aber nur hinter die Futtersäcke unter den Arbeitstisch geschoben hatte – wie tief, daran konnte er sich nicht mehr erinnern. Er wurde unruhig und zeigte sich nicht sehr aufklärungsfreudig, als Holmsen das Innere der Räucherkammer erklärt haben wollte, er erwähnte nur, daß die Esse nicht nach Wunsch geraten sei, und daß sie da noch was verändern müßten. Seine Unruhe legte sich auch nicht, als Holmsen sich unvermutet an einen lange zurückliegenden Ausflug erinnerte, an einen Klassenausflug, der sie in einem trockenen, staubigen Sommer hierhergeführt hatte, an den Teich, wo Franks Vater sie schon erwartete und, nachdem ihr Lehrer ihm das Wort überlassen hatte, auf seine Art alles über das Leben der Fische erzählte, wie sie aus dem Ei schlüpfen und wovon sie sich ernähren und welche Feinde sie haben. Zur Belohnung fürs Zuhören bekamen die Schüler damals frisch in einer Tonne geräucherte Forellen, je zwei Schüler eine. Frank bedauerte, daß er sich nicht mehr an den Tag erinnern konnte, und er lächelte, als Holmsen ihm versicherte, daß es die besten Forellen waren, die er je gegessen hatte.

Plötzlich faßte Holmsen in seine Jackentasche und holte eine Patronenhülse heraus, die er Frank auf der flachen Hand hinhielt und erst nach einigen Sekunden und dann auch nur wie nebenher fragte, ob das nicht Karabinermunition sei. Scheint so, sagte Frank, der die Hülse, obwohl sie ihm angeboten wurde, nicht in die Hand nahm. Ich hab sie da oben gefunden, sagte Holmsen, bei den Erlen, am oberen Teich. Möglich, sagte Frank, es waren ja mal Soldaten hier, vor langer Zeit zwar, aber sie waren hier. Kaum hatte er das gesagt, empfand er bereits ein Ungenügen an seiner Antwort, sie kam ihm fadenscheinig und allzu naheliegend vor; um so mehr erstaunte ihn, daß Holmsen sich mit ihr zufriedengab und die Patronenhülse wortlos wegsteckte. Fast hätte man glauben können, daß er nicht mehr erfahren wollte als dies, denn er sah bereits zu seinem Wagen hin, den er auf dem öffentlichen Weg bei den Holzstapeln abgestellt hatte. Und so, als sei es weniger für Frank als für sich selbst bestimmt, sagte er: Gut – gut, und schien kaum noch interessiert, mehr zu sehen. Vor dem Schuppen blieb er nur stehen, weil die

Tür offen war und Kai sich zu Franks Überraschung am Spalier der Glashäfen zu schaffen machte und der winzigen Fischbrut Futter hineinkrümelte, nicht rasch wie sonst, sondern versonnen und außerhalb der Futterzeit.

Angezogen von der wimmelnden, hin- und herzuckenden Brut, die in entschlossener Gier nach den Krümeln schnappte und, verfolgt von ihresgleichen, die Breite und Tiefe des Glashafens ausschwamm, trat Holmsen in den Schuppen und begrüßte den Jungen, der ihn gleich ungefragt mit den Unterschieden von Forellen und Zandern bekanntmachte. Holmsen zuliebe kescherte Kai ein paar Winzlinge heraus und legte sie für einen Augenblick nebeneinander auf den Arbeitstisch, und während sich Holmsen über sie beugte, nickte Kai dem Vater zu und lenkte den Blick zur Bodenluke. Da wußte Frank, daß der Karabiner nicht mehr hinter den Futtersäcken steckte. Da war ihm schon aufgegangen, daß der Junge unbemerkt und mit der Absicht in den Schuppen geschlichen war, die Waffe an einem anderen Ort zu verstecken. Erleichtert mischte er sich ins Gespräch und wies darauf hin, daß jede Art ihre eigene Lebensbedingung bevorzugt: womit der Karpfen sich begnügt, das reicht der Forelle noch lange nicht. Das sollte dir bekannt sein, Henning. Holmsen wandte ihm sein nachdenkliches, treuherziges Gesicht zu, überlegte eine Weile und nickte.

Ins Haus, um Sophie guten Tag zu sagen, wollte er nicht. Er ließ nur Grüße ausrichten und kündigte an, daß er beim nächsten Besuch mehr Zeit mitbrächte; dann dankte er ihnen für die Bereitwilligkeit, ihn zum Auto zu begleiten, bat aber gleich darauf, ihn allein gehen zu lassen. Ihr habt zu tun – ich find schon den Weg, sagte er, und streifte sie im Abdrehen mit einem so unergründlichen Blick, daß beide, Frank und der Junge, sich unwillkürlich fragten, ob er mehr wußte, als er preisgegeben hatte. Und nachdem er außer Hörweite war, sagte Kai: Er wird wiederkommen, das spür ich, er weiß etwas, und darum sollte der Karabiner da oben bleiben, vielleicht solltest du ihn gar nicht mehr vom Boden runterholen. Laß das mal meine Sache sein, sagte Frank. Ich weiß, wo es Donnerschläge zu kaufen gibt, sagte Kai, wenn die hochgehen, flüchtet alles aus dieser Gegend, und keiner baut hier mehr sein Nest. Frank ging darauf nicht ein. Er mußte an den Grund von Holmsens Besuch denken, an die anonyme Anzeige. Es gab keinen Zweifel für ihn, wer dahintersteckte. Mit einer Hand umspannte er den Pfeifenkopf, so kraftvoll, daß die Knöchel weiß anliefen. Unvermittelt sagte er: So weit hätte er nicht gehen dürfen, nicht so weit. Nun kann er sich auf was gefaßt machen. Meinst du Holmsen, fragte Kai. Berni, sagte Frank, für diesen Besuch können wir uns bei Berni bedanken, nur er steckt hinter der anonymen Anzeige. Von jetzt an sollte er sich in acht nehmen.

Kai sah seinen Vater besorgt an, er wußte, wozu er fähig war und wozu er sich hinreißen lassen konnte, und um ihn abzulenken, fingerte er aus einem Regal über dem Arbeitstisch einen braunen Umschlag herunter, in dem die Ergebnisse der Wasseranalyse steckten. Er zog den beschriebenen Bogen heraus, und ohne sich zu versichern, ob sein Vater ihm zuhörte, zählte er die Daten auf und stockte jäh und hob dann die bedenklichen Werte für Eisenoxydul und Humussäure hervor und wiederholte die Werte noch einmal. Er machte eine Pause. Er wartete. Er erwog bereits, die kritischen Werte ein drittes Mal vorzulesen, als sein Vater endlich reagierte, ruhig, beinahe gleichmütig. Mit sicherer Stimme schlug er vor, den Bach auszuheben, um sein Gefälle zu verstärken und den Lauf des Wassers zu beschleunigen, und da ihm dies nicht genug schien, riet er dazu, noch mehr Pflanzen in den oberen Teichen auszubringen; das, glaubte er, sollte genügen, um sie allmählich von den Werten runterzubringen.

28

Oben auf dem Hang, im warmen Wind am Fuß einer Kiefer, saß Willy; er versuchte zu lesen und merkte schon nach kurzer Zeit, daß er sich hier draußen nicht konzentrieren konnte. Das stoßweise Rauschen lenkte ihn ab, der Wechsel des Lichts und ein anscheinend herkunftsloses schwaches Dröhnen in der Luft; und immer wieder blickte er gegen seinen Willen vom Buch auf und sah auf die Teiche und auf das Haus hinab und ließ sich abziehen von dem Sandweg, der am Ende des Tals noch als dünnes Band erkennbar war, ehe er verflimmerte. Nach mehreren Versuchen schloß Willy das Buch und zwängte es in seine Jackentasche, und als er Kai unten aus dem Schuppen treten sah, leicht gebeugt unter der Last eines Netzes, das er auf einer Schulter trug, stand er auf und ging schräg gegen den Hang hinab, darauf aus, dem Jungen zu folgen.

Er wußte, was Kai vorhatte. Er hatte beim Frühstück erfahren, daß in einem der Teiche ein alter Hecht stand, schwer und so lang wie das Paddel des Floßes, ein einsamer Räuber, der das trübe Gewässer beherrschte und sich nur selten an der Oberfläche sehen ließ, vor dem Gürtel gelber Teichrosen zumeist, wo er wachsam und lauernd und ohne jede Regung das von der Sonne erwärmte Wasser zu genießen schien. Kai hatte sich zugetraut, ihn mit dem Handwurfnetz zu fangen, und nicht nur dies: da er bei allen nur Skepsis hervorrief, hatte er angekündigt, den alten Räuber bei nächster Gelegenheit herauszuholen, und wie um ihnen vorzuführen, auf welche Weise er es tun wollte, hatte er das kaum gebrauchte Netz herbeigeschleppt und vor dem Haus ein paar Probewürfe gemacht, Bogenwürfe, die um so besser gelangen, je mehr an Hüftschwung ihnen mitgegeben wurde: von der Bleileine stabilisiert, breitete sich das Netz deckend und fächerförmig über den Eimer, den Kai als Ziel hingestellt hatte.

Unsicher, ob Kai damit einverstanden wäre, wenn er den Fangversuch aus der Nähe beobachtete, machte Willy sich keine Mühe, den Jungen einzuholen; er achtete auf Wurzeln, die sich plötzlich aufbuckelten, auf Unebenheiten und wildes Brombeergewächs, einen Arm zur Seite gestreckt, um sich, falls er ins Rutschen oder Stolpern kommen sollte, abstützen zu können. Er blieb oberhalb der Teiche und stieg erst da ins Tal hinab, wo die Fichtenschonung das Land, das ihnen gehörte, abgrenzte; stieg hinab und wartete nach dem ungewohnten Weg eine Weile, bis sein Atem sich beruhigt hatte; dann drang er, den angewinkelten Arm schützend vor dem Gesicht, in die Schonung ein. In dem Wunsch, den Weg abzukürzen, ruderte er durch das Geflecht und ließ sich zausen und spicken, mitunter schloß er die Augen. Mit harzverklebten Fingern bog er Äste zur Seite oder drückte sie herab und arbeitete sich vorwärts, nie darum besorgt, daß er die Orientierung verlieren könnte; instinktive Sicherheit leitete ihn.

Und dann lichtete sich das Gehölz, und er sah den Torfstich aufblinken und sah Kai, der nicht aufrecht und starr das Wasser absuchte, sondern hinter dem mageren Schilfgürtel kauerte und das Mädchen beobachtete, das dort, wo es flach war und gelb leuchtete, hineingewatet war. Corinna stand bis zu den Waden im Wasser, anscheinend zögerte sie, weiter hineinzuwaten auf dem morastigen Grund. Einmal beugte sie sich nach vorn und streckte die Hand aus und versuchte, die vordersten Teichrosen zu erreichen, doch es gelang ihr nicht, und nach einer Weile, in der sie nur überlegend dastand, bewegte sie sich rückwärts und mit tastenden Schritten zum Ufer zurück. Jetzt richtete Kai sich auf, schnell, übermütig, hatte schon die Wurfleine an seinem Handgelenk befestigt, schwang schon und schwang in immer größeren Bögen das Netz, das, von der Bleileine auseinandergezogen, wie ein flacher Teller durch die Luft wirbelte, mit zunehmendem Zischgeräusch. Mit einem Schrei ließ er das Netz los, und wie er es vorausberechnet hatte, senkte es sich über Corinna, gerade als sie das Ufer erreicht hatte. Auch sie schrie auf, vor Überraschung, aus Angst, als das Netzwerk über sie fiel und sie festsetzte; ihre Finger krallten sich in die Maschen, die Beine schlugen und traten, und ihr Brustkorb spannte sich, doch es half ihr nichts, denn Kai zog lachend das Handseil an, und die Tasche des Netzes schloß sich. Verschnürt und gefangen stand Corinna vor ihm, es fiel ihr schwer, das Gleichgewicht zu bewahren.

Willy beobachtete, wie der Junge sie einmal umrundete, heiter und ausgelassen und wohl auch stolz auf seine Beute, während Corinna die Handflächen zusammenlegte zu einer bittenden Geste. Verborgen hinter den Zweigen, zu blockiert, als daß er hervorzutreten wagte, sah Willy dann, wie der Junge zugriff und Corinna ein paarmal um sich selbst drehte – so, wie sie es einst beim Blindekuh-Spiel getan hatten – und wie er sie plötzlich losließ und Corinna taumelte und hinfiel. Nun hörte Willy sie schimpfen und protestieren und beobachtete, wie Kai sich hinkniete und ihr versöhnlich das vom Gitterwerk des Netzes umspannte Haar streichelte, so lange, bis Corinna etwas sagte, das Willy nicht verstehen konnte, das aber genügte, um das Spiel zu beenden. Kai stand auf. Rasch zog er die Bleileine auseinander. Mit entschiedenen Griffen befreite er Corinna aus dem Netz; und um sich zu entschuldigen, streckte er eine Hand hin, die sie jedoch übersah oder einfach aus Empörung nicht sehen wollte. Sie strählte ihr Haar, massierte ihren Nacken, schlenkerte mit den Beinen, und dabei schien sie ihn nicht zu beachten, doch auf einmal – als er sich bückte, um das Netz zu sammeln, zu raffen – stürzte sie sich auf ihn und umklammerte ihn von hinten und versuchte, ihn zu Fall zu bringen. Ihre Gewandtheit und Kraft verblüfften Willy, er wünschte sich, daß sie Kai zwänge, daß sie das Gesicht des Jungen ins Gras drückte und ihn Abbitte leisten ließe. Kai hockte auf allen vieren, er lachte, und dann drückte er sich zäh und unaufhaltsam vom Boden ab, schnellte herum, umfaßte Corinna und preßte sie so heftig an sich, daß es ihr nicht einmal gelang, ihre Arme vor die Brust zu legen. Sie bäumte sich auf. Sie warf den Kopf hin und her, ihre Lippen verzerrten sich in verzweifeltem Protest. Jetzt wagte Willy es noch weniger, hervorzutreten und sich zu zeigen. Er sah, wie Corinna sich allmählich in ihre Wehrlosigkeit ergab, und ein unbekanntes, schnürendes Gefühl erfüllte ihn, unter dem er jedoch weniger litt als unter dem Anblick der beiden Körper, die gewaltsam aneinandergepreßt wurden. Und dann sah er auch, wie Corinnas Gesicht sich entspannte und wie der Junge seinen Griff löste, verlegen und mit einem Lächeln, das um Verzeihung bat. Diesmal nahm Corinna Kais Hand.

Langsam zog Willy sich zurück; er schien den Widerstand der Fichtenäste kaum zu spüren.

29

So ist es, sagte Sophie und blickte auf das verheulte Gesicht in den Kissen, so ist es mit ihm, er glaubt einfach nicht, daß Menschen sich ändern können, er hält es nicht für möglich. Hat ihm jemand was getan, dann behält er es in seinem Gedächtnis und vergißt und vergibt nichts und erwartet von anderen, daß sie so denken wie er und sich sein Urteil zu eigen machen. So ist es nun mal, Ute, wer in seinen Augen einmal versagt hat, der hat für immer versagt; und so verhält er sich auch gegen Berni. Er tut es, obwohl er weiß, daß es eine Zeit gab, in der Berni sich nie was zuschulden kommen ließ und seine Leute unterstützte, wo er nur konnte. Bernis Mutter hat's mir selber gesagt. Sie hat's mir gesagt, und ich hab's Frank gesagt, wie er für die Alten sorgte, ihnen Geld schickte von dort, wo er gerade war, aber auch Kleider und mitunter eine Kiste mit Konserven. Ich hab's deinem Vater gesagt, und er hat zugehört und hat's verstanden, aber es hat ihn nicht umgestimmt. Bei ihm hat keiner die Chance, etwas wiedergutzumachen, bei ihm nicht. Und damit du auch das weißt: Berni ist zu mir gekommen, heimlich, er hat ein paarmal bei mir gesessen und mich um Entschuldigung gebeten für das, was er uns angetan hat, und ich hab ihm verziehen, weil er alles nur aus Verzweiflung getan hat. Er mußte Schulden zurückzahlen und wußte weder ein noch aus, darum hat er's getan. Und er hat versprochen, daß er es mehr als gutmachen würde, wenn er noch einmal hier anfangen könnte. Ich weiß, daß du es möchtest, und ich, Kind, ich möchte es auch, aber solange dein Vater dagegen ist, können wir nichts tun. Warten, wir müssen warten. Vielleicht hilft uns die Zeit; vielleicht, wenn Kai uns eines Tages verläßt und Not am Mann ist. Etwas wird schon passieren, nichts gilt für immer. Und nun schlaf, Kind, versuch zu schlafen.

30

In einer Nische zum Eingang des »Kanton« stand, kaum benutzt, eine Bürstenwalze, die noch Willys Onkel Oswald hatte anbringen lassen, um dem Gast Gelegenheit zu geben, seine Schuhe vom Staub oder, wenn es geregnet hatte, von Spritzern und Lehmklümpchen zu säubern. Willy trat auf den Bedienungsknopf, die Walze begann mit leisem Brummen zu rotieren und schleuderte mit zunehmender Geschwindigkeit alten, verkrusteten Dreck heraus, der seine Hosenbeine traf und den Boden zu seinen Füßen sprenkelte. Es bekümmerte ihn, daß die Schuhe, die Tony ihm geschenkt hatte und die er zum ersten Mal trug, auf dem glitschigen, pfützenbedeckten Weg eingeweiht worden waren; doch bei seinem Aufbruch in Barglund hatte nichts den Wolkenbruch angekündigt, der hier, während er im Bus saß, niedergegangen war. Mit beiden Händen gegen die Wand gestützt, hielt er einen Schuh unter die rotierende Bürste und spürte sogleich den energischen Sog des Apparats, flappend und mit einer rhythmischen Folge kleiner Schläge machte er sich über das Leder her, ließ die harten Borsten schnurren, fegte, bei verkantetem Schuh, Steg und Sohle rein und wienerte den Spann. Nachdem er auch den zweiten Schuh gesäubert hatte, betrat er das Teehaus und fand zu seiner Freude den Tisch unbesetzt, an dem er schon mehrmals allein gesessen hatte. Die wenigen Gäste – an der Fensterfront zum Fjord hin saßen einige Marinesoldaten in ihren Sommeruniformen – beachteten ihn kaum, nur der Kellner, der ihn sofort wiedererkannte und mit einem Neigen des Kopfes grüßte, ging auf ihn zu und begleitete ihn auf seinem Weg zum Tisch.

Der Kellner wischte mit seiner Serviette über eine Ecke des schwarzen Tisches, er freute sich über das Erscheinen des sonderbaren älteren Mannes, der ihm nach dem letzten Besuch wortlos und trotz sichtbarer Niedergeschlagenheit ein außergewöhnlich hohes Trinkgeld dagelassen hatte. Er war sicher, daß sein Gast, unzufrieden mit dem Ergebnis des letzten Versuchs, nun noch einmal mehrere Sorten Tee bestellen würde, um sie still für sich zu kosten und zu bestimmen, doch er irrte sich. Nach einem flüchtigen Blick in die Getränkekarte bat Willy lediglich um ein Kännchen Grüntee, er sagte: Den Chunmee für alle Tage. Der Kellner nickte und ging zur Durchreiche und gab seinen Bestellbon für die Küche ab. Verstohlen musterte Willy die anderen Gäste und sah dann zum angrenzenden Fischrestaurant hinüber, das an diesem Tag für eine geschlossene Gesellschaft reserviert war, für eine Hochzeitsgesellschaft. Er beobachtete die Braut, die ihren Schleier zurückgeschlagen hatte, beobachtete auch ihren Mann, der fortwährend bemüht war, sie mit besonderen, vermutlich grätenfreien Happen zu füttern, die sie mit weitgeöffneten Lippen von seiner Gabel nahm. Auch das, dachte Willy, wird auf die Dauer nicht so bleiben; und er dachte: es hat schon seine Bewandtnis, daß alte Frauen beim Anblick einer Braut zu weinen anfangen, vor der Kirche zu weinen anfangen, letzten Endes geht es immer schlecht aus. Willy beobachtete die essende Hochzeitsgesellschaft, besonders die alten Leute, die das Hochzeitspaar flankierten und sich tief über die Teller beugten, ganz versunken in stochernde und pulende Tätigkeit.

Draußen über dem Fjord zeigte sich wieder ein wolkenloser Himmel, herrschte die vertraute Bläue – blaß, hinter hauchzarten Schleiern –, und in Augenblicken schnell vom Licht getroffen, schwangen Seevögel vorbei, mitunter winkelten sie ab und schossen in den Horizont hinein, in dem sie sich aufzulösen schienen. Unbewegt lag das Wasser da, in der dunklen Mitte zumindest, in der Fahrrinne, die jetzt von keinem Bug durchschnitten wurde. Die Strömung zerrte nicht an den Fahrwasserzeichen. Auch die Blätter an einzelnen Uferbäumen regten sich nicht, kein Wind hob und krüllte sie, enthüllte die silberne Tönung ihrer Unterseite, und diese Stille, diese Ruhe, diese Unerregtheit erfüllten Willy mit einem Gefühl der Zufriedenheit. Er erwartete nichts. Er erhoffte nichts. Er spürte nicht die Fesseln der Vergangenheit. Erstaunt stellte er fest, daß es in diesem Augenblick nichts für ihn zu wünschen gab. Ein Gleichmut, wie er ihn nie zuvor empfunden hatte, ergriff Besitz von ihm. Er glaubte sich allem gewachsen, was ihm zustoßen könnte.

Keiner seiner Leute in Barglund wußte, wohin er fuhr, wenn er allein aufbrach, er bat lediglich, kein Essen für ihn aufzubewahren, und machte sich auf den Weg. Fragten sie ihn nach seinem Ziel, gab er ausweichende Antworten. Niemand bemerkte, daß er es vermied, Corinna allein zu begegnen oder allein mit ihr zu sprechen. Wußte er, daß sie in ihrem Zimmer war, dann bemühte er sich, rasch und leise an ihrer Tür vorbeizukommen, machte sie ihm bei Tisch Vorschläge für einen gemeinsamen Ausflug, hatte er sich schon etwas vorgenommen. Manchmal, wenn sie ihm in ihrer impulsiven Art ein verstecktes Zeichen der Sympathie gab, versuchte er es zu übersehen. Er hatte beschlossen, alle Empfindungen zu unterdrücken, die Corinna in ihm hervorgerufen hatte – diese unvermuteten, verwirrenden und auch glücklichen Empfindungen –, und da er es vorsätzlich und konsequent tat, glaubte er, daß es ihm gelungen war. Hier im »Kanton« fand er, worauf er aus war, hier war er mit sich allein.

Nachdem der Kellner den Grüntee serviert hatte, zog er sich nicht gleich zurück, sondern verharrte neben dem Tisch, gerade als hielte er sich für den Fall in Bereitschaft, daß sein Gast es sich noch anders überlegen und einen abermaligen Versuch riskieren würde, ein paar Teesorten zu erraten. Sein Gast dankte aber nur und trank einmal und saß dann regungslos und wie dämmernd da. Anscheinend hatte er es endgültig aufgegeben, eine weitere Probe zu machen, anscheinend wollte er es bei dem mißglückten ersten Versuch belassen, bei dem er nicht eine einzige von den vier Sorten hatte bestimmen können. Immer wieder blickte der Kellner auf die Silhouette des Mannes, der die Schultern zusammengezogen und den Kopf gesenkt hatte, und er konnte sich nicht erklären, warum dieser Gast ihm leid tat.

Plötzlich zuckte Willy zusammen, ein Geräusch, bei dem alle Gäste den Kopf hoben, drang aus der Richtung der Küche zu ihm, ein Scheppern und blechernes Schorren und Rollen, etwas war da zusammengestürzt, eine Pyramide von Dosen und Kästen – zumindest hörte es sich so an. Die meisten Gäste reagierten mit der schadenfrohen Heiterkeit, die ein Mißgeschick in der Küche auslöst; Willy aber wußte sogleich, daß das Geräusch nicht aus der Küche, sondern aus einem dahinterliegenden Raum gekommen war, den Onkel Oswald immer nur die Schatzkammer genannt hatte. Hier waren einst in geschlossenen Dosen fast alle Tees der Welt aufbewahrt, ein Reichtum an Sorten, der beständig kontrolliert und erneuert wurde.

Und nun mußte auch Willy lächeln, aber nicht über das gerade geschehene Mißgeschick eines anderen, sondern über sein eigenes – ein Mißgeschick, das lange zurücklag, das ihm passierte, als er den Auftrag bekam, einen Karawanentee aus der Schatzkammer zu holen. Nie würde er es vergessen: er sah sich in den Holzsandalen, die er als Junge trug, auf der

Trittleiter stehen, vor den Regalen mit den gestapelten, schön bemalten Büchsen und Kästen; hoch oben, nur mit den Fingerspitzen erreichbar, stand der Karawanentee, und so kletterte er auf die oberste Stufe, reckte sich, fingerte, umspannte das schwarzgelackte Behältnis und hob es an und sah im gleichen Moment, wie sich das Spalier der Büchsen und Kasten löste und auf ihn zufiel. Eines riß das andere mit, es polterte, rumpelte und schepperte, mit einem Knall schlugen die Büchsen auf dem Boden auf, hier und da sprang ein Deckel ab. Wie er von der Leiter gekommen war, blieb ihm ein Rätsel; auf einmal stand er nicht, sondern hockte auf dem Boden, und um ihn herum, zerbeult, verstreut, lag der gehütete Reichtum. Weniger die Schmerzen als der Schreck hielt ihn dort fest, er wagte kaum auf das Chaos zu blicken, das er angerichtet hatte.

Und so fand ihn Onkel Oswald, der ihn ohne ein Wort des Vorwurfs aufhob und an sich preßte und nur wissen wollte, ob alles heil sei – er fragte mehrmals: ist alles heil, ist wirklich alles heil – und erst nachdem ihm diese Sorge genommen war, den Schaden überschlug.

Und Willy dachte daran, wie Onkel Oswald selbst die Büchsen und Kästen ins Regal zurückstellte, bis alles in der alten Ordnung neben- und aufeinanderstand; er, Willy, durfte ihm zureichen. Das, was aus aufgesprungenen Behältern herausgefallen war, wurde zusammengefegt, aber nicht gleich – zunächst hockten beide sich hin und lasen sorgsam, mit befeuchtetem Zeigefinger, Krümel von dem sauberen Fußboden auf, verschüttete Reste vom Karawanentee und vom Bancha und etwas von der belgischen Kamille, die zu ihrer Verblüffung auch auf dem Boden lag. Das Aufgelesene nahm Onkel Oswald an sich und trug es in die Küche; es machte ihm Vergnügen, aus der Zufallsmischung einen Tee aufzugießen. Er war gut gelaunt und gespannt und zwinkerte Willy zu und wollte nicht aufhören, den Zufall als großen Entdecker zu loben. Was meinst du, wieviel wir dem Zufall zu verdanken haben, sagte er, und er erzählte Willy, während der Tee zog, daß der berühmte Earl Grey nicht *der* Earl Grey wäre, wenn er nicht bei einer stürmischen Fahrt im Indischen Ozean Spritzer von Bergamotte-Öl abbekommen hätte, das zufällig in demselben Laderaum gestaut war. Der Zufall tränkte und krönte den Earl Grey mit dem Aroma, das für immer zu ihm gehören wird. Und aufgeräumt fügte er hinzu: Mal sehen, was dem Zufall heute gelungen ist. Es war ihm nichts Gutes gelungen, nichts, das es verdient hätte, in der Erinnerung bewahrt zu werden. Schon nach dem ersten Schluck verzogen beide die Lippen und sahen sich bedenklich an, denn sie hatten gleich herausgeschmeckt, daß sich da mehrere Aromen stritten, von denen keines einer neuen Geschmacksrichtung dienen wollte. Blumenerde, sagte Onkel Oswald knapp, damit kann man Blumenerde düngen, und mehr fiel ihm nicht ein.

Als hätte Onkel Oswald ihm eine Hand auf die Schulter gelegt, fuhr Willy überrascht auf und sah sich um, sackte aber gleich darauf wieder zusammen und starrte vor sich hin. Er hatte kein Interesse für die neueste Zeitung, die der Kellner ihm bringen wollte, er ließ den Tee kalt werden und rührte die gerösteten Anisschnitten nicht an. Obwohl er wußte, daß ausdauernde, genügsame Gäste in einem Restaurant nicht allzu willkommen sind, bestellte er nicht nach, und daß der Kellner ihn mitunter im Vorbeigehen erwartungsvoll ansah, schien er nicht zu bemerken.

Lange saß er so da allein an seinem Tisch, unbeachtet von den andern und offenbar einverstanden damit, daß niemand sich um ihn kümmerte. Auf einmal aber hob er den Blick und betrachtete die Zeichnungen auf dem Ölpapier der Laterne, den Bergwald, das Boot in den Stromschnellen und die Frau, die, erstarrt in Ergebenheit, einem Mandarin Tee anbietet. Absichtslos vertiefte er sich in die hingetuschten Panoramen, ohne darauf aus zu sein, etwas wiederzufinden. Was er sah, gefiel ihm, doch er fragte sich nicht wie sonst, warum es ihm gefiel. Dann erfaßte er die Laterne mit beiden Händen und drehte sie ein wenig und fand ein Bild, das er noch nicht kannte.

Es zeigte ein ruhendes, unbegrenztes Gewässer, zwei Boote schwammen da in der Morgendämmerung, und in jedem Boot stand in spähender Haltung ein Mann, der eine Leine in der Hand hielt. Festgebunden an die Leine – sie umschlang ihren Hals –, hockten schwarze Vögel auf der Ducht, Kormorane, sie hockten bereit und willig da, mit noch trockenem, glattem Gefieder. Die Ruhe, die von dem Bild ausging, konnte nicht vergessen lassen, daß dies der Augenblick vor der Jagd war; gleich, nach einem Ruck an der Leine und nach einem Kommando, würden sich die Vögel ins Wasser stürzen, würden wegtauchen und kraftvoll und elegant in die Schule der Fische hineinschießen und zuschnappen und versuchen, die Beute herunterzuwürgen. Willy hatte nie bei einer Fischjagd mit Kormoranen zugesehen, doch von einem Gastgeber in China hatte er erfahren, daß der Vogel den ersten Fisch für sich behalten durfte und daß sich die Schlinge um seinen Hals erst zuzog, sobald er den nächsten erbeutet hatte, den er im Schnabel behielt, bis er ins Boot gezogen und um seinen Fang erleichtert wurde. Um herauszufinden, ob in dem flachen Korb, der auf der mittleren Ducht des Bootes stand, bereits einige Fische lagen, beugte Willy sich nah an die Laterne heran und spürte jetzt die Wärme des Lichts. Er hatte das Gefühl, in die

Zeichnung hineinzutauchen. Er empfand die gespannte Stille über dem Gewässer und stellte sich vor, selbst eine Leine in der Hand zu halten und hinter einem der spähenden Männer zu stehen. Frank kann nicht anders, dachte er, er muß sich wehren.

Da verdunkelte ein Schatten das Bild, und als er den Kopf hob, sah er den Kellner vor sich stehen. Der Kellner entschuldigte sich, er sagte: Ich möchte nicht stören, doch falls sie sich für die Zeichnungen interessieren – man kann sie bei uns auch erwerben, günstig, in einem Band, sämtliche Zeichnungen, die hier auf den Laternen sind. Danke, sagte Willy, vielen Dank, ich hab schon genug gesehn. Er ließ den Kellner gehen, rief ihn aber plötzlich in einem Entschluß, der ihn selbst überraschte, zurück und entschuldigte sich nun seinerseits. Einen Augenblick zögerte er, dann wischte er sich über die Stirn und bat mit leiser Stimme darum, eine Bestellung aufzunehmen, eine, wie er sagte, vielleicht etwas sonderbare Bestellung. Er, der Kellner, sollte ihm fünf seltene Teesorten aussuchen, eigenmächtig, so, wie es ihm in den Sinn käme, nichts sollte bekannt sein, da er für sich mal wieder eine Probe machen wollte – fünf Tassen genügten. Nur einen Augenblick war der Kellner erstaunt, dann notierte er die ungewöhnliche Bestellung und schien sogar erfreut, bei einer Probe mitwirken zu können. Bevor er ging, fragte er: Auch Wasser, wie das letzte Mal, und Willy bestätigte: Auch Wasser, ein Glas Leitungswasser, bitte.

Planlos las Willy dann in der Getränkekarte, er fühlte sich seltsam unbeschwert und gelassen, kein Druck wie sonst setzte ihm zu, er spürte weder die alte Spannung, noch die vertraute aufsteigende Erregung. Noch sah er der Probe gleichmütig entgegen, als habe er sich für ein risikoloses Spiel entschieden. Einmal mußte er sogar über sich selbst lachen. Kopfschüttelnd bedachte er seinen jähen Sinneswandel, für den er keine Erklärung fand. Nach dem enttäuschenden Ergebnis des letzten Versuchs, sein Geschmacksurteil zu überprüfen, hatte er beschlossen, nie mehr einen weiteren Versuch zu wagen, und nun saß er schon wieder da in Erwartung. Alter Narr, dachte er, nicht einmal auf dich selbst kannst du dich verlassen.

Da kam der Kellner mit einem großen Tablett und setzte die fünf Tassen vor ihn hin, nicht geräuschvoll und geschäftsmäßig, sondern behutsam, als wollte er eine leise Kunst des Servierens vorführen. Das Glas mit Wasser stellte er unmittelbar neben Willys Hand. Er sagte: Ich hoffe, daß alles nach Wunsch ist, und entfernte sich nach einer angedeuteten Verbeugung.

Willy nahm einen Schluck Wasser und blickte auf die Täßchen; jedes hatte sein eigenes handgemaltes Blumenmuster, ein Rosen-, Nelken-, Mohnblumenmuster, deren Farben im Schein der Laterne aufleuchteten. Er zog das Gefäß mit dem Nelkenmuster zu sich heran und nahm einen kleinen, einen einzigen Schluck und gleich darauf zwei, drei Schlucke. Saugend und drückend bewegte er die Flüssigkeit im Mund, er legte den Kopf schräg, er schien zu lauschen und darauf zu warten, daß sich da etwas öffnete und zu erkennen gab. Eine bekannte Bitternis brachte sich in Erinnerung, er kostete sie aus und widmete sich ihr, bis er auf einmal, auf die Spur gebracht durch einen mit Bambusblättern umflochtenen Teetopf, den er deutlich vor sich zu sehen glaubte, auf den Namen der Sorte kam. Eilig schrieb er das Wort Bambus auf einen Zettel. Und nachdem er ein wenig Wasser getrunken hatte, machte er die zweite Probe, sann dem Aroma nach, tauchte in das Bild ein, das es in ihm hervorrief, erschmeckte den zarten Hauch von Muskateller und flüsterte den Namen und wußte, daß er zutraf. Verwundert blickte er sich um, als suchte er jemanden, dem er anvertrauen könnte, was ihm eben bestätigt worden war, doch die Ungeduld, mehr zu erproben und zu bekräftigen, ließ ihn nicht lange suchen; schon nahm er das dritte Täßchen, ratlos und glücklich zugleich. Schweiß trat auf seine Stirn, seine Lippen, die er fast unablässig benetzte, zitterten leicht, und seine gespannte Gesichtshaut verriet jetzt etwas von der Anstrengung und Konzentration, die er aufbringen mußte. Genmaicha, flüsterte er, und schrieb das Wort hin.

Willy machte eine Pause. Unruhe erfaßte ihn. Er wollte aufstehen und einige Schritte machen, zwang sich aber, sitzen zu bleiben. Unter dem Tisch preßte er die Handflächen gegeneinander. Jetzt spürte er den Druck und die alte Spannung, spürte die Sicherheit wiederkehren und mit ihr den stillen Ehrgeiz, allem auf den Grund zu kommen. Obwohl ihn niemand beobachtete – auch der Kellner war verschwunden –, fühlte er wie einst Augenpaare auf sich gerichtet, erwartungsvolle Blicke, die ihn nicht losließen, bis er sein Urteil gefällt hatte. Er nahm einen Schluck Wasser und hob gleich darauf die Tasse mit den Mohnblumen an die Lippen. Nachdenklich saugte und sutschte er, ließ die an Hibiskus erinnernde Flüssigkeit über Zunge und Gaumen laufen, doch das reine Aroma wollte und wollte sich nicht erschließen. Er gab auf; er brach die vierte Probe ab und verzichtete auf die letzte – keineswegs hadernd und niedergeschlagen, sondern überwältigt von dem unerwarteten Anfangsergebnis. Die bange Freude, die es hervorrief, wurde von einem Zutrauen begleitet, von dem er noch nicht wußte, wofür es gut war und wohin es ihn bringen konnte. Er starrte auf die gelbrote Flüssigkeit in der unangerührten Tasse, schwankte eine Weile im betäubenden Hochgefühl der anscheinend wiedergewonnenen Urteilsfähigkeit, doch dann beschloß er, diese Probe bei nächster Gelegenheit zu tun, vielleicht schon am nächsten Tag. Die Unruhe nahm zu, er hielt es nicht mehr aus an seinem Tisch. Er stand auf und hielt Ausschau nach dem Kellner, und da er ihn nirgends entdecken konnte, zählte er anhand der Getränkekarte schnell die Preise zusammen – wobei er zu seinen Ungunsten Kännchen und nicht Tassen berechnete –, und legte einen Geldschein auf den Tisch; das Trinkgeld war noch reichlicher bemessen als bei seinem ersten Kostversuch.

So eilig wie diesmal hatte er das »Kanton« noch nie verlassen; nicht ein einziges Mal blieb er auf der Plattform stehen, um wie sonst auf das Treibende und Schwappende im Wasser zu blicken. Rasch ging er am Fischrestaurant vorbei zum Uferweg. Erfüllt von dem immer stärker werdenden Bedürfnis, loszuwerden, was er an sich selbst erfahren hatte, ging er in Richtung zum Badeplatz. Wie schwer es war, die Entdeckung für sich zu behalten!

Auf einmal wurde ihm bewußt, daß er sie suchte: Corinna. Willy dachte an das Mädchen, dachte: Ich sollte es ihr sagen, denn sie allein weiß, was es bedeutet, sie allein kann es beurteilen und einschätzen, schließlich gehört sie zu uns; kein anderer hier kann bewerten, was ich herausgefunden habe. Und dann stand er am Badeplatz und blickte über den Sand, der stumpf und grau war nach dem Wolkenbruch, und dachte: Absurd, diese Suche, diese Hoffnung, sie hier zu finden, eine törichte Erwartung. Er nahm ein Stöckchen auf, das von Hundezähnen benagt war, und stapfte durch den feuchten Sand zu der Stelle, an der er mit Corinna gesessen hatte. Der kümmerliche Strand lag verlassen da. Willy sah zu dem Holzsteg hinaus, unter den Corinna getaucht und so lange unter Wasser geblieben war, daß er bereits eine Rettungsaktion einleiten wollte. In seiner Erinnerung sah er sie prustend auftauchen, sah ihr nasses, verklebtes Haar und hörte sie lachen, und in diesem Augenblick wünschte er nichts so sehr, als daß es noch einmal geschähe.

Er stapfte zum Uferweg zurück und ging langsam am Rand des Schilfdickichts weiter und hatte nur einen gemurmelten Gruß übrig für den unrasierten, rotäugigen Alten, der an ihm vorbeischlurfte. Er ging bis zur Hecke, die das Gelände der Bootswerft begrenzte, bog die Zweige des Weißdorns auseinander, spähte ausdauernd über den Platz und zur Halle hinüber, aus der Schleifgeräusche drangen, und schließlich auch zu dem roten Klinkerhaus, in dem Corinna einst gewohnt hatte. Zu seiner Enttäuschung zeigte sich niemand, niemand zwischen den aufgebockten Booten, niemand hinter den Fenstern. Immer noch war er nicht bereit, den Weg zur Bushaltestelle abzukürzen. Mühsam, nur den tieferen Pfützen ausweichend, ging er am Rand des Werftgeländes zu der stillen Straße hinauf, über die er mit Corinna gegangen war und in der sie so viel Wiedersehensfreude hervorgerufen hatte. Die Straße war leer. Keiner rief ihn aus den schmalen Gärten an, keiner klopfte an eines der tiefliegenden Fenster, als er vorüberging. Einmal sah er eine Katze, die mit untergeschlagenen Pfoten auf einer Feierabendbank lag, er trat auf sie zu, lockte sie und sprach schmeichelnd auf sie ein, doch sie ließ ihn nicht herankommen und flüchtete über einen Zaun. Willy kehrte zur Straßenmitte zurück. Das Kopfsteinpflaster glänzte. Er dachte an die Eisdiele, in der er mit Corinna gesessen hatte und wo es ihm gelungen war, ihr nach dem Verlust ihrer Papiere etwas Geld zu leihen – sie wollte es zunächst nicht annehmen –, und nach kurzem Bedenken ging er auf das bewimpelte Geschäft zu. Er blickte nur ein einziges Mal durch die Scheibe, dann machte er sich, erschöpft wie nach einer großen Anstrengung, zur Bushaltestelle auf.

31

Diesmal brauchte Frank nicht lange zu warten. Kaum hockte er in seinem Versteck unter den Erlen, als er in der Stille der Morgendämmerung ein zischendes Geräusch hörte und gleich darauf den einschwebenden schwarzen Vogel erkannte, der in gleitendem Flug die oberen Teiche umrundete und sich auf einer Kopfweide niederließ. Frank entsicherte den Karabiner und hob den Lauf auf eine Astgabel; fest zog er den Kolben an die Schulter. Der Vogel ordnete mit dem Schnabel sein Brustgefieder. Beinahe gleichzeitig mit dem Schuß fiel er von der Kopfweide, schlug auf der Erde auf, rollte die Böschung des Damms hinab, tauchte schwappend ins Teichwasser ein und blieb mit einer abgespreizten Schwinge liegen. Frank rührte sich nicht. Ungläubig und bestürzt stand er eine Weile da, gerade als habe der schnelle Tod auch ihn überrascht. Als er schließlich mit dem Karabiner in der Hand auf den Damm trat, hörte er die Schritte des Jungen, der, barfuß, nur mit einer Turnhose bekleidet, in keuchendem Lauf herankam und nicht zu fragen brauchte, weil er den Balg des Kormorans sogleich entdeckte. Hastig, ohne ein Wort, glitschte Kai die Böschung hinab, setzte einen Fuß in den Teich, packte den Vogel am Hals, zog ihn heraus und schleuderte ihn auf den Damm. Der ist ganz schön schwer, sagte er und beugte sich gleich über ihn, um die Schußwunde zu finden. Er hat mir die Brust gezeigt, sagte Frank und sah zu, wie Kai über das blutverklebte Brustgefieder strich, einzelne Federn wegdrückte, fühlte, tupfte und dann die Wunde freilegte. Hier hast du ihn getroffen, sagte er, genau in die Brust. Das war der erste, sagte Frank tonlos, und nach einer Pause: So wie ihm wird's auch den nächsten gehen, sie sollen sich hier nur blicken lassen.

Da richtete Kai sich schnell auf und suchte den Kamm des Hangs ab, besorgt ließ er seinen Blick talabwärts wandern bis zur Fichtenschonung, dann musterte er noch einmal die alten Buchen und spähte angestrengt zum jenseitigen Hang hinüber. Hoffentlich hat keiner den Schuß gehört, sagte er. Hier hat niemand was verloren, sagte Frank. Aber wenn jemand rumschleicht, sagte Kai, wenn jemand den Schuß gehört und was gesehen hat … Sein Vater unterbrach ihn, er sagte: Der kleine Halunke wird's nicht wagen, er weiß, was ihm passiert, wenn ich ihn noch einmal an den Teichen schnappe. Jedenfalls müssen wir den Vogel verschwinden lassen, sagte Kai und schlug vor, den Kormoran unter den Erlen zu begraben, gleich, doch Frank schüttelte den Kopf; er dachte an die Hunde, die den Balg ausgraben und zum Haus schleppen könnten, und meinte, daß es das Beste wäre, ihn zu beschweren und zu versenken, nicht in einem der Teiche, die zum Herbst abgelassen wurden, sondern unten in einem Torfstich. Und dann legte der Junge die Schwingen des Vogels zusammen und hob ihn an und ging seinem Vater voraus, der den Karabiner quer über seinem Nacken trug wie ein Ruder. Zum Beschweren nahmen sie eine zerbrochene Zementplatte, die sie hinter dem Anbau fanden; sie umwickelten das Plattenstück mit dünnem, biegsamem Draht und machten an seinem Ende eine Schlinge, die sie über den Hals des Kormorans brachten und fest zuzogen. Blut sickerte aus dem Schnabel des Vogels. Sein Federkleid war fast trocken, und als die erste Sonne darauf fiel, zeigte es einen harten Glanz. Gemeinsam nahmen sie die Last auf – Frank trug das Plattenstück, der Junge den Balg – und gingen zum Torfstich hinab und durch tauschweres Ufergras bis zu einer ausgetretenen Stelle, an der das bräunliche Erdreich steil zum Wasser abfiel. Beide wußten, daß es hier am tiefsten war; auch mit der längsten Stakstange hatten sie den Grund nie erreichen können. Sie waren bereit. Sie nickten sich zu und schleuderten die Last hinaus, die ungleichzeitig auf das Wasser aufschlug. Zuerst traf der Zementbrocken auf und erst eine halbe Sekunde danach der Balg des Kormorans, und dieser Unterschied genügte, um sie erkennen zu lassen, wie das Gewicht im Wegsacken den Vogel mit in die Tiefe riß, schroff und unaufhaltsam, und dem Jungen kam es in diesem Augenblick so vor, als machte der langgestreckte Körper einen besessenen Tauchversuch. Glitzernde Blasen stiegen auf, die Wellen verliefen sich. Kai und sein Vater blieben schweigend stehen, bis die Oberfläche des Wassers glatt und regungslos war, und selbst als nichts mehr verriet, was sie dem dunklen Grund des Torfstichs anvertraut hatten, konnten sie nicht gleich wegfinden.

Frank war es, der dann als erster das Schweigen brach, er sagte: Der ist weg, und hier findet ihn keiner, da können sie schnüffeln und schnüffeln; hier werden wir auch die nächsten versenken, denn einen besseren Friedhof gibt's im ganzen Tal nicht. Jetzt wandte der Junge ihm sein Gesicht zu und sagte: Den nächsten mußt du allein versenken, ohne mich. Frank sah ihn erstaunt an, und nach einer Weile lächelte er bitter und fragte: Was soll 'n das heißen? Hast du Angst oder Mitleid oder was? Sag bloß, das geht dich nichts an. Gerade weil es mich angeht, werde ich dir nicht noch einmal helfen, sagte Kai; wir hängen doch alle drin, und wenn du so weitermachst und einen nach dem andern abknallst und hierherschleppst und versenkst, wird es eines Tages irgendjemand mitkriegen, irgendjemand, der hinter dir her ist, und du wirst es nicht allein ausbaden, sondern wir alle. Du kennst die Bestimmungen. Sie gelten auch für dich. Gut, sagte Frank höhnisch, na gut, dann werden wir, statt uns zu wehren, die Räuber zu Tisch bitten, wir werden sie einladen, sich nach Herzenslust in unseren Teichen zu bedienen, und zusehen, wie sie uns ruinieren. Vergiß nicht, daß da eine Anzeige läuft, sagte Kai, und daß dieser Holmsen schon hier war, um herumzuschnüffeln. Es hat nicht viel gefehlt, und er hätte den Karabiner gefunden. Ich vergeß nichts, sagte Frank, vor allem vergeß ich nicht, daß wir von etwas leben müssen. Die Leute, die sich diese Bestimmungen einfallen ließen, haben nicht unsere Sorgen, aber – immerhin – sie haben zwei Räuber pro Teich freigegeben. Zwei pro Teich, hast du das nicht gesagt? Siehst du, und somit hätten wir noch einen frei. Und jetzt komm zum Frühstück.

32

Zuerst klopfte Sophie mit einer Stricknadel an das Fenster, und weil er nicht darauf reagierte, klopfte sie noch einmal mit dem Knöchel, und jetzt setzte Frank die Schubkarre ab und blickte sie fragend an. Sie forderte ihn auf, hereinzukommen, zu ihr, an den Tisch, an dem sie saß und strickte, verschattet von einem üppigen Strauß roter und gelber Tulpen. Mißmutig folgte er ihrem Wink; er schien den Strauß nicht zu bemerken, er fragte von der Tür her: Ist was, und trat nur widerwillig ein, als sie feststellte, daß sie den Pullover noch einmal anlegen müßte, wegen der Ärmellänge. Da zog er die Gummistiefel aus und ging zu ihr und wäre fast auf den Korb getreten, in dem die beiden naturfarbenen Wollknäuel lagen. Zieh man auch die Jacke aus, sagte Sophie, und er tat es unduldsam und warf die verdreckte Arbeitsjacke auf einen Stuhl. Sie packte den unfertigen Pullover, der sich auf ihrem Schoß hügelte, stand schwerfällig auf, zog das Strickwerk in die Länge und legte es an Franks

Brustseite an. Während sie die Größe blickweise bemaß, fragte sie: Hast du die Blumen gesehen? Was sagst du dazu? Willy hat sie mir gebracht. Frank zögerte mit seiner Antwort, und dann sagte er nur: Ist wohl gerade Tulpenzeit. Sophie bat ihn, einen Arm anzuheben und legte den halbfertigen Pulloverärmel darauf, und dabei sagte sie: Ich konnte zuerst keine Vase finden, ich hab gesucht und gesucht, schließlich fand ich diese braune im Keller, sie stammt noch von deiner Mutter. Als er seinen Arm senkte, hob sie ihn noch einmal an und vermaß mit den Fingern das freie Stück bis zum Handgelenk.

Frank musterte die Blumen; mit undurchdringlichem Gesicht lobte er Willys Geschmack, er sagte: Willy weiß eben, womit man Freude macht, und erwähnte dann beiläufig, daß auch im Zimmer des Mädchens ein Strauß stehe. Wortlos faßte Sophie ihn bei den Schultern und drehte ihn um, sie hielt ihm die Rückenpartie des Pullovers an, zog die Wolle nach unten aus und begutachtete die Länge. Willy weiß, was gefällt, sagte Frank und fragte gleich darauf, ob er schon wieder nach Schleswig gefahren sei, und Sophie antwortete: Woher soll ich das wissen? Sie setzte sich, nahm den Pullover auf den Schoß, hob den offenen Ärmel vor die Augen und inspizierte die letzten Maschen. Seit er so oft nach Schleswig fährt, kommt er mir verändert vor, sagte Frank, zumindest ist er nicht mehr so steif und verkapselt, und mitunter redet er auch schon, bevor man ihn angesprochen hat. Kann sein, daß die Tage hier ihm guttun, sagte Sophie, nahm den Faden auf und begann zu stricken. Das wird wohl so sein, sagte Frank. Er ging zur Tür. Während er sich mit einer Hand am Pfosten abstützte und die Stiefel anzog, murmelte er etwas vor sich hin, und Sophie verstand, daß Willy ein paarmal in Schleswig gesehen worden war, meist allein, einmal aber mit Corinna. Ohne zu ihm hinzusehen, fragte sie: Ist was dabei? Sie werden sich da getroffen haben. Sicher, sagte Frank, sie werden sich dort zufällig getroffen haben, so, wie sie sich auch zufällig in derselben Firma getroffen haben, und nun bei uns. Sophie schüttelte ärgerlich den Kopf. Mach dich nicht lächerlich, sagte sie und fügte hinzu: Du weißt, daß Ute Corinna eingeladen hat. Frank entgegnete nichts mehr, achtlos trat er mit den Stiefeln ins Zimmer, schnappte sich seine Arbeitsjacke und verließ das Haus, und allein an der Art, wie er die Griffe der Schubkarre packte und anfuhr und die Karre fluchend über eine Erdrinne brachte, erkannte Sophie, wie ihm zumute war.

33

Der Bottich mit den Fischabfällen stand auf der Ladefläche des Transporters. Ute sicherte noch eine Weile zum Haus hin, dann kletterte sie hinauf, lüftete die Persenning, mit der der Bottich abgedeckt war, langte tief hinein in die kühle, glitschige Masse und fischte heraus, was sich festhalten ließ, und füllte es in eine große Plastiktüte. Bei jedem Griff spürte sie, wie Köpfe und Schwanzflossen ihr entglitten und wie Schleimiges, Weiches zwischen den Fingern hindurchquoll; dennoch hatte sie die erste Plastiktüte bald gefüllt und begann sogleich damit, auch die zweite vollzustopfen, wobei sie immer wieder zu den erleuchteten Fenstern des Hauses linste. Die gefüllten Behältnisse ließ sie nicht einfach auf die Erde fallen, sondern schleifte sie an den Rand der Ladefläche, glitt zunächst selbst hinab und hob dann die Plastiktüten geräuschlos herunter und lief in den Schatten des überdachten Bassins. Über dem Hang stand der Mond. Obwohl ein hoher Wind ging, der in den Kronen der alten Kiefern stöberte, lagen die Teiche unbewegt und in friedlicher Stille. Enten hatten sich zur Nacht niedergelassen, sie hatten die Köpfe weggesteckt und ruhten dicht nebeneinander auf dem schimmernden Wasser gleich Korkstücken eines Treibnetzes. Unten bei den Torfstichen dommelten die Frösche. Ute ergriff die prallgefüllten Plastiktüten und machte sich auf den Weg.

Diesmal ging sie nicht auf dem Damm zwischen den Teichen, sie ging am Rand des Sandweges, der zur Straße nach Barglund führte, wachsam, lauschend, immer auf eine Begegnung gefaßt. Gestapeltes Schnittholz und die mächtigen, leicht phosphoreszierenden Stämme der Buchen boten sich für den Fall als Deckung an, daß ihr jemand begegnen sollte, doch da war keine schwankende Lampe, kein Schatten, ab und zu huschte nur ein wildes Kaninchen über den Weg und verschwand in den Brombeeren. Fern, über Barglund, sah sie einen blaßgelben Schimmer, und als sie die Teerstraße erreichte, erkannte sie hinter dem abfallenden Maisfeld die Lichter von Bernis Kate, zittrige Lichter, die, wie es ihr vorkam, so schwach waren, daß sie zu erlöschen drohten. Ein paarmal blieb sie stehen, setzte die Last ab und verschnaufte und wischte ihre feuchten, klebrigen Hände am Rock ab. Auf dem löchrigen Weg, der zu seinem Anwesen hinführte, fühlte sie sich sicherer und schritt rasch aus, bis sie das Fahrrad entdeckte, das an dem aufgeblockten Mühlstein lehnte. Ein leerer Korb, in dem eine leere Einkaufstasche lag, war im Gepäckträger eingeklemmt; Ute schloß daraus, daß irgendjemand, der noch im Haus war, Berni etwas gebracht hatte.

Behutsam setzte sie die Plastikbeutel ab und schlich zur Kate, streifte an den Sonnenblumen vorbei, verhielt im Schatten eines morschen Birnbaums, umrundete einen Hügel von überwachsenem Krempel und trat nah an eines der verdreckten Fenster heran. An seinem Tisch saß Berni, er saß allein und mit nacktem Oberkörper da, vor sich einen Teller mit belegten Broten und mehreren Bierflaschen und zwei Gläsern. Beide Gläser waren gefüllt. Er aß und trank hastig und sah sich dabei mehrmals um; einmal rief er etwas, das Ute jedoch nicht verstehen konnte. Sein Haar war frisch gekämmt und glänzte unter der elektrischen Birne, die schirmlos über dem Tisch baumelte. Ute blickte zur Schlafkammer, deren Tür offenstand; im Halbdunkel bewegte sich da etwas, verschwand, bückte und drehte sich, stieß gegen die Tür, und nach einer Weile tappte eine junge Frau heraus, barfuß und nur mit einem Hemd bekleidet, das ihr knapp bis zu den Schenkeln reichte; es war ein buntgemustertes Baumwollhemd, das Berni gehörte. Selbst durch das schlierige Fenster erkannte Ute es wieder, und sie erkannte auch die grobknochige Frau und erschrak und dachte: das kann doch nicht sein, sie, die alles hat, die uns doch sonst nicht kennt, Silke – dünkelhaft und unnahbar und kaum bereit, einen Gruß zu erwidern. Ute preßte die Lippen aufeinander, suchte sicheren Stand, stützte sich gegen die Wand und beobachtete, wie die Frau an den Tisch trat und ohne ein Wort eines der Gläser nahm und es auf einen Zug leertrank, wobei sie eine Hand auf Bernis Schulter legte. Plötzlich fuhr Berni herum, faßte die Frau um die Hüfte und zog sie auf seinen Schoß und lockerte seinen Griff nicht, so sehr sie sich, ruckend und sich windend, davon zu befreien versuchte. Dann saß sie still da und begann zu essen, während Berni ihren Rükken streichelte.

Ute drückte sich von der Wand ab, ihre Knie zitterten. Rückwärts bewegte sie sich von der Kate fort, bis sie im Schatten des Birnbaums stand; hier blieb sie stehen und starrte unschlüssig auf die erleuchteten Fenster, hinter denen sie jetzt nur undeutliche Bewegungen wahrnahm. Sie mußte an die schmale gekalkte Schlafkammer denken und an das breite altmodische Bett mit den geschnitzten Pfosten, zu denen sie so oft hochgesehen hatte, zu ihnen und zu der bebänderten Drehpfeife mit Porzellankopf, die von Bernis Großvater stammte und den einzigen Wandschmuck darstellte. Und sie dachte an das abgetretene Fell vor dem Bett. Ein Schauer überlief sie. Sie wandte sich ab, ging zum Mühlstein zurück, hob einen der Plastikbeutel an und begann, den Inhalt vor dem Eingang zu verstreuen, Fischköpfe und Innereien und Hauptgräten, die sie so hinwarf, als sollten sie einem Schwarm oder einer Gruppe von Tieren als Nahrung dienen; den Rest, der in blutigem Wasser schwamm, kippte sie vor die Schwelle. Dann nahm sie den zweiten Beutel, und ihre Empörung und ihr Haß ließen ihr nicht mehr die Geduld, den Inhalt wiederum weiträumig zu verstreuen, ein paar Hände voll nur warf sie vor die Sonnenblumen, das andere schüttete sie auf den Mühlstein, wo es feucht und glitschig auseinanderrutschte.

Ohne noch einmal auf die Kate zu blicken, entfernte sie sich, folgte jedoch nicht dem Weg, der zur Teerstraße führte, sondern überquerte ein Stück dorrendes Ödland, hinter dem sanft ansteigend und mondhell das Maisfeld lag. Sie ging langsam, spürte nicht die harten Gräser, die gegen ihre Fesseln schlugen, erschrak nicht vor auffliegenden Vögeln, die ihr Schritt geweckt hatte; steif und wie benommen stakste sie durch Disteln und wich erst im letzten Augenblick Steinhaufen aus und Hügeln von rostigem Eisen. Auf einmal aber – sie hatte das Ödland überquert und den Rand des Maisfeldes erreicht – begann sie zu laufen und im Lauf zu wimmern, leise zunächst, im Rhythmus ihrer Atemstöße, dann immer heftiger und lauter und verzweifelter, ihr Mund verzerrte sich, ihre Augen brannten. Hart fielen ihre Schritte auf die krustige, sonnengebackene Lehmerde; in ihrem Kopf dröhnte es. Und dann stolperte sie und stürzte mit einem Klagelaut, konnte aber den Sturz noch abfangen. Sie blieb liegen, zog die Hände vors Gesicht und hörte nicht auf zu wimmern, unempfindlich für den sengenden Schmerz am Knie, das zerschrammt war und blutete, und nicht weniger unempfindlich für die harte Erde, die sich unter ihrem Körper aufbuckelte. Dann ging ihr Wimmern in ein Schluchzen über, das sie schüttelte und den Kopf hin- und herwerfen ließ, plötzlich aber, wie auf einen Befehl, aufhörte.

Sie hob den Kopf, aus dem Maisfeld starrten sie zwei glimmende Augen an, lauernd, unbeweglich, sie war sich nicht sicher, ob die Augen wirklich da waren und sie beobachteten, doch als sie sich von der Erde abdrückte und aufrichtete, verschwanden sie und leuchteten noch einmal grüngelb im Mais auf. Zitternd und zu sich selbst sprechend stand sie eine Weile in der gespannten Stille, der Mond hatte sich bezogen, Finsternis kroch über das Feld heran. Und dann ging sie wieder, aber nicht auf die schwach erkennbare Silhouette der Bäume zu, sondern, ohne sich orientieren zu müssen, am Rand des Feldes entlang zu dem Anwesen, das sie gerade verlassen hatte. Mehr als einmal dachte sie: das kannst du nicht tun, das nicht, und ging doch weiter, unbeirrbar und achtsam, als müßte sie einen Auftrag erfüllen. Sie wußte, daß sie am Ende des Feldes nicht die Richtung zu ändern brauchte, um an den Zaun zu gelangen, an den verrotteten, an einigen Stellen niedergebrochenen Zaun, der Bernis Anwesen begrenzte, und als sie ihn, ohne ein einziges Mal zu stolpern, erreicht hatte, zögerte sie und dachte abermals: das kannst du nicht tun. Aber dann stieg sie über ihn hinweg, angezogen von dem dunklen Garten, dessen schmale

Wege ihr so vertraut waren, daß sie sich mühelos zurechtfand; einmal stieß sie eine Gießkanne um, und das war das einzige Geräusch, das sie verursachte. In der Kate brannte kein Licht mehr.

Als sie sich, tastend, lauschend, dem Spalier der Drahtkäfige näherte, hörte sie ein feines Fiepen und gleich darauf ein Toben und Wuseln; die Tiere hatten bereits ihre Anwesenheit bemerkt und rasten alarmiert in ihren Gefängnissen. Sie hob eine Hand, erfühlte den Splint, mit dem die Tür gesichert war, zog ihn heraus und öffnete den Käfig und stand atemlos da und wartete. Das erste Tier floh nicht sofort, es streckte nur seinen Kopf heraus und witterte, nicht anders, als schätzte es das Risiko des Sturzes und der Flucht ein; erst als Ute mit der flachen Hand einmal schnell auf den Käfig schlug, erschrak es und ließ sich fallen. Es fiel auf Utes Fuß und huschte lautlos ins Gebüsch. Entschlossen trat sie an den nächsten Käfig, öffnete ihn, schlug gleich mit der Hand auf das Drahtgitter, ohne darauf zu warten, daß das Tier sein Gefängnis verließ und davonhuschte; eilig sperrte sie eins nach dem andern auf und zuckte kaum zusammen, wenn ein fliehendes Tier sie streifte. Nachdem sie alle Käfige geöffnet hatte, hielt sie erschöpft inne, das Herausziehen der Splinte war ihr zuletzt immer schwerer gefallen, die Hand, mit der sie auf die Käfige schlug, begann zu schmerzen, und Atemnot quälte sie. Sie hatte das Bedürfnis, sich hinzusetzen und auszuruhen, doch dann erkannte sie im wieder zunehmenden Mondlicht zwei wieselnde Schatten im Gras, die ihr voraus zu fliehen schienen, und sie folgte ihnen einen Augenblick.

Auf dem Weg, auf dem sie gekommen war, verließ sie den Garten; sie fühlte sich nicht erleichtert, als sie das Maisfeld erreichte. Sie schleppte sich wieder den Hang hinauf, und erst auf dem Kamm, unter den alten Kiefern, blieb sie stehen und sah, daß das Wohnhaus im Dunkeln lag, daß aber oben im Gästehaus Licht brannte, im Vorderzimmer, das Corinna bewohnte. Hier oben spürte sie die Kühle, die von den unter ihr liegenden Teichen aufstieg und die sie als Wohltat empfand, ebensowie den Wind, der ihr erhitztes Gesicht traf; dennoch fand sie nicht zur Ruhe. Auf einmal glaubte sie, hier und da huschende Körper zu sehen, glaubte das Funkeln der Knopfaugen zu erkennen und ein paarmal sogar die schnelle Berührung der Pelze an ihren Beinen zu spüren. Unwillig schüttelte sie den Kopf, und verwundert über sich selbst, stieg sie zu den Teichen hinab, sah zwar keines der Tiere mehr, blieb jedoch darauf gefaßt, auf dem Damm oder sogar auf dem Sandweg einem von ihnen zu begegnen. Da die Hunde Ute an ihrem Schritt erkannten, schlugen sie nicht an, sie drängten sich an den Draht in Erwartung eines Wortes, einer Liebkosung und blieben noch stehen, nachdem Ute vorbeigegangen und zum Hang hinaufgestiegen war.

Als sie vor dem Gästehaus stand, erlosch in Corinnas Zimmer das Licht, und die Fenster wurden geöffnet und eingehakt. Das hielt sie nicht davon ab, weiterzugehen, an der überdachten Terrasse und an dem geschichteten Ofenholz vorbei, bis sie vor dem Fenster stand. Sie hob sich auf die Zehenspitzen und linste ins Zimmer, das jetzt vom Mondlicht hell erleuchtet war; Corinna lag gekrümmt und mit dem Gesicht zur Wand in ihrem Bett. Ein einziger zaghafter Anruf genügte, und sie setzte sich auf, blinzelte, erkannte Ute und tappte sogleich zu ihr hin und fragte: Was ist los, und im gleichen Atemzug: Komm rein, schnell. Und dann machte sie Licht und öffnete die Tür, und als sie Ute erblickte, griff sie nach ihrer Hand und sagte: Um Gottes willen, wie siehst du aus, was ist passiert?

Corinna führte sie zu ihrem Bett und drückte sie behutsam nieder, und mehr als über das blutende Knie und den eingerissenen Rock erschrak sie über Utes stierenden Blick und über die Willenlosigkeit, mit der sie sich führen ließ. Zitternd, ohne einen Laut von sich zu geben, saß Ute da, die Hände im Schoß, den Blick auf die Wand gerichtet. Wortlos strich Corinna ihr einmal übers Haar und legte dann die Bettdecke um Utes Schultern, und dann kniete sie sich hin und untersuchte die Wunde und stellte immer noch keine Fragen, sondern tappte barfuß und nur mit einem Baumwollpyjama bekleidet ins Badezimmer, holte Wasser und Pflaster und Watte, wusch die Wunde aus und versorgte sie. Schließlich feuchtete sie ein Handtuch an, legte es Ute in die Hände und forderte sie sanft auf, ihr Gesicht zu kühlen. Immer noch fragte sie nichts. Sie setzte sich auf einen der Polsterstühle und wartete und gab durch ihre Haltung zu erkennen, daß sie sich in Bereitschaft hielt. Und nach einer Weile fand sie Utes Blick, und als hätte sie eine Bitte aus ihm herausgelesen, stand Corinna auf und setzte sich neben sie aufs Bett. Jetzt fragte sie: Was ist passiert, sag, wurdest du überfallen? Und da Ute schwieg: Hat man dich geschlagen? Statt zu antworten, fragte Ute: Darf ich bei dir bleiben, nur heute nacht? Klar, sagte Corinna, selbstverständlich kannst du hierbleiben, aber was ist passiert? Ute biß sich auf die Lippen und tastete nach Corinnas Hand; sie begann leise zu wimmern und sagte stockend: Die Tiere sind frei, ich hab sie rausgelassen, Bernis Nerze. Rausgelassen, fragte Corinna, aus den Käfigen rausgelassen? Jetzt ist alles aus, sagte Ute und wandte sich Corinna zu und sah sie entsetzt und hilfesuchend an, und während Corinna noch darauf wartete, mehr zu erfahren, ließ sie sich auf einmal aufs Bett fallen, und preßte, von einem Krampf geschüttelt, ihr Gesicht ins Kissen.

34

Sie verbanden die beiden schwimmenden Baumstämme mit steifem Draht, so daß der Abstand zwischen ihnen sich gleich blieb, dann stießen sie sie hinaus in den großen Forellenteich und wateten, das schwerbepackte Floß hinter sich herziehend, selbst hinein. In ihren Wathosen, die ihnen bis zur Brust reichten, glitten und stapften sie über den Grund, immer wieder rutschte ein Fuß weg, immer wieder mußte die Balance zurückgewonnen werden. Als sie fast bis zur Mitte gekommen waren, ließ Frank die Schleppleine ins Wasser klatschen und stemmte sich gemeinsam mit Kai gegen das Floß, um es zum Stillstand zu bringen. Sie verschnauften kurz, dann begannen sie, große Bündel von Brunnenkresse und Wasserberle, die auf dem Floß lagen, zwischen die beiden Bäume zu werfen, beinahe die gesamte grüne Last, die Kai an wilden Quellen und Gräben gesammelt und mit dem Transporter herbeigeschafft hatte. Platschend tauchten die Pflanzenbündel ein, schwappten hoch und verteilten sich und bedeckten als schwimmender Sonnenschirm das Wasser; den Rest schleuderten sie vor die Staubretter, wo sie frei trieben.

Weder Kai noch sein Vater hatten bemerkt, daß Willy herangekommen war. Er stand in seiner Freizeitjacke auf dem Damm über dem Holzsteg, und als sie mit dem Floß zum Teichrand strebten, bot er sich an, die Leine zu übernehmen und das Floß festzumachen. Frank zögerte, warf ihm dann aber doch die Leine zu, berechnet und knapp aus dem Gelenk; als er jedoch sah, wie ungeschickt Willy den Pfahlstumpen belegte, nahm er selbst die Leine in die Hand und sicherte das plumpe Fahrzeug mit einem Webeleinstek. Er sagte nichts, auch als Willy sich für seinen ungenügenden Dienst entschuldigte, zuckte er nur die Achseln und ging an ihm vorbei zur Schubkarre, in der mehrere langstielige Harken lagen. Sein Gesicht und sein Nakken waren schweißüberströmt, über der Brust hatte sich sein Hemd eingedunkelt. Willy stellte sich neben ihn und fragte: Bringt ihr Schirmpflanzen aus? Worauf Frank sich erst seine Pfeife anbrannte und dann nur sagte: So ist es, Schirmpflanzen, und dabei wollte er es belassen, doch Kai, der zu ihnen getreten war und Willy freundlich zunickte, ergänzte: Der beste Schutz für alles, was im Teich lebt – Kresse und Berle helfen sogar gegen den Schmutzantrieb, die fangen alles ab. Dann nahmen sich beide, Kai und sein Vater, eine Harke und wateten in den Nebenteich, nicht allzu tief, nur so weit, bis das Wasser ihnen an die Knie reichte, und nun ließen sie die Harken eintauchen und zogen sie rüttelnd, manchmal zerrend und reißend, über den Grund. Wasserpest blieb in den Zähnen hängen und das wuchernde Hornkraut, mit ihren Harken rissen sie es aus dem Grund, hoben die tropfenden Büschel heraus und schleuderten sie auf die Dammböschung. Dort, wo die Harke entlangfuhr, verfärbte sich das Wasser, schmutziggelbe Wolken quollen empor, Algen und winzige Schwimmblättchen, die von den Pflanzen abgetrennt worden waren, verwirbelten und trieben davon wie Zeugnisse eines unterseeischen Bebens.

Schweigend beobachtete Willy ihre Arbeit, er hatte Verständnis dafür, daß sie sich nicht um ihn kümmerten, nicht einmal hochblickten zu ihm, der, als sei er ihr Aufseher, müßig auf der Kante der Schubkarre saß. Lange aber konnte er nicht so sitzen; gerade weil sie ihn nicht beachteten, regte sich in ihm der Wunsch, mitzuarbeiten, zu zeigen, daß er zu ihnen gehörte; und ohne ihr Einverständnis einzuholen, fuhr er die Schubkarre an die Hügel der herausgeharkten Pflanzen, das heißt, er stellte die Schubkarre über ihnen auf dem Damm ab. Da er weder Schaufel noch Forke hatte, griff er mit den Händen in die feuchten Hügel und trug die triefenden Pflanzenbündel zur Schubkarre, Mal um Mal, und zuletzt immer weniger besorgt um seine Kleidung, die naß wurde und fleckig. Sorgsam verteilte und schichtete er die Bündel und preßte sie so kraftvoll zusammen, daß es quatschte und sapschte, und er ließ es nicht genug sein, als die Schubkarre bis zum Rand voll war, sondern lud, einem erwachten Ehrgeiz nachgebend, so viel von dem nassen Kraut auf, daß die Schubkarre schließlich überladen war und sich nicht beim ersten Versuch anheben ließ. Er gab nicht auf, verbissen packte er die Griffe, ruckte, hob an, drückte und stemmte und setzte die Schubkarre in unsichere Bewegung, vorerst nur in der Absicht, die Last zu ihrem Gemüsegarten hinter dem Haus zu bringen, wo er den Komposthaufen entdeckt hatte; doch dann, in einer Vertiefung, schlug das Rad aus und setzte sich quer, die Karre neigte sich zur Schräglage, und das Übergewicht, dem Willy nichts entgegensetzen konnte, ließ sie zur Dammböschung abkippen. Alles, was er aufgeladen hatte, rutschte herunter, die ganze klebrige, verfilzte Last ergoß sich schwappend in den Teich und versank nicht gleich, sondern trieb auseinander. Die Karre schlug um, und da Willy immer noch ihre Griffe gepackt hielt, sah es so aus, als habe er das herausgeharkte Zeug mutwillig ins Wasser zurückgekippt.

Er murmelte eine Entschuldigung, er machte eine bedauernde Geste gegen Frank, der zu den auseinandertreibenden Büscheln hinwatete und sie mit seiner Harke einfing und über der Böschung abregnen ließ. Kais Lächeln tröstete ihn nicht. In seiner Bekümmerung wagte er es nicht, die Büschel, die Frank geborgen hatte, gleich wieder in die Schubkarre zu werfen. Entschuldige, Frank, sagte er noch einmal, und sagte: Ich wollte nur helfen. Frank blickte flüchtig zu ihm auf, und in seinem Blick lag mehr an Zurückweisung, als er mit Worten hätte sagen können. Ich hab mir wohl zuviel zugemutet, sagte Willy nach einer Weile, worauf Frank, harkend und über die Schulter zu ihm hin sprechend, lediglich antwortete: Das ist wohl so. Betreten wandte Willy sich um, er spürte, daß er hier nur widerwillig geduldet wurde, und als unten vor dem Haus das kleine Postauto hielt, gab er vor, eine Sendung zu erwarten, und verabschiedete sich mit einem Kopfnicken von Kai.

Nachdem Willy den Damm verlassen hatte, stellte der Junge die Schubkarre bereit und belud sie mit der Harke in kurzer Zeit; er pfiff bei der Arbeit, gerade als wollte er zeigen, wie leicht sie ihm fiel und wie rasch das Mißgeschick wettzumachen war. Mit einigen Büscheln machte er Zielwürfe, ohne die Karre ein einziges Mal zu verfehlen. Dann preßte er die Pflanzen zusammen und verkantete die Schubkarre, um das Wasser loszuwerden, das sich gesammelt hatte, und auf ein Kommando, das er sich selbst gab, schob er probeweise an; er beherrschte das Gewicht, er konnte die Ladung kontrolliert bewegen.

Noch aber wollte er nicht hinabrollen, er wartete darauf, daß sein Vater näher herankäme, nur um ein gutes Wort für Willy einzulegen, doch dann bemerkte er, daß Frank zu harken aufhörte und ausdauernd zum Kamm des Hangs hinaufstarrte, wie gebannt von einer Erscheinung. Dort oben, deutlich erkennbar vor einem wolkenlosen Himmel, bewaffnet mit einem armlangen Knüppel, stand Berni und sah zu ihnen hinab, nicht weniger starr und ausdauernd. Obwohl er wußte, daß er entdeckt worden war, machte er keine Anstalten, zu verschwinden, er stand und verharrte, als hätte er etwas zu fordern; zu ihnen herab aber kam er nicht.

35

Behutsam, damit ihr Fleisch nicht platzte und zerbröckelte, streifte Ute die letzten noch warmen Forellen vom Räucherspieß und legte sie in die mit Pergamentpapier ausgeschlagene Holzkiste; den bräunlichen Saft, der aus den Fischen heraustropfte, verwischte sie mit den Fingern. Dann nickte sie Corinna zu und ging ihr voraus, ohne sich ein einziges Mal umzublicken, sie zog sie mit sich ins Haus, über den lichtarmen Flur in das ebenerdige Zimmer, das mit den Möbeln vollgestopft war, die sie geerbt hatten und von denen sie sich nicht trennen konnten – dem massigen Schrank, der bis unter die Decke reichte, der Kommode, dem Ecktisch, den harten Stühlen mit den geschnitzten Lehnen. Ute horchte auf den Flur hinaus und schloß die Tür. Sie sagte nichts. Sie trat stumm auf den Koffer und die Leinwandtasche zu, die vor ihrem Bett standen, und blickte auf sie hinab, abwartend, als wollte sie mit ihrer Haltung die nötigen Worte ersetzen, Worte, die auszusprechen ihr schwerfiel. Doch als sie spürte, wie Corinna ihre Hand nahm, hob sie den Kopf und sagte leise: Ich muß weg hier, ich halt es nicht mehr aus, sobald es dunkel wird, verschwinde ich für immer.

Sie begann trocken und tränenlos zu schluchzen, setzte sich auf die Bettkante, bewegte die Schultern wie in aufkommenden Zweifeln und klemmte die zusammengelegten Hände zwischen die Knie. Corinna schwieg, nicht allein, weil Utes plötzlicher Entschluß sie überraschte, sondern weil sie voraussah, daß sie nach Utes Fortgang auch eine Entscheidung für sich selbst treffen müßte. Ich kann doch ohne sie nicht hierbleiben, dachte sie, sie hat mich eingeladen, und wenn sie weg ist, bleibt mir nichts anderes übrig, als abzufahren. In ihrer Vorstellung sah sie bereits, was geschehen würde, wenn sie nach Utes spurlosem Verschwinden allein zurückbliebe, sie glaubte die Fragen zu kennen, die man ihr stellen würde, und den Groll und die Entrüstung und die bitteren Worte zu hören, die sie dafür fanden, daß Ute sich einfach weggestohlen hatte. Sie setzte sich neben sie. Sie legte einen Arm um sie und blieb so für eine Weile sitzen, grüblerisch und unsicher, was sie Ute raten sollte. Sie saßen lange still nebeneinander, bis auf einmal das Motorgeräusch des Transporters zu hören war, mit dem Kai von einer Lieferfahrt nach Hause kam. Ute stand auf, wischte sich übers Gesicht, packte Koffer und Leinwandtasche und verbarg sie hinter dem Kopfende des Bettes. Nur du weißt es, flüsterte sie, und machte einen Versuch, zu lächeln.

Corinna blickte einmal rasch zu Kai hinaus, der leere Kisten ablud und sie an der Wand des Anbaus stapelte, dann fragte sie: Weißt du schon, wohin du gehst? Und da Ute sie nur hilflos ansah: Ich meine, weißt du schon, wo du unterkommen wirst? Ute antwortete nicht gleich, sie blickte an sich herab, als betrachtete sie ihre Hände, dann wandte sie Corinna ihr Gesicht zu und sagte scheu und in fragendem Ton: Bei dir? Ich hab gedacht – wenn wir zusammen weggehen –, vielleicht, daß ich für den Anfang bei dir bleiben kann; ich werde dir bestimmt nicht zur Last fallen und alles machen, was du willst – alle Arbeiten. Noch während Ute sprach, schüttelte Corinna den Kopf, nicht heftig, entschieden, sondern traurig und kummervoll, und als Ute sie dennoch bittend ansah, sagte sie: Die Leute, bei denen ich wohne – sie werden es nicht erlauben, und außerdem ist mein Zimmer zu klein. Und wenn du mich heimlich aufnimmst, fragte Ute. Du könntest mich spät zu dir reinlassen, und ich würde so still sein, daß niemand etwas merkt, und ehe noch einer wach wird, wäre ich schon wieder weg. Du kennst den Vermieter nicht, sagte Corinna, er hat eine eigene Hausordnung aufgestellt, und er wacht darüber, daß alle, die bei ihm wohnen, sich danach richten. Utes Gesicht nahm einen eigensinnigen Ausdruck an, und ohne Corinna anzublicken, wiederholte sie: Aber ich muß hier weg, ich halt es nicht mehr aus. Komm, sagte Corinna und streckte ihr eine Hand entgegen, komm und setz dich zu mir und laß uns über alles in Ruhe sprechen.

Ute übersah ihre Hand und setzte sich auf einen der hohen Stühle, und plötzlich hellte sich ihr Gesicht auf und sie lächelte, als wäre ihr etwas eingefallen, das sie in ihrem Zutrauen bestärkte und ihren Plan erleichterte: Ich hab was gespart, flüsterte sie, ich hab bestimmt sechshundert Mark zusammen, das könnte doch reichen fürs erste, oder? Ich könnte mir ein Zimmer nehmen und dann Arbeit suchen, irgendeine Arbeit. Corinna stand auf und trat hinter Utes Stuhl, einen Augenblick überlegte sie, ob sie ihrer Freundin, deren Ahnungslosigkeit sie zugleich überraschte und rührte, vorrechnen sollte, wofür die sechshundert Mark bestenfalls in Hamburg reichten; doch weil sie ahnte, daß es keinen Eindruck auf Ute machen würde, gab sie es auf und sagte stattdessen: Warte noch, pack alles wieder aus und warte noch; ich glaube, ich weiß etwas. Sie begann langsam hin und her zu gehen, nur zur Tür und wieder zurück, wobei sie nach Worten zu suchen schien, während Ute ergeben und erwartungsvoll dasaß und in die Richtung starrte, in der das Gepäck mit ihren Habseligkeiten stand. Aus der Küche war Sophies Stimme zu hören, vermutlich haderte sie mit Kai, der etwas vergessen oder nicht beachtet hatte, von ihm hörten sie keinen einzigen Laut.

In jähem Entschluß setzte sich Corinna zu ihrer Freundin, nahm ihre Hand und begann leise und eindringlich auf sie einzusprechen, mit der Autorität, die sie sich in Utes Augen allein dadurch erworben hatte, daß sie ihr Leben in der Großstadt zu meistern verstand, dort, wo alles komplizierter, fortschrittlicher und glänzender war als in der Abgelegenheit dieses Tals. Unbewegt hörte Ute ihr zu; sie ließ nicht erkennen, was sie empfand und wie sie sich entscheiden würde, als Corinna ihr riet, nichts übereilt zu tun, erst einmal zu warten, nichts dem Zufall zu überlassen, sondern alles sorgfältig vorzubereiten. Du mußt wissen, wo du hinwillst, sagte sie, du mußt einen Stützpunkt haben; einfach weggehen, ins Blaue hinein, das führt zu nichts. Und nach einer Pause sagte sie: Warte, bis Herr Wittmann, bis dein Onkel wieder in der Stadt ist, es wird nicht mehr lange dauern, und er wird wieder bei uns sein, in der Firma.

Jetzt wandte Ute sich ihr abrupt zu, verwundert, ungläubig, sie entzog Corinna ihre Hand und fragte nur skeptisch: Onkel Willy? Wenn er zurückkommt, sagte Corinna, wird er bestimmt etwas für dich tun können, er ist ein Freund des Chefs, sein Wort gilt bei uns, und wenn er dich empfiehlt, finden sie auch Arbeit für dich. Onkel Willy hat Schluß gemacht, für immer, sagte Ute, ich weiß es von Kai und weiß es auch von ihm selbst, er hat eure Firma verlassen, weil er es nicht mehr schafft; er kann einfach nicht mehr. Das hat sich geändert, sagte Corinna, es ist etwas geschehen, womit Herr Wittmann nicht gerechnet hat, etwas, das ganz selten passiert. Und sie dachte an den Abend, an dem er von einer seiner Busfahrten zurückkehrte und nicht wie sonst leise an ihrer Tür vorbeiging, sondern stehenblieb und klopfte und sein Klopfen auch gleich noch wiederholte. Es schien ihm gar nicht aufzufallen, daß sie ihm im Schlafanzug öffnete, er fand keine Entschuldigung für die späte Störung; ekstatisch und wie benommen von einer glücklichen Erfahrung trat er an ihr vorbei ins Zimmer und sagte zuerst nur: Es gibt Hoffnung, Corinna, es gibt Hoffnung.

Immer noch skeptisch, fragte Ute: Was meinst du damit, daß sich etwas geändert hat? Jetzt weiß ich es, sagte Corinna, er war im »Kanton«, nicht nur einmal, er konnte sich einfach nicht mit dem Gedanken abfinden, daß alles vorbei sein sollte, und so hat er probiert und probiert, bis er plötzlich entdeckte, daß alles wiederkam.

Und Corinna erinnerte sich, wie er sich an die Fensterbank lehnte und den Kopf zurücklegte und die Augen schloß, als lauschte er einem Ereignis hinterher und als kostete es ihn noch Mühe, zu glauben, was passiert war, bis er auf einmal aufschreckte, jedoch nicht so weit, daß er sich entschuldigt hätte. Immer noch rätselnd und wie betäubt vor Freude sagte er: Es ist geschehen, Corinna, und du sollst es als erste wissen. Kein Fehlurteil mehr, ich schaffe es wieder, ich habe den Beweis. Er suchte mit einer fahrigen Armbewegung die Wand, um sich zu stützen, dann sagte er: Ich hab's nicht geglaubt, daß es möglich ist, aber jetzt habe ich den Beweis.

Ute sah sie nachdenklich an und fragte: Und du meinst, daß er nun wieder bei euch anfängt? Was denn sonst, sagte Corinna, einen wie Herrn Wittmann gibt es nur einmal, er gehört zur Firma, ohne ihn sind Maack & Pottjohann nur die Hälfte wert.

Und sie dachte daran, wie der Mann, der von seinem Glück erschüttert schien, sie plötzlich musterte, dringend und inständig und ein paar Worte in einer Sprache sagte, die sie nicht verstand, gleich darauf aber in gewohnter Korrektheit versteifte und sie förmlich um Entschuldigung bat für sein spätes Erscheinen. Sie kam gerade noch dazu, ihm zu versichern, daß viele sich freuen würden, wenn er bald wieder in die Firma käme, da war er schon draußen, ohne auch nur mit einem einzigen Wort auf das einzugehen, was sie sich gewünscht hatte. In ihre spontane Mitfreude mischte sich ein Gefühl der Enttäuschung, das auch dann noch anhielt, nachdem sie das Licht gelöscht und sich wieder hingelegt hatte.

Ute fragte: Hat er selbst gesagt, daß er wieder bei euch arbeiten wird? Es gibt nichts anderes für ihn, sagte Corinna, was soll er sonst machen mit seinen Fähigkeiten? Auf seinem Gebiet ist er unerreicht. Sein Platz ist die Firma. Ute preßte die Lippen zusammen. Sie stand auf. Sie hob die Arme zu einer Geste der Ratlosigkeit und sagte: Ich weiß nicht, ich weiß wirklich nicht, was ich machen soll; hier kann ich nicht mehr bleiben. Warte noch, sagte Corinna, es kann nicht mehr lange dauern. Wenn Herr Wittmann wieder bei uns ist, genügt ein Wort von ihm, und sie finden etwas für dich in der Firma. Stell dir vor, wir könnten zusammensein, auch an den Wochenenden, und stell dir vor, wir könnten zusammenziehen. Meinst du, das ließe sich machen, fragte Ute, und Corinna darauf, die sogleich erkannte, daß ihre Freundin unsicher geworden und nahe daran war, ihrem Rat zu folgen: Sicher läßt es sich machen, wir müssen nur Geduld haben. Die endgültige Gewißheit, daß Ute ihren Plan aufgegeben hatte, erhielt sie jedoch nicht, denn als Schritte sich der Tür näherten, hörten sie zu sprechen auf und blickten einander an.

Gleichzeitig mit seinem Klopfen öffnete Kai die Tür, er sagte: Na, ihr beiden, und schlenderte herein und hob sich auf den Tisch, so daß er beide vor sich hatte. Anscheinend sah Ute ihm an, daß er eine unangenehme Nachricht brachte, denn nach einem Augenblick fragte sie: Etwa schon wieder ein Geburtstag mit siebzig Leuten? Er schüttelte den Kopf; es war schlimmer, es war eine goldene Hochzeit, zu der hundertachtzehn Gäste erwartet wurden, und alle sollten Forelle blau bekommen. Um Ute zu trösten, bot er sich an, beim Schlachten zu helfen, und er lud auch Corinna ein, ihre Geschicklichkeit zu zeigen: Ein Messer für dich werden wir schon finden. Danach glitt er vom Tisch, tätschelte Utes Schulter, wie man ein Pferd tätschelt, zwinkerte Corinna zu und ging zur Tür und hatte schon eine Hand auf der Klinke, als er sich noch einmal umwandte. Er sagte: Wißt ihr, was ich auf dem Heimweg überfahren habe? Ihr werdet's nicht glauben, aber es war ein Nerz; wenn der man nicht bei Berni ausgebüchst ist. Jedenfalls hat er nicht gelitten.

36

Aufgelauert hat er mir, Sophie, regelrecht aufgelauert, und er war vorsichtig genug, mich nicht auf der Straße anzusprechen – als ob er gewußt hätte, daß ich zur Post muß mit den Überweisungen, ist er mir einfach gefolgt, nicht direkt hinter mir, sondern auf der anderen Straßenseite, und wie ich da hinein bin und mich am Schalter anstellte, war er auf einmal neben mir. Stand neben mir, der kleine Halunke, und grinste und fühlte sich sicher, weil er wußte, daß ich ihm nichts tun würde in Gegenwart der anderen Postkunden. Er brachte es fertig, guten Abend, Frank, zu sagen, und das in einer Art, da hätte es nicht viel gefehlt, und ich hätte ihm eine reingehauen. Du wirst's kaum glauben, Sophie, aber dann fing er damit an, daß es ja nun wohl an der Zeit wäre, über den Schaden zu reden und miteinander ins reine zu kommen, schließlich hätten wir ihn um seine Existenzgrundlage gebracht, das sagte er wirklich: Existenzgrundlage. Dabei sah er mich nicht einmal vorwurfsvoll oder verzweifelt an, sondern überlegen, als hätte er uns in der Hand. Ich wußte nicht, wovon er redet, ich empfahl ihm nur, sich zu verziehen, da kam er damit raus, daß seine verdammten Nerze verschwunden wären, irgend jemand hätte die Käfige geöffnet und die Tiere freigelassen, und er wollte den Beweis dafür haben, daß einer von uns es getan hat. Und dann gab er mir den Rat, nicht gleich hochzugehen, und schlug mir vor, mich mit ihm zusammenzusetzen und alles zu regeln, gütlich, wie er meinte. Ich versuchte, ihn einfach nicht zu beachten, aber er hörte nicht auf, und schließlich fing er an, mir mit dem Gericht zu drohen, nicht laut, doch immerhin laut genug, daß ein paar Leute es mitbekamen und sich für uns zu interessieren begannen. Er behauptete, daß man von den Splinten der Käfige Fingerabdrücke nehmen könnte und daß es da Fußspuren gäbe in der weichen Erde, und als er sagte, es gäbe da noch einen prozeßtauglichen Beweis, da traf ich ihn mit dem Ellenbogen, ich erwischte ihn wohl empfindlich, denn er hielt sich den Magen und krümmte sich und hatte nichts mehr zu sagen. Nachdem ich alles eingezahlt hatte und mich umdrehte, war er weg. Dieser Halunke, dieser kleine Halunke wagt uns zu drohen, uns, die nichts gegen ihn unternommen haben, obwohl er uns wieder und wieder hintergangen hat! Ich möchte nur mal wissen, wie er darauf kam, uns die Schuld dafür zu geben, daß seine Nerze das Weite gesucht haben, du hast es bestimmt nicht getan, und ich wars auch nicht, und für Kai und Ute lege ich meine Hand ins Feuer. Hörst du mir überhaupt zu, Sophie? Du schälst deine Kartoffeln und läßt mich reden und sagst nicht ein einziges Wort. Jedenfalls weißt du nun, was unter Umständen auf uns zukommt. Wenn einer was von mir will – ich bin im Schuppen.

37

Theklas Expreßbrief lag auf seinem Nachttisch. Also postwendend, dachte Willy und hielt den Brief eine Weile in der Hand, ehe er ihn öffnete, und bevor er ihn las, wußte er, daß sie sich erfreut zeigen und ihn beglückwünschen würde zu dem Ereignis, über das er ihr knapp und mit der gebotenen Unsicherheit berichtet hatte. Einfach, weil er glaubte, es ihr schuldig zu sein, hatte er ihr mitgeteilt, was er im »Kanton«, dort, wo einst alles seinen lebensbestimmenden Anfang genommen hatte, plötzlich entdeckte und wiedergewann, wenn auch nicht so verläßlich, hatte er geschrieben, daß er von einem gesicherten Besitz sprechen wollte. Es ist alles noch vorläufig, hatte er geschrieben, es gibt keine Garantie und einstweilen auch keinen Grund, neue Pläne zu machen, denn mit Verheißungen allein können wir uns in unserem Alter nicht zufriedengeben.

Ohne hinzublicken, ertastete Willy eine angebrochene Tafel Schokolade, brach eine Rippe ab und las Theklas Brief. Sie hatte es geahnt, hatte es vorausgesehen, daß er eines Tages wieder über die Fähigkeit verfügen würde, seinen Beruf auszuüben; nachdem sie ihm für seine Nachricht gedankt und ihn, wenn auch nur beiläufig, beglückwünscht hatte, schrieb sie: *Mir war klar – und ich hab es Dir ja auch gesagt –, daß Du voreilig resigniert hast; eine Gabe, wie Du sie besitzt, kann nicht völlig verlorengehen, sie kann sich vielleicht abschwächen, kann nachlassen in ihrer Beständigkeit, aber gänzlich abhandenkommen kann sie nicht. Alles, was intensiv beansprucht wird, braucht eine Zeit der Erholung, und gewiß war es dies, was Du nötig hattest. Ich bin sicher, daß es nicht mehr lange dauern wird, bis Du wieder die gewohnte Empfindlichkeit besitzt und Dich auf Dein Urteil verlassen kannst.*

Willy las es gleichmütig, aber dann glaubte Thekla ihn daran erinnern zu müssen, daß zu jeder Aufgabe von Bedeutung ein gewisses Zutrauen zu sich selbst gehört, eine Bereitschaft zum Wagnis, und er dachte: Sie kann es nicht unterlassen, ihre alten Vorhaltungen zu wiederholen, ohne einen Stich gehts bei ihr nicht ab – wie bei ihrem Vater, der nicht mal ein Kompliment äußern kann, ohne ein bißchen Vitriol beizumischen. Ach, Thekla, du wirst es nie verstehen, dich hat die Nähe blind gemacht. Doch dann merkte er, daß der Appell an seine Bereitschaft zum Wagnis noch einen besonderen Beweggrund hatte, denn Thekla mußte ihm etwas mitteilen, das sie, wie sie sich ausdrückte, als einmalige Chance begriff. Obwohl er sie darum gebeten hatte, mit niemandem über das Erlebnis im »Kanton« zu sprechen, konnte oder wollte sie es nicht für sich behalten; sie entschuldigte sich dafür, daß sie es dem alten Süverkopp anvertraut hatte, nur ihm allein, und er hatte es mit erwarteter Freude aufgenommen. Sie schrieb: *Einem, der immer auf Dich gesetzt hat und der Dich, im Gegensatz zu Deinem Freund Detlev, nie hätte fallenlassen, durfte ich es ja wohl sagen, ich glaube sogar, daß er ein Recht darauf hatte, es zu erfahren; denn schließlich hat er Dir ein nobles Angebot gemacht, auf das Du bis heute nicht geantwortet hast. Und das Angebot möchte er heute erneuern; er bat mich, Dir zu sagen, daß er bereit ist, zu Dir nach Barglund zu kommen, um die Einzelheiten des Vertrags zu besprechen, eines Vertrags, meint er, wie man ihn im Leben nur einmal angeboten bekommt. Herr Süverkopp ließ nämlich durchblicken, daß er Dich am Umsatz beteiligen möchte, und da er Dich für so erfahren in Deinem Beruf hält, wird er Dir anheimstellen, die Höhe Deines Gehalts selbst zu bestimmen. Ich zweifle nicht, daß Ihr Euch rasch einigen werdet.*

Willy lächelte bitter; er dachte: also hat sie auch das übernommen und eingefädelt, hat meinen Preis gleich festgesetzt oder doch zumindest angedeutet, noch bevor ich zugestimmt habe, gerade als fürchte sie, daß ich mich unter Preis verkaufen könnte. Doch dann nickte er in ironischer Anerkennung, denn ihm fiel ein, daß es noch jedesmal Thekla gewesen war, die seinen Freund Detlev freimütig veranlaßt hatte, sein Gehalt zu erhöhen oder eine Prämie zu gewähren für eine besonders erfolgreiche Mischung.

Sie fragte, ob dies nicht eine einmalige Chance sei. Sie forderte ihn auf, sich vorzustellen, am Umsatz von Süverkopp beteiligt zu sein. Sie versäumte auch nicht zu erwähnen, daß Willy das Recht erhalten sollte, gemeinsam mit der Geschäftsleitung das Programm zu bestimmen. Und dann schrieb Thekla: *Herr Süverkopp hat mich beauftragt, Dir zu sagen, daß er auf Deine günstige Entscheidung bis zum Monatsende hofft; er reist dann mit einem seiner Söhne für langere Zeit nach Ceylon. Da er die Neustrukturierung seines Hauses noch vor der Reise abschließen möchte, bittet er Dich, zu verstehen, wie sehr ihm an einer baldigen Antwort gelegen ist. Ich habe ihm versprochen, daß Du die Frist bestimmt einhalten wirst. Und damit Du auch dies weißt: ich habe ihm zugesichert, daß Deine Entscheidung in seinem Sinne ausfallen wird; schließlich kann ich mir nicht vorstellen, daß Du die Einzigartigkeit dieses Angebots übersiehst.*

Ja, dachte Willy, es ist wirklich einzigartig, was der alte Süverkopp da mit mir vorhat, was er mir anträgt und bewilligt, er, von dem oft genug zu hören war, wie penibel er sonst rechnet und wie kurz er die hält, die von ihm abhängen; es wäre in der Tat einmalig, wenn es nur um mich ginge, aber wie bei ihm zu vermuten ist, verbindet er mit diesem Angebot noch einen besonderen Plan, denn was ich wirklich wert bin, hat er längst errechnet. *Detlev gegenüber brauchst Du Dich nicht verpflichtet zu fühlen*, schrieb Thekla, *denn wenn Du es genau nimmst, hat er Dich entlassen, zumindest hat er nichts getan, um Dich nach all den Jahren, die Du für ihn gearbeitet hast, zu halten. Er hat am wenigsten* das *Recht, Dir Deine Entscheidung übelzunehmen.*

Willy las nicht weiter, er faltete den Brief, legte ihn auf den Tisch und beschwerte ihn mit der billigen Vase. Zehn Tage noch, dachte er, und er dachte: es war ein Fehler, Thekla zu sagen, was ich im »Kanton« erlebt habe, ich hätte es für mich behalten sollen, dann wären mir der Druck und die Unruhe erspart geblieben, und ich hätte immer noch einen verständlichen Grund, die Offerte abzulehnen. Widerrufen aber kann ich jetzt nicht mehr.

Seufzend zog er seine Hausschuhe unter dem Bett hervor und löste die Bänder seiner Schnürstiefel, die ihn seit kurzem zu drücken begannen, vor allem, wenn es bergab ging, wenn er sein Gewicht abstemmen mußte. Die Schmerzen gingen vom Spann aus, so daß er ständig versucht war, die Zehen zu krümmen. Er streifte die Stiefel ab, fuhr mit der Hand hinein und ballte sie zur Faust, um die Dehnbarkeit des Leders zu erproben, und während er das tat, fielen ihm die Schuhe ein, die Tony ihm zum Geburtstag gemacht hatte. Er holte sie hervor, strich über den hohen Spann, über die breiten, verstärkten Kappen und glaubte die Sorgsamkeit und Mühe zu erkennen, die Tony auf diese Arbeit verwendet hatte. In Gedanken entschuldigte er sich bei seinem Stiefsohn, daß er ihm bisher weder brieflich gedankt noch mitgeteilt hatte, wie sich die Schuhe trugen. Ungeduldig zog er sie an, wölbte den Spann, bewegte die Zehen und drückte die Ballen gegen das Unterleder, begeistert von der Bequemlichkeit. Er setzte sich wieder, und als er gerade anfangen wollte, die Schuhe zu schnüren, hörte er

Schritte und Stimmen auf dem Flur und hob lauschend den Kopf.

Deutlich hörte er die harten tackenden Schritte einer Frau und die schleifenden Schritte eines Mannes, und ebenso deutlich hörte er Kais Stimme, die höflich dazu aufforderte, weiterzugehen bis zur letzten Tür, bis zum Eckzimmer. Nachbarn, dachte Willy bekümmert, es ziehen Nachbarn ein; er bedauerte, ihre Annäherung nicht bemerkt zu haben. Er lehnte sich zurück, saß still und aufmerksam da und hörte, wie Kai seine Erklärungen gab, freundlich und zuvorkommend. Und hier im Schrank sind noch zwei Decken, falls es kühl werden sollte; wenn die Bügel nicht ausreichen, bringe ich noch ein paar; hier Bad und Toilette; das Fenster bitte immer festhaken wegen der Fallwinde; Mineralwasser bringe ich später. Willy war so enttäuscht über das Erscheinen neuer Gäste, daß er sich unwillkürlich zu ärgern begann. Gespannt hörte er Kai zu, der es nicht versäumte, am Eckfenster für das Panorama zu werben: Und von hier aus hat man einen Blick über das ganze Tal. Das Panorama schien das Paar nicht zu beeindrucken, es schwieg, und gerade wollte Willy dieses Schweigen als aufkommende Unschlüssigkeit deuten, als eine selbstbewußte Frauenstimme fragte: Fernsehen gibt's hier wohl nicht, oder? Noch nicht, sagte Kai, aber es ist geplant. Und nebenan, fragte die Frauenstimme, wohnt da jemand nebenan? Nur mein Onkel, sagte Kai, er ist zur Erholung hier, wir wissen nicht, wie lange er noch bleiben wird, lange wohl nicht.

Wieder hörte Willy die tackenden Schritte auf dem Holzfußboden, eine anscheinend klemmende Schranktür wurde geöffnet, ein Satz Bügel scheppernd zur Seite geschoben, und dann fragte eine belegte Männerstimme: Eine Minibar ist wohl auch erst geplant?

Wir stehen noch am Beginn, sagte Kai freundlich, nach und nach wird hier alles vorhanden sein. In Ihrer Anzeige stand ›komplett eingerichtet‹, sagte die Männerstimme gelassen. Wir dachten mehr an Naturliebhaber, sagte Kai, an Leute, die sich gern im Freien aufhalten. Wohnt sonst noch jemand hier, fragte die Frauenstimme, und Kai darauf, mit gleichbleibender Freundlichkeit: Ja, vorn im ersten Einzelzimmer, eine Freundin meiner Schwester; sie verbringt hier ihren Urlaub. Schön, sagte die Frauenstimme, wenn sie uns jetzt bitte einen Augenblick allein lassen würden; wir kommen dann nach unten und sagen Ihnen Bescheid, ob wir das Zimmer nehmen. Willy hörte, wie der Junge sich entfernte, auf dem Flur kurz vor Corinnas Tür stehenblieb, sich offenbar nicht entschließen konnte, bei ihr anzuklopfen, und pfeifend ins Freie trat.

Dann starrte er wieder auf die Wand, hinter der das Paar anscheinend beriet, doch als vermuteten sie seine Anwesenheit, verständigten sie sich nur flüsternd. Er fühlte sich beschämt. Es war ihm peinlich, ein Gespräch unbekannter Gäste mitzuhören, und nicht um sie zu warnen, sondern lediglich um bekanntzugeben, daß sich jemand im Nebenzimmer aufhielt, stand er auf, machte zwei Schritte in den neuen Schuhen, wobei die Schnürbänder um seine Fesseln schlugen, und bewegte sich entschlossen zum offenen Fenster. Er streckte schon die Hände gegen die Fensterbank aus, als er einen heftigen Ruck verspürte, etwas riß ihn zurück; er fühlte noch, wie der kurze Läufer auf dem Holzfußboden wegrutschte, da stürzte er auch schon nach hinten. Da es ihm gelang, sich im Sturz zur Seite zu drehen, schlug er mit der Schulter auf, und weniger als der dumpfe Schmerz beschäftigte ihn der spontane Gedanke, daß die neuen Mieter das Geräusch seines Falls gehört haben mußten und nun zu ihm herüberlauschten. Sogleich versuchte er, auf alle viere zu kommen. Verlangend blickte er zu dem niedrigen Sessel, kroch, den Schmerz verbeißend, auf ihn zu, hielt inne, als er die Stimmen und die tackenden Schritte auf dem Flur hörte, und setzte seinen Versuch fort, nachdem die Außentür zugefallen war. Er griff nach der Armlehne und verfehlte sie und schleppte sich näher heran und griff noch einmal zu, und diesmal konnte er sich festhalten, schaffte es jedoch nicht, sich auf den Sessel hinaufzustemmen. Gegen den Sessel gelehnt, setzte er sich auf den Fußboden und starrte auf die Schuhe und auf die langen schwarzen Schnürsenkel.

Nach einer Weile hörte er vom Fenster her einen ängstlichen Überraschungsruf, und als er sich umschaute, sah er gerade noch Corinnas erschrockenes Gesicht und hörte sie dann schon um das Haus herumlaufen und eilig durch den Flur kommen. Und dann beugte sie sich über ihn und sagte, während sie ihn unterfing und hochzuziehen versuchte: Herr Wittmann … um Gottes willen … Haben Sie sich weh getan? Er stöhnte auf und drückte sich vom Boden ab. Es geht schon wieder, murmelte er, es geht schon, es war nur ein Mißgeschick, eine Unachtsamkeit. Sie sind gestürzt, sagte Corinna und bugsierte ihn vorsichtig in den Sessel und zog, tief über ihn gebeugt, seinen Arm von ihrer Schulter. Vermutlich nur eine Verstauchung, sagte Willy, mit einigen Umschlägen läßt es sich beheben. Ich werde sie Ihnen machen, sagte Corinna; sie bückte sich bereits, um ihm die Schuhe auszuziehen, doch er winkte ab, er dankte ihr und versicherte, daß er die Umschläge allein machen werde, er habe da Erfahrung. Wirklich? Wirklich, sagte er und ließ sich von Corinna berichten, daß ein komisches Paar hier gewesen sei, das ein Ferienzimmer suchte; die Frau sei etwa doppelt so umfangreich gewesen wie der Mann und wollte gleich wissen, ob es hier eine Diätküche gäbe; sie hätten sich alles angesehen, konnten sich aber nicht entschließen, zu bleiben. Corinna zog ihr T-Shirt glatt und blickte ihn vergnügt an und sagte: Jedenfalls bleiben wir noch unter uns.

38

Keiner der Vögel tauchte weg. Fast bewegungslos ruhten sie auf dem gedämmten Wasser des Teiches, vier Kormorane, die sich stolz, schön und wachsam in der Mitte hielten und zu der Kopfweide hinüberspähten, hinter der Kai stand. Der Junge war sich nicht sicher, ob sie ihn, als er sich durch den abgelassenen Teich anschlich, wahrgenommen hatten, oder ob sie ihn nur witterten mit ihrem untrüglichen Instinkt für Gefahr, der sie jetzt davon abhielt, leichte Beute zu machen. Noch brachte die Sonne nicht ihr Spiegelbild aufs Wasser, stumpf und glatt lag der Teich da, nirgendwo krüllte es sich, nirgendwo hob sich ein Fisch und tauchte planschend ein – was Kai nicht verwunderte, er hatte oft genug beobachtet, wie das Alarmsystem der Fische funktionierte, sobald sie sich bedroht fühlten. Er wußte, daß sie sich an der tiefsten Stelle zusammendrängten, erregt mit den Brustflossen fächelnd, darauf bedacht, die Einheit, die sie gemeinsam bildeten, nicht zu verlassen – eine Schule in Angst.

Im Schutz der faulenden Weide holte er Streichhölzer und Donnerschlag hervor, richtete die Zündschnur auf, riß im Hohlraum des Baumes ein Streichholz an und hielt die Zündschnur in die Flamme. Ein paar Sekunden hielt er den Donnerschlag noch in der Hand, dann schleuderte er ihn berechnet auf den Damm hinaus und linste, den Körper in der Deckung, zu den Vögeln hinüber, die, irritiert durch das zischende Geräusch, die Hälse reckten und langsam umeinanderruderten. Als dann die Detonation die morgendliche Stille zerriß – hart und mit einem grellen Blitz –, trat Kai aus der Deckung, er lauschte nicht auf das Echo, er blickte nur wie gebannt auf die schwarzen Vögel, die erschreckt auffuhren und, mit den Schwingen peitschend, mehr über das Wasser liefen als flogen, in einer blasigen Bahn, die sich über die ganze Länge des Teiches hinzog. Als eigneten sich ihre schweren Körper nicht zum Flug, hoben und hoben sie nicht ab; schon glaubte er, daß sie in ihrer Panik gegen den Damm prallen und zurückfallen würden, da kamen sie frei, schwangen knapp über den Damm hinweg, gewannen mühsam Höhe und segelten, schwarze Winkel, durch das Tal davon.

Zufrieden blickte Kai zum Haus hinab, er wünschte, daß sie beobachtet hätten, wie er die Vögel vertrieb, und als sein Vater und Corinna herausstürzten, um nach dem Ursprung der Detonation zu forschen, ging er ihnen entgegen und deutete in die Richtung, in der die Kormorane geflohen waren. Es wirkt, sagte er triumphierend, die haben solch einen Schreck bekommen, daß sie hier nicht so bald wieder auftauchen werden; noch ein paar Donnerschläge, und wir sind sie für immer los. Frank musterte die Kiefern auf der Höhe und die Buchen und Kopfweiden, flüchtig sah er auch einmal zur Schonung hinab, dann sagte er: Wir lassen Wasser einlaufen, fang schon mal an, und achte drauf, daß auf dem Grund nichts liegenbleibt. Ich schätze, daß fünf Donnerschläge ausreichen, sagte Kai, und sein Vater darauf: Bring das Siebgitter beim Einlaß an, damit es keine Verstopfung gibt. Darauf gingen sie auseinander und ließen Corinna einfach stehen, die zunächst nicht zu wissen schien, wem sie folgen sollte, doch da sie ihr Frühstück bereits beendet und den Tisch abgeräumt hatte, entschied sie sich schließlich für Kai. Sie mußte ihm sagen, daß sie sich bei dem Knall so erschreckt hatte, daß ihr beinah eine Tasse aus der Hand gefallen wäre, und sie sagte auch, daß alle zusammenfuhren und daß ein Fenster schepperte und daß die Hunde sich in ihrer Hütte verkrochen hätten – was den Jungen nur zu freuen schien. Er freute sich anhaltend über die Wirkung des Donnerschlags, er glaubte, den Beweis dafür zu haben, daß dies die beste und risikoloseste Methode war, um sich gegen die Vögel zu wehren; was ihm weniger gefiel, das waren die Preise für die Donnerschläge: Du glaubst nicht, wie teuer die Dinger sind. Den nächsten schenke ich dir, sagte Corinna.

Kai nickte ihr zu und sprang auf den Grund des großen Teiches, der, entschlammt, vom Wendepflug gelockert und mit Stallmist sparsam gedüngt, bereit war zur Aufnahme neuen Wassers. In der Fischgrube, die sein Vater vertieft hatte, steckte noch die Spitzhacke; Kai brach sie aus der Erde, sammelte Schaufel und Eimer ein und lud alles neben der Schleuse ab. Setz dich hier hin, Corinna, gleich gehts los. Sie gehorchte, und er trat an die Spundwand und zog, nachdem er das Siebgitter vorgesetzt hatte, den Schieber heraus und beobachtete, wie das abgelenkte Wasser des Baches seinen alten Weg fand, nicht suchend oder zögernd beim Einlaß, sondern gleich drängend und wie befreit in immer kräftigerem Strahl, der funkelnd dem Teichgrund zufiel. Dort, auf dem trockenen, grauen, nicht ganz ebenen Grund verteilte es sich sogleich, bildete eilige Rinnsale, die kleine Erhebungen umschlossen und sie für eine Weile zu Inseln machten, bis nachfließendes Wasser an ihnen emporstieg und über sie hinwegschäumte. Wie bei einer Überschwemmung, sagte Corinna. Das ist eine Überschwemmung, sagte Kai.

Das Fließwasser wusch Blätter und gehäckseltes Stroh aus dem Boden und trug es davon zu den schmalen Rinnen, die zur Fischgrube führten. Hier und da traf das Wasser auf einen sonnengebackenen Erdklumpen, den es vor sich herrollte, bis er sich getränkt und eingedunkelt von Feuchtigkeit auflöste. Winzige verrottete Wurzelreste schwammen auf. Eine Vogelfeder trieb ab. Hörst du, fragte Kai und meinte nicht das beständige Rauschen, mit dem das Wasser den Einlaß passierte, sondern das leise Murmeln und Glucksen, mit dem es den Grund, der seit dem frühen Winter trocken gelegen hatte, in Besitz nahm.

Corinna umschlang ihre Knie, legte das Kinn auf den Unterarm und blickte auf ein Rinnsal, das bereits seine eigene Strömung hatte und über den Grund zu hüpfen schien. Es ist schön bei euch, sagte sie, und da Kai ihr nicht antwortete: Zu euch möchte ich mal wiederkommen. Das kannst du doch, sagte Kai, hier bist du immer willkommen, und vielleicht hast du gemerkt, daß sich nicht allein Ute über deinen Besuch freut. Du bist sehr freundlich, Kai. Ich sag nur, wie es ist, sagte Kai und fügte nach einer Pause hinzu: Und wenn sich wirklich mal Sommergäste zu uns verirren und im neuen Haus alles belegt ist, kannst du in meinem Zimmer wohnen, ich meine: wenn ich dann weg bin. Willst du wirklich weg, fragte Corinna, und Kai hob die Schultern und sagte: Ich hab mich schon immatrikulieren lassen, fürs Wintersemester; auf die Dauer kann ich hier nicht bleiben.

Kleine Vertiefungen im Grund hatten sich bereits mit Wasser gefüllt, vor allem in der lehmhellen Mitte, wo sie wie dunkle Augen funkelten. Kai zerbrach einen trockenen Ast und hielt ihn in den einschießenden Strahl, und als er das Holzstück hin- und herbewegte, sprühte und stäubte und glitzerte es, und ein paar Spritzer trafen Corinnas Gesicht. Wie kühl das Wasser ist, sagte sie. Es kommt direkt aus der Erde, sagte Kai, da, unter der großen Buche tritt der Bach aus; der muß sich jetzt anstrengen, damit der Teich morgen sein Niveau erreicht hat; aber bis morgen mittag wird er es wohl geschafft haben. Er warf das Holzstück hinab, und beide sahen schweigend zu, wie es ein Stück weit entführt und gegen den Rand gedrückt wurde und dort hängenblieb. Plötzlich sah Kai sie ernst an, lange, als wollte er sie prüfen, und dann sagte er: Ich mach mir Sorgen, Corinna, Sorgen wegen Ute. Du bist ihre beste Freundin. Für dich würde sie alles tun. Vielleicht weißt du gar nicht, wie sehr sie an dir hängt und was du für sie bedeutest. Und während Corinna ihn verblüfft anblickte, fuhr er fort: Du mußt versuchen, sie davon abzubringen. Abzubringen, fragte Corinna, wovon? Du mußt ihr helfen, loszukommen von diesem Berni. Wir haben alles versucht. Auf uns hört sie nicht. Ich werde nie begreifen, warum sie zu ihm hält.

Kai unterbrach sich und schüttelte den Kopf, sein Gesicht war hart und abweisend, spiegelte nicht mehr seine jungenhafte Offenheit und Arglosigkeit, und Corinna dachte: jetzt hat er den gleichen Ausdruck wie sein Vater, jetzt sieht er aus, als könnte er nie etwas vergeben. Ruhig sagte sie: Es ist vorbei, es ist aus zwischen Ute und Berni, du brauchst dir keine Sorgen mehr zu machen. Kai starrte sie überrascht an, er fragte: Woher weißt du das? Ute selbst hat es mir erzählt, sagte Corinna. Ist das wirklich wahr, fragte Kai, immer noch überrascht und ungläubig. Du kannst dich drauf verlassen, sagte Corinna und sah ihm auf einmal nicht nur Erleichterung an, sondern auch eine nachdenkliche Entschlossenheit, die sie irritierte. Er verzog spöttisch den Mund, nickte für sich, erwog da etwas und schien es still zu bestätigen; plötzlich aber fragte er mißtrauisch: Warum hat Ute Schluß gemacht? Weißt du mehr? Weißt du, ob da etwas passiert ist zwischen ihnen? Ich weiß nur, daß es vorbei ist, sagte Corinna, und Kai darauf, nachdem er sich wiederum eine Weile bedacht hatte: Wenn es so ist, dann werde ich mal mit ihm reden, schließlich sind wir Nachbarn. Corinna wußte nicht, wie sie diese Ankündigung verstehen sollte, sie musterte ihn aus den Augenwinkeln und überlegte, ob sie ihm sagen sollte, was Ute getan und ihr anvertraut hatte, doch da ihm nicht daran gelegen war, mehr zu erfahren, behielt sie es für sich und kam auch nicht mehr dazu, ihn zu fragen, wann er mit Berni reden wollte, denn auf einmal hörte das stetige Rauschen des Wassers auf. Es hörte nicht so abrupt auf, daß eine jähe Stille eintrat, vielmehr ging es in ein Plätschern über, und der eben noch kraftvolle Strahl schwächte sich so sehr ab, daß das aus dem Einlaß stürzende Wasser kaum noch den Teichgrund traf.

Kai vermutete sogleich, daß etwas am Siebgitter angetrieben war und sich dort festgelegt hatte. Er stand auf. Vom Gitter abgefangen, schwappte da ein farbloses, dreckiges Bündel, floß an den Rändern auseinander, saugte sich fest. In dem Augenblick, als Kai es mit einem Schwung herauszog, setzte – gerade als hätte er einen Schalter bewegt – das Rauschen des Wassers wieder ein. Das Bündel war eine altmodische Männerjacke, sie erkannten es, als der Junge den verschlammten, algenbedeckten Stoff auseinanderzerrte und auf der Erde ausbreitete; die Knöpfe fehlten, die Taschen waren leer. Corinna blickte noch belustigt auf die vor ihr liegende Jacke, die, ganz auseinandergezogen und an den Boden geklatscht, auf die Figur des Eigentümers schließen ließ, als Kai ihr zu verstehen gab, daß sie hier nicht mehr danach fragten, wie etwas auf den Grund des Teiches oder in den Bach gekommen war; nach allem, was sie schon geborgen hatten, wunderten sie sich nicht mehr – es geschah eben. Beim Ablassen, wenn der Grund zum Vorschein kam, war ihm aufgegangen, welch eine Versuchung doch jedes Gewässer darstellt; es fordert geradezu dazu auf, etwas hineinzuwerfen. Kindersandalen hatten sie schon gefunden und eine Pillendose, Schraubenschlüssel, Konservenbüchsen, Ziegelsteine, einmal ein Pfeifenbesteck, ein andermal sogar einen Trinkbecher aus Porzellan. Das meiste stammte von Sonntagsbesuchern, die, nachdem sie ihren Räucherfisch gekauft hatten, noch einen Gang zu den Teichen machten, auf den Dämmen saßen oder unter den Bäumen lagerten. An manchen Sonntagen möchtest du fliehen, sagte Kai, aber es geht nicht, wir sind auf den Verkauf angewiesen. Corinna fragte, ob sie auch schon mal einen Toten gefunden hätten in ihren Gewässern. Einen Toten, wiederholte Kai und schien belustigt über ihre Frage und sagte: Nein, nicht in den Teichen; aber gleich darauf deutete er flüchtig auf die Fichtenschonung und sagte bedrückt, daß es dort unten fast einen Todesfall gegeben hätte; ein Junge von sechzehn wollte sich dort umbringen, aber man konnte ihn im letzten Augenblick retten. Kanntest du ihn, fragte Corinna, und Kai erzählte, daß es lange vor seiner Zeit war und er alles nur aus Gerüchten wußte: als Strafe dafür, daß der Junge an gewissen Tagen von zu Hause verschwand – selbst an Tagen, an denen sie die Arbeit kaum schaffen konnten –, und weder auf Bitten noch auf Drohungen hörte, band sein Vater ihn an einem Baum fest und ließ ihn da stehen, aber dem Jungen gelang es, sich von der Fessel zu befreien. Und Kai erzählte, daß der Junge diesmal nicht fortlief, sondern in den Strick, mit dem er festgebunden war, eine Schlinge knüpfte und sich erhängen wollte – und es auch fertiggebracht hätte, wenn sein Vater, der nur mal nach ihm sehen wollte, nicht dazugekommen wäre.

Kai unterbrach sich, machte eine hilflose Geste und beugte sich zum Wasserstrahl hinab und hielt eine Hand hinein, als wollte er sie kühlen. Weiß man, warum er so oft verschwand, fragte Corinna. Ein Mädchen, sagte Kai, ein Mädchen, und ohne seinen Blick zu ihr zu heben, sagte er auch: Vielleicht ahnst du schon, wer der Junge war. Dein Vater, fragte Corinna, und Kai nickte nur darauf und begann, Zweige und Pflanzen, die sich vor dem Siebgitter stauten, herauszuziehen und auf den Damm zu werfen. Dann setzte er sich neben sie, und als er sah, daß sie fröstelte, bot er sich an, ihr eine Jacke zu holen; doch sie verzichtete. Es ist nur die Kühle des Wassers, sagte sie, ich gewöhne mich schon daran.

Sie beobachteten, wie das Wasser sich auf dem Grund teilte, hier dem Gefälle schmaler gegrabener Rinnen nachgab, sich dort in kurzlebigen Deltas verzweigte, die es selbst schuf. Als setzte es gleichzeitig berechnet dazu an, den gesamten Grund einzuschließen, wusch sich das Wasser unmittelbar unter der Böschung des Dammes ein enges Bett aus und rückte beharrlich vor, bis es, vom Gegendamm aufgehalten, abwinkelte und auf die große hölzerne Schleuse zulief.

Das sei sein größter Traum, sagte Kai, einmal eine Reise auf einem Fischereiforschungsschiff zu machen, ins Nordmeer oder in den Indischen Ozean, und dann das Tiefseenetz auszubringen. In unserem Teich, meinte er, gibt es keine Geheimnisse, man erntet, was man eingesetzt hat, Entdeckungen kann man hier nicht machen, doch aus der Tiefe der Meere holt das Netz mitunter Wesen herauf, die noch nie ein Mensch gesehen hat, Leuchtfische, Neonfische; wenn es überhaupt noch einen Ort in der Welt gibt, wo etwas zu entdecken ist, dann in der dunklen Tiefe der Meere. Mit unseren Teichen, sagte er, ist es wie mit Feldern, die du bestellst: Gerste bringt Gerste und Mais bringt Mais – überrascht wird hier niemand; aber auf einem Fischereiforschungsschiff, so stellte er sich vor, hörten die Überraschungen nicht auf, und bei jeder Bergung des Netzes gäbe es was zum Staunen.

Kai machte sich nichts vor, er wußte, daß er lange würde warten müssen, bis er eine Einladung zu solch einer Reise erhielt, doch er zweifelte nicht, daß es ihm eines Tages gelingen würde, an Bord zu kommen. Und wenn ich zurückkomme, erzähl ich dir, sagte er plötzlich lachend und zog Corinna an sich. Ich schreib dir schon von Madagaskar oder Grönland, wann wir einlaufen, und du stehst an der Pier und holst mich ab, und dann gehen wir wohin, wo wir allein sind, und ich erzähl dir haarklein, was wir erlebt haben; was hältst du davon? Corinna wandte ihm ihr Gesicht zu, sie sah ihn nur verwundert und mit offener Sympathie an und schwieg. Ich darf dich doch besuchen in Hamburg, fragte Kai, und Corinna antwortete ihm wiederum nicht, sie legte nur ihre Wange an seine Schulter und blickte auf das strömende Wasser.

Auf einmal hörten sie den Schuß und sprangen auf. Hoch über ihnen, im Wipfel einer Buche, fiel etwas mit klatschendem Geräusch durchs Gezweig, ein schwarzer Vogelkörper, der stürzte, sich fing, trudelte und sich abermals fing und unterhalb des Geästes freikam und nicht segelnd, sondern mit ununterbrochenen heftigen Flügelschlägen über den Kamm des Hangs floh. Streifschuß, dachte Kai und spähte schnell zum Lukenfenster des Schuppens und erkannte noch, wie der Lauf des Karabiners eingezogen wurde. Und der Junge dachte auch: So ist er. Er läßt sich nichts verbieten, nicht vom Ministerium und noch weniger von Henning Holmsen aus Barglund; immerhin könnte ich dem jetzt sagen, daß es ein Donnerschlag war und nicht ein Schuß, den er gehört hat.

39

Lange mußte er sie bereden, bis sie bereit waren, seine Einladung anzunehmen. Sophie winkte ab, weil sie nicht sicher war, was die Gicht am Abend mit ihr vorhatte, und Frank wollte nicht zustimmen, weil es ihm ums Geld leid tat, aber mit Beharrlichkeit konnte Willy ihnen beibringen, daß es für seine Einladung einen gerechtfertigten Anlaß gab, und daß sie ihm die Freude nicht nehmen dürften. Er warb und bat so lange, bis sie nichts mehr vorschützen konnten und sich wortlos anguckten, gerade als wollte es einer dem andern überlassen, für beide einzuwilligen, und in diesem Augenblick wußte Willy, daß er es geschafft hatte.

Als Willy am frühen Abend herunterkam, um sie abzuholen, stand der Transporter schon bereit, und die beiden Männer halfen Sophie auf den Beifahrersitz und stiegen dann selbst ein. Frank startete den Motor und sagte nur: Also, wie du meinst; und mehr sagte er nicht auf dem ganzen Weg bis Barglund, zum Landhotel »Quellenhof«; selbst wenn Sophie aufstöhnte, hatte er kein Wort für sie. Der Parkplatz war leer. Dünner Regen fiel. Ein rotweißes Band warnte vor einer Baugrube. Frank fuhr so dicht an den Hintereingang heran, daß Willy ihn besorgt anblickte, es jedoch unterließ, ihn darauf hinzuweisen, wie sehr er den Eingang versperrte. Beim Aussteigen fiel Sophie ein, daß sie ihren Schal hätte mitnehmen sollen; auf Willys Arm gestützt, mußte sie eine Weile stehenbleiben und Kraft sammeln. Doppelschüsse krachten in den nicht allzu fernen Unterständen, wo sie, obwohl bereits Dämmerung fiel, auf Tontauben schossen.

Frank hatte den »Quellenhof« immer nur durch den Hintereingang betreten, damals, als er noch selbst Fische anlieferte, oder wenn er, was allerdings sehr selten vorkam, etwas trinken wollte. Er ging voraus, unbekümmert darum, ob Willy und Sophie ihm folgen konnten, rief einen Gruß in die Küche hinein und öffnete die Tür zum Lokal; mehrere Lampen mit grünen Schirmen tauchten es in ein unterseeisches Licht. Clausen, der Wirt, schien sie erwartet zu haben; erfreut gab er ihnen die Hand, nannte Willy mit gespieltem Respekt einen hohen Besuch und stellte ihnen frei, einen Tisch zu wählen. Ihm entging nicht, daß zumindest Frank alles andere als gut gelaunt war, und daß Sophie Schmerzen hatte. Auf die Frage des Wirts, ob dies eine kleine Wiedersehensfeier werden sollte, sagte Willy: Die liegt schon hinter uns, heute haben wir einen anderen Grund, und dann bat er um die Speisekarte und Getränkeliste und kündigte an, daß er ausnahmsweise einen Schluck riskieren werde, bevor die Zeit der Enthaltsamkeit wieder begann. Vergnügt fügte er den Kinderspruch hinzu: Einmal ist keinmal.

Dann schlug er die Getränkekarte auf, überflog Marken und Namen, die ihm nichts sagten, mit denen er nichts verband; je länger er las, desto empfindlicher spürte er das gleichgültige Schweigen, mit dem die andern seine Wahl abwarteten, und als er sich in seiner Ratlosigkeit an sie wandte und nach ihrem Lieblingsgetränk fragte, zuckte Sophie die Achseln, und Frank sagte: Wenn schon, dann Korn und Bier. Willy bestellte Korn und Bier für alle und bat den Wirt, für das Essen Rot- und Weißwein bereitzustellen, nicht irgendeinen, sondern den bekömmlichsten, wie er meinte; und danach ermunterte er seine Gäste, die Speisekarte aufzuschlagen und die Unentschiedenheit der Wahl auszukosten. Gemächlich studierten sie die Angebote, kalkulierten, rechneten nach, und Willy schien nicht überrascht, daß seine Gäste dann und wann den Kopf schüttelten oder bitter auflachten. Einmal forderte Frank sie auf, sich die Preise für Forelle blau und Forelle in Butter gebraten genau anzusehen, es waren seine Forellen, er hatte sie auf Portionsgröße gebracht und wollte nun nicht darüber hinwegkommen, daß sie auf dem kurzen Weg von den Teichen bis zur Küche des »Quellenhofs« im Wert um hundertfünfzig Prozent zugenommen hatten. Weil Sophie zu fürchten begann, daß er sich in Erregung hineinreden könnte, sagte sie: Nimm wie ich Sauerfleisch mit Bratkartoffeln, das beruhigt. Bei dieser Wahl blieben sie; Willy konnte sie nicht dazu überreden, sich für ein Tournedos mit Pilzen oder für ein Holzfällersteak zu entscheiden, und um nicht aus der Reihe zu fallen, schloß er sich – innerlich widerstrebend – ihrem Wunsch an.

Nachdem sie die Bestellung aufgegeben hatten, hob Willy das Glas gegen seine Gäste, förmlich, doch aufgeräumt; diese Einladung, bemerkte er, solle nur ein Zeichen des Dankes sein, eines unzureichenden Dankes – das wisse er wohl – für die Aufnahme, die er hier gefunden, für die Betreuung, die er hier erfahren habe. Nie werde er ihnen vergessen, daß sie ihm eine Bleibe geboten hatten, in einer Zeit, in der er aufs Abstellgleis geraten war, sich ausgemustert und abgeschoben vorkam und sich an diese Erkenntnis gewöhnen mußte. Nun aber helle sich der Horizont auf, es gäbe Hoffnungszeichen, begründete Erwartungen, doch bevor er darauf eingehen möchte, schlage er vor, erst einmal zu trinken.

Während Willy sprach, suchte Sophie besorgt Franks Blick, doch der starrte mit unbewegtem Gesicht in sein Glas und belebte sich erst, als sie über dem Tisch anstießen. Bis auf Sophie, die nur an dem Glas nippte, tranken sie den Korn in einem Zug aus, und Willy ließ sich von Frank vormachen, wie man den Brand mit einem tiefen Schluck Bier löscht. Obwohl er ein Gefühl hatte, als beginne etwas in seinem Innern zu glühen und zu rotieren, nickte er Frank dankbar zu und hatte nichts dagegen, daß der mit Handzeichen zwei weitere Kurze bestellte. Dann sagte Frank: Wenn du von Hoffnung sprichst, meinst du wohl, daß du uns demnächst verlassen wirst – oder hab ich dich falsch verstanden? Man erwartet eine Entscheidung von mir, sagte Willy, man hat mir eine Frist gegeben, aber ich weiß noch nicht, was ich tun werde, denn mir fehlt die letzte Sicherheit, und die habe ich erst dann, wenn sich das, was geschehen ist, auch über einen längeren Zeitraum hin als verläßlich erweist.

An dem Gesichtsausdruck, mit dem Sophie ihm zuhörte, erkannte er, daß sie noch nicht wußten, was sich ereignet hatte, und daß er deutlicher werden müßte, nicht zuletzt, um auch seine Einladung zu begründen. Er überlegte einen Augenblick und sagte mit leiser, freundlicher Stimme: Vielleicht erinnert ihr euch noch, warum ich zu euch kam. Ich hing in der Luft, fühlte mich verbraucht und fallengelassen von denen, die mir nahestanden. Ich wollte allein sein, um mit einem Verlust fertig zu werden, mit dem ich zwar schon mal gerechnet hatte, einfach, weil er im Alter unweigerlich eintritt oder doch eintreten soll, über dessen Tragweite ich mir aber nicht im klaren gewesen bin. Ich mußte mich damit abfinden, daß etwas unwiderruflich vorbei war. Die Empfindlichkeit der Papillen und Nerven hatte sich verbraucht, meine Urteile lagen oft daneben, meine Irrtümer wurden immer folgenreicher, ein Abschied von allem, was meine Welt ausmachte, war nicht nur geboten, sondern schien auch gerechtfertigt. Und so bekam ich meinen Abschied und wußte nichts Besseres, als zu euch zu kommen. In dem Bedürfnis, seinen Dank auf stumme Weise zu wiederholen, hob er sein Glas, das der Wirt nachgefüllt hatte, und trank es wiederum auf einen Zug leer und verzerrte die Lippen, als müßte er einen Schmerz aushalten. Er spürte ein feines Zucken in den Schläfen und ein Kribbeln auf der Kopfhaut, und als er sah, daß Frank wieder zum Bierglas griff, tat er es ihm nach und setzte es wie sein Bruder mit einem Ausdruck des Behagens ab. Daß Sophie nicht mittrank, bekümmerte ihn, doch beim Anblick ihrer knotigen Finger, die sie um den Stiel des Glases gelegt hatte, machte er keinen Versuch, sie zu ermuntern; er begnügte sich damit, ihr zuzuprosten.

Willy straffte sich unvermittelt, lächelte und sagte: Gewiß ist euch nicht entgangen, in welcher Verfassung ich zu euch gekommen bin. Die einzige Klarheit, die ich besaß, bestand darin, daß etwas zu Ende gegangen war und ich nichts mehr zu erwarten hatte. Daß ein Teekoster, der seinen Geschmackssinn verloren hat, durch das Zusammenkommen besonderer Ereignisse seine bewährten Fähigkeiten wiedergewinnen kann, habe ich nie geglaubt; für mich war's nur eine Legende.

Aber nun ist etwas geschehen … nun ist etwas eingetreten … ich meine: der Beweis spricht dafür, daß es keine Legende ist … Im »Kanton« – ihr wißt – stellte sich plötzlich wieder ein, was ich für endgültig verloren hielt. Die Offenheit, die Trennschärfe, die Empfindlichkeit für den Reiz der Aromen – auf einmal waren sie wieder da … Verstehst du, Sophie …? Alles war wie einst, sogar die Spannung stellte sich wieder ein, und aus dem Aroma stiegen wieder die Bilder auf, die mich immer lenkten … auf die Spur brachten … Erklären kann ich es nicht … Es ist geschehen … Was ich nicht für möglich hielt, ist geschehen … Entschuldigt meine lange Rede, aber ich wollte … ich mußte euch sagen, was sich ereignet hat … und was, wie ich glaube, Grund genug ist, um diesen Abend hier gemeinsam zu verbringen.

Unruhig, mit einer Miene der Verwunderung und der

Skepsis, blickte Sophie ihn an, sie fand nicht los von seinen Lippen, die in geheimer Furcht zu beben schienen, während Frank, der die Gläser mit einem Wink hatte nachfüllen lassen, langsam den Kopf hob und trocken feststellte: Siehst du, es ist gekommen, wie ich dir's vorausgesagt habe. So eine Fähigkeit, wie du sie hast, die kann einem nicht ganz abhanden kommen, die schwächt sich vielleicht mal ab, die läßt nach, wenn sie mal überfordert wird; aber wenn man ihr die richtige Erholung gönnt, kommt sie wieder zum Vorschein. Und er hob sein Glas und sagte: Na, Willy, dann mal auf einen neuen Anfang. Willy trank ohne Genuß, es kostete ihn sogar Überwindung, den Korn zu stürzen, doch er konnte den ersten Zutrunk Franks nicht unbeantwortet lassen und hielt mit. Als er das Glas absetzte, merkte er, daß seine Hand leicht zitterte. Er hatte das Gefühl, daß seine Gesichtshaut sich spannte und daß ein eiliger Ameisenzug über seine Wangen wimmelte. Das Ziehen in den Schläfen wurde stärker, und sein Blick, den er auf Frank gerichtet hatte, glitt ohne seinen Willen ab.

Dann wirst du wohl wieder bei deiner alten Firma anfangen, fragte Sophie, bei deinem Freund? Sie sagte es so verhalten und nebenher, daß Willy sie bat, ihre Frage zu wiederholen. Nein, sagte er spontan, und gleich darauf: Mal sehen, und schließlich: Ich hab mich noch nicht festgelegt.

Der Wirt und eine Küchenhilfe trugen das Essen auf, eine Platte mit Sauerfleisch, fahle, blaßrosa Klumpen, die, von schimmerndem Knorpel durchsetzt, mit glitschigem Aspikmantel umschlossen waren, in dem Senfkörner wie Schrotkugeln steckten; dazu stellten sie eine Schüssel mit Bratkartoffeln, kaum fettglänzend, kroß, mit braunem Knusperrand – die ausgewiesene Spezialität des »Quellenhofs«. Auf kleinen Tellern wurde süßsaurer Gurkensalat nachgereicht. Clausen wünschte guten Appetit und fragte, ob der Wein gleich oder später gewünscht werde, und da alle auf Willy starrten, entschied er nach kurzem Bedenken: Zum Essen selbstverständlich. Obwohl er ein schwaches Dröhnen im Hinterkopf spürte und, als er sein Gesicht über den Teller senkte, den Eindruck hatte, eine kurze Gardine hinge ihm vor der Stirn, raffte Willy sich zusammen und sagte heiter und etwas zu laut: So, und nun hoffe ich, daß es uns allen schmeckt.

Während sie aßen, krachten draußen die letzten Doppelschüsse, und nach einer Weile betraten mehrere Schützen die Gaststube, hängten die Büchsen an einen Kleiderständer und steckten die Köpfe über dem Stammtisch zusammen. Sie brauchten ihren Wunsch nicht zu äußern, wie selbstverständlich brachte Clausen jedem ein großes Bier.

Willy gestand ihnen, daß er sich bereits darauf eingestellt hatte, sich für die letzten Jahre eine andere Tätigkeit zu suchen. Soweit ich weiß, sagte er, ist es in meinem Beruf noch keinem geglückt, nach einmal verlorenem Urteilsvermögen zu der alten Sicherheit zurückzufinden; ein einziges Mal schien es ein Kollege geschafft zu haben, doch wie sich herausstellte, war es eine Selbsttäuschung. Und er sagte: Was immer ihr denkt, und wenn es vielleicht auch noch zu früh ist, es so zu nennen – für mich ist es ein kleines Wunder.

Darauf schlug Frank vor, den Wein zu probieren, und diesmal trank Sophie mit und blieb danach in lauschender Haltung sitzen, gerade als verfolge sie den Weg, den der Wein in ihrem Körper nahm. Mich überrascht es nicht, sagte Frank, ich meine, es überrascht mich nicht, daß deine alten Fähigkeiten wieder da sind, überall herrschen Gezeiten, das geht und kommt wieder, zieht sich zurück und stellt sich ein; wen die Wellen tragen – und sie tragen wohl jeden –, der ist mal auf dem Kamm, mal im Tal; immer auf gleicher Höhe zu bleiben, das gelingt keinem. Das ist auch bei uns nicht anders. Willy glaubte seinem Bruder nicht zustimmen zu können, er wollte antworten, wollte behutsam darauf hinweisen, daß es Erfahrungen gibt, die sich nicht vergleichen lassen, einmalige Erfahrungen, die nur für sich bewertet werden können, doch plötzlich erfaßte ihn ein Schwindelgefühl, und er verzichtete auf seine Antwort. Der Teller hob sich. Er begann geräuschlos zu wackeln. Mehrmals verfehlte die Gabel ihr Ziel. Willy legte das Besteck hin, fuhr sich mit dem Handrücken über die Stirn und lächelte verlegen und sagte: Keine leichte Aufgabe, dieses Essen. Ein rascher Schluck schien ihm Erleichterung zu bringen, und nicht nur dies; vorgebeugt und mit gesenkter Stimme bat er sie auf einmal, gut zuzuhören, denn er habe ihnen etwas im Vertrauen mitzuteilen, etwas, das er sie bitten müßte, für sich zu behalten, weil es noch nicht spruchreif sei. Und allmählich, nur noch flüsternd, weihte er sie in das Angebot ein, das die Firma Süverkopp & Söhne ihm gemacht hatte, er erwähnte die Kompetenzen, die man ihm zugestehen, die prozentuale Beteiligung, die man ihm gewähren wollte, und vergaß auch nicht zu erwähnen, daß man ihm freigestellt hatte, sein Gehalt selbst zu bestimmen. Frank fragte sofort: Wann fängst du an, worauf Willy sich zurücklehnte, den Kopf wiegte und erklärte, daß er sich noch nicht entschieden habe. Man hat mir eine Frist gegeben, sagte er und begann lustlos zu essen. Wenn deine Arbeit den Leuten soviel wert ist, sagte Frank, dann würde ich sie nicht warten lassen; vielleicht ist es die Chance deines Lebens. Jetzt blickte Sophie von ihrem Teller auf und sagte mit undurchdringlichem Gesicht: Wenn du das ausschlägst – Thekla würde es dir nie verzeihen, da bin ich mir sicher.

Obwohl ihn abermals ein Schwindelgefühl erfaßte, war Willy hellhörig genug, aus Sophies Bemerkung den gewohnten Vorbehalt gegenüber Thekla herauszuhören, diese manchmal verkleidete, manchmal offene Zurückweisung, die sie ihn immer wieder hatten spüren lassen und die er stets überging. Diesmal nahm er sie nicht schweigend hin, Widerspruch regte sich in ihm. Er schob den Teller zur Seite. Er füllte selbst die Gläser und nahm einen hastigen Schluck, und Sophie anblikkend, die träge weiteraß, hielt er ihnen vor, daß sie ungerecht wären in ihrem Urteil. Nicht schroff oder gar empört, sondern in versöhnlicher Tonart wies er sie darauf hin, daß er Thekla besser kannte, und daß es manches gab, das für sie sprach. Ihr wißt nicht, was sie in Kauf genommen hat in ihrem Leben, sagte er und nickte zu seinen Worten. Und ihr wißt auch nicht, sagte er, zu welcher Entschlußkraft sie fähig ist und zu welcher Beherztheit ... ich meine, Unbeirrbarkeit ... ja, Unbeirrbarkeit ... Wenn ihr das wüßtet, hättet ihr ein anderes Bild von ihr. Wieder nickte er und stützte seinen Ellenbogen, der weggerutscht war, hart auf der Tischplatte auf. Seine Gesichtshaut flammte. Gegen eine niederziehende Schwere hielt er den Oberkörper aufrecht und sah grüblerisch von einem zum andern und erzählte stockend, daß Thekla ihre beiden Ehen gegen den Wunsch der Familie eingegangen war, insbesondere gegen den Wunsch ihres Vaters, der sie beschwor und warnte und ihr drohte, sie zu enterben. Wie er sich gegen Willys Verbindung mit Thekla aussprach, so hatte er es auch bei Nico getan, ihrem ersten Mann, er nahm für sich in Anspruch, zu entscheiden, was ihr entsprach und was gut genug war für sie. So, wie ich ihn kenne, sagte Willy, hätte er jeden abgelehnt. Immerhin hatte er für mich Nachsicht übrig ... während er von dem anderen – von Theklas erstem Mann – nur mit Geringschätzung sprach. Blitzlicht nannte er ihn; zu einem angesehenen Fotografen fiel ihm nicht mehr ein, als ihn Blitzlicht zu nennen … Aber sie, sie ertrug es, sie nahm es auf sich … Und nachdem Nico sie verlassen hatte … kurz nach der Geburt verlassen hatte … lebte sie lange allein mit dem Kind … mit Tony, ja … lebte ohne Verbindung zu ihrer Familie, die ihr nichts zukommen ließ … Strafe … Strafe mußte sein.

Mit einer fahrigen Bewegung hob Willy sein Glas, wartete nicht, bis auch die andern ihr Glas hoben, sondern nahm einen heftigen Schluck, wobei er nicht verhindern konnte, daß ein dünner Faden Wein aus seinem Mundwinkel trat. Er lächelte säuerlich. Schiffsausrüstung, sagte er matt, so wie er seine Schiffe ausrüstet, bevor sie hinausgehen auf See … so wollte er wohl auch sie ausrüsten … mit der Sicherheit, die er für nötig hielt … Verstehst du, Frank? … Du verstehst! … Ich sehe, daß du mich verstehst … Und bevor wir dann heirateten … ich erfuhr früh genug, was er gegen mich hatte … er selbst gab's mir oft genug zu verstehen … indirekt … nur indirekt … Du entschuldigst dich zu häufig, Willy, und zu früh: das sagte er mir bei jeder Gelegenheit … Thekla nahm es in Kauf … nahm alles in Kauf … Was er ihr androhte, ließ sie kalt … Sie verbat sich seine Überredungsversuche … ich meine, als er versuchte, mich ihr auszureden … Und als ich ihr vorschlug, sich grundsätzlich zu bedenken … noch einmal alles abzuwägen … wie bestürzt sie mich da ansah … bestürzt und beleidigt … Den Konflikt anzunehmen, auszutragen … für sie war es selbstverständlich … Und die Strafe – auch wir wurden eine Zeitlang bestraft durch Nichtbeachtung – ertrug sie so gelassen … Und als die Zeit vorüber war … Was wollte ich sagen? … Jedenfalls, er hat Thekla wieder an sein Herz gedrückt und mir … mir hat er vorsorglich eine Stelle angeboten … in seiner Firma … nicht in gehobener Position … nur als Probandus …

Willy legte beide Hände aufs Gesicht, verharrte so eine Weile und schüttelte sich dann und blickte sich erstaunt um, als könnte er sich nicht erklären, wie er hierhergeraten sei. Still vor ihren leergegessenen Tellern saßen Frank und Sophie, ihre Oberkörper schienen sanft zu dünen. Am Stammtisch hockten die Schützen in schleppendem Gespräch, und hinter der Theke, unbeweglich, bereit, stand Clausen und starrte ihn an. Willy feuchtete einen Daumen mit der Zunge an und rieb ihn über seine Lippen, dann hob er das Glas gegen Sophie, ohne jedoch zu trinken. Sophies Hinweis, daß seine Kartoffeln kalt geworden wären, ließ er unbeachtet. Der Druck auf die Schläfen nahm zu, und in Wellen spürte er eine vage Übelkeit aufsteigen, ein Pressen, ein Zerren in seinem Innern, die einen faden Geschmack in seine Mundhöhle schwemmten. Er machte eine wegwerfende Handbewegung und musterte Frank kummervoll und sagte: Kein Verlaß, Frank ... es gibt keinen Verlaß in der Welt ... Nicht auf Worte und Grundsätze ... auf Gefühle nicht und nicht auf Pakte ... es waren schöne Jahre ... die ersten Jahre ... Ruhe und Sicherheit war alles, worauf ich aus war ... schon immer aus war: Ruhe und Sicherheit fürs Leben. Aber dann traf sie ihren Mann wieder, den Mann, der sie verlassen hatte ... ein imponierender Kerl, ohne Zweifel ... ein Mann von Bedeutung auf seinem Feld ... Ausstellungen in Stockholm und Köln und Amsterdam ... Ausstellungen und Kunstzeitschriften ... sie erzählte mir von ihren Begegnungen ... manchmal zeigte sie mir seine Bilder ... beredsame Bilder ... tiefsinnige Bilder, die auch mir gefielen ... er hatte ein Auge für alles ... Verstehst du, Frank? Du verstehst mich, und darum schenk uns noch ein Glas ein ... das letzte Glas ... Aber was wollte ... was müßte ich sagen? Erklärungen – richtig! Ich wollte sagen, daß ich süchtig wurde ... süchtig nach

Erklärungen … die allmählichen Veränderungen in unserem Leben … die Gründe, die dazu führten: sie beschäftigten mich tagein, tagaus … ich fand Erklärungen … oh ja, ich fand sie … doch jede neue Erklärung machte mich nur noch ratloser … und mutloser … das auch: mutloser … verstehst du, Sophie? … Du hast kaum getrunken, Sophie, das ist vernünftig, denn der Wein schmeckt nicht … er hinterläßt nichts … keinen Reiz … keine Empfindung, ich meine aromatischer Natur … und dabei sind wir doch empfänglich … wenn man erst aufhört, empfänglich zu sein … wenn die Geschmacksnerven ermüden und alles … alles gleich schmeckt … kündigt sich das Ende an … sobald die Substanzen keine eigentümliche Erregung mehr hervorrufen … das ist der Abschied von der Welt … nicht wahr, Frank: der Abschied … zuletzt ist alles nur noch eine chemische Lauge … das ganze Leben ist eine Lauge … dagegen müssen wir uns doch wehren …

Willy unterbrach sich, sein Gesicht nahm einen schmerzhaften Ausdruck an, seine Finger bewegten sich wie suchend über den Tisch und ertasteten seinen Teller und zogen sich, als sie den Inhalt berührten, erschrocken wieder zurück. Mir wird übel, keuchte er. Wo sind wir, Frank … mir wird verdammt übel …

Er versuchte, aufzustehen, drückte sich beidhändig von der Tischplatte ab, sackte aber gleich wieder zusammen und wäre zur Seite gekippt, wenn Frank ihn nicht aufgefangen hätte. Entschuldige, murmelte Willy, entschuldigt vielmals, aber mir ist nicht wohl. Du bist eben nichts mehr gewohnt, sagte Frank und unterfing ihn und führte ihn, nachdem er Sophie ein Zeichen gegeben hatte, zur Hintertür, vorbei an den Schützen und an dem Kleiderständer, an dem ihre Waffen hingen. Hier blieb Willy stehen und starrte auf die schwarzen Läufe, er wollte etwas sagen, er würgte, doch ihm gelang kein verständliches Wort, und als er eine Hand ausstreckte und sich anschickte, die Waffen zu berühren, schleppte Frank ihn mit stetigem Zug weiter.

Auf Clausens Nachfrage, wie ihnen das Essen geschmeckt habe, antwortete Frank nicht, er versprach lediglich, am nächsten Tag vorbeizukommen, um alles zu begleichen. Sophie hielt die Hintertür auf, und sie mühten sich stumm und verbissen hinaus, ohne auf den nachgerufenen Gruß und die Ermahnung zur Vorsicht zu reagieren. Weder den Schützen noch dem Wirt entging die Fürsorglichkeit, mit der Frank seine Last über den Flur bugsierte, in den dunklen Abend hinaus.

40

Ute lag schlaflos, als sie plötzlich ein ungewohntes Geräusch hörte. Statt des vertrauten Murmelns, mit dem das Wasser über die Staubretter fiel, hörte sie ein Stürzen und Gurgeln und machtvolles Rauschen, das immer noch anzuschwellen schien, gerade als sei ein Damm gebrochen und als risse das befreite Wasser die Bruchstelle immer weiter auf, alles fortspülend, was seinen Strom behinderte. Sie warf das Zudeck ab, tappte ans offene Fenster und sah in die frühe Morgendämmerung hinaus, überflog suchend die Spiegel der Teiche, bis ihr Blick auf den höher gelegenen Teich mit den einsommrigen Karpfen fiel; dort fehlte das Staubrett, dort drängte und stürzte sich das Wasser, vom Gefälle beschleunigt, in den Forellenteich, wo es einen Strudel hervorrief und verwirbelte. Ute erschrak. Hastig pellte sie ihre Shorts an, streifte ein Turnhemd über, lief barfuß auf den Flur und trommelte an der Tür zu Kais Zimmer und rief nur: Schnell, Kai, komm schnell, und war schon draußen in der Morgenkühle und rannte durch das taufrische Gras zum Damm hinauf und dann weiter zu dem ungestauten Einfluß. Fassungslos blickte sie auf den glitzernden Schwall, sie erkannte breite, goldbraun getönte Fischkörper, die, einmal in den Sog geraten, nicht genug Widerstand aufbringen konnten und gewaltsam hineingerissen wurden ins tiefer gelegene Gewässer, dort fächelnd auftrieben, bevor sie zum Grund strebten. Mitunter wurde gleich ein ganzes Dutzend kleiner Fische hineingerissen, und Ute dachte: Um Himmels willen, sie werden sie jagen, die Forellen werden nach ihnen schnappen, aufräumen unter ihnen, bis kaum einer übrigbleibt, und dann ... Sie entdeckte das Staubrett, das langsam schwappend auf dem Forellenteich trieb, es trieb zur Mitte hin und schien unbeschädigt zu sein, denn es zeigte sich keine Bruchstelle, keine gelöste Planke. Ohne zu zögern, glitt Ute ins Wasser, rutschte aus, fing sich, suchte Stand auf dem glatten, schlammigen Grund und schob sich, die Hände abwechselnd wie Ruder eintauchend, vorwärts. Sie spürte einen Schauer, als das Wasser ihre Hüften überstieg; um das Gleichgewicht zu halten, legte sie nun beide Arme auf die Oberfläche des Teiches. Mehrmals blieb sie stehen, erkundete tastend den Grund, über dem es wimmelte und zuckte von Forellen, die gegen ihre Waden, ihre Schenkel stupsten; einmal glaubte sie, auf einen Fisch getreten zu sein, und das verzweifelte Krümmen unter ihrem Fuß erschreckte sie so, daß sie einen schnellen Schritt zur Seite machte und dabei bis zur Schulter eintauchte.

Das algenbedeckte Staubrett ließ sich nicht fassen. Ute stieß es vor sich her, watete und stieß und drängte es verbissen zu der Stelle, an der sie ins Wasser geglitten war, und noch bevor sie das glitschige Holz ans Land gedrückt hatte, erschien Kai auf dem Damm und landete mit einem mächtigen Sprung neben ihr, eine Wand von Spritzern emporreißend. Sie brauchten sich nicht zu verständigen, mit einem einzigen Blick hatte Kai erkannt, was geschehen war, und er stemmte sich gegen das Staubrett, schob, drückte, ließ es wippen und wuchtete es wippend mit einer Seite auf die Böschung hinaus, so daß es nicht mehr abtreiben konnte. Gemeinsam schleiften sie es auf den Damm und dann weiter zur Schleuse, wo sie, durchnäßt und erschöpft, einen Augenblick verschnauften. Kai untersuchte die Fassung, die mit Eisenblech ausgelegte Halterung, in die das Staubrett hineinpaßte; da war nichts aufgebogen oder zerschrammt, und es deutete auch nichts darauf hin, daß das Staubrett einem erhöhten Druck des Wassers nachgegeben hatte.

Er hat es getan, dachte der Junge, er hat es hochgezogen, hat es mit einer Stange gelüftet und herausgezogen und in den Forellenteich geschmissen, anders kann es nicht geschehen sein. Los, befahl er, wir müssen es wieder einsetzen. Kai packte das Staubrett an der Unterkante, schmiegte seine Wange an die blaßgrüne Fläche, hob und drückte ächzend nach, während Ute das Gewicht abstützte und darauf achtete, daß die Unterkante in die Halterung fand und sich einpaßte. Das Brett schwankte, es neigte sich zu Utes Seite, die es mit einem Schrei abfing und wieder hochstemmte, und diesen Moment nutzte Kai und setzte es genau mit der Kante an die Halterung. Es saß so fest über dem stürzenden gurgelnden Wasser, daß sie es nicht mehr zu halten brauchten. Jetzt runterziehen, sagte Kai, und sie hängten sich mit angezogenen Beinen ans Brett, schlenkerten, ruckten, stießen sich vom Boden ab und setzten das Gewicht ihrer Körper ein, und dabei merkten sie, wie das Staubrett Zentimeter um Zentimeter tiefer in die Halterung glitt, ohne sich ein einziges Mal zu verklemmen. Voller Genugtuung darüber, daß sie es bis dahin geschafft hatten, gönnten sie sich keine Pause, sondern arbeiteten mit bitterem Eifer weiter, hieben mit flacher Hand und dann mit einem Knüppel auf das Staubrett ein, das sich um so sperriger und unwilliger zeigte, je mehr es dem Schwall des Wassers ausgesetzt war, doch schließlich trieben sie es in die Fassung hinein, unterbrachen den Auslauf und schlossen den Teich.

Und was jetzt, fragte Ute, und Kai darauf, schnell atmend und beide Hände auf der oberen Kante des Staubretts: Das Zugnetz, wir müssen den Teich mit dem Zugnetz abfischen und den ganzen Fang sortieren, die einen hierhin, die andern dorthin. Er wollte noch mehr sagen, doch über das Staubrett in die Höhe blickend erkannte er plötzlich auf dem Kamm des Hangs eine Gestalt, die aus der Deckung einer Kiefer hervortrat und zu ihnen hinunterspähte, nur einen Augenblick, anscheinend nur, um sich zu vergewissern; als Kai sich aufrichtete, verbarg sie sich wieder hinter dem Stamm. Also doch, dachte Kai und sagte knapp und fordernd: Komm mit und frag nichts und guck dich nicht um. So als seien sie zufrieden mit ihrer getanen Arbeit, strebten sie dem Haus zu – zumindest machten sie diesen Eindruck auf einen Beobachter – und betraten es gemeinsam, und als sie auf dem Flur standen, packte der Junge Utes Hand und flüsterte: Sag nichts zu Vater, noch nichts – ich muß noch was erledigen. Und danach schlich er zur rückwärtigen Gartentür, haspelte sie auf und verließ lautlos das Haus. Ute sah noch, wie er sich über den hüfthohen Gartenzaun schwang und geduckt an der Räucherkammer vorbei zur Schonung hinüberlief.

Er fühlte nicht den kalten Tau an seinen Füßen, schien auch unempfindlich gegen das nasse Zeug, das an seinem Körper klebte; erfüllt und getragen von einem einzigen Gedanken, der ihm nicht allein Kraft, sondern auch Ausdauer verlieh, huschte er im Schutz der Schonung talabwärts, umschlich wildes Brombeergestrüpp und wandte sich dem Hang zu und erklomm ihn, tief zur Erde gebeugt. Je höher er klomm, desto umsichtiger bewegte er sich; dennoch hielt er nicht inne, um zu lauschen, einfach, weil er fürchtete, zu spät auf den Kamm und zur Kiefer zu kommen, hinter der die Gestalt sich verborgen hatte. Nicht einmal wenn er ausglitt, wenn sich etwas unter seinem Fuß löste und den Hang hinabrollte – ein Stück Ast, ein Erdklumpen oder ein Stein –, verhielt er. Erst auf dem Kamm warf er sich hin. Er drückte sich an die Erde und wartete darauf, daß sein Atem sich beruhigte, und dabei linste er zur Kiefer – niemand, dort stand niemand; auch hinter den anderen dicht stehenden alten Bäumen konnte Kai die Gestalt nicht entdecken. Enttäuscht wandte er den Kopf und blickte über das abfallende Ödland, das vom Maisfeld begrenzt wurde, und jetzt sprang er auf: dort ging Berni, ging geruhsam durch Disteln und dorrendes Gras auf seine Kate zu.

Kai folgte ihm sofort; um den Disteln und Brennesseln auszuweichen, lief er zum Maisfeld hinüber und hart an seinem Rand entlang, ohne Berni aus den Augen zu lassen, der offenbar so sorglos war, daß er sich nicht ein einziges Mal umschaute. Mit schnellen Schritten lief Kai ihm nach und holte Meter um Meter auf, bis er sich so weit genähert hatte, daß Berni sein Keuchen hörte oder das Klatschen der Fußsohlen auf der lehmigen Erde. In dem Augenblick, als er sich umsah, rief der Junge: Bleib stehn, und lief weiter auf ihn zu und rief noch einmal: Bleib stehn, warte, worauf Berni einen Moment verblüfft und unsicher verharrte, plötzlich aber ebenfalls zu laufen begann, zunächst noch auf dem Ödland, wobei er sich ein paarmal nach seinem Verfolger umdrehte, dann aber, weil er wohl erkannte, daß sich der Abstand verringerte, auf das Maisfeld zustürzte, sich mit erhobenen Armen in die grüne Wand warf und rudernd in die bergende Tiefe flüchtete. Anfangs konnte Kai seinen Fluchtweg verfolgen, weniger an den raschelnden und knackenden Geräuschen als an den vor- und zurückschnellenden Bewegungen der kopfhohen Pflanzen, doch auf einmal hörten die Bewegungen auf, und er verlor die Spur. Er reckte sich, er sprang in kurzen Abständen hoch, um das Feld zu überblicken, er lauschte: von Berni war nichts zu sehen, nichts zu hören. Dennoch wußte der Junge, daß er still in der Nähe hockte. Nach einer Weile überlegte er, ob er Berni anrufen und überreden sollte, sich freiwillig zu stellen, doch er verwarf diesen Gedanken gleich wieder, weil ihm etwas anderes einfiel. Behutsam, ohne die ihn umschließenden Pflanzen zu knicken, bückte er sich und sammelte ein paar Erdklumpen auf, die er, von kurzen Pausen unterbrochen, in verschiedene Richtungen schleuderte, mit soviel Wucht, daß es zischte und knallte und die Maisspitzen sich in der Wurfschneise schüttelten. Seine Erwartung, daß Berni aufschrecken und fliehen würde, erfüllte sich nicht.

Ein Schwarm Wildtauben flog niedrig über ihn hinweg, ihr Gefieder glänzte in der aufgehenden Sonne, und das klappende Geräusch ihrer Schwingen klang scharf und klar. Unwillkürlich bewegte Kai sich tiefer ins Feld hinein, indem er die Stämme der Pflanzen sacht auseinanderbog und die brennenden Fußsohlen vorsichtig aufsetzte; bei jedem Rascheln und Knistern, das der Morgenwind verursachte, blieb er stehen und horchte.

Und dann entdeckte er die beiden Augen, die ihn unbeweglich und lauernd anstarrten – nicht aus gewohnter Höhe, sondern von unten her, sie befanden sich knapp einen Meter über dem Boden, Wächteraugen, die jede seiner Bewegungen wahrnahmen. Kai versteifte, wartete regungslos, ohne daß Berni sich zu voller Größe erhob; dann sagte er mit kalter und beherrschter Stimme: Warum hast du das getan? Jetzt richtete Berni sich auf, trat jedoch nicht auf ihn zu, so daß zwischen ihnen immer noch ein paar Maisstauden standen. Warum, wiederholte Kai, sag, warum? Wovon redest du, fragte Berni flapsig und fügte in gleichbleibendem Ton hinzu: Was soll ich getan haben? Du hast das Staubrett rausgezogen, sagte Kai, du hast es getan. Hast du es gesehen, fragte Berni. Du weißt, was passiert, wenn man das Staubrett wegnimmt, sagte Kai, du hast es dir gut ausgedacht.

Berni trat einen Schritt zurück, es sah so aus, als wollte er fliehen, und um ihn nicht entkommen zu lassen, sprang Kai auf ihn zu, er schnellte durch die Pflanzen und packte den Mann mit einem einzigen Griff an den Aufschlägen der dünnen Jacke. Heftig zog er ihn an sich, drehte die Hand, die den Stoff preßte, fuhr ruckend mit ihr empor, als wolle er den schmächtigen Mann vom Boden heben, und auf einmal schlug er zu, herausgefordert durch den abschätzigen Blick, der ihn traf. Es waren kurze, erbarmungslose Schläge, die Bernis Gesicht hin und herwarfen, die ihn aufstöhnen und zusammensacken ließen, wobei er sich an Kais Arm klammerte. Nicht ein einziges Mal versuchte er, sich zu wehren. Speichel floß über sein Kinn, aus einer aufgeplatzten Lippe trat Blut. Um sie herum knickten und brachen Maisstengel, und als Berni zu Boden glitt, riß er noch mehrere Pflanzen um. Mechanisch, wie um sich gegen weitere Schläge zu schützen, legte Berni beide Hände vor den Kopf und saß so, ohne einen Laut, während Kai erbittert über ihm stand, schwer atmend und für eine Weile unentschlossen, was er tun sollte; schließlich aber packte er ihn an den Schultern und stellte ihn auf die Beine. Er sagte:

Sei froh, daß ich es nur bin, und daß nicht Vater dich erwischt hat. Sieh mich an, hörst du, sieh mich an, sagte er befehlend und dann, unerwartet versöhnlich: Versprich mir, daß du dich nie wieder bei uns blicken läßt. Berni schwieg, und in seinen verengten Augen lag ruhiger Haß. Versprich es mir, wiederholte Kai und sah, erstaunt und ohne eine Erklärung dafür zu finden, daß Berni lächelte. Willst du nicht oder kannst du nicht, fragte Kai, und Berni darauf mühsam: Es gibt da noch was zu regeln, eine ganze Menge sogar; wenn du mehr wissen willst, nimm dir Ute vor, die kann dir bestimmt was erzählen. Kai packte seinen Arm und fragte: Was kann sie mir erzählen, los, sag schon, was? Doch statt zu antworten, musterte Berni ihn mit einem langen, haßerfüllten Blick und ging dann unsicher an ihm vorbei, die Pflanzen mit den Armen teilend, die er wie einen keilförmigen Pflug vor der Brust zusammenlegte.

Zuerst sah er noch, wie der Mais sich hinter Berni schloß, dann blieb nur ein Rascheln, das schwächer und schwächer wurde und schließlich erstarb. Bevor er die Lichtung im Feld verließ, guckte er noch einmal auf die niedergetretenen Pflanzen und sah es neben einem Stengel blinken und bückte sich danach. Er hat es nicht gebraucht, dachte Kai, er hat es fallen lassen und nicht gebraucht, und er ließ die Klinge des Springmessers zurückschnellen und steckte es in die Tasche.

41

Ohne seine Hilfe konnte Sophie die Wanne nicht verlassen; zwar hatte der siedende, reißende Schmerz in den Gelenken nachgelassen, zwar hatte sie in dem warmen, von Rheuma-Öl grün gefärbten Wasser das Gefühl, auch allein über den

Wannenrand steigen zu können, doch weil sie wußte, daß dies ein trügerisches Gefühl war – nie würde sie den schweren Sturz vergessen –, blieb sie geduldig sitzen und wartete auf ihn. Wie leicht sich die Knie beugen ließen, und wie gut ihr die Greifbewegungen gelangen, die die knotigen Finger unter Wasser probierten! Die linke Schulter war fast völlig schmerzfrei; nur am Hüftknochen stach es heiß und nadelfein, sobald sie den massigen Körper zur Seite drehte. Immer wenn sich dieser Schmerz in Erinnerung brachte, ließ sie ein wenig warmes Wasser nachlaufen und saß still da und glaubte seine unmittelbare Wohltat zu spüren. War der Schmerz besänftigt, griff sie sich das auf dem Hocker bereitliegende Frotteetuch und trocknete ihr schweißnasses Gesicht.

Als Frank klopfte und eintrat, konnte sie ihm sagen, daß es ihr besser ginge, und nicht nur dies: Sophie war gewiß, daß es, wie sie meinte, nun für ein paar Tage reichte. Frank nickte ihr mutmachend zu, er wußte, wie kurzlebig diese Gewißheiten waren. Hinter ihr, am Kopfende der Wanne stehend, krempelte er die Hemdsärmel auf, schob seine Arme unter Sophies Achseln, wobei seine Wange ihren Kopf berührte, und während sie sich gleichzeitig abdrückte, hob er den schweren Körper an, hob so sachte und gefühlvoll, daß sie nicht ein einziges Mal zusammenzuckte oder gar aufstöhnte. Frank hielt inne, zufrieden darüber, daß Sophie aufrecht in der Wanne stand, dennoch ließ er sie nicht los, sondern legte eine Hand als Stütze auf ihre Hüfte. Und jetzt wie immer, sagte er und trat seitlich an die Wanne und krümmte seinen Rücken, bereit, die Last aufzunehmen, und Sophie umschlang von hinten seinen Hals und beugte sich langsam auf ihn herab, bis sie auf ihm lag. Sie winkelte die Beine an. Gleich haben wir's, sagte er, gleich, Sophie, und behutsam rückte er von der Wanne ab.

Ihre Knie schlugen gegen den Wannenrand, nicht hart, nicht heftig, aber doch so hörbar, daß er selbst einen unbestimmten Schmerz verspürte, der sich noch vertiefte, als Sophie leise aufschrie. Dann setzte er sie auf dem Hocker ab und legte ein großes Handtuch um ihre Schultern. Sophie atmete schwer. Sie lächelte Frank dankbar zu und streifte einmal seine Hand, bevor er begann, ihren Rücken trockenzureiben. Das ist wieder mal geschafft, sagte sie erleichtert und fügte hinzu: Nun gibt's Frieden für ein paar Tage.

An seinen Bewegungen merkte sie, daß ihn etwas beschäftigte, er arbeitete nicht wie sonst, so kraftvoll, daß die Haut sich erwärmte; einmal ließ er sogar seine Hand auf ihrer Schulter ruhen, kaum fühlbar, wie gedankenverloren. Sie wandte sich nicht zu ihm um, registrierte nur aufmerksam die lockere und zerstreute Art seiner Behandlung; sie wußte, daß er von allein reden würde, wie er es immer getan hatte, wenn die Zeit gekommen war. Aber dann war es doch Sophie, die zuerst sprach; als sie den Kopf senkte und den Rücken wölbte und zu lange auf seine Berührung wartete, fragte sie: Ist was, Frank, ist was passiert? Und nun sah sie über die Schulter zu ihm auf und suchte seinen Blick und erkannte sofort, daß es nichts gab, worüber sie sich Sorgen machen mußte. Halt dich fest, Sophie, sagte Frank langsam, du wirst es nicht glauben, aber man hat uns was geschenkt, man hat uns ein großes Geschenk gemacht. Wer, fragte Sophie. Willy, sagte Frank; er machte eine Pause und fuhr dann fort: Wir tranken Tee zusammen, und als er aufstand, legte er etwas neben meinen Teller und sagte: Ihr werdet's brauchen, und ging hinaus. Zehntausend Mark, Sophie. Mehr hat er nicht gesagt, fragte Sophie. Kein Wort mehr, sagte Frank. Ungläubig schüttelte Sophie den Kopf und sammelte etwas vom Stoff des Handtuchs und knetete ihn mit den Fingern. Dann fragte sie: Hast du ihm schon gedankt? Noch nicht, sagte Frank, von Dank wollte er nichts hören. Gut, sagte Sophie, wir werden beide zu ihm gehen, und nachdenklich sagte sie auch: Dann hat Willy sich gewiß entschieden, dann verläßt er uns wohl bald; wenn das man nicht als Abschiedsgeschenk gedacht ist. Frank wollte ihr nicht beipflichten; immer noch verwundert und gedankenverloren legte er von neuem das Handtuch um Sophie, klopfte ihr leicht auf die Schulter, und nachdem er ihr geraten hatte, sich mit dem Abtrocknen zu beeilen, verließ er den Raum.

42

Eine Gruppe von Rettungsschwimmern, hochgewachsene, schmalhüftige Burschen, führte auf dem kaum bewegten Fjord und unter verhangenem Himmel ihr Können vor, bestaunt und beklatscht von einem dünnen Band von Zuschauern, die das Ufer säumten. Ihr Beifall drang bis zu Willy hinauf, dem der Kellner den letzten freien Fenstertisch im »Kanton« überlassen hatte, einen Tisch mit »Panorama-Ausblick«, von dem aus er, ohne sich drehen und verrenken zu müssen, die Vorführungen beobachten konnte. Trotzdem verfolgte er das Geschehen draußen nicht mit dauerhafter Aufmerksamkeit; nachdem er zugesehen hatte, wie ein Mann, der einen betrunkenen Angler im Schlauchboot spielte, ins Wasser stürzte und von einem Rettungsschwimmer schulmäßig – also in Rückenlage, wobei beide Hände den Kopf des Verunglückten über Wasser hielten – an den Strand gebracht wurde, widmete er sich den beiden Ansichtskarten, die er am Tresen ausgewählt hatte. Eine zeigte eine historische Bunzlauer Teekanne mit kugeligem Bauch, dazu üppige Bunzlauer Teetassen, die andere, von einem alten Stich abgenommen, veranschaulichte eine erwartungsvolle Andacht, mit der sich bärtige russische Teetrinker um einen Samowar gesetzt hatten. Nach kurzer Unentschiedenheit beschloß Willy, die Karte mit den russischen Teetrinkern an Tony zu schicken.

Er nahm einen Schluck von dem rauchigen Souchong, den der Kellner gebracht hatte, aß einen Aniskeks, dann stellte er sich Tony in seiner bescheidenen Werkstatt vor, im Islandpullover, mit vorgebundener Schürze, und ohne überlegen zu müssen, mit all der Sympathie, die er für den Jungen empfand, versicherte er ihm, daß er oft an ihn denke, auch hier, im Tal der Erinnerung – nicht zuletzt, weil er in den vergangenen Tagen Schuhe getragen habe, die nur einem Meister gelingen. *Wirklich, Tony*, schrieb er, *die Schuhe, die Du für mich gemacht hast, sind einfach ideal, man vergißt, daß man sie an den Füßen hat*. Er erwähnte auch sein Mißgeschick, gab aber zu, daß er selbst schuld daran gewesen sei, weil er die Schnürsenkel nicht gebunden hatte. In seiner klaren, raumsparenden Handschrift ließ er durchblicken, daß die Tage in Barglund allem Anschein nach gezählt seien; ein unverhofftes Erlebnis habe ihn in die Lage gebracht, einen neuen Anfang zu erwägen, vielleicht werde es schon bald ein Wiedersehen geben. *Wenn ein Kennzeichen des Glücks eine bestimmte Besorgnis ist, dann bin ich glücklich. So erwartungsvoll, wie die Russen auf ihren Samowar blicken,* schrieb er zum Schluß, *sehe ich unserer nächsten Begegnung entgegen, und bis dahin grüße ich Dich in Dankbarkeit.*

Die zweite Karte hatte er Thekla zugedacht, doch bevor er schrieb, schaute er durch das Fenster, angezogen durch ein knatterndes Motorengeräusch. Ein Hubschrauber verharrte dort wenige Meter über dem Wasser, das sich unter der Gewalt schlagender Rotoren riffelte, und im Zentrum der bewegten Oberfläche tauchte eine Gestalt auf, warf die Arme hilfesuchend empor, sackte weg, tauchte abermals auf, und in diesem Augenblick sprang aus dem Hubschrauber der schwarzgekleidete Retter. Schon hatte er den Hilfesuchenden gepackt, und während er ihn mit einer Hand über Wasser hielt, griff er mit der anderen nach dem Seil, das von dem Hubschrauber herabhing; es war ein Rettungsseil, an dessen Ende sich ein Sitzbrett befand, auf das beide, Retter und Geretteter, sich hinaufkämpften. Eng umschlungen, unter dem Beifall der Zuschauer, ließen sie sich von einer Winde emporziehen.

Willy blickte noch dem langsam davonknatternden Hubschrauber nach, als eine Hand sich auf seine Schulter legte; er wandte sich um und sah in Corinnas lächelndes Gesicht. Eine plötzliche Freude erfüllte ihn; sogleich stand er auf und bot ihr den freien Stuhl an, doch sie wollte sich nicht setzen, wollte ihn nicht beim Schreiben stören; erst nachdem er ihr versichert hatte, daß es nur Grüße waren, die er auf den Weg bringen wollte, nahm sie neben ihm Platz. Statt auf seine Frage: Wie kommst du hierher, zu antworten, griff sie in ihren Beutel und fischte wortlos eine Cellophanhülle mit Ausweisen und gefalteten Papieren heraus und legte sie auf den Tisch. Sag bloß, du hast alles wiederbekommen, murmelte Willy erstaunt. Nicht alles, sagte Corinna, das Geld fehlt. Immerhin hat er die Ausweise in einen Briefkasten geworfen; die Post hat sie zur Polizei geschickt, und da durfte ich sie mir abholen. Belustigt schüttelte sie den Kopf und sagte: Muß ein merkwürdiger Typ sein, Herr Wittmann, hier, lesen Sie mal. Corinna zog einen Zettel aus der Hülle, faltete ihn auseinander und reichte ihn Willy; in Blockbuchstaben stand da: *Liebe Corinna, hab mir lange dein Bild auf dem Ausweis angeguckt. Hat nicht viel gefehlt, und ich hätte Dir alles zurückgebracht. Leider herrscht in meiner Kasse Ebbe, darum muß ich Dich bitten, mir mit deinem Kapital auszuhelfen. Nichts für ungut.* Was sagen Sie dazu, Herr Wittmann?

Willy bat sie, ihm ihre Kennkarte zu zeigen, er nahm sie in die Hand und betrachtete das Foto und verglich es forschend mit dem Original, nicht flüchtig, sondern geruhsam und wie darauf aus, zu ermitteln, wie weit Foto und Original sich entsprachen, und nach freimütiger Inspektion – nie zuvor hatte er es gewagt, Corinnas Gesicht so eingehend zu mustern – mußte er feststellen, daß das Paßfoto nicht allzu vorteilhaft war. Dennoch, sagte er und gab ihr den Ausweis zurück, dennoch hätte ich an seiner Stelle alles zurückgebracht, und zwar umgehend. Danke, sagte Corinna, amüsiert über seine Höflichkeit.

Sie winkte dem Kellner. Sie hatte Hunger und bestellte eine Pizza, doch da diese im »Kanton« nicht geführt wurde, empfahl ihr der Kellner, einmal das englische Teegebäck zu versuchen, das sei solide. Corinna war einverstanden, und sie nickte dankbar, als Willy ihr zu diesem Gebäck Milchtee bestellte und darum bat, die Blätter mit kochender Milch aufzugießen.

Draußen auf dem Fjord heulte ein Motor auf, ein flaches Rennboot entfernte sich vom Strand, im Schlepp ein Surfbrett, auf dem ein Mann im Clownskostüm balancierte und turnte, ein Virtuose seines Sports, wie sich gleich zeigte, der Unbeholfenheit, Furcht und Tolpatschigkeit vollendet vorführte. Auf einem Bein schoß er dahin, drehte sich, schnitt in riskanten Bogen die Heckwellen, parodierte fröhlich einen Schlittschuhläufer; bei dem Versuch jedoch, einen Salto zu schlagen, stürzte er ins Wasser und kam nicht wieder zum Vorschein. Mit schnellen Kraulschlägen näherten sich zwei Rettungsschwimmer der Unglücksstelle, sie tauchten nach dem übermütigen Pechvogel, und als der Fjord für einen Moment leer und gleichgültig dalag, tastete Corinna unwillkürlich nach Willys Arm. Keine Sorge, sagte Willy, es geht gut aus, es muß gut ausgehen. Und dann wurden die Retter auch schon wieder sichtbar und mit ihnen der Clown, der sich still und willenlos zum Strand ziehen und auf den Sand hinaufschleppen ließ, wo er liegenblieb wie leblos.

Jetzt führen sie eine Wiederbelebung vor, sagte Willy, und Corinna ergänzte: Bestimmt auch Mund-zu-Mund-Beatmung. Alles, was dazugehört, sagte Willy. Er bot ihr einen Aniskeks an, doch Corinna überhörte sein Angebot; erregt und mit sanftem Schauer beobachtete sie die Retter, die sich nach vorschriftsmäßigem Pumpen und Pressen bei der Mund-zu-Mund-Beatmung abwechselten, so lange, bis der Clown zum Leben erwachte, spaßhaft, aber auch bang die Funktion seiner Gliedmaßen ausprobierte, plötzlich aufsprang und sich gemeinsam mit seinen Rettern für den Beifall bedankte.

Corinna fragte, ob er sich auch zutraute, einen Fremden von Mund zu Mund zu beatmen, und Willy gab zu, daß es ihm nicht leichtfiele, doch er war sicher, daß er es fertigbrächte, wenn es das letzte Mittel wäre, um jemanden wiederzubeleben. Der Kellner trat an ihren Tisch und servierte, die Bestellung wiederholend, Milchtee und englisches Gebäck und wünschte Corinna guten Appetit.

Corinna bedauerte noch einmal, daß es im »Kanton« keine Pizza gab, Pizza wäre ihr Lieblingsessen, und sie selbst hielt sich für eine gute Pizzabäckerin; Freunde hatten es ihr noch jedesmal bestätigt. Auf einmal, als sei es ihr gerade eingefallen, blickte sie ihn erwägend an und sagte, daß sie ihn, wenn er Lust dazu hätte, gern zu einer Pizza einladen würde, sie müsse nur vorher wissen, was er lieber äße: Salami oder Sardinen oder einfach Gemüse. Wenn Sie wieder bei uns sind, Herr Wittmann, brauchen Sie es mir nur zu sagen – hätten Sie Lust? Willy zögerte mit seiner Antwort, dann aber sagte er: Wir wollen es uns überlegen, und sagte gleich darauf: Wir sollten es nicht aus den Augen verlieren.

Wiederum heulte auf dem Fjord ein Motor auf, das Rennboot schleppte eine türbreite Holzplatte an, auf der sechs Rettungsschwimmer eine Pyramide darstellten, eine schwankende Figur, die die kabbelnden Wellen des Heckwassers parieren mußte. Corinna entspannte sich erst, als die Leine losgeworfen wurde, die Pyramide sich auflöste, und die Plattform schwappend zum Strand trieb. Gutgegangen, sagte sie, und schreckte plötzlich auf und blickte auf Willys Uhr. Ist etwas, fragte er. Dirk und Beate, sagte Corinna; ich hatte ihnen versprochen, vorbeizukommen, bestimmt warten sie schon auf mich. Eilig stand sie auf und bat Willy um Entschuldigung für den überstürzten Aufbruch, doch Bruder Dirk – sie nannte ihn wieder Bruder Dirk – habe sich eigens ein paar Stunden freigehalten. Willy konnte seine Enttäuschung nicht verbergen; in Gedanken hatte er bereits ein vages Programm entworfen, das mit einer gemeinsamen Heimfahrt enden sollte. Schade, sagte Willy und sah ihr nach, wie sie, die Blicke der Gäste auf sich ziehend, forsch durch das Lokal ging und ihm von der Tür her noch einen Gruß zuwinkte.

Er winkte dem Kellner und bestellte ein Kännchen chinesischen Schwarztee. Am Ufer des Fjords zerstreuten sich die Zuschauer; auf dem grauen Wasser setzten Möwen ihr unterbrochenes Streitgespräch fort. Willy betrachtete die Ansichtskarte mit der Bunzlauer Teekanne, die er Thekla zugedacht hatte, und las noch einmal seinen Text an Tony und vertiefte sich in die Gesichter der Russen vor ihrem Samowar. Erwartungen, dachte er, jeder mit seinen Erwartungen. Er legte die beiden Karten aufeinander, steckte sie in seine Jackentasche, wandte sich dem Fjord zu und ließ seinen Blick über das jenseitige Ufer streifen, das mit seinem Schilfgürtel und den bewaldeten Hängen und Wiesen Einsamkeit versprach.

43

Ja, Mutter, ich weiß, daß er ans Ministerium geschrieben hat, daß er um die Genehmigung gebeten hat, zwölf Kormorane abzuschießen – zwölf, um unsere Existenz zu sichern. Ich kenne auch die Antwort, die er bekam, er selbst hat mir den Brief gezeigt, er sagte nur: Lies das mal, Kai, und ich war nicht überrascht, daß die Behörde sein Gesuch ablehnte und ihn darauf hinwies, daß er eine Ausgleichszahlung beantragen könnte. Es wundert mich, daß er überhaupt geschrieben hat, vermutlich hat er es nur getan, um dich zu beruhigen, oder – weil er mit dieser Antwort gerechnet hat – um uns allen zu beweisen, daß wir selbst für uns sorgen müssen.

Kai blickte in ihre müden Augen, die ihn nur gleichmütig ansahen, und nach einer Weile fuhr er fort: In seiner Selbstgerechtigkeit hört er auf keinen mehr; es fehlt nicht viel, und er wird seinen eigenen Kleinkrieg führen, ganz offen. Ja, er ist so weit, daß er jede Vorsicht aufgegeben hat. Du hättest ihn gerade erleben müssen, unten am Torfstich, du hättest sein Gesicht sehen müssen. Als die beiden Schüsse fielen, bin ich gleich hingerannt, und er stand da, mit dem Karabiner im Anschlag, und zielte auf etwas, das im Dunst trieb. Er guckte nicht einmal auf, als ich mich neben ihn stellte; es hätte ihn wohl ebensowenig interessiert, wenn in diesem Augenblick Holmsen oder Gott weiß wer aufgetaucht wäre. Er zielte auf einen Baumstumpf, der da im Dunst schwamm und dessen aufragende Wurzel ihn wohl an den Hals eines Kormorans erinnerte, zwei Schüsse hatte er bereits abgefeuert, und in seinem blinden Haß und seiner Besessenheit fragte er sich nicht einmal, warum das Ziel, wenn es schon nicht wegflog, dann zumindest nicht untertauchte oder seine Form veränderte. Daran, daß das Ziel sich nicht veränderte, hätte er doch erkennen müssen, daß es nichts Lebendiges war. Ich fragte ihn, ob er hier ein Übungsschießen auf einen harmlosen Baumstumpf veranstalte, da feuerte er ein drittes Mal, und die Kugel durchschlug die Wurzel und knickte sie. Als ich ihm zu dem Treffer gratulierte, wandte er sich von mir ab und ging, den Karabiner immer schußbereit, am Ufer entlang, er rundete das Ufer aus, bis er sein Ziel von hinten sehen konnte.

Ich war ihm nachgegangen und sah wie er, daß da nichts hinter dem Baumstumpf schwamm, wie er es vermutete. Er wollte es nicht glauben. Er war überzeugt davon, daß er einen Kormoran entdeckt und auf ihn geschossen hatte, und er war sicher, daß sich das verwundete Tier hinter dem Baumstamm versteckte. Jetzt sagte Sophie: Frank hat schon immer mehr gesehen als andere; auch wo nichts ist, da sieht er was. Darum hat er auch den Schilfgürtel durchstöbert, sagte Kai, hat geplanscht und gescheucht, weil er dachte, daß das Tier sich dort verborgen hielt, aber da zeigte sich auch nichts, und dann hat er lange und mißtrauisch den Baumstumpf beobachtet, gerade als hielte er ihn für einen Kormoran. Als ich ihn dann fragte, ob ich den Karabiner ins Versteck bringen sollte, hat er nur den Kopf geschüttelt und gesagt, daß es seine Sache sei, und danach hat er das Magazin nachgefüllt, ohne Eile, ohne daran zu denken, daß jemand die Schüsse gehört haben könnte. Wenn du mich fragst – er hat sich da in etwas hineingesteigert, das ihn verändert hat. Ich kann verstehen, daß er verbittert ist und zornig, mir geht es ähnlich, aber bei ihm ist noch etwas hinzugekommen, was mir Sorge macht: seine Bedenkenlosigkeit. Die müden Augen Sophies, die, solange er redete, nicht auf ihn gerichtet waren, bekamen einen traurigen, gequälten Ausdruck; nun sah sie ihn an und sagte: Sprich nicht so von Vater. Er ist nicht bedenkenlos. Er tut nichts andres, als das zu verteidigen, wovon wir hier gelebt haben und noch leben wollen. Und er tut es mit den Mitteln, die ihm gegeben sind.

44

Sie treidelten das Zugnetz durch den Teich, und dann halfen alle mit, die Fische, die nicht zusammengehörten, zu sortieren. Auch Willy und Corinna standen auf dem Damm neben den mit Wasser gefüllten Bottichen und sahen zu, wie das Netz, senkrecht gehalten von roten Korkstücken, über den Grund wanderte, zur Schleuse hin, wo, nachdem das Staubrett entfernt worden war, der Schwall einschießenden Wassers die Karpfen zu den Forellen gebracht hatte. Je näher sie der Schleuse kamen, desto lebhafter wurde der Aufruhr im Teich; das wimmelte und schnellte sich empor, einigen Fischen gelang es zwar, über das Netz zu springen, die meisten jedoch, verschreckt durch die drohende Annäherung des Netzes, flohen zur Schleuse hin, wo Frank und Kai sie umgarnten. Mit breitmäuligen Keschern stiegen beide in das brausende Wasser und brachten mit jedem Zug schlappende Beute heraus, die sie schnell vorsortierten und zum weiteren Verlesen zur Böschung des Damms hinaufreichten. Am geschicktesten zeigte sich Ute; sie griff beidhändig in die Fischleiber und schnappte sich oft genug gleich zwei Karpfen auf einmal und setzte sie in die Bottiche, während Corinna, zaghaft und ein wenig beklommen, jeden einzelnen Fisch mit beiden Händen packte und einen heiteren Schreckensruf ausstieß, wenn der glatte Körper sich in ihren Fingern krümmte. Ließ sie einmal einen Fisch fallen, dann griff Willy zu und setzte ihn mit besonderer Behutsamkeit in einen Bottich.

Willy war mit Freude beim Sortieren, einer Arbeit, die ihm nicht unbekannt war; wie von selbst mußte er an die zurückliegende Zeit denken, in der Wolkenbrüche und anhaltender Regen die Teiche so anschwellen ließen, daß ihr Wasser die Dämme überspülte und einen Damm sogar brechen ließ, worauf Friedfische und Raubfische gewaltsam zusammenfanden im unteren Gewässer. Auch damals mußten sie die Fische sortieren und in die für sie vorgesehenen Teiche zurückbringen, und Willy erinnerte sich daran, daß ihm seinerzeit keiner der Erwachsenen erklären konnte, warum Raubfische immer Raubfische bleiben würden, selbst wenn man versuchte, sie zu Friedfischen hinzuzüchten. Das ist man eben so, hatte sein Vater gesagt, und eine andere Erklärung wollte er ihm nicht geben.

Nachdem sie die Bottiche entleert, das Zugnetz geborgen und Frank und Kai ihre Wathosen ausgezogen hatten, gingen sie alle zum Haus hinab, wo Sophie mit Kaffee und geschmierten Broten auf sie wartete. Sie waren noch dabei, im Eingang ihre Schuhsohlen zu säubern, als Frank sagte: Fangt ruhig schon an, und über den Flur in Kais Zimmer ging, in das nach wenigen Augenblicken auch Ute und der Junge traten – Ute mit gesenktem, wachem Gesicht, das Kummer, aber auch einen heimlichen Trotz verriet. Kai trat unwillkürlich an die Seite seines Vaters, beide standen mit dem Rücken zum Fenster und waren für Ute, die das Licht traf, nur als Silhouetten wahrnehmbar. Sie setzten sich nicht. In ihrem Schweigen lag etwas Forderndes. Einmal nickte Kai seiner Schwester zu, doch sie reagierte nicht, und nach einer Weile sagte er, und seine Stimme war bemüht und freundlich: Erzähl es, Ute, erzähl es auch Vater; es ist gut, wenn er es von dir hört.

Jetzt hob sie das Gesicht, nicht ängstlich oder schuldbewußt, sondern selbstsicher und so gelassen, als hätte sie sich nichts vorzuwerfen oder als ginge das, was geschehen war, nur sie allein an. Sie blickte weder Kai noch ihren Vater an, sondern sah über beide hinweg. Obwohl sie die ungeduldige Erwartung der Männer spürte, glaubte sie sich Zeit nehmen zu können mit ihrem Bekenntnis. Doch dann fragte Frank: Stimmt es, daß du es getan hast? Und weil sie sofort wußte, was er meinte, sagte sie: Ja, ich hab sie rausgelassen, seine Tiere. Auf Franks anklägerische Frage: Weißt du auch, was das bedeutet, antwortete sie nicht direkt, es schien, als hätte sie es zu keinem Zeitpunkt für nötig erachtet, die Bedeutung ihres Tuns zu bedenken. Sie sagte nur: Ich wollte zu ihm, es war dunkel, und er hat nicht mit meinem Besuch gerechnet. Da hab ich's gesehen. Und dann hab ich die Nerze freigelassen. Was hast du gesehen, fragte Frank unerbittlich, und Ute darauf: Daß ihm nicht zu trauen ist, daß alles gelogen war. Es war also jemand bei ihm, und du hast sie beobachtet, sagte Frank. Ute nickte und sagte mit einer Stimme, die immer unsicherer wurde: Er hat sein Versprechen nicht gehalten. Frank sah sie verständnislos an, dann lachte er einmal kurz auf und erinnerte sie daran, wie oft er sie gewarnt hatte. Er sagte: Gut, du wolltest nicht auf uns hören. Du hast darauf bestanden, deine eigenen Erfahrungen zu machen, und als dann eintrat, was wir dir prophezeit hatten, da hast du dich postwendend gerächt, bist hingegangen und hast die Käfige von seinen Stinkern aufgemacht, um es deinem Berni heimzuzahlen. Ich weiß, daß ich's nicht hätte tun sollen, sagte Ute, aber als ich's gesehn hab und den Beweis hatte, da mußte ich's machen, nach allem, was ich für ihn getan hab, mußte ich es. Klar, sagte Frank, nach allem mußte er einen Denkzettel bekommen.

Und dann trat er an sie heran, so nah, daß sie seinen Atem auf ihrer Wange fühlte, und ruhig und wohlberechnet, als sollte sie sich jedes einzelne Wort einprägen, machte er ihr klar, warum der Denkzettel, den sie Berni verpaßt hatte, unangenehme Folgen für sie haben könnte. Du hast Spuren hinterlassen, sagte er. Du hast noch mehr getan, um seinen Verdacht gleich auf dich zu lenken. Du hast ihm, wie Berni selbst meint, die Existenzgrundlage entzogen, sagte er, und fügte hinzu: Du hast nicht bedacht, daß dein Denkzettel ziemlich kostspielig für uns werden könnte, denn nun hat uns der kleine Halunke in der Hand. Er hat uns wirklich in der Hand. Ich sehe schwarz, wenn er mit seiner Drohung ernst macht. Was er uns angetan hat, ist verjährt. Aber dein Denkzettel kann uns noch zu schaffen machen.

Je länger er sprach und je ausgiebiger er ihr die Folgen ihres Tuns vorhielt, desto deutlicher spürte Ute seine mühsame Beherrschtheit – einen Zustand, vor dem sie sich schon immer gefürchtet hatte. Sie wich seinem Blick aus. Erschrocken über Bernis Drohung, von der sie zum ersten Mal erfuhr, wagte sie es nicht, etwas zu ihrer Verteidigung zu sagen; zu dürftig kamen ihre Gründe ihr vor, zu einseitig angesichts der Konsequenzen, die sie in ihrer Verzweiflung nicht bedacht hatte und die sich nun in ihrer Schwere zu erkennen gaben. Ein

Zittern überlief ihren Körper; instinktiv wandte sie sich um und sah zur Tür und dachte, wenn er mich anschreit, gehe ich, dann gehe ich sofort. Aus den Augenwinkeln bemerkte sie, daß Kai sich an die Fensterbank lehnte und die Beine übereinanderlegte, und an dieser Geste der Entspannung erkannte sie, daß man noch nicht fertig war mit ihr; das Zeichen, das Kai ihr mit der Hand gab, ein Zeichen der Beschwichtigung, übersah sie. Als überraschend die Tür geöffnet wurde, als Sophie von der Schwelle her fragte: Wann kommt ihr endlich, trat ihr Frank entgegen und sagte nur: Wir sind gleich fertig, und schloß selbst wieder die Tür. Jetzt blieb er hinter Ute stehen.

Noch bevor er etwas sagte, wußte Ute, daß er etwas ausgebrütet und sich etwas zurechtgelegt hatte, das er nun noch einmal überprüfte in seinem schlauen, unerbittlichen Denken. Und dann schien er so weit zu sein und trat vor sie hin und sagte: Ich hoffe, dir ist klar, was du uns eingebrockt hast. Wenn es zu einem Prozeß kommt, sind wir die Verlierer. Siehst du das ein? Ute rührte sich nicht, wie gelähmt stand sie da in einer Haltung willenloser Ergebenheit, unfähig, zu antworten. Er sagte: Wir müssen uns schon genug krummlegen, und wenn wir den Prozeß verlieren – und wir müssen ihn verlieren –, dann steht uns das Wasser am Hals. Hast du das begriffen? Diesmal antwortete Ute mit schwachem Kopfnicken. Gut, sagte Frank, immerhin hast du das begriffen, und weil du das schon eingesehen hast, wirst du auch kapieren, daß wir den Prozeß vermeiden müssen.

Und nun hör zu, was ich dir sage: du wirst zu ihm gehen, zu deinem Berni, und wirst ihn in aller Form um Entschuldigung bitten. Nein, sagte Ute schnell und entschieden, und auffahrend noch einmal: Nein. Frank war nicht überrascht, seine Augen, die leicht gerötet waren, schienen sogar zu lächeln, und mit ruhiger, kalter Stimme wiederholte er: Du wirst ihn um Entschuldigung bitten und ihm dann beibringen, was er dir angetan hat. Auch du kannst ihm eine Rechnung aufmachen. Nein, sagte Ute wieder, ich geh nie mehr zu ihm, ich will nichts mehr mit ihm zu tun haben. Sie griff nach einer Stuhllehne und hob den Blick, um nicht ihren Vater ansehen zu müssen, der auch diese Weigerung so hinnahm, als hätte er sie vorhergesehen. Seine Stimme war immer noch ruhig und kalt, aber auch nicht ohne Freundlichkeit, er sagte: Wir sind uns einig über ihn, uns wird er nichts mehr vormachen. Glaub nicht, daß wir nicht wissen, was wir von dir verlangen. Aber er hat uns wirklich in der Hand. Kai ist da derselben Meinung wie ich. Jetzt ist es tatsächlich so weit gekommen, daß er uns vor Gericht bringen kann.

Kai drückte sich vom Fenster ab und ging zu ihr und umfaßte ihren Unterarm, er wartete, bis Ute ihm ihr Gesicht zuwandte und sagte: Ich hab alles mit Vater besprochen, er hat recht. Wenn Berni vor Gericht geht, können wir ganz schön in die Klemme kommen. Und geduldig auf sie einsprechend, forderte er sie auf, hinzugehen und sich zu entschuldigen; dabei würde sie zumindest erfahren, was Berni vorhat, außerdem könne sie bei ihrer Entschuldigung etwas geltend machen, das ihn veranlassen müßte, sich selbst zu rechtfertigen. Und während er weitersprach in seinem sanft überredenden Tonfall – er gab ihr zu verstehen, daß jeder mal über seinen Schatten springen muß –, begannen ihre Lippen zu zucken, und Tränen traten in ihre Augen; dennoch ersparte er ihr nicht den Hinweis, daß sie ein Recht hatten, so etwas von ihr zu erwarten. Schließlich tust du es ja nicht für dich allein, sondern für uns alle.

Ute blickte ihn aus verschleierten Augen an, nicht mehr selbstsicher und widerspruchsbereit; etwas Flehendes lag in ihrem Blick, eine endgültige Verzagtheit, die erkennen ließ, daß sie sich abgefunden hatte oder zumindest keinen Ausweg für sich sah. Frank bemerkte es, er sagte: Fang nicht an zu flennen, wir wollen gleich Kaffee trinken. Nach dem Kaffee wird Kai dich zu ihm bringen, und damit nichts passiert, wird er auf dich warten. Kommt jetzt, ich bin durstig. Er stieß die Tür auf, und Kai legte Ute einen Arm um die Schulter und zog sie mit sich.

Es gelang Sophie nicht, ihnen gleichmäßig die Tassen zu füllen; noch während sie goß, mußte sie innehalten, die Kanne zurückstellen, geschüttelt von einem stoßweisen, glucksenden Lachen, das sie nicht unterdrücken konnte. Mit einer Hand wedelte sie dabei vor ihrer Stirn, gerade so, als müßte sie die Vorstellung vertreiben, die sie so erheiterte. Ihre Blicke verrieten, daß Willy ihr den Anlaß zur Heiterkeit gegeben hatte, denn sobald sie ihn über den Tisch hinweg ansah, hoben sich auch schon ihre Schultern, und sie schüttelte amüsiert den Kopf. Willy war weder verlegen noch gekränkt, es schien ihm sogar zu gefallen, daß er Sophie einen Grund geben konnte für ihre Heiterkeit, und als sich fragende und erstaunte Blicke auf ihn richteten, machte er nur eine präsentierende Geste gegen Sophie, als hätte sie allein das Recht, die Stimmung zu erklären. Und nach einer Weile, immer wieder den Kopf schüttelnd, sagte sie: Die Zunge. Stellt euch vor, alle in der Firma nennen Willy nur die Zunge. Corinna hat es mir gerade erzählt. Ich hab schon manchen Spitznamen gehört, aber daß einer Zunge genannt wird, finde ich zu gediegen. Wieso, fragte Frank, wieso soll es gediegen sein? Das Wertvollste, was Willy seiner Firma zur Verfügung stellt, ist nun mal seine Zunge, mit ihr bringt er ihnen mehr ein, als er es mit seinem Kopf oder seinen Händen tun könnte. Willy lächelte; er wußte, wie sie ihn in der Firma nannten, und er ertrug es nicht nur, sondern war auch einverstanden mit diesem Spitznamen, der seine Arbeit ins Bild brachte. Was ihm immer noch Rätsel aufgab, war der geheimnisvolle Weg, auf dem der Name in die Firma gefunden hatte; zum ersten Mal bekam er ihn vor langer Zeit in Colombo verpaßt, auf einer Auktion.

Und Willy erzählte aus einer anderen Welt, beschrieb ein komfortables hölzernes Hotel, in dem die Teekoster aus Europa wohnten, und schilderte einen Abend, an dem die empfindlichen Spezialisten, gutgelaunt nach zufriedenstellenden Abschlüssen, einen scherzhaften Wettbewerb veranstalteten. Sie, die jedes Aroma bestimmen, jeden Duft identifizieren, jede Herkunft, Farbe und jeden Geschmack benoten konnten, stellten einander Aufgaben, die es in sich hatten. Mich jedenfalls konnte keiner reinlegen, sagte Willy, und zum Schluß verliehen mir die Kollegen den Titel Mr. Tongue. Wie der Name mir nachgereist ist: ich werd's wohl nie herausbekommen. Ja, Willy, sagte Sophie, du bist weit herumgekommen, du hast viel erlebt.

Auf einmal fiel ihr Blick auf Ute, die teilnahmslos auf ihrem Stuhl saß und aus verengten Augen vor sich hinsah, ohne zu trinken, ohne zu essen. Ihre Hände lagen glatt auf den Schenkeln, ihr Rücken stemmte sich gegen die Stuhllehne, ihr ganzer Körper hatte eine merkliche Steifheit angenommen, so daß sie den Eindruck machte, wie befohlen und verwarnt dazusitzen, in Erwartung weiterer Befehle. Was ist, Kind, fragte Sophie, willst du nicht essen? Ute blieb in unveränderter Haltung sitzen, sie dankte nicht einmal Corinna, die eine Marmeladenschnitte auf ihren Teller legte. Wir sind auch noch da, sagte Sophie und versuchte, Utes Blick auf sich zu ziehen, die aber auch jetzt unerreichbar erschien, abgelenkt wie von einer Aufgabe, die sie offenbar vergessen ließ, wo sie sich befand.

Willy musterte Ute besorgt, und als er überraschend mit einer kleinen flatternden Geste ihre Aufmerksamkeit gewann, wußte er nichts anderes zu tun, als ihr freundlich zuzuzwinkern. Es sollte nur ein Zeichen der Sympathie sein, doch zu seiner Bestürzung füllten sich Utes Augen mit Tränen; wortlos stand sie auf, legte, um sich zu stützen, einen Augenblick eine Hand auf Corinnas Schulter und verließ den Raum. Bevor noch ein Wort am Tisch gesprochen wurde, gab Frank dem Jungen ein Zeichen, es war nicht mehr als ein sparsames Nicken, und Kai wußte sogleich, was von ihm erwartet wurde. Achselzuckend und mit einem Ausdruck der Bekümmerung folgte er Ute nach draußen.

45

Er bestand darauf, sie hinzufahren, und in der Stille des Mittags zog er sie zu dem Transporter, der im Schatten des Schuppens stand, und half ihr beim Einsteigen, wobei er ihr noch einmal versicherte, daß es gut und angebracht sei, wenn er mitkäme. Zu gefügig, um ihm zu widersprechen, wollte sie gar nicht wissen, warum es gut und angebracht sei; sie kletterte gehorsam auf die mit Brandflecken gesprenkelte Sitzbank und starrte mit unbeweglichem Gesicht auf den Sandweg, der ihr, solange sie denken konnte, noch nie unzumutbare Anstrengungen abverlangt hatte, und den sie auch diesmal hinaufgegangen wäre bis zur geteerten Chaussee und dann, bei stetigem Gefälle, weiter bis zu dem löchrigen Weg, der zur Kate hinführte. Kai fuhr langsam. Was zu sagen war, war nicht nur gesagt, sondern oft genug wiederholt worden. Ute hatte die Vorhaltungen, die Ermahnungen und Ermutigungen immer stiller und widerstandsloser hingenommen, obwohl sie ihnen bis zuletzt ihr erklärtes Einverständnis vorenthalten hatte. Durch ihr Schweigen allein hatte sie ihnen angedeutet, daß sie zu tun bereit war, was von ihr verlangt wurde.

Baumschatten huschten über ihre Gesichter, als sie durch den lichten Wald zur Teerstraße hinauffuhren. Krähen, die an einem überfahrenen Kaninchen herumhackten, flogen bei ihrer Annäherung nicht weg, sondern hüpften nur zum Straßenrand. Die warme Luft, die durch die geöffneten Seitenfenster hereinströmte, brachte einen sanften Harzgeruch mit; er kam von den geschnittenen und geschichteten Stämmen, die auf ihre Abfuhr warteten. Einmal, als sie über Holzbohlen fuhren, mit denen ein Graben abgedeckt war, gab es einen grummelnden Gewitterlaut, und in der Annahme, sie beschwichtigen zu müssen, beklopfte Kai Utes Hand. Auf der Teerstraße fuhren sie rascher; hier sprach Kai zum ersten Mal, er sagte: Ich werde auf dich warten und bring dich wieder nach Hause; und auch auf diese Ankündigung reagierte sie nicht. Mehrmals musterte er sie aus den Augenwinkeln, der Ausdruck ihres Gesichts blieb unverändert. Kai überlegte, ob er ihr Kommen mit einem Hupsignal ankündigen sollte, doch nachdem er auf den löchrigen Weg abgebogen war, auf dem der Transporter rumpelte und ächzte und seinen eigenen Lärm machte, hielt er es für unnötig. Das schiefe Holztor stand offen. Kai fuhr im Schritt-Tempo weiter bis zu dem aufgeblockten Mühlstein und stellte den Motor ab.

Auf der Holztreppe vor der Kate saß Berni; saß da in seinem buntgemusterten Baumwollhemd und aß, zumindest bis zu dem Augenblick, in dem er den Transporter erkannte. Jetzt legte er, langsam, ohne hinzusehen, Brot und Wurst in das aufgeschlagene Papier neben sich, zog instinktiv die Beine wie zum Sprung an und blinzelte in die spiegelnde Windschutzscheibe. Er wußte sofort, wessen Wagen es war, der unerwartet auf seinen Grund fuhr, doch er konnte nicht erkennen, wer vorn auf der Sitzbank saß. Ohne sich den Besuch erklären zu können, wachsam und fluchtbereit lauerte er darauf, was geschehen würde, und schien nicht verwundert, daß die Wagentür nicht sogleich geöffnet wurde. Unbewegt verharrte er, bis auf einmal Ute ausstieg; da richtete er sich auf und sah ihr abwartend entgegen. Nach ein paar Schritten forderte er sie auf, stehenzubleiben. Sie gehorchte. So laut, daß Kai es hören konnte, fragte er: Wer ist im Auto? Kai, sagte Ute. Was will er hier, fragte Berni, und, da Ute nicht gleich antwortete, wiederholte er seine Frage. Dann aber sagte sie prompt: Er hat mich gebracht. Er soll verschwinden, sagte Berni, schnell, sag ihm, daß er verschwinden soll. Einen Moment stand Ute ratlos da, sie überlegte, ob sie zum Auto zurückkehren oder Kai nur ein Zeichen geben sollte, doch der Junge, der Bernis Auftrag bereits verstanden hatte, nahm ihr die Entscheidung ab; er startete den Motor, wendete nicht, sondern fuhr langsam rückwärts davon.

Beide, Berni und Ute, lauschten dem Motorengeräusch, bis es von der Teerstraße nur noch als heiseres Jiffeln herüberdrang und schließlich erstarb. Ute, die sich schnell vergewisserte, daß Kai auf sie wartete, blieb stehen, wo sie stand; gehemmt durch Bernis mißtrauische, wachsame Haltung, riskierte sie es nicht, weiter auf ihn zuzugehen, und so wollte er es anscheinend auch haben, denn er forderte sie mit keinem Wort auf, näherzukommen. Er nahm sich Zeit, sie zu betrachten in ihrer Unbeholfenheit und Unterlegenheit, ihm entging nicht, daß, je länger er sie stehen ließ, ein peinigendes Gefühl ihr zu schaffen machte. Dann aber wollte er wissen, warum sie gekommen sei, und nun machte sie einige Schritte auf ihn zu, wagte es aber nicht, vor ihn hinzutreten. Sie sagte stockend: Es war nicht recht, was ich getan habe. Ich möchte dich um Entschuldigung bitten.

Anscheinend hatte Berni dies erwartet, er war nicht überrascht, und als wollte er ihren Bekenntnissatz auf seinen Wert prüfen, wiederholte er ihn leise für sich und lachte einmal kurz auf. Dann fragte er: Und was noch? Bringst du mir die Tiere zurück? Ute warf den Kopf zurück, biß sich auf die Lippen und hielt seinen vorwurfsvollen und fordernden Blick leichter aus, als sie es sich vorgestellt hatte – obwohl sie das Bedauern über das, was sie getan hatte, in diesem Augenblick schmerzhafter empfand als je zuvor. Ist das der einzige Grund, warum du gekommen bist, fragte er. Ja, sagte Ute, und Berni darauf: Gut, ich nehme es zur Kenntnis; ich nehme zur Kenntnis, daß du dich entschuldigt hast. Das hörte sich so an, als gebe es von ihm aus nichts mehr zu sagen, und als wolle er den Eindruck bestätigen, daß das Gespräch tatsächlich für ihn beendet sei, ließ er sich auf die Holztreppe nieder und blickte auf sein Frühstück, rührte es jedoch nicht an. Während er den Kopf zur Seite wandte, sah Ute, daß seine Lippe aufgeplatzt, seine Wange geschwollen war; auch über dem Jochbein machte sie eine Schwellung aus, die sich dunkel verfärbt hatte. Sie sagte: Wenn du nicht mehr reden willst, kann ich ja wieder gehen. Er nickte gleichmütig, sah sie dann mit schlecht gespieltem Erstaunen an und sagte: Worüber sollen wir noch reden? Du hast mir die Existenzgrundlage genommen, du hast dich dafür entschuldigt, damit dürfte alles klar sein. Ute starrte ihn entgeistert an, beleidigt von seiner kurzgefaßten, ungerechten Auslegung; sie stand nicht mehr schuldbewußt und unterlegen vor ihm, schien nicht mehr bereit, nur noch Bittstellerin zu sein; zu gewaltsam spürte sie ihre Enttäuschung, ihren Zorn und die Verzweiflung jenes Abends zurückkehren. Sie zitterte so, daß sie, als müßte sie sich zur Ruhe zwingen, ein Handgelenk umfaßte und es preßte; dennoch war ihre Stimme frei, als sie sagte: Auch du hättest einen Grund, dich zu entschuldigen, Berni, auch du. Denk nur an das, was du mir versprochen hast. Ich hab alles getan, was du wolltest; ich hab dir mehr geglaubt als denen zu Hause.

Ute merkte, daß er sie aufmerksam betrachtete, und sie fuhr fort: Du weißt, wie die zu Hause über dich gedacht haben und was sie dir nachsagen. Ich gab nichts drauf. Ich glaubte es besser zu wissen – bis zu diesem Abend, an dem ich zum letzten Mal was für dich riskiert habe. Und, fragte Berni, weiter, red weiter. Er lächelte, nicht spöttisch und überlegen, sondern bekümmert, als wüßte er bereits, was sie sagen und was er gleich bagatellisieren würde, mit Worten, die er sich schon vor ihrem Erscheinen für alle Fälle zurechtgelegt hatte. Also, fragte er. Ich hätte es bestimmt nicht getan, sagte Ute, aber dann hab ich euch gesehen, und ich mußte daran denken, was du mir versprochen hast, nicht nur einmal, sondern immer wieder versprochen hast – da hab ich die Käfige aufgemacht. Siehst du, sagte Berni, und das war dein Fehler; du bist einfach übergeschnappt. Du und deine Leute, ihr freßt alles in euch hinein und ladet euch auf, bis ihr den Druck nicht aushaltet und dann explodiert. Warum hast du nicht geklopft an jenem Abend? Warum hast du nicht gerufen? Ein Wort von dir, und Silke hätte ihre Sachen genommen und wäre verschwunden. So überraschend, wie sie aufgekreuzt ist, so klanglos wäre sie auch weggefahren. Ich hatte sie nicht eingeladen. Sie war auf einmal da, und damit du auch das weißt: inzwischen ist sie nicht wieder hiergewesen, und sie wird auch in Zukunft nicht wiederkommen. Und nun überleg dir, was du uns erspart hättest, wenn du einfach ins Haus gekommen wärst; wir hätten uns sofort ausgesprochen, und du hättest eingesehen, daß alles nur ein lächerlicher Zufall war.

Ute sah ihn lange aus ernsten Augen an und sagte dann: Silke trug dein Hemd, das du auch jetzt anhast. Wirklich, fragte Berni belustigt und meinte achselzuckend: Vielleicht hatte es geregnet, vielleicht war sie naß geworden, und ich hab ihr vorübergehend mein Hemd geliehen, das will ich nicht abstreiten. Und plötzlich setzte er sich auf, sein Gesicht nahm einen anklägerischen Ausdruck an, und in einem Tonfall, in dem weniger Strenge als Bedauern lag, sagte er: Also das war Grund genug für dich, hinzugehen und die Tiere freizusetzen; überleg dir mal, weil Silke mein Hemd trug, glaubtest du das Recht zu haben, die Tiere freizulassen, die Farm zu zerstören. Erzähl das mal einem vernünftigen Menschen; versuch nur mal, das irgend jemand begreiflich zu machen, oder besser, damit vor Gericht durchzukommen; man wird nur den Kopf schütteln über dich und dir, wenn du Glück hast, mildernde Umstände zuerkennen.

Ute wandte sich um, blickte wie hilfesuchend über den Weg zur Teerstraße hinüber, wo Kai auf sie wartete. Sie konnte sich aber nicht entschließen, einfach davonzugehen. Ihre Lippen öffneten sich, sie dachte nicht mehr an den Auftrag, mit dem sie hergekommen war, dachte jetzt nur, zittrig und verstört, an den dunklen Abend, an dem sie von Käfig zu Käfig ging, die Splinte herauszog und, um die argwöhnisch lauernden Tiere zur Flucht zu bewegen, mit flacher Hand auf das Drahtgitter schlug.

Während sie sich mit dem Handrücken über die Augen wischte, hörte sie Bernis Stimme und glaubte im ersten Augenblick an eine Sinnestäuschung: Komm her, setz dich hin; und als sie sah, daß er das Papier mit seinem Frühstück zur Seite schob und einen Platz auf der Holztreppe für sie frei machte, folgte sie widerstrebend und ohne ihn anzublicken seiner Aufforderung. Sie hörte ihn sagen: Was geschehen ist, ist geschehen, und hörte ihn noch einmal und etwas leiser sagen: Nun wollen wir sehen, wie alles weitergeht, ob mit dem Ende etwas Neues anfängt.

Eine Weile saßen sie schweigend und gespannt nebeneinander, darauf bedacht, jede Berührung zu vermeiden. Dann aber fragte Ute: Hast du das Staubrett aufgezogen? Berni antwortete nicht gleich, er seufzte auf, griff ihr unters Kinn und zwang sie, ihn anzuschauen, und mit einer Stimme, die seinen Ärger nicht verbergen konnte, sagte er: Das hat mich schon einer gefragt, komisch, er wollte sogar wissen, daß ich's gewesen bin. Dein Bruder braucht nämlich keinen Beweis, er handelt schon auf Verdacht. Aber er wird's bereuen, ich sag dir, er wird's noch bereuen. Die Nähe seines zerschlagenen Gesichts ließ sie zurückschrecken, sie fragte: Hast du Schmerzen? Er machte eine unbestimmte Bewegung, als wüßte er nicht, ob die Schmerzen noch erwähnenswert waren; danach betupfte er die aufgeplatzte Lippe, nur, um zu prüfen, ob sie noch blutete. Sag deinem Bruder, daß er hier nichts verloren hat, murmelte Berni, sag ihm, daß ich ihn nicht mehr sehen will auf meinem Grund. Ute gab nicht zu erkennen, ob sie diese Warnung weitergeben würde, sie mußte an ein gewisses Zusammentreffen mit Kai denken, sie dachte: er hat den Nerz überfahren, in der Dämmerung, als er nach Hause kam, hat das Tier plattgefahren und gleich vermutet, daß es Berni gehörte, aber er hat nicht gewußt, daß ich es war, die die Tiere befreit hat; vielleicht hätte er dann nicht so schadenfroh geklungen. Unterwandert von dem Gedanken, daß sie damals blind vor Zorn und Enttäuschung gehandelt hatte, beunruhigt von dem Gefühl, Berni Unrecht getan zu haben, entsann sie sich schuldbewußt wieder des Auftrags, den Kai und ihr Vater ihr gegeben hatten; sie mußte erfahren, was Berni vorhatte.

Und darum bedauerte sie noch einmal, was geschehen war, und fragte dann, wie sie es wieder gutmachen könnte, und Berni wußte darauf nur eine Antwort: Die Rechnung kann man erst zustellen, sagte er, wenn der ganze Schaden ermittelt ist. Aber du, fragte sie, was hast du vor? Ihr werdet's erfahren, sagte er, ihr werdet's zeitig genug erfahren, und Ute überhörte nicht, daß er sie alle einbezog. Sie stand auf, blickte einmal schnell zu dem wartenden Transporter auf der Teerstraße und dann auf Berni, der gleichmütig die Achseln zuckte. Hör zu, Berni, sagte sie plötzlich, ich hab Geld, ich hab es gespart, wenn du willst, bring ich es dir. Er sah überrascht zu ihr auf und fragte: Wieviel? Etwas über sechshundert Mark, sagte Ute und fügte gleich hinzu: Es soll nur für den Anfang sein. Berni lächelte und winkte uninteressiert ab und sagte: Behalt es mal schön. Nach und nach könnte ich dir mehr geben, sagte Ute, alles, was du berechnest; wir könnten es unter uns abmachen. Früher konnten wir das, sagte Berni, früher haben wir manches unter uns abgemacht, jetzt haben sich die Bedingungen geändert. Ute zögerte einen Augenblick, fragte dann aber doch: Willst du uns vor Gericht bringen? Berni schwieg, ohne ihrem Blick auszuweichen; da wandte Ute sich um und ging grußlos davon, rasch und immer rascher; doch bevor sie noch das Tor erreicht hatte, rief Berni sie zurück. Als sie wieder vor ihm stand, sagte sie nicht mehr als: Ja? Er lächelte. Er musterte sie freimütig, und stockend, als sei er seiner noch nicht ganz sicher, sagte er: Ich hab's mir gerade überlegt – vielleicht sollten wir es doch unter uns ausmachen, vielleicht hast du recht. Es gab ja mal eine Zeit, in der wir uns aufeinander verlassen konnten. Gut, ich bin einverstanden mit deinem Vorschlag, ich werde morgen auf dich warten. Ute sagte darauf nichts, nickte ihm nur einmal kurz zu und verließ den Garten, und er blickte ihr unverwandt nach, bis sie in den wartenden Transporter stieg.

46

Wogend und hüpfend kam die Schulklasse den Sandweg herab ins Tal, umgeben von einer dünnen Staubwolke, die sich in der windlosen Luft nur langsam senkte und Gras und Blätter puderte. Von seinem Fenster aus sah Willy sie herabkommen in lockerem Zug, vielfarbig gekleidet, rangelnd, stöckchenschwingend, in der Mitte die Lehrerin, eine hochgewachsene, blonde Frau, die mit jeder Hand die Hand eines Mädchens hielt. Pfiffe tönten, gellende Rufe, die bis zu ihm heraufdrangen, einige Jungen flitzten um den Zug herum, umkreisten ihn wie Hirtenhunde die Herde und retteten sich voreinander hinter nahen Bäumen. Im Zwinger schlugen die Hunde an. Bei der Weggabelung drängte die Lehrerin nach vorn, gab ein Haltesignal, scharte die Kinder um sich und sprach auf sie ein mit mahnend erhobenem Zeigefinger. Noch bevor der Zug sich weiterbewegte, trat Frank aus dem Haus, brachte die Hunde zum Schweigen und blickte seinen Besuchern entgegen. Als Willy sah, wie vertraut er die Lehrerin begrüßte und dann auch Sophie zur Begrüßung herausrief, verließ er sein Zimmer und schlenderte den Pfad hinab, angezogen von der fröhlichen Unruhe, mit der die Klasse auf die bevorstehende Führung wartete.

Von Sophie hatte er erfahren, daß dieser Besuch bevorstand und daß sie wieder mal ein Ausflugsziel waren wie in manchem Jahr zuvor; er hatte außerdem erfahren, daß Frank sich nur deshalb für die Klasse Zeit nahm, weil der Bruder der Lehrerin – sie hieß Käte Conrady – der Besitzer des Landgasthauses Munkeby war, einer von Franks treuesten Kunden. Sophie hatte geglaubt, daß Willy die Lehrerin kennen müßte von gemeinsamer Schulzeit her, doch er konnte sich nicht an sie erinnern, auch ihr Mädchenname sagte ihm nichts. Daß sie ihren Mann hatte begraben müssen, der an Krebs gestorben war, erwähnte Sophie mit Anteilnahme. Willy zweifelte nicht, daß, wie er auch erfuhr, Frau Conrady eine sehr beliebte Lehrerin war.

Als gehörte er dazu, schloß Willy zu der Klasse auf, die ungeduldig in den Schuppen hineindrängte, wo Frank bereits vor dem Spalier der Glashäfen stand und, nachdem er die Kinder zur Vorsicht angehalten hatte, erklärte, was sich da steigend und sinkend bewegte: nadelfeine Forellenbrut und Winzlinge, die einmal Spiegelkarpfen werden wollten, und ganz kleine Schleien, die wenig Lust haben, zu wachsen. Frank forderte sie auf, sich vorzustellen, daß jedes Fischchen aus einem Ei geschlüpft sei und daß es gefüttert werden müsse und reines Wasser brauche – jahrelang. Zur Freude der Kinder erlaubte er einigen von ihnen, Futter in die Glashäfen hineinzukrümeln, in denen sogleich ein Aufruhr entstand: das schnappte und schlang und suchte mit Futterstücken vor der Gier der anderen zu entkommen, und die Kinder fuhren mit ihren Fingern über die dicken Glaswände und versuchten, die gefräßige Brut zu irritieren. Während Frank über das Wachstum der Fische sprach, betrachtete Willy das Gesicht der Lehrerin. Es ließ Sanftmut vermuten, eine verständnisvolle Nachgiebigkeit, obwohl ihr Blick kühl und unbeirrt wirkte. Willy versuchte, sich dieses Gesicht jung zu denken, er bemühte sich, es wiederzufinden auf dem Grund seiner Erinnerung, doch er konnte sich nicht entsinnen, es jemals gesehen zu haben. Einmal begegneten sich ihre Blicke, und ihm schien, als musterte sie ihn nach einem angedeuteten Gruß noch einmal, als wolle sie sich vergewissern; danach aber legte sie gleich ihre Arme um die Schultern zweier kleiner Mädchen und hörte Franks Erklärungen zu. Frank versprach gerade allen Kindern eine Fischschuppe und schärfte ihnen ein, die Schuppe aufzuheben und bei sich zu tragen, denn wer eine Schuppe besitzt, behauptete er, hat auch immer Taschengeld.

Nach dem Anschauungsunterricht im Schuppen drückte Willy sich an die Seite des Eingangs und wartete auf die Lehrerin. Frank machte sie miteinander bekannt, er sagte: Mein Bruder Willy – Frau Conrady, und er sah mit Erstaunen, daß die Lehrerin länger als üblich Willys Hand hielt. Sie sagte: Endlich lerne ich Sie auch mal persönlich kennen, und da Willy sie darauf nur fragend anblickte, erklärte sie, daß sie ein Foto von ihm besitze, auf dem er zusammen mit ihrem Mann abgebildet sei, mit Matthias – ob er sich seiner erinnere? Selbstverständlich, sagte Willy, Matthias, aber ja, wir waren Klassenkameraden. Für ihn waren Sie mehr, sagte die Lehrerin, das Foto stand auf seinem Schreibtisch, aber vermutlich haben Sie es nicht einmal gewußt. Matthias, gewiß, sagte Willy und erinnerte sich schwach an einen eigenbrötlerischen Jungen, der bei jeder Gelegenheit seine Nähe suchte. Schon im Abwenden und damit beschäftigt, die aus dem Schuppen herausdrängenden Kinder zu lenken, sagte die Lehrerin noch: Er scheint Sie bewundert zu haben.

Dann gingen sie, die Kinder im Schlepptau, zu den überdachten Bassins, in denen die Fische lauernd gegen die Strömung standen und sich, beunruhigt durch Schritte und Schatten, hin- und hertreiben ließen und Verstecke suchten hinter algenbewachsenen Steinen. Während Frank erzählte, daß hier die Sportfischer ihren Besatz für Teiche und Seen einkauften – er zeigte den Kindern auch die Ballons, in denen die Fische transportiert wurden –, versuchte Willy, sich seinen ehemaligen Klassenkameraden genauer zu vergegenwärtigen, seine Erscheinung, seine Stimme, seine Eigenart, doch es gelang ihm nicht, dem verschwommenen Bild, das er von Matthias Conrady hatte, schärfere Kontur zu geben. Das seltsam späte Bekenntnis aber hörte nicht auf, ihn zu beschäftigen.

Willy mischte sich unter die Kinder, die beim Anblick der Besatzfische Fragen stellten; sie wollten wissen, was ein Fisch kostet und wieviel man verdienen kann, wenn man alle Fische auf einmal verkauft; es interessierte sie, wie die Fische gefangen und wie sie totgemacht werden, und ein Junge wollte erfahren, wer auf die Fische aufpaßt, wenn Frank und dessen Familie auf Urlaub führen. Frank antwortete bereitwillig, er nannte sogar Zahlen und stellte den Kindern dann Aufgaben und ließ sie ausrechnen, mit wieviel Forellen man ein Paar Schuhe zum Preis von hundertfünfzig Mark bezahlen müßte – zur Freude der Lehrerin. Aber er stellte den Kindern auch Fragen, er erkundigte sich, wer von ihnen einmal Fischer oder Teichwirt werden wollte, und er schien weder überrascht noch verwundert, daß fast alle Jungen und sogar zwei, drei Mädchen die Hand hoben. Als hätte er dieses Resultat vorausgesehen, lächelte er nur still. Später, beim Gänsemarsch zu den Teichen hinauf, fragte Willy die Lehrerin, ob sie nicht erstaunt sei über die große Zahl angehender Fischer und Teichwirte unter ihren Schülern, und die Lehrerin sagte: Im Frühjahr haben wir eine

Töpferei besucht; beim Abschied wollten achtzig Prozent der Kinder Töpfer werden. Ähnlich war es auch nach unserem Werftbesuch: fast alle Kinder hatten Lust, einmal Schiffbauer zu werden. Und nach einer Pause sagte sie: Das ist ein Vorzug der Kindheit, man kann seine Wahl oft widerrufen; mit dem Älterwerden verringern sich dann die Möglichkeiten. Aber mir kommt es nicht darauf an, daß die Kinder gleich eine Wahl treffen – das geschieht doch nur spontan und spielerisch –, sondern daß sie sich vom Augenschein begeistern lassen, durch den Augenschein wird ihnen die Welt geöffnet.

Sie bat Willy um Entschuldigung und verwarnte einen Jungen, der eine Papierkugel in den Teich schnippte, dann sagte sie: Außerdem ist es für die Kinder eine Art Lebenskunde; sie lernen früh, wovon die Menschen leben und wofür. Und Sie glauben, daß die Kinder genug verstehen, fragte Willy. Sie verstehen es anders als Sie und ich, sagte die Lehrerin, sie verstehen es auf ihre Weise, mit ihren Möglichkeiten. Auch wenn es noch kein Ernstfall für sie ist – sie fühlen sich angeregt, zu vergleichen und ihre eigenen Neigungen zu entdecken. Und wann beginnt der Ernstfall, fragte Willy. Die Lehrerin sah ihn verblüfft an, gerade so, als sei sie sich nicht im klaren, was er mit dieser Frage beabsichtigte, dann aber sagte sie: Wenn man eingesehen hat, daß man Leben nicht erfinden kann und nur die Wahl hat zwischen vollendeten Tatsachen.

Sie trotteten hinauf zu der mächtigen Buche, an deren Fuß der Bach austrat; hier erklärte Frank den Kindern, daß das ganze System seiner Teiche nur bestehen konnte, weil es im Innern der Erde große, dunkle Ströme gibt, und weil ein Ausläufer solch eines Stroms sich hier ans Licht hob, kühles, sauberes Wasser, in dem die Fische sich wohlfühlten. Er forderte die Kinder auf, mit der Hand Wasser zu schöpfen und ein wenig zu trinken und ihm zu sagen, wonach es schmeckte. Sogleich tauchten viele schmutzige Hände in den Bach, führten das Wasser zum Mund: schmatzend suchten die kleinen Koster den Geschmack zu bestimmen und fanden zu Urteilen, in denen sich vor allem die Phantasie feierte: Nach Modder schmeckts, nach Stachelbeeren, nach Bückling. Da lenkte Frank ihre Aufmerksamkeit auf Willy und erzählte, daß er dafür berühmt sei, alles aus einer Flüssigkeit herausschmecken zu können, das sei ein Beruf, und danach bat er Willy, den Kindern zu sagen, was das Wasser enthielt.

Der war einen Augenblick unentschlossen, spielte dann jedoch mit und verkündete den ungläubigen und ratlosen Kindern, daß das Wasser ein bißchen nach Eisen schmecke, ein bißchen nach Kalk und nach Natrium. Sofort probierten die Kinder noch einmal und guckten ihn an und glaubten ihm nicht. Nachdem Frank ihnen dann noch erklärt hatte, wieviel die Fische den Pflanzen und die Pflanzen den Fischen zu verdanken haben, gab er das Signal zu einem Frühstück bei der Räucherkammer, und die Klasse schwärmte hinab, über den Damm, an den Kopfweiden vorbei und an den Erlen. Willy und die Lehrerin gingen nebeneinander. Sie fragte ihn, ob es zutreffe, was sein Bruder über seinen Beruf gesagt hatte, und Willy bestätigte es. Dann sind Sie Teekoster, sagte die Lehrerin. So ist es, sagte Willy, erstaunt über die prompte Bestimmung. Das muß ein aufregender Beruf sein, sagte die Lehrerin, ein aufregender und wunderbarer Beruf; ich stelle mir vor, daß es geradezu detektivische Freude macht, das Aroma der Stoffe zu erforschen. Es ist ein stiller Beruf, sagte Willy, und nach einer Pause: Man muß sich vorbereiten, und man muß warten können. Worauf, fragte die Lehrerin. Daß es sich erschließt, sagte Willy, daß sich ein Aroma in seiner Reinheit zu erkennen gibt;

dafür gibt es gute und schlechte Tage. Mitunter kann schon eine Stimmung das Urteil beeinflussen. Das Wichtigste aber: man muß trennen können, man muß ein Aroma, dem man nachspürt, von anderen Überlagerungen und unerwünschten Verbindungen befreien können; denn rein findet sich in dieser Welt nichts, Reinheit ist immer verborgen.

Die Lehrerin blickte ihn prüfend von der Seite an und fragte: Wenn Sie erlauben, Herr Wittmann – wie kommt man zu diesem Beruf? Wie qualifiziert man sich für ihn? Willy zuckte die Achseln, er sagte: Das hat man mich oft gefragt, genau weiß ich's auch nicht, sicher ist nur: man muß immerfort probieren, und man muß verwandeln, das, was man schmeckt, in ein Bild verwandeln. Übrigens hat auch der Gaumen sein Gedächtnis, so wie die Haut und das Auge ihr eigenes Gedächtnis haben.

Die Lehrerin rief einige Jungen, die anscheinend unter den Erlen etwas gefunden hatten und sich stritten und miteinander rangelten; doch da die Kinder sich weiter stritten, seufzte sie nur auf und entschuldigte sich und sagte: Vielleicht dürfen wir Sie einmal besuchen, an Ihrem Arbeitsplatz. Für die Klasse wäre es bestimmt ein Erlebnis, und für mich auch. Ob es sich wohl einrichten läßt? Warum nicht, sagte Willy und wußte, daß es nie dazu kommen würde, aber vorerst gibt es noch gewisse Schwierigkeiten, Umstellungen, Veränderungen in der Firma – vielleicht später einmal, wenn die Kinder etwas älter geworden sind. Nach jedem Besuch schreiben wir einen Aufsatz, sagte die Lehrerin, wir würden es auch nach einem Besuch in Ihrer Firma tun. Bisher war noch jeder darüber erstaunt, wie offen die Sinne der Kinder sind und wieviel sie mitnehmen. Vielleicht, sagte Willy, vielleicht, wenn die Zeit gekommen ist.

Unten an der Räucherkammer stand Sophie hinter einem Klapptisch, auf dem zwei Holzkisten mit Bruchfisch lagen;

aufgeplatzte, kopflose, zerdrückte Forellen, deren Haut verschrumpelt oder eingerissen war, so daß das blasse rosafarbene Fischfleisch offenlag; doch neben dieser unverkäuflichen Räucherware schimmerten auch ein paar heile goldbraune Fische in den Kisten, die Sophie, rasch die Zahl der Kinder überschlagend, dazugelegt hatte. Ein Wort genügte, und die Klasse formte sich zu einer Reihe, jedes Kind bekam einen Pappteller, mit dem es an den Klapptisch herantrat und sich von Sophie die noch warmen Fische geben ließ, deren Fleisch manchmal unter dem Druck der hölzernen Zange von der Gräte fiel.

Die Kinder zerstreuten sich, setzten sich auf die Erde und begannen zu essen, und ihr plötzliches Schweigen bewies, daß es ihnen schmeckte. Willy schlenderte zwischen ihnen hindurch, lächelte ihnen zu, freute sich beim Anblick der Gruppe, die, offenbar weil sie entdeckt hatte, daß noch einige Fische in den Kisten lagen, um die Wette aß, den Blick unverwandt auf den Tellern der anderen. Hinter der kalten Feuerstelle, im Schatten der rostenden Tonne, hockte ein Junge mit stumpfblondem Haar und einem ältlich wirkenden, genügsamen Gesichtsausdruck, ein Einzelgänger, der bedächtig und genußvoll das Fischfleisch von der Hauptgräte löste. Als Willy vor ihm stehen blieb, faßte er in die Hosentasche, fischte ein silbernes Kettchen heraus und sagte: Gucken Sie mal, was ich gefunden hab. Willy erkannte Corinnas Kettchen auf den ersten Blick, er ließ es sich reichen, befühlte den Anhänger, die lauschende Eidechse, ordnete das Kettchen auf flacher Hand zu einem Kreis, und während er es betrachtete, fiel ihm unwillkürlich ein, wie sehr Corinna der Wachsamkeit ihres Talismans vertraute. Er fragte: Wo? Wo hast du das gefunden? Der Junge rutschte um die Tonne herum und deutete auf die dichte Bauminsel, die Erlen: Da, unter den Bäumen. Es gehört meiner Nachbarin, sagte Willy, vermutlich hat sie es verloren. Der Junge schien ihn nicht verstanden zu haben, wortlos, nur mit der fordernden Geste seiner ausgestreckten Hand, verlangte er das Kettchen zurück. Was hältst du davon, wenn wir beide es ihr bringen, fragte Willy. Es gehört mir, sagte der Junge, ich hab es gefunden. Sicher, sagte Willy, und weil du es gefunden hast, steht dir auch Finderlohn zu, eine Belohnung. Der Junge dachte nach und fragte dann: Wieviel? Als schätzte er seinen Preis, wog Willy das Kettchen in der Hand und sagte: Eine Mark bestimmt. Wieder dachte der Junge nach und entschied schließlich: Zwei Mark. Sogleich zog Willy sein Portemonnaie heraus, suchte die verlangte Münze, fand aber unter lauter Groschen nur ein Fünfmarkstück, das er zunächst zögernd und erwägend zwischen den Fingern hielt und dann doch dem Jungen gab, in der Vorfreude auf den Augenblick, in dem er Corinna den verlorenen Talisman, unter dessen Schutz sie sich glaubte, mit einer eigenen Forderung nach Finderlohn zurückbringen würde. Der Junge warf einen schnellen Blick auf die Münze und behielt sie in der Hand und drückte sie, bis sie heiß wurde. Es bleibt aber unter uns, sagte Willy, und der Junge darauf: Mhmmm.

Nachdem sie gegessen hatten, lieferten sie die Pappteller ab, und die Lehrerin versammelte die Klasse vor dem Klapptisch und dankte Frank und Sophie für die Stärkung. Und dann flüsterte sie mit den Kindern, ermahnte, überredete sie zu etwas, scharte sie dicht um sich und lenkte ihre Aufmerksamkeit auf ihr Gesicht. Allmählich starrten alle sie gebannt an. Die Lehrerin hob die Arme, und auf ein Zeichen begannen die Kinder zu singen.

Sie sangen eifrig und hingebungsvoll, zum Dank für die Gastfreundschaft; es war ein fröhliches Lied, bei dem sie einander spaßhaft lockten und drohten und in Abständen ihre

Hände klatschend zusammenschlugen. Willy, der hinter Frank und Sophie stand, suchte den kleinen Finder und sah, daß auch er sang und es jedesmal geschickt vermied, seine Hand gegen eine andere Hand zu klatschen.

Weit hinter den Kindern, auf dem Weg, der zum Torfstich hinführte, tauchte ein uniformierter Mann auf, der sich langsam näherte, und der mitunter, als lausche er dem Gesang, stehenblieb, wobei er seine Mütze, mit der er sich beim Gehen Luft zufächelte, ruhig vor dem Koppel hielt. Gerade als Willy Frank ein Zeichen geben wollte, merkte er, daß sein Bruder den Uniformierten schon entdeckt hatte, offenbar aber nicht bereit war, sich um ihn zu kümmern. Erst nachdem die Kinder ihr Lied beendet hatten – Sophie dankte ihnen und lobte sie und lud sie ein, wiederzukommen –, wandte er sich ihm zu, ohne allerdings mehr zu tun, als ihm ruhig entgegenzublicken. Gehemmt kam Henning Holmsen näher, ihm war anzusehen, daß er lieber zu einem anderen Zeitpunkt hier erschienen wäre. Die vielen Blicke, denen er ausgesetzt war, irritierten ihn, dennoch ließ er sich nicht davon abhalten, nach einem flüchtigen Gruß in die Runde an Frank heranzutreten und ihn zur Seite zu nehmen. Er sprach auf Frank ein, zeigte ihm etwas, nickte zum Torfstich hinüber, und straffte sich und stand da, als bestehe er auf einer Erklärung. Anscheinend forderte Frank ihn auf, zu warten, denn Holmsen schlenderte zu den überdachten Bassins, lehnte sich dort an einen Pfeiler, starrte ins Wasser und zeigte Geduld.

Beim Abschied von der Lehrerin wirkte Frank gelassen, er hielt es nicht einmal für nötig, auf Holmsens Anwesenheit einzugehen. Die angekündigten Aufsätze erwartete er mit Spannung und versprach, sie so bald wie möglich zu lesen; schließlich sagte er: Vielleicht erfahre ich etwas, das mir vor lauter Nähe entgangen ist. Dann umdrängten ihn die Kinder, und er mußte viele Hände schütteln und wunderte sich, wieviel seinen kleinen Gästen daran gelegen war, sich persönlich von ihm zu verabschieden. Willy beobachtete es mit Freude, auch er mußte einige Hände schütteln, auch ihm wollte man danken. Noch bevor er sich von der Lehrerin verabschiedete, beschloß er, sie nach dem Foto zu fragen, das sie erwähnt hatte, er wollte sie bitten, eine Kopie machen zu lassen, doch als er ihre Hand hielt, kam sie ihm zuvor. Falls es Sie interessiert, schicke ich Ihnen einen Abzug, sagte sie; es ist ein sommerliches Foto, Matthias und Sie. Sie stehen beide am Heck eines Ausflugsdampfers. Matthias hat einen Arm um Ihre Schulter gelegt, über Ihnen beiden hängen ein paar Möwen. Gern, sagte Willy, ich möchte es gern besitzen. Sie müssen etwa dreizehn gewesen sein, sagte die Lehrerin, und nach kurzem Bedenken: Matthias hat Sie wirklich bewundert, nicht zuletzt, weil Ihnen angeblich alles zuflog. Immer, wenn er von Ihnen sprach, hat er das erwähnt und sich oft genug gefragt, was wohl aus Ihnen geworden sein mag. Willy dankte ihr noch einmal für ihre Absicht, ihm einen Abzug zu überlassen, und um anzudeuten, wie sehr er sich dieses Dokument wünschte, bat er die Lehrerin, es hierher zu schicken, zu Händen seines Bruders. Sie versprach es. Dann verabschiedete sie sich von Sophie und rief die Kinder zum Abmarsch zusammen, geduldig, nachsichtig, immer wieder schleppte sie einen Jungen, der wegsprang, zu der in Zweierreihe stehenden Klasse zurück, tröstete ein Mädchen, das einen selbstgepflückten Blumenstrauß an der Quelle liegengelassen hatte, bat und zählte und zwängte sich schließlich selbst in die Schar; dann zogen sie davon. Willy hoffte darauf, daß die Lehrerin sich noch einmal umdrehen werde, doch sie sah nicht mehr zurück.

47

Zuerst zeigte Holmsen ihm die Stelle im zertretenen Ufergras, an der er tags zuvor die Patronenhülsen gefunden hatte. Er tat es unerregt und nur mit wenigen Worten, die sich anhörten wie ein gelesenes Protokoll. Dann holte er aus einem Versteck unter den Fichten ein aufgeschossenes Seil, an dem ein geschmiedeter Drillingshaken baumelte, stellte sich neben Frank und sagte, während er die dunkle Fläche des Torfstichs musterte: Ich möchte, daß du zugegen bist. Er setzte das Werkzeug ab, zog seine Uniformjacke aus und legte sie sorgfältig auf einen gefällten Baumstamm, legte die Mütze auf die Jacke. Ohne eine Erklärung zu geben, krempelte er die Hemdsärmel auf und packte mit einer Hand den Drillingshaken und lockerte mit der anderen das Seil und hielt es so, daß es beim Wurf gelenkt ausrauschen konnte. Auf Franks Frage: Wozu soll'n das gut sein, ging Holmsen nicht ein. Schon ließ er den Drillingshaken über seinem Kopf wirbeln, schon faßte er eine ungefähre Stelle auf dem Wasser ins Auge und schätzte den Schwung ab, der nötig war, um den Haken dorthin zu schleudern. Frank trat zur Seite; er dachte: Also liegt auch hier einer auf der Lauer und registriert und hinterbringt, was er beobachtet hat; auf bloßen Verdacht hin wäre Henning Langsam hier nicht angerückt, mit dieser Ausrüstung, die für sich spricht, die man ihm bestimmt empfohlen hat; also jetzt gibt es auch hier für alles einen Zeugen. Das Seil rauschte aus, Bogen um Bogen straffte sich, mitgerissen vom Gewicht des Drillingshaken, der zu hoch emporflog und deshalb nicht allzuweit vom Ufer ins Wasser klatschte. Holmsen staunte nicht über die Tiefe des Torfstichs, er steckte Leine nach, bis der Haken den Grund erreicht hatte und zog dann probeweise an. Frank sah mit gespielter Gelassenheit zu, und gelassen fragte er: Was versprichst du dir davon, und Holmsen sagte, ohne ihn anzusehen: Mal sehen.

Eine zitternde Spannung lag auf dem Seil, als der Drillingshaken sich über den Grund bewegte, mit seiner Spitze Versunkenes aufnahm, es anhob und wieder verlor, sich gleich darauf aber entschieden festsetzte, einbohrte in einen Gegenstand und ihn aufschweben ließ. Abgestemmt, das Seil um die Hand gewickelt, begann Holmsen zu ziehen, angestrengt und doch behutsam, damit das Aufgehakte sich nicht wieder löste. Obwohl er einmal den Wunsch verspürte, das Seil mit anzufassen, hielt Frank sich zurück, betroffen von dem harten Blick, der ihn überraschend traf und der zu sagen schien: Ich krieg dich schon noch, einmal krieg ich dich. Als er diesen unerwarteten Blick wahrnahm, hatte Frank plötzlich das Gefühl, daß Holmsen darauf aus war, eine persönliche Rechnung mit ihm zu begleichen, ihm zumindest aber zu beweisen, daß es ein Fehler sei, ihn zu unterschätzen. Vielleicht, dachte Frank, will er sich auch rächen für all den sanften Spott, mit dem wir – und nicht nur wir – ihn begleitet haben, und auch dafür, daß wir ihn so manches Mal zum Narren hielten. Etwas brach durch die Oberfläche und schwamm auf. Ein stetiger Zug brachte es näher. Hand über Hand holte Holmsen die Leine ein und zog einen glatten, algenbedeckten Stamm ans Land, an dem die Reste einer verrotteten Reuse hingen; Schlamm machte die Maschen blind. Holmsen barg den Pfahl und schlug die Reuse aus. Eine zwergwüchsige Schleie mit deformierter Rückengräte fiel heraus, unbewegten Gesichts nahm er sie auf und warf sie ins Wasser zurück. Da Holmsen, wie Frank bemerkte, nicht angesprochen werden wollte, schwieg auch er und steckte seine Pfeife an und sah zu, wie der Drillingshaken abermals herumgewirbelt und diesmal weiter hinausgeschleudert wurde in den Torfstich. Schwarzgefaultes Astwerk brachte er an den Tag und die Reste eines Stubbens, an dem sich eine Angelschnur verfangen hatte. Alles, was Holmsen schweigend und verbissen herausfischte, zog und zerrte er an Land: eine Rolle Kupferdraht, verklumptes Blattwerk, die rostige Schneide einer Sense. Einmal setzte sich der Drillingshaken so am Grund fest, daß die Leine sich nicht einholen ließ und bei seinem gewaltsamen Rucken nur das Wasser peitschte; da riet ihm Frank, mit der Leine ein Stück am Ufer entlangzugehen und den Haken seitlich auszubrechen, und nach einer Weile folgte Holmsen dem Rat. Er bekam den Haken frei; einen Dank hatte er nicht übrig.

Ein paarmal warf er nun von seinem neuen Standort aus und war erstaunt, wie wenig der Haken vom Grund heraufbrachte, meistens war es nur verschlammtes Gezweig, das er kein einziges Mal zurückgleiten ließ in den Torfstich; dennoch wollte er nicht aufgeben. Erst als er, tief im Modder, den Karabiner aufhakte und ihn mit schnellem Zugriff barg, schien er sich für den Augenblick belohnt zu fühlen. Obwohl er sogleich erkannte, daß der Karabiner lange auf dem Grund gelegen hatte – der Kolben war angefault, das Schloß verrostet, und der ebenfalls rostende Lauf war von winzigen Muscheln besetzt –, widmete er sich ihm wie einem erhofften Beweisstück. Der Versuch, die Kammer zu öffnen, mißlang. Beim Verkanten floß braune Brühe aus dem Lauf. Ohne ein Ziel auf dem Wasser ins Auge zu fassen, versuchte er den Abzug zu betätigen, doch es war nicht einmal das Klicken des Schlagbolzens zu hören. Holmsen legte den Karabiner ins Gras, spülte den Drillingshaken ab und begann das Seil aufzurollen, achtlos gegenüber Frank, der sich weder belustigt noch erleichtert zeigte, sondern nur interessiert zu ihm trat und, nachdem er die unbrauchbare

Waffe gemustert hatte, sagte: Ich möcht nicht wissen, was da noch auf dem Grund liegt; nach dem Krieg, da wollten sie eine Menge loswerden. Da Holmsen schwieg, nickte er auf den Karabiner hinab und sagte auch noch: Mit dem ist nichts mehr anzufangen. Jetzt wandte Holmsen sich ihm zu und sah ihn an, und in seinem Blick lag eine ruhige Warnung.

48

Sie kam und kam nicht. Es war ein heller, warmer Abend, das letzte Licht der Sonne zerfloß zwischen den Kiefern und Buchen des jenseitigen Hangs, blaßblauer Dunst schwebte über den Teichen. Schwalben stürzten sich auf den schimmernden Sandweg hinab und segelten seine Länge durchs ganze Tal aus.

Willy stand am offenen Fenster. Er wartete auf Corinna. Weil der Transporter nicht neben dem Schuppen stand, vermutete er, daß sie Kai auf einer Lieferfahrt begleitete. Immer, wenn er ein Motorengeräusch in der Ferne hörte, wandte er den Kopf und blickte zur Wegkreuzung, dahin, wo die Teerstraße begann und wo der Transporter erscheinen mußte. Er mußte daran denken, wie er bei einem Gang an der Schonung entlang plötzlich leise Musik aus einem Transistor hörte und ihr nachging und auf einer kleinen Lichtung Corinna fand. Sie lag auf einer buntgemusterten Decke und schlief. Sie lag auf dem Bauch, ihr Gesicht auf einem angewinkelten Ellenbogen, ihre gebräunten, von Sonnenöl glänzenden Schultern wirkten leicht verzogen. Einmal lief ein Zucken durch ihr Gesicht, und auf ihrer Stirn erschien eine flüchtige Unmutsfalte. Willy erinnerte sich, daß, als er Corinna dort fand, das Kettchen mit dem Anhänger noch an ihrem Knöchel blinkte.

Je mehr sich das Tal eindunkelte, desto eindeutiger und bedeutungsvoller wurden die Geräusche, selbst ein unscheinbares Knacken in der Kiefer am Haus, dem er sonst keine Beachtung geschenkt hätte, ließ Willy aufhorchen. Das Stanniolpapier, aus dem er sich ein Stück Schokolade nahm, knisterte so laut, daß er für einen Augenblick in der Bewegung innehielt. Er schloß das Fenster, setzte sich an den Tisch und blickte auf das Kettchen, das der Junge ihm gegen hohen Finderlohn überlassen hatte und das er Corinna zurückgeben wollte. Er nahm es in die Hand, hielt es unter die Nachttischlampe und untersuchte das Schloß; es war heil, auch die Sicherung funktionierte. Eine Weile saß er überlegend da, dann ließ er das Kettchen in einen Briefumschlag gleiten, erwog, etwas dazuzuschreiben, verzichtete aber schließlich darauf und trat hinaus auf den Gang, um das Fundstück vor Corinnas Tür zu legen – gespannt darauf, ob sie den Überbringer sogleich erraten, und wie sie ihm danken würde. Nachdem er den Umschlag hingelegt hatte, sah er auf die Tür und klopfte zweimal automatisch und wie für alle Fälle und war überrascht, als er Corinnas Stimme hörte. Ihm fiel ein, daß er bei seiner Heimkehr auch geklopft hatte, ohne indes eine Antwort zu bekommen; umsomehr verblüffte es ihn, daß sie nun in ihrem Zimmer war.

Zaudernd öffnete er die Tür und sah schon von der Schwelle, daß Corinna im Bett lag und sich bei seinem Anblick aufsetzte und ihn bekümmert anlächelte. Offenbar machte er einen so bestürzten Eindruck, daß sie ihn, noch bevor er ein Wort sagte, zu beschwichtigen versuchte: Es ist nichts weiter, ich fühl mich nur unwohl; sobald die Migräne aufhört, geht's wieder besser. Willy fragte, ob er einen Arzt holen solle, doch sie winkte ab, sie sagte: Ich hab schon meine Tabletten genommen, und den Rest der Migräne schlaf ich mir weg, das mach ich immer so. Ihr Haar war strähnig, verschwitzt, lag zippelig an ihrem Hals, winzige Schweißperlen standen auf ihrer Oberlippe, die Haut schien alle Sonnenbräune eingebüßt zu haben und wirkte fahl unter dem elektrischen Licht. Corinna sagte: Sie können ruhig reinkommen, bitte, kommen Sie doch. Einen Moment zögerte Willy, trat dann aber doch ein und ging gleich zu ihr und sagte: Ich wollte nur etwas wiederbringen, anscheinend hast du es verloren. Er legte den Umschlag aufs Bett, sah zu, wie sie ihn ergriff, betastete, einmal schnell an die Brust drückte und schließlich das Kettchen herausfallen ließ. Da ist es wieder, flüsterte sie, und gleich darauf, an Willy gewendet: Wo? Wo haben Sie es gefunden? Ihre Stimme klang belegt, Willy konnte aus ihr Besorgtheit heraushören und eine jähe Unruhe. Bei den Erlen, sagte er, am oberen Teich, da hat es der Junge gefunden. Nicht Sie? fragte Corinna. Ein Junge aus der Schulklasse, sagte Willy, seinen Finderlohn hat er bereits bekommen. Sie sagte: Die Sicherung muß sich geöffnet haben, bestimmt war es so, anders kann ichs mir nicht erklären. Jedenfalls habt ihr euch nun wieder, sagte Willy und nickte ihr zu und war schon bereit zu gehen, als sie ihm eine Hand hinstreckte. Ich weiß nicht, wie ich Ihnen danken soll, sagte Corinna. Er machte eine schwache, abwehrende Geste und nahm ihre Hand.

Da sind Birnen, sagte Corinna und deutete auf einen grauen Pappteller, der auf dem Fensterbrett stand; Sie können sich eine nehmen, Kai hat sie mir aus Schleswig mitgebracht. Danke, sagte Willy, ich hab mir auch welche mitgebracht, Williams-Birnen. Nach einem raschen Blick zum Fenster fragte Willy: Soll ich nicht lieber die Vorhänge zuziehen? Wenn Sie meinen, sagte Corinna und fügte hinzu: Hier läßt sich doch niemand blicken, und außerdem bekommt man hier auch nichts zu sehen. Willy trat ans Fenster und zog die Vorhänge zu, und noch bevor er sich umwandte, bat sie ihn, ihr den Teller mit den Birnen zu bringen und das Messer, das daneben lag. Ich schäl uns eine Birne, sagte sie und drückte das Messer in das saftige Fruchtfleisch. Willy reichte ihr ein Papiertaschentuch und setzte sich; es belustigte ihn, wie Corinna die Birne schälte: sie hielt sie wie eine Kartoffel in der Hand und achtete darauf, daß die Schale sich zusammenhängend herabringelte, lang und immer länger wurde. Während sie schälte, erzählte Willy ihr vom Besuch der Schulklasse, vom Frage- und Antwortspiel, von der Schmeckprobe an der Quelle und dem anschließenden Fischessen, und Corinna bedauerte, daß sie nicht hatte dabeisein können. Das Lied, das die Kinder zum Abschied sangen, war ihr bekannt, sie hätte es gern mitgesungen. Als sie entdeckte, daß das Gehäuse der Birne zu mulschen begonnen hatte, wollte sie gleich nach der nächsten Frucht greifen, doch Willy hielt sie davon ab; ihm war die Birne noch gut genug. Corinna reichte ihm einen Schlitz auf der Messerspitze, und er lobte das Aroma, er sagte: Kurz vor dem Gären erlangt es seine höchste Konzentration.

Nie zuvor hatte er so sehr den Wunsch verspürt, mit Corinna zusammenzusein. Er sah sie an, er sagte: Stell dir vor, der Mann der Lehrerin, die mit ihrer Klasse hier aufkreuzte, war einmal mein Klassenkamerad – Matthias Conrady. Zuerst konnte ich mich kaum an ihn erinnern, auch als die Lehrerin ihn beschrieb und unsere Freundschaft erwähnte, fiel mir nicht allzuviel zu ihm ein; jetzt aber weiß ich, wer er war und was uns verband und welchen Plan er für uns beide hatte. Jetzt sehe ich ihn deutlich vor mir.

Und Willy erzählte ihr von dem eigenbrötlerischen Jungen, der ihm unablässig Beweise seiner Freundschaft gab – selbst sein Taschengeld wollte er mit Willy teilen – und der nicht aufhörte, für seinen Plan zu werben. Wann immer sie allein waren, redete Matthias davon, mit unerschütterlicher Begeisterung. Er mußte nach Carcassonne. Seit er in einem Fotoband die zahlreichen Türme, die doppelten Umwallungen, das alte Kastell und den Fluß gesehen hatte, wünschte er sich nichts sehnlicher, als einmal diese Stadt zu erleben. Carcassonne mußte es sein. Nur er allein wußte, was er dort finden wollte; nur er ahnte, was diese Stadt für ihn bereithielt. Entschlossen, alle Verbindungen abzubrechen und einfach durchzubrennen, suchte er einen Begleiter für seinen Traum – nicht irgendeinen, sondern Willy. Corinna sah ihn erwartungsvoll an, und da er schwieg, sagte sie: Ich schätze, er fand keinen Begleiter und hat sich allein auf den Weg gemacht. Ich weiß es nicht, sagte Willy; vielleicht fand er ihn später, mich jedenfalls konnte er nicht für seinen Plan gewinnen. Er nahm einen Schlitz von der zweiten Birne, die Corinna geschält hatte, und zuckte die Achseln und sagte: Irgendwann muß man sich abfinden mit sich selbst; anscheinend hab ichs schon früh getan. Aufbrüche ins Ungewisse haben mich noch nie verlockt, und gewaltsame Schritte, mit denen man alle Verbindungen kappen möchte, erweisen sich meist als Selbsttäuschung; zumindest ein Faden ist undurchtrennbar: Erinnerung.

Komisch, sagte Corinna, ich hab schon ein paarmal daran gedacht, einfach einen Schnitt zu machen, alles aufzugeben, zu verschwinden, ohne Angabe der Adresse. Einmal war ich sogar nahe dran. Wenn man etwas Neues probieren will, ich meine, radikal, dann muß man wohl bereit sein, alle Brücken abzubrechen. Die Erinnerung, die sucht einen doch nicht ewig heim. Vielleicht ist es so, sagte Willy, aber sich selbst kann man nicht entkommen, man bleibt immer zu sich selbst verurteilt. Corinna stellte den Obstteller auf den Tisch, wischte sich den Schweiß von der Stirn und nahm das Kettchen in die Hand. Sie fragte: Haben Sie nie daran gedacht? Obwohl Willy wußte, was sie meinte, fragte er: Woran? Einen neuen Versuch zu machen, sagte Corinna, alles aufzugeben und etwas Neues zu versuchen; wenn man eine Probe nicht bestanden hat oder nicht mehr weiter weiß, dann hat man doch das Recht, einen nächsten Versuch zu machen. Sicher, sagte Willy mit matter Ironie, man kann ja auch das ganze Leben als Einladung ansehen, das auszuprobieren, was einem am nächsten kommt. Aber ich halte nichts davon, auf einer Probebühne zu leben, obwohl … Er machte eine Pause und blickte zu Boden und fuhr dann fort: Obwohl sich der Wunsch nicht unterdrücken läßt, mitunter neue Möglichkeiten zu erwägen. Das ist nun mal so.

Corinna lächelte, vermutlich, weil sie sich zumindest teilweise bestätigt fühlte. Ihr Lächeln irritierte Willy, und als sie, das Kettchen hochhaltend, fragte, welcher Finderlohn wohl angemessen sei, stand er auf, nickte auf den Obstteller hinab und sagte: Das war der Finderlohn.

Er trat nahe an sie heran. Sie senkte langsam den Kopf. Er wollte eine Hand auf ihre Schulter legen, da wurde ans Fenster geklopft, und er hörte einen leisen Anruf, und obwohl er ihn nicht deutlich genug verstanden hatte, war er sicher, daß jemand Corinnas Namen gerufen hatte. Beide blickten auf die karierten Vorhänge, lauschten, warteten auf einen abermaligen Anruf, doch es blieb still. Willy zog die Vorhänge zur Seite und starrte ins Dunkel, bis er die Stämme der Kiefern in der Nähe voneinander unterscheiden konnte; nichts bewegte sich da. Er forderte Corinna auf, die Bettdecke hochzuziehen, öffnete das Fenster und rief leise in die Dunkelheit, und da niemand ihm antwortete und sich zeigte, schloß er das Fenster wieder. Da war doch jemand, sagte er, du hast es doch auch gehört? Ja, sagte Corinna und blickte ihn ratlos an und bat ihn durch ein Zeichen, die Vorhänge zuzuziehen. Um sie zu besänftigen, sagte Willy: Jedenfalls war er in guter Absicht hier. Dann trat er wieder zu ihr, und als hätte er die unausgeführte Geste nicht vergessen, legte er Corinna seine Hand auf die Schulter und wünschte ihr gute Besserung und gute Nacht. Eilig strebte er über den trüben Gang seinem Zimmer zu, setzte sich aufs Bett und forschte, eingeschlossen vom warmen Licht der Tischlampe, die Frank ihm hingestellt hatte, nach dem Grund der Unruhe, die ihn ergriffen hatte.

49

Alles stirbt, wo sie sich niederlassen, sagte Frank. Unter ihren Horsten stirbt das Gras, entlauben sich die Büsche, und die Bäume werden zu Skeletten. In Hadeby hab ichs mir angesehen. Nicolai – ich soll dich grüßen von ihm – hat mich herumgeführt, er hat eine ganze Kolonie zu Gast, den Schaden kann er schon nicht mehr ausrechnen. Frank drückte einen glasigen Wurm aus der Salbentube, verteilte ihn tupfend auf Sophies Rücken und begann, die Medizin zu verreiben, sacht zunächst, spitzfingrig und dann immer kraftvoller mit dem Handballen. Die schlaffe, faltige Haut rötete sich, schimmerte feucht, und als Sophie aufstöhnte unter der ersten, sengenden Hitzewelle, sagte Frank: Das kommt vom Bienengift, in der Salbe ist Bienengift. Der Rücken flammte, Frank rieb nun behutsamer, bearbeitete die Haut auch mit sanften klatschenden Schlägen. Auf ihren Rücken hinabsprechend, sagte er: Sie werden es wohl aufgeben in Hadeby, eine Zeitlang haben sie sich gewehrt, Nicolai hat es mit Schnüren und Netzen versucht, die er über die Teiche spannte, ein paar Vögel hat er auch erwischt, aber es gibt Leute, die beobachten und bewachen ihn, und nun ist er so weit, daß er für immer aufgeben will. Sophie ging nicht darauf ein, sie bat: Auch am Oberarm, da sitzt der große Schmerz, und Frank betupfte ihren Arm mit Salbe und massierte ihn mit langen, streichenden Bewegungen.

Er dachte an seinen Besuch in Hadeby, an den Gang um die Teiche, bei dem sie kaum sprachen, Nicolai und er, zumindest draußen nicht, wo der Augenschein jedes Wort überflüssig machte. Wie schwarze Geschwülste hingen die Horste der Kormorane im Geäst der sterbenden Bäume, deren Stämme gesprenkelt waren von weißlichem Kot. Auf dem Hügel, von dem aus ein Streifen der Ostsee zu erkennen war, hatte Nicolai ihm das Fernglas überlassen und ihn stumm aufgefordert, hinüberzusehen, und was er zu sehen bekam, quittierte er mit Erbitterung: in mehreren Reihen, wie auf Schnüre gezogen, trieben dort Hunderte von Kormoranen mit der schwachen Strömung. Sie tauchten nicht weg, stritten sich nicht, geruhsam lagen sie auf dem Wasser, der nahen Beute gewiß, die ihnen, in Teichen zusammengedrängt, nicht sehr viel an Spürsinn und Schnelligkeit und Ausdauer bei der Jagd abverlangte. Frank hatte nicht einmal versucht, sie zu zählen.

Auch jetzt, während er Sophie beim Anziehen half, dachte er an die treibenden Vögel auf der Ostsee, und er stellte sich vor, wie sie an den Abenden in ihre Horste einfielen, flatternd, und wie die Stille gestört würde von ihrem rauhen Krächzen. Immer noch wunderte er sich darüber, daß Nicolai die Schrotflinte, die er sich unter der Hand beschaffen konnte, abgeliefert hatte – er, Frank, hätte es nicht getan.

Um den scharfen Salbengeruch zu verdrängen, steckte er sich die Pfeife an und paffte in schnellen Zügen und nickte nur, als Sophie ihm dankte für die Behandlung; nun wurde der Schmerz erträglicher, das Reißen, das Zerren wurden zurückgedrängt und überlagert von einem heißen Fluten, von dem wohltätigen Gift in der Salbe. Er hielt Sophie die Wolljacke hin. Er sagte: Uns kriegen sie nicht so weit; auch wenn sie uns beobachten und bewachen. Wir werden uns wehren. Ehe wir aufgeben, müssen noch andere Dinge geschehen – das ist doch auch deine Meinung? Was denn sonst, sagte Sophie.

50

Erst als sie vor Bernis Kate stand, um ihm das Geld zu bringen – zumindest die erste Rate, die sie angekündigt hatte –, wurde Ute bewußt, daß sie nicht wie sonst nur Jeans und T-Shirt trug, sondern zu ihm gekommen war in Rock und Bluse. Während des ganzen Weges hatte sie den Umschlag mit dem Geld in der Hand gehalten, ihre gesamten Ersparnisse, die sie in einer mit Bauernrosen bemalten Holztruhe aufbewahrte. Niemand von ihren Leuten wußte, auf was sie sich eingelassen hatte, auch Corinna hatte sie sich nicht anvertraut. Bereit, alle Schuld auf sich zu nehmen, hatte sie sich entschlossen, Bernis Forderungen zu erfüllen, soweit es ihr nur möglich war. Heimlich wollte sie es tun, nach und nach, wobei sie darauf hoffte, daß er ihr genügend Zeit ließe zum Abtragen der Schuld.

Seine Tür stand offen, dennoch ging sie nicht ins Haus wie immer, sondern klopfte und senkte den Blick auf die Schwelle, über die sich eine silbrige Schneckenspur zog. In der Tiefe des Gartens warnte ein Vogel. Ute klopfte noch einmal, und da sie auch jetzt weder seine Stimme noch seine Schritte hörte, beugte sie sich nach vorn und steckte den Kopf in den Wohnraum und sah Berni grinsend am Tisch sitzen, ein Bierglas in der Hand, das er ihr einladend entgegenhob. Warum kommst du nicht rein, fragte er, traust du dich nicht mehr? Sie ging zu ihm, legte den Umschlag auf den Tisch und wartete darauf, daß er ihn an sich nahm und nachzählte, doch er beachtete ihn kaum; er deutete auf einen Stuhl und forderte sie auf, sich zu setzen. Es sind sechshundert, sagte Ute, und er darauf, als hätte er nicht den geringsten Zweifel an ihrer Verläßlichkeit: Ich weiß, sechshundert für den Anfang. Und dann deutete er wieder auf den Stuhl, schroff und ungeduldig, und weil sie wußte, daß etwas besprochen, geregelt werden mußte, setzte sie sich. Ein Glas Bier lehnte sie ab, ebenso das Mineralwasser, das er sich anbot, aus der Küche zu holen.

Sie starrte ihn an, beobachtete, wie sein Gesicht sich verdunkelte und wie er, nachdem er aufgestanden war, seine Wildlederjacke anzog, sich vor dem Spiegel mit der Hand übers Haar fuhr und die verschorfte Lippe betrachtete, schließlich in seine offene Schlafkammer ging, in der er einen Karton unter dem Bett hervorzog und in ihm zu kramen begann. Bald fand er, was er suchte; er schubste den Karton mit dem Fuß zurück, und als er sich zu ihr umwandte, sah sie das kleine Nerzfell in seiner Hand und dachte sofort: Fips, und dachte an das junge, kranke Tier, das sie einst gepflegt und fast gezähmt hatte, und das, während sie es einmal zu füttern versuchte, gestorben war. Berni hielt ihr das präparierte Fell hin und sagte: Ich sollte es für dich aufheben, es gehört dir. Fips, sagte Ute. Diesen Namen hast du ihm gegeben, sagte Berni, es war dein Lieblingstier. Sie nahm das Fell, nicht überrascht oder versonnen, sondern zaghaft und mit leichtem Erschrecken; anscheinend hatte sie vergessen, daß Berni es für sie aufbewahrte, und als wüßte sie nicht, was sie damit anfangen sollte, legte sie es auf den Tisch. Es gehört dir, sagte er noch einmal. Obwohl er bemerkte, daß sie nur widerwillig dasaß, nur darauf wartete, daß er seine Bedingungen stellte und ihr beibrachte, was und wieviel und in welcher Frist er von ihr erwartete, nahm er sich Zeit, ging auf und ab, mit herausfordernder Geduld, strich im Vorbeigehen flüchtig über das Fell und nahm einen Schluck aus seinem Glas.

Plötzlich aber blieb er schräg hinter ihr stehen, er tat es so abrupt, daß sie den Atem anhielt und nicht zu ihm hinzusehen wagte, gewärtig, daß er sich endlich entschlossen hatte und ihr nun seine Forderungen nennen würde, Forderungen, von denen sie selbst keine Vorstellungen hatte.

Leise nannte er ihren Namen, sagte, wie sehr er sich freue über ihr Kommen, und was sie zuerst registrierte, war die Versöhnlichkeit seiner Stimme; statt Ute anzuklagen und, worauf sie gefaßt war, die alten Bezichtigungen zu wiederholen, sprach er von sich selbst, er sagte: Du wirst es nicht glauben, aber ich hab etwas Festes angenommen; für mich ist der Traum von der Unabhängigkeit ausgeträumt. Er warf sich vor, zu oft dem Zufall vertraut und zu leichtgläubig geplant zu haben; vor allem aber habe er übersehen, daß man ein Standbein brauche, etwas Sicheres, Verläßliches, mit dem man immer rechnen könne. Ute hörte ihm zu, ohne sich zu rühren; auch als er schwieg und sein Schweigen hinauszögerte, sah sie nicht zu ihm hin. Und dann erzählte er ihr – und Ute entging nicht die geheime Belustigung in seinem Tonfall –, daß er sich in der Zentralmeierei in Barglund vorgestellt habe, sie brauchten dort einen Fahrer für ihre Milchautos, er habe schon unterschrieben. Am fünfzehnten fange ich an, sagte er, dann geht's von Hof zu Hof, man wird mich einweisen, der einzige Nachteil: Milch muß auch am Sonntag gefahren werden.

Wieder unterbrach er sich, wieder hoffte er darauf, daß Ute sich ihm zuwenden würde, doch sie saß unbeweglich da und blickte auf das Fell. Er trat an den Tisch, trank sein Glas leer und machte eine neue Flasche auf. Er setzte sich. Er musterte sie prüfend und ließ auf einmal seinen aufgestützten Arm auf die Tischplatte fallen, so daß seine offene Hand vor Ute lag. Los, sagte er, schlag schon ein, und drängend: Komm schon, laß uns vergessen, was passiert ist; die Tiere sind weg für immer, neue will ich mir nicht beschaffen, und was Silke angeht: du wirst hier weder ihr noch sonst jemandem begegnen. Wir haben uns beide hinreißen lassen, wir sollten beide nicht nachtragend sein. Also? Frieden? Komm!

Sie übersah die angebotene Hand, sie hob das Gesicht, auf dem ein Ausdruck ruhigen Mißtrauens lag, und fragte, als hätte sie nur dies während der ganzen Zeit beschäftigt: Wieviel hast du noch zu bekommen? Ihre Frage schien ihn zu verletzen, er gab sich für einen Augenblick beleidigt und schüttelte mißbilligend den Kopf, und um ihr zu beweisen, wie viel sein Angebot einschloß und wie sehr sie ihm unrecht getan hatte, nahm er den Umschlag mit dem Geld und schob ihn ihr zu: Du kannst es behalten, Ute, ich will es nicht. Und nach einer Pause sagte er: Ich will überhaupt kein Geld von dir; auch wenn's dich wundert – für mich ist die Sache erledigt, vergessen. Ich hab die Käfige schon weggebracht, einem Fischer geschenkt. Wer weiß schon, ob ich mit den Tieren Erfolg gehabt hätte. Ute hörte ihm skeptisch zu, mit jener alten, ererbten Skepsis, die sich hier alle bewahrt hatten gegenüber allzu schnellen vorteilhaften Wendungen, gegenüber einem Angebot, mit dem keine Erwartung verbunden ist. In sachlichem Ton fragte sie: Und was erwartest du von mir? Anscheinend mochte oder konnte er nicht gleich antworten, er stand auf und ging ans Fenster und blickte durch die verschlierten Scheiben, die in der Nachmittagssonne schillerten, und ohne sich zu ihr umzudrehen, sagte er: Wenn du willst – es könnte sein wie früher, es liegt nur bei uns. Wir brauchen nicht mal einen neuen Anfang zu machen, wir vergessen nur einfach, was uns in die Quere kam, und was einer dem andern zugefügt hat.

Aufrecht und immer noch unbeweglich saß Ute da. Eine Weile war es so still im Raum, daß sie das Summen der Fliegen vor dem Fenster hörte und das pochende Geräusch, wenn sie gegen die Scheibe stießen. Dann sprach Berni wieder mit unveränderter Stimme, sprach von dem aufgelassenen Bootshaus, unten an einer stillen Bucht der Schlei, er war dort wieder mal eingestiegen nach längerer Zeit, durch das Bodenloch, wie immer, einige Bretter waren angefault, das Dach war undicht geworden, in den Halterungen hing kein Boot, aber in einer Ecke lag immer noch die wasserdichte Persenning, doppelt zusammengelegt; nichts verwies darauf, daß in der Zwischenzeit andere dort hingefunden hatten. Noch während er sprach, stand Ute auf, bewegte sich jedoch nicht, sondern wartete darauf, daß er sich zu ihr umwandte.

Du willst doch nicht etwa schon gehen, sagte er, ein Wort hab ich doch wohl verdient. Ute blickte auf den Umschlag, schob ihn ein wenig auf Bernis Platz zu und sah, daß ihre Hand zitterte, und um ihr Zittern zu verbergen, ergriff sie das Fell. Sie sagte: Ich weiß, was ich getan habe, und dafür möchte ich aufkommen; ja, Berni, sag mir nur, wieviel du willst; was ich tun kann, werde ich tun. Du hast mich nicht verstanden, sagte er und ging zu ihr mit nachsichtigem Lächeln, bereit, sein Angebot zu wiederholen; doch noch bevor er es tat, sagte Ute: Es ist besser so. Besser, fragte Berni, was ist besser? Ich weiß nicht, sagte Ute, alles, alles ist besser, wenn wir ins reine kommen. Anscheinend hast du mich doch nicht verstanden, sagte er, ich hab dir den großzügigsten Vorschlag gemacht, und du gehst nicht mit einem Wort darauf ein; du tust so, als kostete es mich gar nichts. Worauf ich verzichte, das ist schließlich keine Kleinigkeit. Versteh doch, Ute, mir liegt nichts daran, den Schaden ersetzt zu bekommen; ich hab nur den einen Wunsch, daß es zwischen uns so wird, wie es früher war. Er legte den Kopf schräg und sah sie mit einer Art Verwunderung an, gerade als wollte er aus ihrem Gesicht herauslesen, aus welchem Grund sie sein Angebot ablehnte oder doch zögerte, darauf einzugehen. Ihr Schweigen machte ihn ungeduldig, er fühlte sich nicht nur enttäuscht, sondern auch mißachtet, zumal er sicher gewesen war, daß sein Verzicht sie beeindrucken und für ihn einnehmen würde.

Seine Augen verengten sich. Ein spöttischer Zug lag um seinen Mund. Unvermutet trat er auf sie zu, faßte sie am Oberarm und zog sie an sich. Sie wand und wehrte sich, preßte ihre Fäuste gegen seine Brust, versuchte, indem sie den Kopf hin- und herwarf, seinem Mund auszuweichen. Keiner von ihnen sagte ein Wort. Er verstärkte die Klammer, und Ute drehte sich keuchend und bohrte die Fingerspitzen in seinen Hals und dachte: er wird mich schlagen. Trotz der Klammer gelang es ihr, eine Hand höher hinaufzuschieben, und dann bohrten sich ihre Finger in seine Wange, hart und unnachgiebig, so daß sie den Widerstand der Zähne fühlen konnte. Sein Gesicht verzerrte sich. Wütend stöhnte er auf und fuhr sie an: Hör auf, verdammt, und noch einmal mit pfeifendem Atem: Hör auf, sag ich. Wieder dachte sie: er wird mich schlagen; und als sie spürte, wie die Klammer sich für einen Augenblick lockerte, riß sie sich mit einer jähen Wendung von ihm los und schleuderte herum, wobei ihr angewinkelter Ellenbogen seine Lippen traf. Sie stürzte zum Eingang, hatte ihn fast schon erreicht, da packte er sie an der Schulter und stieß sie in den Raum zurück, und dann hörte sie, wie die Tür zuflog und wie er den Schlüssel umdrehte. Eine Hand an der Tischplatte, richtete Ute sich auf und starrte ihn erschrocken an. Er wischte sich über den Mund. Er betrachtete das Blut an seinen Fingern und betastete noch einmal die verschorfte Wunde an der Lippe, die wieder aufgeplatzt war. Das hättest du nicht tun sollen, sagte er, das hättest du wirklich nicht tun sollen. Mit kurzen Schritten bewegte er sich auf sie zu, und sie machte keinen Versuch, ihm auszuweichen oder ihn zu warnen. Als seine Hand emporfuhr, schrie sie, doch er schlug nicht zu. Sie hörte ein reißendes Geräusch und spürte gleich darauf, wie sich eine Hand auf ihren Mund legte, und wie seine andere Hand ihr Handgelenk umklammerte, um sie daran zu hindern, auf seine Brust einzuhämmern. Auf seinem Gesicht lag ein erzwungenes Lächeln, und so hielt er sie fest und parierte ihr Rucken und Aufbäumen und zwang sie, ihren Druck mit einem mächtigeren Druck beantwortend, ihre Unterlegenheit anzuerkennen. Sie wimmerte, ihr Speichel schimmerte auf seinen Fingern, dennoch nahm er nicht die Hand von ihrem Mund. Mit einer unvorhersehbaren Bewegung riß er sie um, und Ute stürzte auf den durchgetretenen Flickenteppich. Nicht, wimmerte sie, nicht, nicht, und blickte ihn, der sogleich über ihr kniete, aus aufgerissenen Augen an, aus denen nur Angst und Entsetzen sprach.

51

Kai hatte sich angeboten, seinen Brief nach Schleswig mitzunehmen und ihn dort aufzugeben, und deshalb ging er gleich nach dem Frühstück in sein Zimmer hinauf, um Thekla zu schreiben. Es fiel ihm um so leichter, als er sich nach einem abermaligen Besuch im »Kanton«, der für ihn glücklich verlaufen war, entschieden hatte, Süverkopps Angebot anzunehmen.

Er gab Thekla darin recht, daß er sich seinem Freund Detlev Maack gegenüber nicht verpflichtet zu fühlen brauchte, und daß die Chance, die Süverkopp ihm bot, einmalig war. Die Hintergedanken, die der gewiefte Alte bei seinem Antrag hegte – und Willy zweifelte nicht, daß er es tat –, sollten ihn nicht bekümmern; desgleichen erschien es ihm nun auch nicht allzu heikel, auf Süverkopps Zugeständnis einzugehen und das Gehalt selbst festzusetzen. *Du wirst mir sicher darin recht geben,* schrieb er, *daß Herr Süverkopp mit dieser Großzügigkeit an meine Bescheidenheit appellieren möchte, und ich bin entschlossen, ihn nicht zu enttäuschen – das heißt: ich werde das Gehalt nennen, das ich bei Maack & Pottjohann erhielt.*

Auf dem jenseitigen Hang, wo Waldarbeiter dabei waren, einige der alten Kiefern zu fällen, jaulte eine Motorsäge auf, wütend schwoll das Geräusch an, erreichte eine unerträgliche, fast schmerzhafte Höhe und lief in einem Knattern und Blubbern aus.

Willy dachte an den Tag des Abschieds von seiner Firma, dachte an die Begrüßungen, Glückwünsche und Reden und an das von niemandem, auch von ihm nicht erwartete Erscheinen des Rivalen Süverkopp, der, achtlos gegen die zahlreiche Gesellschaft, nur zu ihm kam und ihm einen einzigen Satz sagte, den er nicht vergessen hatte: Meine Tür ist immer für

Sie offen. Nur um diesen Satz zu sagen, war der Alte auf dem Abschiedsempfang erschienen, und wie alles bei ihm, waren auch diese Worte sorgfältig kalkuliert, und sie erhielten eine besondere Bedeutung dadurch, daß Willy der einzige war, mit dem er sprach und dessen Hand er nahm.

Nachdem er den Anfang des Briefes noch einmal gelesen hatte, überlegte er, ob er sich nicht direkt an Süverkopp wenden, ihm danken und einen Ort für die Begegnung vorschlagen solle, doch da er sich sagte und anerkannte, daß Thekla es war, die alles angebahnt und etliches wohl auch schon ausgehandelt hatte, beschloß er, das Nötige über sie zu tun.

Er schrieb: *Und wenn Du mit ihm sprichst, solltest Du ihn um Verständnis dafür bitten, daß ich sein Angebot nur mit einem grundsätzlichen Vorbehalt annehmen kann – das heißt: ich werde nur so lange für ihn arbeiten, wie die Erfahrungen, die ich hier gemacht habe, sich als verläßlich erweisen. Einstweilen bin ich voller Zuversicht, die letzten Beweise, die ich mir verschafft habe, rechtfertigen meine Entscheidung; allerdings muß die Zukunft zeigen, ob dieser Wiedergewinn, den ich als Geschenk empfinde, von Dauer ist. Schließlich muß man auch bedenken, daß das Alter, wie Dein Vater oft sagte, nicht mit sich spaßen läßt.* Und dann teilte Willy ihr mit, daß er sich sogar darauf freue, im Haus von Süverkopp & Söhne zu arbeiten, das hundertjährige, schlichte Gebäude habe ihm schon immer gefallen, die verzogenen, aber gepflegten Holzdielen, die Aufgänge mit Schiffstauen als Geländer, die Bescheidenheit. Er erinnerte Thekla daran, daß sie einmal dort waren, anläßlich eines Geburtstagsempfangs für den Firmenchef, und daß sie sich mehr als wohl gefühlt hatten.

Harte Schläge, die durch das Tal hallten, veranlaßten ihn, den Kopf zu heben; er blickte zum jenseitigen Hügel hinüber und sah, wie der zerzauste Wipfel einer Kiefer sich langsam neigte, in quälender Unschlüssigkeit zu verharren schien, dann aber mit zunehmender Gewalt und Endgültigkeit stürzte und im Sturz gegen eine andere Kiefer krachte, wobei Äste mit prasselndem Getöse wegsplitterten.

Willy brach sich ein Stück Schokolade von einer Tafel ab. Er musterte die kleine Galerie seiner Fotos, die er von zu Hause mitgebracht hatte und die ihn, fast immer zusammen mit seinem Freund und Chef, auf den blühenden Teeplantagen der Welt zeigte. Und auf einmal schrieb er: *Es wird Dich nicht überraschen, Thekla, daß ich hier auch über uns nachgedacht habe, über das – wenn man von einigen Ereignissen absieht – schonungsvolle Nebeneinander, zu dem wir gefunden haben. Wie ich uns beide kenne, sind wir keine Freunde des gegenseitigen Aufrechnens, des Erbsenlesens, und an Ursachenforschung fanden wir noch nie übertriebenen Gefallen; deshalb sollten wir versuchen, sachlich und vorurteilslos zu überprüfen, was der Feind Zeit aus uns gemacht hat, und wie weit wir noch in unseren Wünschen übereinstimmen. Hier habe ich eingesehen, wie notwendig es ist, mitunter eine Bestandsaufnahme zu machen.* Er dachte: nicht einmal zu meinem Abschiedsempfang ist sie gekommen, obwohl sie wußte, wie mir zumute war an diesem Tag, sie ist einfach weggeblieben mit einer lächerlichen Begründung, und ich – und das ist wohl nicht weniger bezeichnend –, ich hab sie nicht zur Rede gestellt, hab ihr jeden Vorwurf erspart, zumindest jeden direkten Vorwurf. Wenn es so weit gekommen ist, daß man sich das Selbstverständliche erspart, dem ist es an der Zeit, die Verhältnisse zu überprüfen.

Willy stand auf und öffnete den Schrank und zog aus der Brusttasche seines Jacketts einen Taschenkalender heraus. Sieben Tage waren noch geblieben bis zu Süverkopps Abreise, fünf oder sechs Tage für ihn, Willy, um sich mit seinem künftigen Chef zu verabreden. Ohne zu zaudern, kreuzte er den Einunddreißigsten durch und zog einen Kreis um den Neunundzwanzigsten, den Tag, den er für ein Treffen vorschlagen wollte. Dann schrieb er: *Über die Bereitschaft von Herrn Süverkopp, hierherzukommen, um über alles, was uns betrifft, zu sprechen, habe ich mich gefreut. Du wirst verstehen, daß ich das Gespräch nicht bei Frank und Sophie führen möchte, und darum bitte ich Dich, ihm zu sagen, daß ich ihn im Teehaus »Kanton« erwarte, am Neunundzwanzigsten, nachmittags gegen drei. Du kennst ja das »Kanton«; falls Du nicht mitkommen kannst, wirst Du ihm gewiß den Weg so genau beschreiben können, daß er mühelos hinfindet. Ich werde frühzeitig da sein. Daß ich unserer Begegnung auch mit einiger Besorgnis entgegensehe, wird Dich wohl nicht wundern; schließlich betrachte ich Detlev immer noch als meinen Freund.*

Sein Blick fiel auf den offen daliegenden Taschenkalender, auf die markierten Daten; jetzt erst ging ihm auf, wie nahe sie beieinanderlagen und was er Süverkopp zumutete, noch so kurz vor der großen Reise hier herauszukommen. Seine Bedenken dauerten nicht lange, denn auf einmal hatte er das Gefühl, als könnte er einfach durch das spät angesetzte Datum seinen zukünftigen Chef auf die Probe stellen.

52

Zuletzt suchte Corinna im gefliesten Anbau, doch auch dort war Ute nicht. An ihrer Stelle vor dem steinernen Arbeitstisch stand Kai, und als er Corinna bemerkte, ließ er das Rundholz, mit dem er zum Schlag auf einen Fischkopf ausgeholt hatte, sinken und winkte sie herein. Komm nur, komm, du kannst etwas lernen. Kai wußte nicht, wo Ute war, er mußte Forellen schlachten, an die hundert für eine ländliche Silberhochzeit; achtzig lagen bereits in der Kiste, glotzäugig unter dem funkelnden Eisgrus. Mit harter Hand drückte er den Fisch an die Steinplatte und schlug zu, und als er das Messer ansetzte, lud er Corinna ein, näher heranzukommen. Ohne auf das Nachzittern der Flossen und die abgespreizten Kiemendeckel zu achten, schlitzte und schnitt und säuberte er; es fiel ihm so leicht, daß er kaum hinzusehen brauchte, und es amüsierte ihn, daß Corinna sich abwenden mußte und zusammenzuckte, wenn er zuschlug. Als sie bekannte, daß sie noch nie einen Fisch geschlachtet hatte, musterte er sie mit gespieltem Erstaunen – und ein wenig auch mit Bedauern, als hätte ihr das Leben etwas Wesentliches vorenthalten. Er sagte: Das kann doch nicht wahr sein, und legte ihr gleich das Rundholz in die Hand. Schon stand er neben dem Bassin, schon kescherte er eine Forelle heraus und legte den Fisch, der schlappte und sich krümmte, auf den Arbeitstisch. Corinna widersetzte sich, blickte ihn bittend an, da trat er hinter sie, packte ihren Unterarm und hob die Hand hoch, die das Rundholz hielt. Gemeinsam schlugen sie zu. Siehst du, sagte er, so einfach ist das; und er sagte auch: Jetzt gehörst du fast zu unserer Zunft.

Er zeigte ihr, wie man das Messer ansetzt, wie man den Fisch aufschlitzt und die Eingeweide herauszieht, und nach anfänglichem Zögern, vorsichtig, steiffingrig, tat Corinna, was er von ihr erwartete. Sie tat es ihm zuliebe. Sie öffnete den Bauch des Fisches, zwängte die Filetseiten auseinander, um die schillernden Eingeweide zu entfernen; doch dann hielt sie plötzlich inne und zeigte erschrocken auf einen blaßgelben Wurm, der sich am Magen bewegte. Der Wurm ringelte sich wie suchend, richtete sich auf, züngelte, ließ sich wieder fallen und kroch weiter, um dem Licht zu entkommen. Da, sagte Corinna nur, da, und legte das Messer aus der Hand, unfähig, den Rest zu besorgen. Gelassen pflückte Kai den Wurm von den Eingeweiden, betrachtete ihn und schnippte ihn nach draußen ins Gras. Nur ein harmloser Fadenwurm, sagte er, kein Grund zum Erschrecken; Saugwürmer und Fadenwürmer sind gutartig, bedenklicher wäre es schon, wenn du einen Bandwurm aufgestöbert hättest. So, und nun mach weiter. Ich kann nicht, sagte Corinna, ich kann wirklich nicht. Du kannst, sagte Kai bestimmt und fischte gleich wieder eine Forelle aus dem Bassin und drückte sie, Bauch nach unten, auf die Steinplatte: Schlag zu, los. Abermals trat er hinter sie, wieder half er ihr, den Schlag zu führen, wobei er merkte, wie widerwillig und verkrampft sie es tat. Unschlüssig, das Messer in der Hand, starrte sie auf den toten Fisch. Versuch's schon, ermunterte sie Kai, dieser hat keinen Fadenwurm, keinen Egel, keine Pokken. Er zwinkerte ihr zu. Er sagte: Wo es Leben gibt, da gibt's auch Parasiten. Aber unsere hier sind freundlich und treten nur sehr selten auf. Nun mach schon, Corinna, du schafft es. Zittrig setzte sie das Messer an, riß die Eingeweide heraus und atmete befreit aus, als das rosafarbene Fleisch aufschimmerte. Mit seinem Lob legte Kai ihr auch schon den nächsten Fisch hin, doch Corinna weigerte sich.

Das Haar fiel ihr ins Gesicht, und als sie ihn bat, es unter den Kragen der Bluse zu stecken – er tat es, nachdem er seine Hände mit einem feuchten Handtuch abgewischt hatte –, verdunkelte sich der Eingang. Willy stand auf der Schwelle. Er entschuldigte sich. Er schwenkte den Brief und sagte: Du wolltest ihn in Schleswig aufgeben, Kai, und so, daß der Junge es mitbekam, legte er ihn auf eine trockene Holzkiste. Im

Gefühl, gestört zu haben, wollte er gleich wieder gehen, doch Kai wies ihn auf die verbliebenen Fische im Bassin, die noch geschlachtet werden mußten, und schlug ihm vor, mitzuhelfen. Kai sagte: Corinna hat zwar gerade die Prüfung bestanden, aber wenn du mithilfst, komm ich noch früher weg. Ich weiß nicht, ob ich's noch kann, sagte Willy, es ist sehr lange her, seit ich das gemacht habe, und Kai darauf: Sowas verlernt man nicht, Onkel Willy. Corinna, die das Messer erleichtert aus der Hand gelegt hatte, stellte fest, daß noch vierzehn Forellen zu schlachten waren, vierzehn, wiederholte sie, das macht für jeden von euch sieben; wir können ja mal sehen, wer zuerst fertig ist. Nein, nein, sagte Willy, nur keinen Wettkampf, dazu fehlt mir die Praxis. Aber dann ließ er sich doch darauf ein, Corinnas Bitten machten ihn nachgiebig, und in widerwilliger Bereitschaft zog er seine Freizeitjacke aus, krempelte die Ärmel hoch, prüfte mit dem Daumen die Schärfe der Schneide. Wie sie es von Kai gelernt hatte, kescherte Corinna zwei Forellen heraus, legte sie auf den Steintisch und gab ein spielerisches Kommando, und das Wettschlachten begann. Hart dröhnten die Schläge, ratschend öffneten die Messer die Fischbäuche. Während Kai es damit gut sein ließ, die Eingeweide herauszureißen und sie in die Wanne zu werfen, hielt Willy darauf, die Bauchhöhle mit der stumpfen Messerseite sauber zu schaben und den Fisch, bevor er ihn in die Kiste legte, mit einem Lappen abzuwischen. Es machte Corinna Spaß, am Wettkampf teilzunehmen, wenn auch nur dadurch, daß sie kescherte und nachlieferte; für beide hatte sie ein ermunterndes Wort, beide mahnte sie zur Vorsicht beim Schneiden. Als Willy den fünften unters Messer nahm, gab sie den Kontrahenten bekannt, daß das Bassin leer war, und gratulierte Kai, der in der gleichen Zeit neun Fische geschlachtet hatte, gratulierte aber auch Willy, der, wie sie gesehen hatte, sorgfältiger in seiner Arbeit gewesen war.

Kai warf das Messer hin, dankte Willy für die Hilfe und sagte dann zu ihm: Gewonnen, Onkel Willy, hat Corinna. Sie hat ihren ersten Fisch geschlachtet. Sie hat die Prüfung bestanden. Jetzt gehört sie zu uns.

53

Sie stritten sich bei offenem Fenster. Sophie, enttäuscht und grüblerisch am Küchentisch, konnte nicht verstehen, warum Frank das sehr junge Paar, das in einem Oldtimer gekommen war und ein Doppelzimmer mieten wollte, mit der Begründung abgewiesen hatte, daß nichts mehr frei wäre. Frank wußte, warum. Ohne zu ihr hinzusehen, die Leinen eines Zugnetzes erneuernd, hielt er ihr seinen Verdacht entgegen – daß das Mädchen höchstens sechzehn Jahre alt gewesen sein konnte, und daß ihr Begleiter auf ihn wie einer wirkte, der keiner geregelten Arbeit nachging. Verdächtig war ihm auch, daß die beiden kaum Gepäck bei sich hatten, nur eine Stofftasche von einer Fluggesellschaft. Was aber den Ausschlag für die Abweisung gegeben hatte, war das Flimmern in den Augen des Burschen.

Sophie gab sich nicht zufrieden; sie fragte, warum er sich nicht die Personalausweise zeigen ließ und sich näher erkundigt habe nach dem Woher und Wohin der beiden; auf bloßen Verdacht kann man doch keinen Gast abweisen. Im übrigen, meinte sie, sind schwere Lederkoffer doch kein Beweis für Anständigkeit, und sie erinnerte an Corinnas unscheinbares Gepäck. Frank entgegnete, daß ihn sein Gefühl nur selten getäuscht hätte; er war sicher, daß mit den beiden etwas nicht stimme, und erklärte dann, daß er auch künftig lieber auf Einnahmen verzichten wolle, als sich Ärger und Unannehmlichkeiten einzuhandeln. Da grummelte Sophie nur: Du mußt wissen, was du tust, und versuchte von neuem – und wieder erfolglos –, ein schwarzes Zwirnende, das sie mit den Lippen angefeuchtet hatte, durch das Nadelöhr zu fädeln.

Plötzlich rief er sie nach draußen, und da sie sich nicht schnell genug erhob, rief er noch einmal, ungeduldig, bestürzt, so daß sie schon am Ton seiner Stimme erkannte, daß es ihm nicht mehr darum ging, über die Abweisung des jungen Paares zu streiten. Sie schleppte sich zur Tür, ihr Blick folgte seinem ausgestreckten Arm, der auf den Himmel über dem Kamm wies, auf den windlosen Nachmittagshimmel, zu dem Rauchwolken aufstiegen. Immer heftiger, immer wallender stiegen sie auf, dunkle, schmutziggelbe Wolken, von einer flammenden Säule durchschossen, die einen Wirbel, einen Stiem von Funken entließ. Das Leichte, das der eigene Wind des Feuers emportrieb, flatterte und trudelte durch den Rauch und segelte über die Kiefern hinweg.

Das ist bei Berni, murmelte Frank, das ist seine Kate, die da brennt. Er trat neben Sophie und wandte sich gleich wieder dem Hang zu und dachte: wenn nur nichts herüberkommt, durch den Mais läuft das Feuer im Sturm, wenn's nur nicht hinüberspringt zu den alten Bäumen und den Hang hinab zur Schonung; aber der Mais ist noch grün, gibt noch keine Nahrung ab für die Flammen. Besorgt starrten beide auf den Rauch, der nicht gleichmäßig stieg, sondern sich in drängenden Schüben hinaufwälzte und sich, wenn der Auftrieb nachließ, auseinanderzog zu einer Wolke, die fremdartig aufleuchtete im seitlichen Sonnenlicht. Das kann nur bei Berni sein, sagte Sophie, die Ziegelei ist zu weit ab, und da gibt es auch nichts, was brennt. Je länger sie standen, desto deutlicher glaubten sie den Brandgeruch zu spüren, einen beizenden Geruch, der die Schleimhäute reizte, und obwohl der Herd fern hinter dem Hang lag, glaubten sie die Geräusche zu hören, die das Feuer hervorrief, das Knacken und Zischen und die echolosen Explosionen, die einen Funkenregen auslösten. Ich muß da mal hin, sagte Frank unvermittelt.

Rasch tauschte er die Gummistiefel gegen seine Lederschuhe, setzte die verschossene Mütze auf und machte sich ohne ein weiteres Wort auf den Weg, am Rand des ausgefahrenen Sandwegs hinauf bis zur Kreuzung, wo die Teerchaussee begann. Hier wurde das Gehen leichter. Er bewegte sich forscher, getrieben von dem Wunsch, das Waldstück hinter sich zu lassen, um einen ersten Blick auf Bernis Anwesen werfen zu können. Das leichte Dröhnen seiner Schritte spürte er in seinem Kopf. Gezeichnet vom Schattenwerk der Bäume, lief die Chaussee vor ihm hin und schien mitunter sacht zu schwingen. Er hörte Motorengeräusch in der Ferne, hörte auch den an- und abschwellenden Ton einer Sirene. Er hatte das Waldstück noch nicht passiert, als der blaue Transporter in schneller Fahrt auf ihn zukam; hell, wie signalhaft, blitzte die Windschutzscheibe auf, dann bremste er und hielt fast auf gleicher Höhe. Kai drehte die Scheibe herunter und rief: Bernis Haus! Sie löschen schon! Frank forderte ihn auf, zu wenden; der Junge tat es widerstrebend, denn er hatte gerade erfahren, daß die Teerstraße unten gesperrt würde, er war der letzte, den sie durchgelassen hatten. Macht nichts, sagte Frank, wir stellen den Wagen vorher ab.

Jetzt fuhr Kai langsam, und als der Wald sie entließ, sahen sie den in weißlichen Qualm gehüllten Brandherd, aus dem nur sporadisch und in trägen Wolken dunkler Rauch aufstieg, sahen die Ansammlung von Fahrzeugen und hin- und herrennende und gestikulierende Leute; auf einigen der Wagen kreisten Blaulichter. Hinter einem Schotterhaufen am Straßenrand stellten sie den Transporter ab und gingen quer über das abschüssige Ödland zu dem brennenden Anwesen hinab. Sie redeten nicht miteinander, fragten nichts, äußerten keine Vermutung; unablässig blickten sie auf das Gewimmel hinunter, beide darauf aus, Berni zu erkennen. Strenger wurde der Brandgeruch. Die neben der Kate stehenden Obstbäume hatten Feuer gefangen, einige ihrer morschen Äste brannten wie Fackeln, andere, die begrünten, schwelten und glühten kurz auf. Vor dem morschen Zaun, der das Anwesen umschloß, blieben sie stehen. Die Kate war niedergebrannt. Auf verkohltem Gebälk in dem Mauergeviert tänzelten kleine Flammenzungen, auf die der Spritzenführer sogleich den Wasserstrahl richtete. Draußen türmte sich kein Hausrat, keine eilig geborgenen Stücke, kein Bettzeug; offenbar war alles verbrannt. Zwei Feuerwehrleute zogen das Saugrohr aus dem Brunnen, der sich erschöpft hatte, und schlossen es an einen Tankwagen an. Da ist nichts mehr zu machen, sagte Frank.

So ausdauernd sie auch nach Berni Ausschau hielten – nirgendwo tauchte er auf. Sie stiegen über den Zaun, der Gluthauch erhitzte ihre Gesichter, Ascheflocken segelten auf sie herab. Frank fragte einen Feuerwehrmann: Wo ist denn der Eigentümer? Er bekam keine Antwort, auch der Einsatzleiter hatte nur ein Achselzucken für ihn übrig. Dann sahen sie Holmsen; mit geöffneter Uniformjacke, die Mütze in der Hand, kam er aus dem Qualm hervor, den Blick ständig auf den Fuß der verrußten Mauer gerichtet. Gelegentlich hob er etwas auf, betrachtete, begutachtete es und ließ es fallen oder warf es ins

Gebüsch. Er umkreiste die Brandstelle, verschwand für einen Augenblick in der Tiefe des Gartens, und als er zurückkehrte, bemerkte er Frank und Kai und ging auf sie zu, keineswegs verwundert darüber, sie hier zu treffen. Knapp nickten sie einander zu, nannten ihre Vornamen, wandten sich wieder dem Feuerherd zu, wo verkohlte Balken zusammenstürzten und einen Wirbel von Asche und Dreck aufstieben ließen, und nachdem sie beobachtet hatten, wie der Wasserstrahl alles zu schmauchender Ruhe brachte, drehten sie sich weg und sahen einander an. Statt auch nur ein Wort über den Brand zu verlieren, fragte Holmsen: Da waren doch Tiere, nicht? Da waren doch Nerze im Garten? Wißt ihr, wo die geblieben sind? Und Frank antwortete: Wir kümmern uns nicht um Bernis Geschäfte. Auch die Käfige sind verschwunden, sagte Holmsen, bis auf ein paar sind alle weg. Da mußt du Berni fragen, sagte Frank, er wird wissen, wo sie geblieben sind. Ist Berni nicht hier, fragte Kai. Er weiß noch nicht, was passiert ist, sagte Holmsen und fügte stockend hinzu: Er wollte nach Schleswig und dann auch kurz nach Kiel; im »Quellenhof« haben sie es erzählt. Er hat noch keine Ahnung, was hier passiert ist.

Sie blickten auf die schwelenden Balken, und nach einer Weile sagte Frank: Es sieht schlimm aus. Und Holmsen nickte und murmelte: Da ist wohl nichts übriggeblieben. Beim Eingang, unter den sengelnden Holzstufen, glänzte es auf, eine Flasche kippte und rollte hervor; Holmsen sah es, ging hin und schubste die etikettlose Flasche mit dem Fuß aus dem Bereich des Feuers. Was meinst du, fragte Kai leise: War er es selbst? Hat Berni selbst das Feuer gelegt? Er hatte doch keinen Grund, sagte Frank, dies war sein Zuhause; und so, daß Kai es kaum hören konnte, sagte er: Armer Hund.

Von der Teerstraße her näherte sich eine junge Frau, die ein

Fahrrad schob. Sie achtete nicht auf die Zurufe eines Feuerwehrmannes, ließ sich auch nicht von einem Polizisten aufhalten; wie gehetzt strebte sie der Brandstelle zu, und als sie auf der Höhe des Gartens war, ließ sie das Fahrrad gegen den Zaun fallen und stürzte auf die noch kohlende Ruine zu. Das ist Silke, sagte Kai. Die Frau hob einen Arm vors Gesicht und ging nah an die heiße, geborstene Mauer heran und blickte in das Wirrwarr, in das immer noch der Wasserstrahl hineinzischte. Dem Einsatzleiter, der sie offenbar zurückschicken wollte, antwortete sie mit heftigen, verzweifelten Gesten und erzwang sich so das Recht, die Ruine zu umrunden, wobei sie unausgesetzt ins Innere blickte, auf die Balken, den Herd, auf den geschwärzten Krempel am Boden. Ihr war anzusehen, daß sie etwas Bestimmtes suchte und auch bereit gewesen wäre, in den Resten der Kate zu scharren und zu stöbern, wenn die Hitze sie nicht davon abgehalten hätte. Ich möchte mal wissen, was die da sucht, sagte Kai. Die Frau stand jetzt vor dem ehemaligen Eingang, und während ihr Blick über die Ruine wanderte, schlenderte Holmsen auf sie zu und blieb dicht hinter ihr stehen. Sie schien ihn nicht zu bemerken. Sie wandte sich nicht einmal zu ihm um, als er sie ansprach. Kai und sein Vater beobachteten, wie Holmsen sie am Unterarm faßte und behutsam aus dem Bereich des schwelenden Gerümpels zog.

Komm, sagte Frank, wir fahren nach Hause. Sie warfen einen letzten Blick auf die Ruine und stapften durch wuchernde Kletten und Brennesseln, immer am Zaun entlang, zu dem löchrigen Weg, der zur Teerstraße führte. Dämmerung fiel. Ein schmaler kupferner Lichtstreif überwölbte Barglund in der Ferne. Die Silhouetten von Zuschauern säumten den Weg; mehrmals wurde Frank angesprochen, doch er gab keine Auskunft, ließ sich nicht auf Mutmaßungen ein.

Plötzlich stand Holmsen vor ihnen, er hatte die Flasche in der Hand und war dabei, sie in sein Auto zu bringen. Schlimm, Henning, nicht, sagte Frank, und Holmsen darauf: Schlimm, ja. Kai erbot sich, Holmsens Auto aufzuschließen, und während er es tat, fragte er, ob es schon einen Verdacht gäbe oder einen Hinweis; Holmsen schwieg. Und er schwieg auch, als Kai wissen wollte, ob Silke gefunden hätte, was sie suchte. Er legte die Flasche auf den Rücksitz und deckte sie mit einem Taschentuch zu, und nachdem er seinen Wagen wieder verschlossen hatte, faßte er grüßend an seine Mütze und ließ sie stehen und ging gemächlich zum Spritzenwagen. Der hat bestimmt schon einen Verdacht, sagte Kai. Klar, sagte Frank, das gehört zu seinem Beruf.

Mehr sagten sie nicht; auf der Heimfahrt hing jeder seinen Gedanken nach, erwog und kombinierte und suchte nach Gründen; sie fuhren so langsam, als wollten sie sich Zeit nehmen, um noch unterwegs zu einer abschließenden Meinung über den Brand und seine Ursache zu gelangen. Ungeduldige Fahrer, die an der Sperre angehalten worden waren, überholten sie.

Als sie abbogen in ihr Tal, als das Licht der Scheinwerfer über den oberen Teich schwenkte, fuhr Frank auf und stieß ein einziges Wort hervor: Da! Doch Kai widersprach ihm ruhig: Das war keiner, kein Kormoran. Um ihm zu beweisen, daß er sich geirrt hatte, war Kai bereit, zurückzufahren; sein Vater winkte ab: Fahr weiter! Sie hielten vor dem Hauseingang, in dem Sophie erwartungsvoll stand und nur fragte: Bernis Haus? Bis auf die Grundmauern, sagte Frank, gerettet haben sie nichts. Er zwängte sich an ihr vorbei, ging in die Küche, goß sich kalten, ungesüßten Tee ein und setzte sich mit der henkellosen Tasse an den Tisch. Er trank nicht, starrte nur abwesend vor sich hin, beide Hände um die Tasse gelegt. Schlurfend kam Sophie herein. Weil sie erkannte, daß er nicht gestört werden wollte in seinem Grübeln, schwieg sie und blickte über ihn hinweg aufs Fenster, gewiß, daß er schon reden würde, wenn er es für angebracht hielt. Diesmal jedoch tat er es nicht; auf einmal stand er wortlos auf, nahm einen Schluck aus der Tasse und ging hinaus auf den Flur. Sophie hörte, wie er an Utes Tür klopfte und die Tür, ohne zu warten, öffnete.

Ute lag im Dunkeln auf ihrem Bett, er sah es, als er Licht machte, und er sah auch, daß sie in ihren Kleidern dalag, nur die Schuhe hatte sie abgestreift. Beim Aufflammen des Lichts schloß sie die Augen. Frank musterte sie eine Weile, dann sagte er von der Tür her: Bei Berni hat es gebrannt, und da Ute sich nicht regte: Er hat wohl alles verloren. Er trat ans Bett, fordernd, wie er es gewohnt war, und um ihren Blick aufzunehmen, beugte er sich über sie und sagte: Sieh mich an; bei Berni hat es gebrannt. Hörst du? Hörst du mich? Obwohl sich ihre Augen trafen, schien sie das Fordernde in seinem Blick nicht wahrzunehmen, schien durch ihn hindurchzusehen, unerregt, wie erloschen. Immer noch über sie gebeugt, fragte er: Willst du mir etwas sagen? Ute! Warum redest du nicht? Wir sind doch unter uns! Seufzend richtete er sich auf, trat vom Bett zurück und begann, hin- und herzugehen, wobei er sie unablässig im Blick behielt und ihr erzählte, was er gesehen und gehört hatte – daß Berni fort war, als das Haus brannte, daß die Feuerwehr alles versucht hätte, und daß nicht einmal ein Stuhl, ein Tisch gerettet werden konnte. Ute reagierte nicht; doch als er sie noch einmal bittend aufforderte, zu reden und ihr versprach, daß sie sich immer auf ihn verlassen könnte, drehte sie sich zur Wand, schloß aber nicht die Augen, sondern starrte die altersbraune Tapete an.

54

Als der Regen fiel – ein warmer, sanfter Landregen –, schlüpfte Corinna aus ihren Sandalen und lief barfuß quer über das unbestellte Feld auf den windschiefen Schuppen zu, vor dem ein Hügel von Steinen lag. Von Zeit zu Zeit blieb sie stehen, ließ Willy herankommen und streckte ihm eine Hand hin, um ihn mitzuziehen, und für einen Augenblick hielten sie sich auch fest und liefen Hand in Hand über die sich einschwärzende Erde. Doch er konnte nicht dauerhaft mithalten, immer wieder mußte er den Griff lösen, mußte stehenbleiben und Atem holen. Mehrmals riet er ihr, ihn allein zu lassen, zuzulaufen, um rasch in den Schutz des Schuppens am Rand des Feldes zu kommen; Corinna widersetzte sich, und als sie merkte, wie schwer ihm das Laufen fiel, ging sie einfach neben ihm her, und nicht nur dies: um ihm zu zeigen, wie wenig es ihr ausmachte, naß zu werden, hob sie ihr Gesicht in den Regen.

Der Schuppen stand offen; Eggen waren dort abgestellt, eine Ringelwalze, ein hochsitziger Heuwender; an der Schmalseite lag ein Stapel von Bretterzeug; darauf setzten sie sich und sahen hinaus auf die von Knicks eingeschlossenen Felder und Koppeln, über denen ein grauer, niedriger Himmel hing. Willy bedauerte, daß er Corinnas Bitte nachgegeben und sie mitgenommen hatte auf diesen Spaziergang, von dem er glaubte, daß es sein letzter sein würde; sie indes bedauerte nicht, daß sie mitgekommen war; das bißchen Nässe, meinte sie, machte ihr nichts aus. Sie hatte sich nur gewünscht, daß auch sie etwas finden würde auf dem Schatzfeld, von dem Willy in seiner Jugend Schaber und Pfeilspitzen und sogar eine Steinaxt nach Hause gebracht hatte, uraltes Werkzeug, das er in einem Schuhkarton aufhob. Als sie fast gleichzeitig aus ihren Zimmern traten, hatte er ihr gesagt, daß er noch einmal dorthin wollte, und sie hatte so lange darum gebeten, ihn begleiten zu dürfen, bis er einwilligte.

Wind kam auf, vorübergehend wurde der Regen stärker. Willy zog seine Jacke aus und hängte sie Corinna über, und obwohl sie vorgab, nicht zu frieren, wies sie sie nicht zurück. Sie ließ vergnügt die zu weiten Ärmel schlappen und zog die Jacke bis zu ihren Schenkeln herunter. Einmal faßte sie unwillkürlich in die Tasche und fühlte es knistern, und auf sein zustimmendes Nicken fischte sie eine halbe Tafel Schokolade heraus und brach jedem eine Rippe ab. Während sie aßen, beobachteten sie, wie der Regen den Steinhaufen betrommelte und die Schafgarbe, die aus ihm herauswuchs, zucken und schwanken ließ. Es war nicht Corinnas Lieblingsschokolade, sie war ihr zu bitter, und als sie es offen sagte, sah Willy sie überrascht und dann verständnislos an, er verzog sein Gesicht, und mit heiter dozierender Stimme sagte er: Der Geschmack sei bitter, aber im Bitteren süß. Der Verkehr unter Freunden sei innig, aber höflich. Man genieße, aber man vermeide den Luxus. Erstaunt fragte Corinna: Wo kommt denn das her? Und Willy sagte: Aus der japanischen Teeschule, es sind einige Regeln der Teezeremonie, die jeder kennen muß, der ein Diplom erwerben möchte. Jedenfalls siehst du, worauf es ankommt: im Bitteren die Süße schmecken. Das ist mir zu kompliziert, sagte Corinna, außerdem verstehe ich nicht, wie man Tee nach Regeln trinken kann. Haben Sie das schon mal probiert? Oft, sagte Willy, in Japan haben mich Freunde in das Zeremoniell eingeweiht; skeptisch ist man nur am Anfang – je bereitwilliger man sich diesem Zeremoniell unterwirft, desto deutlicher erkennt man, wieviel es für sich hat. Es enthält eine Lebensphilosophie. Das wäre bestimmt nichts für mich, sagte Corinna; der Tee, den man nach Regeln trinkt, kann einem doch nicht schmecken, oder? Im Gegenteil, sagte Willy, er schmeckt einem besonders gut, aus verschiedenen Gründen – vor allem aber, weil er die Trinker verbindet, weil er vergessen läßt, daß es soziale oder gesellschaftliche Unterschiede gibt. Darum liegt in diesem Zeremoniell eine Verehrung des Möglichen; was das Leben anscheinend nicht zuläßt, für die Dauer des Trinkens kann man sich von allem befreien, was einen beschwert. Corinna wiegte den Kopf und sagte: Bis man so weit ist, muß man wohl noch eine Menge lernen. Man muß sich vorbereiten, sagte Willy, einstimmen; und das tut man, indem man die alten Regeln beachtet. Sinnierend blickte Corinna ihn an, und plötzlich sagte sie: Ich möchte es lernen, Herr Wittmann, von Ihnen, später einmal, wenn Sie wieder bei uns sind. Bitte, sagen Sie ja.

Willy glitt vom Bretterstapel, trat vor den Eingang und blickte über das Feld. Er hielt prüfend eine Hand in den Regen, und als er sah, wie sich langsam Tropfen in ihr versammelten, kehrte er wieder an seinen Platz zurück, setzte sich jedoch nicht, sondern blieb vor Corinna stehen. Er sagte: Ich werde wieder arbeiten, aber nicht bei Maack & Pottjohann; es ist so gut wie entschieden. Das kann doch nicht wahr sein, sagte Corinna. Es ist wahr, sagte Willy. Und Ihr Freund, fragte Corinna, Herr Maack ist doch Ihr Freund; was wird er dazu sagen? Mein Freund hat mich bereits verabschiedet, wie du weißt, sagte Willy. Aber wir, Herr Wittmann, sagte Corinna mit einer Stimme, in der Ungläubigkeit und Protest lag, wir werden bestimmt traurig sein, wenn Sie nicht zu uns zurückkommen. Man wird sich abfinden, sagte Willy, und Corinna: Ich nicht, ich gewiß nicht.

Er war versucht, sie zu umarmen, doch er zögerte und rührte sich nicht, dann blinzelte er sie nur auffordernd an und sagte: Und nun sollten wir, solange es regnet, die Zeit ausnutzen und gleich mit den Grundkenntnissen beginnen, und in scherzhaftem Belehrungston: Harmonie, Corinna, das letzte Ziel unseres Zeremoniells ist Harmonie. Und auf dem Weg dorthin muß man einige Gebote beachten. Die Reinigung am Wasserbecken gehört zu den äußerlichen Handlungen, sie verlangt einem nicht viel ab. Dann gehst du in den Teeraum, läßt dich auf der Bodenmatte nieder und beteiligst dich, während der Teekessel über dem Feuerbecken summt, am Gespräch. Ein Gesetz besagt, daß dabei nicht über weltliche Dinge gesprochen werden darf, desgleichen darf es zwischen Wirt und Gast keinen Austausch von Schmeicheleien geben. Verstehst du, Corinna, keine Schmeicheleien! Der Raum ist erfüllt vom Räucherwerk. Du siehst zu, wie die Schale angewärmt und wie Pulvertee in sie hineingegeben wird. Alles ist von erlesener Einfachheit – der Raum, das Gerät, die Rollbilder. Sei nicht verwundert, daß es nicht der übliche Tee ist, den man dir reicht; er wird mit einem Bambuspinsel in der Teeschale geschlagen, und zwar so lange, bis er zu einer suppigen Masse wird. Du hast das Recht, die Schale ganz auszutrinken, du kannst aber auch nur einen Schluck nehmen und sie an den Nachbarn weiterreichen. Du merkst bald, daß alles von einem eigenen Rhythmus der Bewegungen getragen wird, es herrscht eine kunstvolle Natürlichkeit, in der dir nichts aufgesetzt oder überflüssig vorkommt. Vier Stunden sitzt man zusammen und huldigt der Schönheit, und in dieser Zeit – ich hab es selbst erlebt – wird der Teeraum zu einer Stätte der Phantasie. Man fühlt sich freier, fühlt sich sogar geläutert.

Willy unterbrach sich, erstaunt über den Ernst, mit dem Corinna ihm zuhörte – zumindest glaubte er, daß ihr Ernst und ihre Nachdenklichkeit seiner kurzgefaßten Einweihung galten. Je länger sie ihn ansah, desto unsicherer wurde er. Nun, fragte er, was hältst du von diesem Zeremoniell? Kannst du verstehen, warum es einigen soviel bedeutet? Einer meiner Wirte, ein erfahrener Teemeister, war davon überzeugt, daß es ein Gesamtkunstwerk ist. Ich weiß nicht; sagte Corinna, ich weiß wirklich nicht. Doch plötzlich rutschte sie vom Bretterstapel und fragte: Können Sie mich nicht mitnehmen, Herr Wittmann? Wenn Sie nicht zu Maack & Pottjohann zurückkommen, werden Sie bestimmt bei Süverkopp anfangen; etwas anderes kommt für Sie doch gewiß nicht in Frage – oder irre ich mich? Da Willys Verblüffung dauerte, sagte sie: Maack & Pottjohann – mir gefällts da schon, aber die Welt ist es ja nicht; außerdem möchte ich gern einmal wechseln. Und wenn Sie ein Wort für mich einlegen, geht bestimmt alles glatt. Sie nahm seine Hand und blickte ihn dringend an und wartete auf seine Entscheidung: Bitte, Herr Wittmann. Eine jähe Freude erfüllte ihn, wenn auch nur für einen Augenblick; er strich ihr über die Wange und nickte ihr zu. Er wollte ihr zeigen, daß ihre Bitte ihn froh machte und daß er sie, wenn es nur von ihm abhinge, ohne Bedenken erfüllen würde. Dann aber sagte er: Solch ein Wechsel, Corinna, muß sorgfältig bedacht werden; man muß prüfen, muß vergleichen. Ich weiß nicht, was du dir von einem Wechsel versprichst, doch soviel ist sicher: auch bei Süverkopp wird nur mit Wasser gekocht. Übrigens muß ich dir sagen, daß er und ich uns noch nicht einig sind, wir sind zwar verabredet, aber einig sind wir uns noch nicht; das letzte Wort muß noch gesprochen werden.

Corinna überlegte, anscheinend hatte sie diese Erklärung nicht erwartet, dennoch gab sie sich mit ihr zufrieden und sagte: Gut, aber wenn es soweit ist, holen Sie mich dann nach?

Bitte, Herr Wittmann. Ich werde mein Möglichstes tun, sagte Willy, und als sei er enttäuscht über die Förmlichkeit seiner Antwort, fügte er hinzu: Das solltest du doch wissen. Er legte ihr einen Arm um die Schulter. Er zog sie an sich, und da sie unwillkürlich zum Eingang des Schuppens strebte, bewegte er sich mechanisch mit ihr. Sie schlüpfte in ihre Sandalen und ging hinaus an den Rand des Feldes. Es regnet nicht mehr, sagte sie, gehen wir? Gewiß, sagte er.

55

Das mußt du lesen, Mutter, sagte Kai; wenn du wissen willst, was man bei uns erleben kann, und wie wir auf andere wirken, dann mußt du das lesen. Die Lehrerin hat Wort gehalten; sie hat allerdings nur ein paar Aufsätze geschickt – ich vermute, nur die mit den wenigsten Fehlern – aber sie reichen schon aus, damit du deine Freude hast. Ihren Brief mußt du zuerst lesen, er ist auch an dich adressiert. Während Sophie aus einer rohen Bratwurst Fleischklößchen herauskniff und sie in die schwach köchelnde Suppe fallen ließ, saß Kai vor den fotokopierten Aufsätzen, las und amüsierte sich und strich, als zensiere er den Text, von Zeit zu Zeit eine Stelle an. Merkwürdig, sagte er, aber die Sache mit der Fischschuppe und dem Taschengeld muß den größten Eindruck gemacht haben, fast alle kommen darauf zurück und behaupten, daß man immer Taschengeld hat, wenn man eine Fischschuppe bei sich trägt. Einer vermutet, daß wir sehr reich sind, weil wir beliebig viele Fischschuppen haben. Am meisten gefallen hat ihnen anscheinend die Fütterung der Forellenbrut, du glaubst nicht, was sie alles dabei gesehen haben wollen; ein Junge schreibt, daß viele Fische sich aus Versehen aufgefressen haben, und ein anderer, der entdeckt hat, daß Vater der halbe Mittelfinger fehlt, will wissen, daß die Fische den Finger abgeknabbert haben; so gefährlich ist es bei uns. Du mußt das lesen, Mutter, denn du kommst auch vor. Einmal wirst du die Räucherin genannt, die die Fische über dem Feuer dreht, ein andermal bist du die alte Teichwirtin – ein Mädchen schreibt das –, die ganz traurig geguckt hat, als die Kiste leergegessen war. Alle loben, was du ihnen auf die Pappteller gelegt hast, es hat ihnen so gut geschmeckt, daß sie auch ihren nächsten Ausflug zu uns machen möchten. Aber das mußt du hören: Die kleinen Fische schlüpfen aus dem Ei. Zuerst leben sie in Glasgehäusen, da sind sie unter sich. Wenn sie größer sind, kommen sie in die Teiche. Wir durften nichts in die Teiche hineinwerfen. Ingo hat es doch getan und dann kam ein Fisch und hat es sich weggeschnappt. Unsere Lehrerin hat ihn ausgeschimpft, aber nur leise. Er war ganz schön beleidigt. Er ist weggegangen und hat eine Kette gefunden mit einer Eidechse dran, die war aus Silber. Hast du's verstanden, Mutter? Ich weiß sogar, wer die Kette verloren hat. Doch nun mußt du dich festhalten: Vater kommt ihnen witzig vor, er ist für einige der Mann, der hier für Spaß sorgt, einer wünscht sich sogar, ihn als Lehrer zu haben. Es heißt hier: Beim Teichwirt herrschte gute Laune. Sie verkaufen jeden Tag hundert Forellen. Manchmal tauschen sie sich für Fische Schuhe ein. So ist es bei uns.

Sophie stellte einen Teller aufs Tablett, legte einen Löffel dazu und setzte sich zu Kai. Sie sagte: Die Suppe ist bald fertig, dann kannst du sie Ute bringen. Aber das wird dich auch interessieren, sagte Kai, ohne den Blick zu heben; hier geht es um Onkel Willy, hör nur mal, was hier steht: Uns begleitete ein stiller Mann, der sah gut aus. An der Quelle sollten wir raten, wonach das Wasser schmeckt. Der Mann wußte alles besser. Er schmeckt das Wasser für die Fische ab, dafür bekommt er vom Teichwirt Geld. Wenn er schmeckt, kaut er das Wasser und macht die Augen zu. Seine Zähne sind dabei schon richtig gelb geworden. Was sagst du dazu? Später, sagte Sophie, ich seh mir das später an; und nach einer Pause: Red ihr gut zu, Ute muß was essen. Den Teller mit den Broten laß ruhig bei ihr stehen. Sie hat gestern nichts angerührt, sagte Kai, und sie wird auch heute nichts anrühren; ich möchte nur mal wissen, was mit ihr los ist. Sie muß fertig werden mit etwas, sagte Sophie, so wie jeder von uns manchmal fertig werden muß mit etwas; das beste ist, du läßt sie in Frieden. Aber warum redet sie nicht, fragte Kai, wir sind doch alle auf ihrer Seite; uns kann sie doch sagen, was los ist. Man kann nicht über alles reden, sagte Sophie, nicht über alles. Manchmal machst du etwas durch, das du für dich behalten mußt, einfach, weil dir die Worte fehlen.

Sie verstummte, horchte auf Franks Schritte, der langsam in die Küche kam, erhobenen Gesichts und mit einem Blick, der ihre Aufmerksamkeit verlangte. Er setzte sich nicht, er trat nah an den Tisch heran und sagte: Clausen selbst hat es mir erzählt – Berni wohnt bis auf weiteres bei ihm, im »Quellenhof«, als zahlender Gast. Noch haben sie kein Geld von ihm gesehen, aber sie vertrauen darauf, daß er für Wohnung und Essen aufkommen wird. Bis ihn die Brandversicherung auszahlt, geben sie ihm Kredit. Frank sah abwechselnd von einem zum anderen, und da weder Kai noch Sophie etwas sagten, fügte er mit kaltem Hohn hinzu: Einige gibt's, die ziehen aus ihrem Unglück Gewinn, die fallen immer auf die Beine.

56

Vielleicht lag es an der warmen, unbewegten Luft, vielleicht auch an dem stetigen Geräusch rinnenden Wassers, jedenfalls schlief er im Sitzen ein, dort bei den Kopfweiden. Den Rücken gegen einen schrumpeligen Stamm gelehnt und das Gesicht den Teichen zugewandt, schien er die Wildenten zu beobachten, die zur Nacht eingefallen waren, schien geduldig darauf zu warten, daß ein Fisch sich hob und auf dem dunklen Spiegel auslaufende Kreise hinterließ. Willy verschlief die Dämmerung, und als ein Aufruhr unter den Wasservögeln ihn weckte, stand er nicht auf, sondern blieb unter der Kopfweide sitzen und sah auf die Lichter im Haus und auf das einzelne Licht am jenseitigen Hang. Er war zufrieden mit sich, mit der Entscheidung, die er getroffen hatte; die einzige Verlegenheit bereitete ihm der Brief, den er seinem Freund Detlev würde schreiben müssen. Er beschloß, es noch hier zu tun, gleich nach dem Treffen mit Süverkopp.

Schatten bewegten sich vor einem Fenster, und er dachte voller Dankbarkeit an seine Leute, die ihn aufgenommen und betreut und eingeweiht hatten in die Bedingungen ihres Lebens; er nahm sich vor, ihnen zum Abschied noch einen Scheck dazulassen, und nicht nur dies; da er erfahren hatte, woran ihnen gelegen war, wollte er gleich das Zimmer fürs nächste Jahr mieten, um hier seinen ersten Urlaub zu verbringen. Auch wenn Thekla dann immer noch keine Lust haben sollte, ihn hierher zu begleiten – er wollte zurückkehren ins Tal der Erinnerung. Ein Gefühl sanft flutender Wärme, die er auf der Haut spürte, ergriff ihn, er entsann sich, daß er hier schon etliche Male gesessen hatte vor langer Zeit, allein oder gemeinsam mit seinem Großvater, der ihm bei zunehmendem Mond von dem Einfluß des kalten Lichts auf die Fische erzählte, von ihrer pünktlichen Unruhe und ihren Wanderungen. Und er dachte daran, daß er als Junge hier mit einem Katapult, das der alte Mann ihm aus Fliederholz gemacht hatte, auf Wasserratten lauerte, ohne auch nur ein einziges Mal eines der Tiere getroffen zu haben. Alles kam ihm so nah vor – das Zirpen der Geschosse, das panische Wegtauchen der Tiere und der Trost des Großvaters, der ihm Glück fürs nächste Mal versprach.

Drüben in Corinnas Zimmer erlosch das Licht, und der Hang lag im Dunkeln. Kurz bevor er das Haus verlassen hatte, war sie noch zu ihm gekommen und hatte ihren Wunsch bekräftigt, die Firma zu wechseln und mit ihm zu gehen, und diesmal hatte er ihr versprochen, bei Gelegenheit ein gutes Wort für sie einzulegen – nicht schon bei seinem ersten Treffen mit Süverkopp, aber sobald er sich eingearbeitet hätte an seinem neuen Platz. Sein Versprechen machte sie froh. Obwohl er vermutete, daß sie für ihren Wunsch zu wechseln noch einen bisher unerwähnten Grund hatte – einen sehr persönlichen Grund –, stellte er keine Fragen; ebensowenig wies er sie darauf hin, daß sie sich bisher nur zufrieden über Maack & Pottjohann geäußert hatte. Er sah zu, wie sie den englischen Teewärmer an sich nahm, ihm einige Kniffe machte und ihn in gespielter Feierlichkeit vom Fenster zur Tür trug, dort plötzlich stehenblieb und beim Anblick des innen steckenden Schlüssels wissen wollte, ob er seine Tür nachts abschließe. Als er daraufhin nur die Achseln zuckte, sagte sie, daß sie es hier draußen nie tue; wenn sie sich fürchte, dann nur in der Stadt.

Ein Geräusch schreckte Willy auf. Vom Sandweg her hörte er Pferdehufe, die in leichtem Trab gingen, aus der Tiefe des Tales näherten sie sich; bald konnte er auch das Schnauben des Tiers hören, und als Pferd und Reiter auf der Höhe des Hauses waren, erkannte er ihre Silhouette. Er mochte das Geräusch, den gleichmäßigen, hämmernden Fall der Schritte, noch jedesmal war er lauschend stehengeblieben, wenn Gäste des Reiterhofs in Barglund durch das Tal ritten, einzeln oder in Gruppen. Er drückte sich vom Stamm ab, drehte den Oberkörper, lauschte zum Kreuzweg hinüber, wo die Hufe auf der Teerstraße einen anderen Klang annehmen mußten, einen echolosen, klackenden Ton, und während er darauf wartete, glitt sein Blick über den unteren Teich.

Zuerst hielt er es für eine Sinnestäuschung, doch dann sah er, daß sich da auf dem Damm wirklich eine Gestalt duckte, einen Augenblick sichernd verhielt, dann wieder gebückt weiterschlich und sich bei der Schleuse auf die Erde legte. Es war nicht erkennbar, was der Mann dort tat; auch als Willy sich aufrichtete und unwillkürlich einige Schritte hinabging, sah er nicht mehr als den ausgestreckten Körper, der in Reglosigkeit zu verharren schien. Gerade als er beschloß, den Mann zur Rede zu stellen, drückte der sich vom Boden ab, sicherte kurz und strebte dann dem Hang zu, wobei er sich mehrmals umsah und, als er entdeckte, daß er beobachtet worden war, rascher und rascher ging. Da rief Willy ihn an, da forderte er ihn auf, stehenzubleiben, doch anstatt zu gehorchen, begann er zu laufen, und Willy folgte ihm. Obwohl ein dunstiger Schleier sich vor den Mond gelegt hatte und das Licht schwächer geworden war, bemerkte Willy, daß der Mann nichts in den Händen trug, keinen Beutel, keinen Kescher; offenbar war er keiner der nächtlichen Fischdiebe, die sie fast in jedem Sommer heimgesucht hatten. Dennoch nahm Willy sich vor, ihn zu stellen. Solange sie auf dem Damm liefen, vergrößerte sich der Abstand zwischen ihnen nicht, ja, er schien sich sogar zu verringern; am Hang jedoch bewies der Mann ihm seine

Überlegenheit: tief gebeugt, stemmend und die Hände zur Hilfe nehmend, arbeitete er sich hoch und gewann Meter um Meter. Willy gab nicht auf; keuchend, verbissen setzte er die Verfolgung fort. Und dann hörte er den Fluch des Mannes und sah ihn fallen und zurückrutschen, für einen Moment blieb er stöhnend liegen, und jetzt war Willy hinter ihm, warf sich hin und packte ihn mit beiden Händen am Fußgelenk. Zu erschöpft, um mehr zu tun, hatte er ihn nur gepackt und sammelte Kraft, das Gesicht an die Erde gedrückt. Der Mann sagte kein Wort, er stöhnte nicht mehr, anscheinend sammelte auch er Kraft, um sich von dem Griff zu befreien. Bezwungen von ihrer Erschöpfung, doch lauernd und argwöhnisch in ihrer Wachsamkeit, lagen sie hintereinander am Hang, lagen still, bis Willy seinen Kopf hob; da traf ihn ein Stoß mitten ins Gesicht. Sofort ließ er das Fußgelenk los, rutschte weg, rollte, benommen vor Schmerz, gegen einen frischen Baumstumpf, der ihn hart auffing. Er konnte nicht mehr denken als: Schuh, sein Schuh – dann verlor er das Bewußtsein.

Es dauerte nicht lange, bis er wieder zu sich kam; stärker als das Brennen in seiner linken Wange spürte er einen drükkenden Schmerz in der Hüfte, der aber sogleich nachließ, nachdem er sich von dem kantigen Baumstumpf weggestemmt hatte. Auf allen vieren, zittrig und mit leichtem Schwindelgefühl, lauschte er und starrte ins Dunkel, darauf gefaßt, daß ihm ein Geräusch die Nähe des Mannes verriet, doch es blieb still. Er war allein. Willy wagte es nicht, sich aufzurichten, sitzend, mit den Händen steuernd und stützend, arbeitete er sich den Hang hinunter; um nicht ins Rutschen zu geraten, stemmte er seine Bewegungen mit den Absätzen ab. An der alten Buche erst, beim Austritt der Quelle, richtete er sich auf und ging dann den Hauptdamm hinab. Zielbewußt ging er zum unteren

Teich, zu der Stelle, an der der Mann gelegen hatte, hier hockte er sich an die Böschung, horchte auf das Murmeln des Wassers, musterte lange den Stabrechen vor dem Teichausgang, tauchte auch seine Hand ins Wasser, als wollte er seine Temperatur erfühlen, und da ihm nichts auffiel und er nichts fand, was der Mann zurückgelassen oder angerichtet hatte, verließ er die Stelle und ging zum Haus hinab – mit wachsender Zufriedenheit darüber, daß er den fremden Besucher vertrieben hatte.

Er beschloß, Frank von seiner Begegnung mit dem Fremden zu erzählen, desgleichen von seinem eigenen Mißgeschick und der ergebnislosen Inspektion, doch bevor er an der Tür war, blieb er vor dem erleuchteten Küchenfenster stehen. Am Küchentisch saßen Sophie und sein Bruder, beide hatten die Brille auf, und während Sophie in einem Karton voll von Zetteln, von Quittungen und Rechnungen stöberte, hier etwas herausfischte, dort etwas ablegte und beschwerte, wartete Frank, über eine Kladde gebeugt, auf ihre Angaben und trug sie ein. Wie immer, hatten sie ihre Buchführung bis zum letzten Termin hinausgeschoben; Willy wußte es, er erinnerte sich ihrer verdrossenen Ankündigungen, sich bald einmal den Kram – wie sie es nannten – vorzunehmen, den Schreib- und Zahlenkram. Aus ihren Gesichtern las Willy, wie ihnen zumute war, aus ihren von Ärger und Unwillen gezeichneten Gesichtern. Da sie nicht aufhörten, die Menge der verbliebenen Zettel abzuschätzen, wurde ihm klar, daß sie die verwünschte Arbeit hinter sich bringen wollten. Dennoch glaubte Willy, sie stören zu müssen; er klopfte an das Fenster und winkte Frank heraus. Der sah ihn erstaunt an und fragte: Wie siehst du denn aus? Willy winkte ab: Es geht schon, es läßt sich ertragen; und mit knappen Worten erzählte er, was er beobachtet hatte und was ihm geschehen war, und dann holte Frank seine Stablampe und beide inspizierten den Damm und die Stelle, an der der Mann sich hingelegt hatte, ohne einen Abdruck, eine Spur entdecken zu können. Auch im Wasser schwamm und trieb nichts, zumindest zeigte sich nichts im zuckenden Lichtstrahl. Gemeinsam umrundeten sie den Teich, der Lichtstrahl huschte über das Wasser, wanderte den Hang hinauf, schwenkte durch das Geäst der Buchen – nirgendwo blieb er liegen. Da wollte einer wohl nur die Lage erkunden, sagte Frank, und als sie wieder vor dem Haus waren, entschuldigte er sich bei Willy mit anstehendem Schreibkram und wünschte ihm gute Nacht.

Willy stieg den Pfad hinauf. Aus Corinnas Zimmer, in dem kein Licht brannte, drang leise Radiomusik; ohne seinen Schritt vor ihrer Tür zu verzögern, ging Willy vorbei. Lautlos öffnete er die Tür zu seinem Zimmer und trat vor den Spiegel und betrachtete sein Gesicht, strich über die Schwellung auf der Stirn, betupfte mit einem Wattebausch, den er mit Rasierwasser tränkte, die Abschürfung auf seiner Wange; danach holte er das Messer vom Obstteller und preßte die flache Klinge auf die Schwellung. Eine Weile stand er pressend mit geschlossenen Augen da, empfänglich für die wohltuende Kühle, die vom Stahl ausging. Obwohl er die Spuren des Stoßes nicht tilgen konnte, fühlte er sich erleichtert; das Brennen und Pulsen war zu ertragen, und nach einer abschließenden Prüfung seines Gesichts sagte er sich, daß er glimpflich davongekommen war. Übermannt von plötzlicher Müdigkeit, zog er sich aus und ging zu Bett.

Aber er konnte und konnte nicht einschlafen. Zuerst wanderte sein Denken zu dem Mann zurück, den er verfolgt und fast gestellt hatte; er konnte sich nicht erklären, warum der Kerl hier erschienen und noch weniger, warum er vor ihm,

Willy, geflohen war und sich so gewaltsam aus seinem Griff befreit hatte. Daß er planvoll hierhergekommen war, stand für Willy außer Zweifel; denn als der Mann sich bei der Schleuse auf die Erde legte, tat er es nicht, um zu trinken; um seinen Durst zu stillen, hätte er seine Hand nur in den Strahl des überlaufenden Wassers zu halten brauchen. Willy bedauerte, daß er das Gesicht des Mannes nicht hatte erkennen können. Er öffnete die Augen und starrte zur Decke. Er hatte die Empfindung, daß ein schwacher, wellenförmiger Lichtschimmer über sie hinglitt; erst nach längerem Starren merkte er, daß es eine Täuschung war. Dann schloß er die Augen wieder und rollte sich auf die Seite, einen angewinkelten Arm hinter den Kopf gezogen, regelmäßig, ruhig atmend und dabei auf seinen Atem horchend. Unwillkürlich begann er, seine Atemzüge zu zählen, gab es jedoch bald wieder auf, mißmutig über die unerwünschte Wachheit, die er zurückkehren spürte. Nachdem er sich auf die andere Seite gelegt hatte, hörte er, wie der Drücker seiner Tür bewegt wurde, zumindest glaubte er, ein leises Knirschen gehört zu haben; er machte Licht, setzte sich auf und blickte auf die Tür, die er zum ersten Mal nicht verschlossen hatte, doch sie wurde nicht geöffnet. Er trank ein Glas Wasser, löschte das Licht und streckte sich wieder aus.

Eine helle Landschaft breitete sich vor ihm aus, Hügel und Hänge in leuchtendem Grün, in das gelbe Risse eingewebt schienen – die ausgedehnteste Teeplantage, die er jemals gesehen hatte, ein ceylonesischer Teegarten, der im Horizont verschwamm. Noch einmal saß er unter den beiden Schattenbäumen und blickte auf die Pflückerinnen, die sich in ihren bunten Kleidern um die gestutzten Sträucher bewegten; es waren dunkelhäutige Mädchen, deren Körbe durch einen Stirnriemen gehalten wurden. Einige trugen billigen Schmuck an den Armen. Willy glaubte, ihre Stimmen zu hören, ihre Rufe und gegenseitigen Neckereien, und auf einmal hörte er wieder den Schrei und sah, wie ein Mädchen stürzte, und wie andere, heftig durch das Grün rudernd, zu ihm hinliefen und dabei, als wüßten sie bereits, was geschehen war, gellend nach dem Fahrer des Lastwagens riefen. Auch der wußte anscheinend, was sich ereignet hatte; er lief von dem roterdigen Weg zur Unglücksstelle und trug das Mädchen fort. Willy entsann sich noch des Mannes, der ihm später erzählte, daß das Mädchen auf eine schlafende Schlange getreten war.

Die Schwellung auf seiner Stirn begann leicht zu wummern, er erwog, aufzustehen und noch einmal die flache Klinge auf die Beule zu pressen, doch er verzichtete darauf, nachdem er das Buch auf seinem Nachtisch ertastet hatte. Beidhändig drückte er es auf die Schwellung, so lange, bis der Druckschmerz das Wummern überlagerte. Dann lag er still auf dem Rücken, die Hände über dem Bauch gefaltet. Er versuchte, sich leerzudenken, löschte sogleich aus, was sich an Bildern aus der Vergangenheit heraufhob, verdrängte die Gestalten, die stumm um seine Aufmerksamkeit baten.

Ich muß mich beruhigen, dachte er, ich muß unempfindlich werden. Plötzlich war da ein Lichtkegel, der ein Namensschild aus Messing aufglänzen ließ, und er las: Julius Pottjohann, und er dachte an den alten Firmengründer, der ihn zu einem Antrittsbesuch in sein bescheidenes Büro bestellt hatte, an einem Winterabend, in der Speicherstadt. Pottjohann hatte ihm telefonisch den Weg beschrieben, es war die weitläufigste und herausforderndste Wegbeschreibung, die Willy je erhalten hatte – Brücken, Passagen, Lagerräume, Aufgänge, Niedergänge, Korridore mußten gefunden werden –, und obwohl er sich nur wenige Notizen gemacht hatte, betrat er zur verabredeten

Zeit das Büro, und der Firmeninhaber gratulierte und gestand ihm, daß er, Willy, der erste sei, der pünktlich zu ihm gefunden habe. Wie man sieht, Herr Wittmann, ist auch auf den Ortssinn Verlaß; das sagte Pottjohann und streckte ihm eine große fleischige Hand entgegen, und dann rief er Detlev herein, der in einem Nebenzimmer gewartet hatte.

Willy fühlte, wie seine Füße kalt und kälter wurden, und er rieb sie gegeneinander und machte Licht und tappte zum Schrank, wo er aus dem obersten Fach eine Decke herauszog, die er über das Fußende des Bettes breitete. Erfüllt von einem quälenden Verlangen nach Schlaf, kroch er unter die Decke und suchte sich zu entspannen, löschte jedoch nicht das Licht, und als er merkte, wie sein Denken abermals zu wandern begann, ließ er sich abgleiten und zog das Zudeck bis zum Hals hinauf. Er beschloß, das Licht brennen zu lassen. Nach einer Weile schlief er ein und schlief traumlos bis zum Morgengrauen.

Ursprünglich wollte er nur das Fenster öffnen und sich dann wieder hinlegen, doch als er über das Tal und die Teiche blickte, sah er Frank, der bis zur Brust im Wasser stand, und er erkannte auch Kai, der an der Böschung kauerte und einen länglichen Gegenstand hob und fallen ließ, hob und fallen ließ, wobei zwei kleine Fontänen aufsprangen. Willy wunderte sich, daß sie dort so früh tätig waren, mit einer Arbeit beschäftigt, die er sich nicht erklären konnte. Ihm fiel der Fremde ein, den er am Abend verfolgt hatte – dort, wo Kai jetzt kauerte, hatte er sich hingelegt. Willy zog sich an, er wusch und rasierte sich nicht und verließ, von wachsender Sorge getrieben, eilig das Haus. Hastig überquerte er die Sandstraße und stieg zum Damm hinauf, unbeachtet von den Männern, deren Keuchen er hörte, als er sich der Schleuse näherte. Dann sah er den wogenden Teppich der schlaffen, sanft schwappenden Fischleiber und blieb stehen und dachte: großer Gott, was ist hier geschehen?

In unschätzbarer Zahl trieben da tote und sterbende Fische auf dem dunklen Gewässer, mit abgeklappten Kiemendeckeln trieben sie, mit geöffneten Mäulern, wie erstarrt in der letzten Qual. Mitten in dem kreiselnden Todesteppich stand Frank, stand bis zur Brust im Wasser, drückte und lenkte die Fischleiber mit einem hochkant gestellten Brett in eine Teichecke, während Kai sie mit einem langstieligen Rechen heranharkte. Schon schichtete und klumpte es sich in der Teichecke, eine silbrige und goldfarbene Masse, von den schwachen Wellen überspült, die Frank mit seinem Brett verursachte. Fassungslos beobachtete Willy, wie vom Grund immer noch einzelne Fische auftrieben, sich erschöpft auf die Seite legten, fächelten, davonschnellten, wieder hochschwammen und endgültig liegenblieben. Da auch jetzt keiner der Männer ihn beachtet hatte, beugte Willy sich zu Kai hinab und fragte: Was ist passiert, um Himmels willen? Kai wandte nicht einmal den Kopf, sondern sagte nur erbittert: Siehst doch, Onkel Willy, eine Sauerei, eine Gemeinheit, und er hob den langen Rechenstiel hoch und ließ ihn fallen. Willy gab sich nicht zufrieden, er fragte: Eine Krankheit? Doch Kai antwortete ihm nicht, und auch Frank sagte nichts, er schien ihn nicht einmal wahrzunehmen, als er seine Hilfe anbot. Willy hockte sich hin und sah nur zu, wie sie die Kadaver bargen, drängend und harkend, mit Gesichtern, die gezeichnet waren von Wut und Verzweiflung.

Nachdem sie den größten Teil der Kadaver abgefischt hatten, watete Frank an die Böschung und nahm wortlos Willys Hand, um herauszusteigen, und dann ging er auf dem Damm zur

Teichecke und blickte auf die wertlose Ernte. Schade, daß du ihn nicht erkannt oder geschnappt hast, sagte Frank. Es war dunkel, sagte Willy, ich bekam sein Gesicht nicht zu sehen. Frank streifte die Hosenträger des Watanzugs ab, setzte sich auf den Damm, zog seine Pfeife heraus und brannte sie an; das verbrauchte Streichholz legte er in die Schachtel zurück. Zusammengesackt blickte er auf die toten Fische und schüttelte langsam den Kopf, als weigerte er sich, zu glauben, was er sah. Er reagierte nicht gleich, als Kai zu ihm trat und sagte: Gift, es war bestimmt Gift; er blieb regungslos sitzen, doch als Willy plötzlich an die Böschung ging, sich auf die Erde legte und mit einer Hand Wasser schöpfte, reckte er sich und blickte zu ihm hin.

Beide, Kai und sein Vater, sahen schweigend zu, wie Willy das geschöpfte Wasser beroch, abfließen ließ, dann die Hand in den Teich tauchte und sie wedelnd hin und her zog, bevor er noch einmal Wasser schöpfte und es zum Mund hob. Willy trank nicht; schlürfend sog er das Wasser ein, ließ es über Zunge und Gaumen gleiten, wobei er die Augen schloß und zögernde Kaubewegungen machte. Anscheinend war er nicht zufrieden mit sich, denn er stützte sich auf und spie das Wasser auf den Damm, nur, um danach eine neue Probe zu machen. Jetzt behielt er das Wasser länger im Mund, nicht mehr liegend, sondern aufrecht sitzend, sein Gesicht dem Teich zugewandt. Einmal nickte er wie zur Bestätigung, ein andermal legte er den Kopf schräg, als müßte er sich vergewissern. Dann spie er auch diese Wasserprobe auf den Damm und kam zu ihnen, die gespannt auf sein Urteil warteten, und sagte: Nichts, ich kann keinen fremden Stoff finden, keine Spur von Gift. Vielleicht hat es sich plötzlich aufgelöst, sagte Kai, oder es ist so verdünnt, daß es sich an dieser Stelle nicht mehr nachweisen läßt. Er deutete auf die Teichecke, auf die sanft dümpelnden Fischleiber, die sich zu krümmen begannen. Da, sagte er, da müßte man's mal versuchen, es wäre schon gut, wenn wir wüßten, wodurch das passiert. Einen Moment verharrte Willy unschlüssig, er suchte Franks Blick, als benötige er sein Einverständnis oder eine zusätzliche Aufforderung; doch Frank hatte sich weggedreht und sah zu den Kopfweiden hinüber, die in frühem Sonnenlicht standen. Willy glitt die kurze Böschung hinab. Er drückte und wirbelte die Fischleiber auseinander, die, durch geheimnisvolle Anziehungskraft bewegt, zueinander schwappten, schöpfte schnell Wasser und sog es ein. Nachdenklich schmeckte er es durch und konnte auch diesmal Kais Verdacht nicht bestätigen; er sagte: Etwas eisenhaltig, aber kein Gift.

Frank äußerte sich nicht zu diesem Urteil, nahm es aber doch als Zeichen, denn er stand auf und holte Schubkarre, Schaufel und Forke, und ohne daß er Kai einen Wink zu geben brauchte, begannen beide, die Kadaver aus dem Teich zu schippen. Klatschend fielen die ersten in die metallene Wanne der Schubkarre, schichteten sich auf, und wenn einzelne Fische über den Rand der Karre hinausflogen, sammelte Willy sie auf und warf sie zu den anderen. Ausgerechnet jetzt, dachte Willy, und dachte: Es kann keine gewöhnliche Krankheit sein, keine inneren oder äußeren Parasiten, denn das Sterben kündigt sich langsam an, in so kurzer Zeit kann nicht der ganze Besatz zugrunde gehen; aber wo liegt die Ursache, und was bleibt ihnen noch nach diesem Verlust, den sie so bald nicht auffangen können, nicht mit ihrer Arbeit, auch Großvater hat einmal den halben Besatz verloren, doch es war eine andere Zeit, in der man leichter hinwegkam über ein Unglück.

Kai schob die beladene Karre an, und Frank und Willy

folgten ihm, sie zogen zum Schuppen hinab und weiter zu der offenen, gemauerten Feuerstelle, auf der die selten benutzte Tonne stand. Sie schippten die Kadaver in die Tonne und füllten sie mit Wasser auf, alles, ohne ein einziges Wort zu wechseln; auch während der Junge Feuer machte, sprachen sie nicht. Als der Rauch sich verzog und die Flammen an der Tonne hochschlugen, sammelten sie einen kleinen Vorrat Holz; dann machte Kai sich auf, um die nächste Ladung zu holen. Er hatte schon die Holme der Schubkarre gepackt, da trug Frank ihm auf, eine Wasserprobe zu nehmen und die Flasche so schnell wie möglich nach Schleswig zu bringen und auf das Ergebnis der Analyse zu warten; zunächst aber sollte er sich damit beeilen, die Kadaver abzufischen und heranzukarren. Ohne seinen Auftrag zu erläutern, hockte er sich hin und legte Holz nach.

57

Guck nur, was ich dir bringe, sagte Kai, vielleicht hast du es schon geschnuppert: Kartoffelpuffer mit Apfelmus, dein Lieblingsessen, Mutter hat es extra für dich gemacht. Er setzte den Teller mit den kroß gebratenen Puffern und die Kumme mit dem Apfelmus vor sie hin, und gutmütig ihre Schultern tätschelnd, fügte er hinzu: Und jetzt will ich sehen, wie du ißt, ich muß nämlich gleich weg. Ute neigte ihr Gesicht, berührte mit der Wange seine Hand und saß wie ergeben da, ohne das Essen anzurühren. Los, sagte Kai, gib dir einen Ruck, bevor die Puffer kalt werden.

Statt zu tun, um was er sie bat, sagte Ute: Setz dich hin, Kai, setz dich hin und erzähl mir, was passiert ist; Mutter meint, daß es halb so schlimm ist. Mutter hat recht, sagte Kai, ein Fischsterben – das hat's immer mal bei uns gegeben, und bisher sind wir immer drüber weggekommen. Schon Großvater hat es erlebt. Kennt ihr die Ursache, fragte Ute, worauf Kai sie mit vorgegebenem Erstaunen ansah und dann beruhigend antwortete: Es gibt jedesmal verschiedene Ursachen; wir werden bestimmt herausfinden, woran es diesmal gelegen hat. Und jetzt tu mir die Freude und iß. War es Gift, fragte Ute, und Kai darauf: Keine Ahnung, die Analyse wird's zeigen. Er nahm sich einen der Kartoffelpuffer, rollte ihn zusammen, stippte das Ende ins Apfelmus und biß ab und hörte zu kauen auf, als draußen ein schweres dunkles Auto hielt. Zuerst stieg ein athletischer Bursche in Jeans und Windjacke aus und danach Corinna, die ihre Segeltuchtasche vom Rücksitz nahm, zu dem Burschen trat und eine präsentierende Geste zum Tal hin machte – so, als wollte sie sagen: Hier, hier also ist es – und dann hinaufdeutete zum Gästehaus. Corinnas Begleiter ließ seinen Blick über die Teiche und das Tal wandern und nickte anerkennend; anscheinend beglückwünschte er sie zu diesem Aufenthaltsort. Kennst du den, fragte Kai. Das ist ihr Bruder Dirk, sagte Ute; er ist aber nicht der richtige Bruder, sie nennt ihn nur so – Corinna und er, sie sind zusammen aufgewachsen. Weißt du, was er macht, fragte Kai. Er hat eine kleine Bootswerft, sagte Ute, an der Schlei. Dann sahen sie zu, wie der Bursche Corinna an sich zog und ernst auf sie einsprach und ihr, als wollte er sie freundlich verwarnen, einen ausgestreckten Zeigefinger vors Gesicht hielt; bevor er ins Auto stieg, faßte er ihr unters Kinn und deutete einen Kuß an. Corinna winkte ihm nach. Sie wartete, bis das Auto hinter der Wegkreuzung verschwunden war. Sie stieg nicht zum Gästehaus hinauf, sondern kam ans Fenster und linste zu Ute hinein, und nach einem flüchtigen Begrüßungslächeln fragte sie mit einer Geste an, ob sie zu ihnen kommen dürfe.

Kai aß rasch den Kartoffelpuffer auf und öffnete die Tür, noch ehe Corinna geklopft hatte, und als sie hereinkam, entschuldigte er sich sogleich damit, daß er fortmüsse. Zu Ute gewandt, sagte er: Wenn ich zurückkomme, muß der Teller leer sein, und förmlich zu Corinna: Ich hoffe, du hattest unterhaltsame Stunden an der Schlei; und dann war er schon draußen und stieg in den Transporter. Corinna sah ihm verständnislos nach.

Hat er was, fragte sie. Er ist in Eile, sagte Ute, er muß allerhand erledigen. Offenbar genügte Corinna diese Erklärung nicht, sie trat ans Fenster und blickte auf den Transporter, hoffte auf ein Zeichen, einen Gruß, doch da wurde nicht wie sonst eine Scheibe heruntergedreht, und es hob sich auch nicht wie sonst eine Hand.

Ute bemerkte den Schimmer von Enttäuschung auf Corinnas Gesicht, sie sagte: Kai hat wirklich etwas Wichtiges zu besorgen, glaub mir. Nachdem der Transporter davongefahren war, hob Corinna ihre Segeltuchtasche auf Utes Bett und öffnete den Reißverschluß. Obenauf lag, eng zusammengerollt, ein roter Gürtel mit breiter Schnalle, den legte sie auf den Tisch und fragte: Wie findest du ihn? Ute zog den Gürtel auseinander, befingerte die Schnalle, strich über das glänzende Leder; der Gürtel gefiel ihr. Er ist für dich, sagte Corinna. Für mich? fragte Ute. Leg ihn mal um, sagte Corinna, und weil ihre Freundin noch zögerte, nahm sie den Gürtel, legte ihn um Utes Hüften, zog allerdings nicht allzu schroff an, sondern ließ ihn locker hängen, wie sie es für modisch hielt. Und dazu mußt du dir deinen dunklen Rock vorstellen, sagte Corinna, und eine weiße oder – noch besser – beigefarbene Bluse. Na, wie findest du dich? Diesen Gürtel, den kannst du mir doch nicht einfach schenken, sagte Ute, und Corinna darauf: Mir macht's Freude. Ute dankte ihr mit einem Handschlag und öffnete eine Schranktür, in deren Innenseite ein Spiegel eingelassen war; obwohl sie vor ihrem Spiegelbild versucht war, den Gürtel fester zu ziehen, ließ sie ihn ein wenig hängen, so wie Corinna es empfohlen hatte. Er ist sehr schön, sagte sie leise und lud Corinna ein, sich zu setzen: Bitte, setz dich doch, ich kann jetzt nicht essen, ich mag auch nicht.

Corinna setzte sich neben ihre Segeltuchtasche aufs Bett und lächelte bekümmert; es war ihr anzusehen, daß sie etwas bedrückte, und sie war nicht einmal bemüht, diesen Eindruck zu verbergen. Und als sie sich nach einer Weile zu sprechen entschloß, klang ihre Stimme schonungsvoll und beinahe auch kleinlaut, als müßte sie sich etwas vorwerfen. Sei mir nicht böse, Ute, aber ich werde euch verlassen, sagte sie. Die letzten paar Urlaubstage werde ich bei Dirk und Beate verbringen. Ich hab es ihnen versprechen müssen. Du weißt, wieviel ich ihnen verdanke. Überrascht von Utes zustimmendem Lächeln, sprach sie weiter, erzählte, daß Beate ihr erstes Kind erwarte, daß sie auf Empfehlung des Arztes auch am Tag liegen müsse und froh wäre, wenn sie jemand in Rufweite wüßte. Kannst du verstehen, warum ich zu ihnen muß? Sicher, sagte Ute, ich an deiner Stelle würde es auch tun. Corinna stand auf, sie schien erleichtert; nach einer schnellen Umarmung ließ sie sich von Ute versprechen, bald einmal zu Besuch zu kommen; sie sagte: Dirk und ich werden dich abholen und auch zurückbringen; du wirst sehen, es wird dir Freude machen. Sie wollte noch mehr sagen, doch sie hatte gemerkt, wie ihre Stimme auf einmal unsicher wurde, und sie nahm ihre Tasche auf, nickte Ute freundlich zu und ging hinaus.

58

Sophie? Schläfst du, Sophie? Nein, nein, ich mach kein Licht, ich find mich schon zurecht, sei ganz ruhig. Daß ich so spät komme, liegt an Holmsen, er hat mich aufgehalten. Du wirst nicht glauben, was er mir zu erzählen hatte, obwohl er mich diesmal geschnappt hat, regelrecht gestellt hat und die Beweise gesichert, dabei hätte nicht viel gefehlt, und er wäre zu Schaden gekommen, der Sturkopp. Es ist nur gut, daß ich vorbeigeschossen hab, unten am Torfstich. Ich saß am Schilfrand, die Mücken hatten es auf mich abgesehen, und ich wollte schon nach Hause kommen, da segelten zwei Kormorane heran, vielleicht war es ein Paar. Sie schwammen dicht nebeneinander und boten ein gutes Ziel. Ich wollte sie gar nicht erst tauchen lassen, wartete nur, bis sie sich nicht mehr bewegten, und dann schoß ich. Vermutlich traf ich den alten, eingesackten Pflug auf der anderen Seite, denn ich hörte gleich dieses bösartige Zirpen und Sirren von dem Querschläger, der in die Schonung fuhr, noch bevor die Kormorane übers Wasser rannten und sich lüfteten unter Warngeschrei. Kannst dir wohl denken, Sophie, wie mir zumute war. Jedenfalls wollte ich Schluß machen und verließ mein Versteck, und als ich an der Schonung vorbeiwollte, trat Holmsen mir entgegen; auf einmal war er da. Vor Überraschung fiel mir nichts ein, er aber sagte: Das war man knapp vorbei, Frank, und wie sich später rausstellte, meinte er nicht die Kormorane, die ich verfehlt hatte, sondern den Querschläger, der an seinem Gesicht vorbeigepfiffen war. Tatsächlich hätte ich ihn fast erwischt. Es blieb mir nichts anderes übrig, als ihm den Karabiner auszuhändigen, und er entlud ihn und hängte ihn sich über die Schulter; die Patronen steckte er in die Tasche. Dann standen wir und guckten uns nur an, anscheinend mußte Henning Langsam sich erst schlüssig werden, was er mit mir machen sollte nach seinem Erfolg. Er war ja lange genug hinter uns hergewesen. Ihm wollte nicht mehr einfallen als der Satz: Es sieht nicht gut aus für dich; den wiederholte er auch noch ein paarmal. Wenn uns einer beobachtet hätte, der hätte annehmen müssen, daß sich da zwei Bekannte besprachen bei einer zufälligen Begegnung. Als ich wissen wollte, was er mit mir vorhatte, sagte er: Wirst schon sehen, und dann ließ er mich vor sich hergehen.

Nein, Sophie, er nahm mich nicht mit, denn wozu hätte er mich zu seinem Revier bringen sollen, wenn unsereins ihm sicher ist. Mitunter drehte ich mich nach ihm um, und da sah ich, daß er fortwährend herumguckte, als suchte er die Umgebung ab – mich behielt er kaum im Auge. Er war unruhig, er war auf etwas aus, auch jetzt, wo er mich hatte, doch was es war, das sagte er nicht, damit kam er erst heraus, als wir am Schuppen waren. Hier fragte er auf einmal, ob sich Berni bei uns hätte blicken lassen in letzter Zeit, dieser Drews, der uns ja wohl bestens bekannt wäre; so drückte er sich aus: Der uns ja bestens bekannt wäre. Ich sagte ihm, wie es sich verhält, und als er nachzufragen begann und Einzelheiten wissen wollte, merkte ich, daß er hinter Berni her war und sich nicht nur am Rande für ihn interessierte. Lust zu reden hatte ich nicht, doch er hörte nicht auf, sich nach Berni zu erkundigen, und weil es mir schwerfiel, da mit ihm zu stehen, schlug ich ihm vor, in den Schuppen zu gehen. Wir setzten uns auf die Hocker, er nahm den Karabiner ab und legte ihn über die Knie. Wie er so vor mir saß, hatte ich das Gefühl, daß er meinen Fall schon vergessen hatte oder dabei war, ihn zu vergessen, denn wir redeten nur von Berni. Und nun halt dich fest, Sophie – Berni ist verschwunden. Was das heißt? Er ist unauffindbar, abgetaucht, weg, ohne eine Spur zu hinterlassen. Holmsen sagte, wenn er nur verschwunden wäre, würde kein Hahn nach ihm krähen, und einige wären sogar dankbar, wenn sie ihn nie mehr zu Gesicht bekämen. Aber er hätte etliche aufs Kreuz gelegt, den Höker, den Apotheker, am empfindlichsten wohl Clausen vom »Quellenhof«; alle haben ihm Kredit gegeben, nicht allein gegeben – nachgeworfen haben sie ihm die Kredite, weil er ihnen glaubhaft machen konnte, daß die Brandversicherung ihn auszahlen würde. Er brauchte nicht mal mit der Police zu winken, und sie gaben ihm, was er wollte, und ließen ihn wohnen und servierten ihm die Mahlzeiten. Jetzt pfeifen sie ihrem Geld hinterher. Ja, er ist weg, und ich vermute, auf Nimmerwiedersehen; Holmsen aber ist der Ansicht, daß er sich noch in der Gegend aufhält, weil er sich hier auskennt. Und dann sah er mich an mit seinen Fischaugen, skeptisch, als begutachte er mich, er wollte wissen, ob ich bereit wäre, ihm zu helfen, und als ich ihn fragte, welche Art von Hilfe das sein sollte, sagte er: Daß du mir Nachricht gibst, falls er bei euch auftaucht. Weiter konnte er nicht gehen. Da war mir klar, Sophie, was einige in Barglund, die Berni ausgenommen hat, von Holmsen erwarten.

Ich hab ihm geantwortet, was auch du geantwortet hättest: ich werde sehen, was sich machen läßt; das sagte ich, und da packte er den Karabiner und setzte den Kolben auf die Erde, und für einen Moment dachte ich tatsächlich, daß er ihn mir zurückgeben würde, aber das war nicht seine Absicht. In gewisser Weise hatte er mich ja nun angestellt, verpflichtet, und darum konnte ich mir erlauben, dem Sturkopp eine Frage zu stellen. Ich fragte ihn also, ob er schon den Beweis dafür hätte, daß Berni das Feuer gelegt hat, und er sagte, daß Berni ein Alibi hätte, kein wasserdichtes, aber immerhin soll man ihn in Kiel oder Schleswig gesehen haben zur Zeit des Brandes. Es war ihm anzumerken, daß er seine Zweifel hatte; vielleicht wußte er auch mehr, als er preisgeben wollte. Du kennst ja Holmsen. Ich jedenfalls fühlte mich auf einmal so, daß ich einen Korn brauchte, und ich holte die Flasche hervor und stellte zwei Gläser hin, aber er winkte gleich ab und sagte: Nicht mit mir; vielleicht glaubte er, ich wollte ihn bestechen. Dann wollte er wissen, woher der Karabiner stammte und wo er versteckt war und zu welchem Zweck ich ihn gebraucht hätte, das heißt, ob ich auch auf andere Ziele als nur die Kormorane geschossen hätte; da ging mir auf, welch einen Strick er mir drehen wollte. Aber du kannst beruhigt sein, Sophie, ich ließ mir nichts unterschieben, nichts anhängen. Während er das Schloß herausnahm und den Karabiner untersuchte – gemächlich, auf seine Art –, fragte er, wie oft ich auf Kormorane geschossen und wie viele ich getroffen hätte, und ich fragte dagegen: Soll das etwa ein Verhör sein, Henning? Darauf sagte er nichts, er hob den Lauf des Karabiners und sah hindurch, und dabei kniff er ein Auge zu, und ich mußte daran denken, daß wir einmal auf derselben Schulbank saßen. Und dann ließ ich es drauf ankommen und gab zu, daß ich ein paarmal auf die schwarzen Halunken geschossen, aber leider erst einen einzigen erwischt hätte, ich gab es zu, weil ich hoffte, daß er mich verstehen würde. Er hörte sich alles an – was für eine Menge Fisch ein Kormoran pro Tag verschlingt, welche Aussichten uns noch bleiben, wenn sich hier eine Kolonie ansiedelt, was mit den Bäumen geschieht, auf denen sie nisten, und ich nannte ihm auch die lächerliche Zahl, die das Ministerium zum Abschuß freigegeben hat. Ich sagte ihm, daß wir mit dem Rücken zur Wand stehen, ich versuchte, ihm klarzumachen, daß einer, der mit dem Rücken zur Wand steht, das Recht haben muß, sich zu wehren, und er saß da mit meinem Karabiner in der Hand und hörte mir zu, ohne mich zu unterbrechen. Er saß so unbeteiligt da, als tropfe jedes Wort von ihm ab. Und dann brachte er es fertig, alles zu übergehen, was ich ihm nahegebracht hatte, er sagte nur: Du hast vergessen, Frank, daß es Gesetze gibt. Ich kam mir vor, als hätte ich mit einem Stein geredet. Mit einem wie ihm lohnt es sich nicht, über Gesetze zu streiten, er braucht sie, um dahinter in Deckung zu gehen.

Holmsen wollte gerade aufbrechen, da kam Kai nach Hause, er sah wohl das Licht im Schuppen und war auf einmal in der Tür und hatte kaum einen Blick für Holmsen, der vor ihm stand mit umgehängtem Karabiner. Du hättest sein Gesicht sehen sollen, seine Wut, seine Empörung, so hab ich den Jungen noch nie erlebt. Er gab mir das Blatt mit den Werten der Analyse, aber ich hatte die Brille nicht bei mir und mußte ihn bitten, mir das Ergebnis vorzulesen. Gift, Sophie, und zwar Blausäure; feinste Spuren von Blausäure. Kai hatte erfahren, daß in einem Gewässer nichts so wirksam ist wie dieses Zeug, selbst in größter Verdünnung sorgt es noch für Tod und Verderben. Er, der es getan hat, muß es gewußt haben, und auch Kai sagte: Das war berechnet.

Weil er mich so wißbegierig und fragend ansah, gab ich Holmsen das Blatt und sagte: Hier, lies mal, damit du weißt, was bei uns passiert ist; aber er konnte mit den Werten nichts anfangen, und deshalb brachte ich ihm bei, was dahintersteckte und welch eine Aufgabe er nun zu übernehmen hätte. Ich sagte ihm deutlich genug, was wir von ihm erwarten, und er nahm es zur Kenntnis. Er notierte sich sogar die Zeit des Geschehens und die geschätzte Höhe des Verlustes, und dann bat er noch um das Blatt mit der Analyse. Je länger er uns befragte, desto offener nahm er für uns Partei, das tat er wirklich, Sophie, er versuchte nicht, seine Empörung zu verbergen, und riet uns gleich, eine Anzeige gegen Unbekannt zu erstatten. Und nicht nur das – auf einmal versprach er uns, sich um unsere Angelegenheit persönlich zu kümmern, wir hatten den Eindruck, daß ihm auch persönlich an der Aufklärung gelegen war. Daß wir unseren Verdacht nicht aussprechen wollten – für uns war's Berni –, bedauerte er, konnte es jedoch verstehen. Dann wollte er fort, doch bevor er ging, erwähnte ich nochmal den Karabiner, denn in einem gewissen Augenblick glaubte ich tatsächlich, daß er ihn mir mit Auflagen und Verwarnungen zurückgeben würde. Er tat es nicht. Er sagte nur: Worauf es wohl hinauslaufen wird, ist unerlaubter Waffenbesitz, und dann sagte er auch noch: Um ein Haar hättest du größere Scherereien gehabt, weißt schon. Über manche Leute kannst du dich nur wundern.

Kai, meinst du? Auch über ihn hab ich mich gewundert, denn er fragte nicht, wie Holmsen an den Karabiner gekommen war, wollte auch nicht wissen, was seine Drohung bedeutete, er gab derart seiner Wut und Erbitterung nach, daß er einfach verschwand, ohne ein Wort verschwand. Ich weiß nicht, was er vorhat. Aber jetzt werde ich dir deinen Fliedersaft bringen und das Katzenfell, ich mach nur einen Moment Licht.

59

Schon als er den Brief, den Sophie ihm durchs Fenster gereicht hatte, betastete, das Steife befühlte, das Kantige, wußte Willy, daß der Umschlag die Fotografie enthielt, die die Lehrerin ihm zu schicken versprochen hatte. Er stieg noch den sommerwarmen Pfad bis zur Mitte des Hangs hinauf, dort setzte er sich und öffnete den Brief und fischte zuerst das Foto heraus, das ihn und seinen Klassenkameraden Matthias zeigte, am Heck eines Ausflugsdampfers. Möwen hingen über ihnen. Auf einem Rettungsring war deutlich der Schiffsname *Albatros* zu erkennen. Matthias hatte ihm einen Arm um die Schulter gelegt und blickte starr in die Kamera. Willy vertiefte sich in den Anblick des Jungen, der ihm nun immer vertrauter wurde, er glaubte seine Stimme zu hören, entsann sich seines eigenbrötlerischen Wesens und der Beharrlichkeit, mit der Matthias ihm seine Freundschaft anbot. Warum er sie nicht erwidern konnte oder wollte, wußte Willy nicht mehr, doch er erinnerte sich, daß der Junge nicht bereit gewesen war, sich abzufinden, und mit Geschenken seine Sympathie zu erwerben hoffte. Einmal schenkte er ihm eine altmodische silberne Taschenuhr, die Willy anfangs nicht annehmen wollte, dann aber, bestochen durch das kleine Läutwerk, doch annahm und gleich zu Hause vorführen mußte, worauf sein Vater ihm befahl, die Uhr sofort zurückzubringen – einfach, weil man es sich nicht leisten kann, gewisse Geschenke anzunehmen. Matthias war weniger gekränkt als enttäuscht; aber auch seine Enttäuschung dauerte nicht lange, weil ihm bald etwas einfiel, womit er Willy entschädigen zu können glaubte. Hättest du Lust zu einer Dampferfahrt auf der Schlei? Ich lade dich ein. Willy dachte daran, und unwillkürlich empfand er Mitleid mit dem Jungen und dachte, es ist furchtbar, jung zu sein – wie unempfindlich wir sein können gegen den Schmerz, den wir andern zufügen; nur nicht noch einmal jung sein, es bleibt zuviel zurück, was man wieder gutmachen möchte, zuviel.

Er zog den Brief der Lehrerin aus dem Umschlag, es war nur ein kurzes Anschreiben, in dem sie für die Begegnung dankte und für die aufklärenden Worte über seinen Beruf, der ihr, wie sie bekannte, manches zu denken gegeben hatte; außerdem wiederholte sie ihren Wunsch, einmal mit ihrer Klasse in seine Firma zu kommen, um den Kindern einen Eindruck von seiner Arbeitswelt zu vermitteln. Sie erinnerte ihn daran, daß er es so gut wie versprochen hatte, sich den Schülern für eine Stunde zu widmen, und ließ durchblicken, wie sehr auch sie selbst sich auf diesen Besuch freute. Und jetzt beschloß Willy, sie und die Klasse einzuladen, nicht in allernächster Zeit, aber sobald er sich in der neuen Firma eingearbeitet hatte. Er stellte sich vor, wie er die Schüler in seiner Taste-Kitchen versammeln, wie er sie auffordern würde, zu probieren und ihre Geschmackserlebnisse zu schildern, und er mußte lächeln. Nach einem abermaligen Blick auf das Foto steckte er es zusammen mit dem Brief in den Umschlag und schob ihn in seine Brusttasche.

Unten im Tal hielt der Lieferwagen des Bäckers vor dem Haus, er mußte mehrmals hupen, bevor Sophie herauskam. Anscheinend wurde sie ausgefragt, denn sie und der Bäcker standen lange vor der offenen Wagentür, ihre Gesten ließen keine Deutung zu. Als Sophie eines der beiden Brote, die der Bäcker ihr auf die ausgestreckten Arme legte, umtauschen ließ, wußte Willy, daß sie an ihn gedacht und ihm zuliebe ein Mischbrot genommen hatte. Nachdem der Bäcker davongefahren war, stand Willy auf und ging, gegen den Hang gebeugt, weiter zum Gästehaus hinauf, dessen Fenster offenstanden. Im Vorübergehen berührte er das aufgeklafterte Holz auf der Veranda, auf dem sich Harztränen auszogen und in schlieriger Bahn wegtropften. Er trat auf den Flur und sah sogleich, daß Corinnas Zimmertür offenstand; in genauem Winkel fiel Sonnenlicht heraus. Ein Geräusch von kurzen, stampfenden Schritten drang zu ihm, dann ein Flattern und Zerren, und als er in das Zimmer spähte, erkannte er Ute, die mit heftigen Bewegungen das Bett abzog und Spannlaken und Bezüge lustlos faltete und auf den Boden warf. Um sie nicht zu erschrecken, klopfte er leise, und als Ute sich zu ihm umdrehte, konnte er nichts sagen vor Verblüffung, er deutete nur auf das hingeworfene Bettzeug und wartete auf eine Erklärung. Ute setzte ihre Arbeit fort, zerrte und schüttelte, und ohne ihn anzusehen, sagte sie, daß Corinna ausgezogen sei, ihr Bruder Dirk habe sie abgeholt, die letzten Tage ihres Urlaubs werde sie bei ihm verbringen. Und sie sagte auch: Corinna hat dich überall gesucht, um sich zu verabschieden, aber du warst nicht da, und ihr Bruder konnte nicht länger warten. Ich soll dir Grüße bestellen, und ich soll dich an das erinnern, was du ihr versprochen hast.

Langsam ging Willy ins Zimmer, wich dem Bettzeug aus und setzte sich und blickte in den leeren Schrank und auf die abgeräumte Fensterbank. Nur den leeren Pappteller hatte Corinna zurückgelassen und eine Milchflasche, die sie als Vase gebraucht hatte. Auf dem hellen Holzfußboden unter der Fensterbank zeichneten sich ein paar Flecke ab, Tropfstellen, die von Corinnas nassem Badeanzug stammten. Plötzlich sagte Ute: Ich bin auch traurig, daß sie fort ist; sie wollte mir noch beim Abziehen helfen, aber ihr Bruder drängte und ließ ihr keine Zeit. Hat sie sonst keine Nachricht hinterlassen, fragte Willy, und Ute darauf: Was für eine Nachricht meinst du? Willy antwortete nicht, er lächelte ihr zu, als wüßte er selbst nicht, was für eine Nachricht es hätte sein sollen. Während Ute Decken und Kopfkissen aufschüttelte und in die Sonne legte, sagte sie: Wie gut, Onkel Willy, daß du noch bei uns bleibst; wenn's nach mir ginge – ich möchte dich gar nicht mehr fortlassen. Leider kann ich nicht bleiben, sagte Willy, nur noch ein paar Tage, und dann wirst du auch mein Bett abziehen, es ist schon alles abgesprochen, mein neuer Chef kommt persönlich, um mich abzuholen. Erstaunt sah Ute ihn an und fragte: Du hast etwas

Neues angenommen? Ich will's nochmal versuchen, sagte Willy, noch einmal herausfinden, wieviel von dem geblieben ist, was ich einmal besaß. Aber du meintest doch, es ist vorbei mit allem, sagte Ute. Vielleicht war es ein Irrtum, sagte Willy, jedenfalls habe ich eingesehen, daß man sich auch zu früh abfinden kann, daß man zu früh aufgibt, und das will ich mir nicht vorwerfen müssen. Weiß Mutter schon, daß du uns verläßt, fragte Ute. Ja, sagte Willy, und dann half er ihr, die Bettwäsche einzusammeln; er begleitete sie bis zur Veranda und blickte ihr lange nach.

Als er sich abwenden wollte, erkannte er den schwarzen Vogel, der durch die Länge des Tals herangesegelt kam, in gleitendem, anstrengungslosen Flug, der über die Fichten und den Torfstich hinwegführte und, gesteuert durch ein knappes Abwinkeln der Schwingen, in einer Schleife über dem Streckteich endete. Hell schäumte das Wasser auf, als der Kormoran niederging; nach kurzem Sichern tauchte er. Willy spürte, wie Empörung ihn überkam, gespannt wartete er auf das Auftauchen des Vogels, und unwillkürlich mußte er an den Karabiner denken, und nicht nur dies – erbittert wünschte er sich, ihn zur Hand zu haben und dort unten zu hocken im Schutz der Erlen oder der Kopfweiden, und plötzlich wußte er, daß er schießen würde. Obwohl er noch nie einen Schuß abgefeuert hatte: jetzt wäre er bereit gewesen, es zu tun.

60

Auch in der zweiten Nacht erschien Berni nicht. Einmal hielt ein Auto mit laufendem Motor auf der Teerstraße, hielt da, wo die geborstene Mauer und die schräg hängenden Balken der abgebrannten Kate im Mondlicht zu erkennen waren, doch es stieg niemand aus, und Kai zog sich hinter das Gebüsch zurück und ließ sich auf die Erde nieder. Er war sicher, daß Berni hier noch einmal auftauchen würde, allein, heimlich. Die Gewißheit, daß er Berni hier begegnen würde, war so groß, daß Kai nicht gezögert hatte, sich auch eine zweite Nacht auf die Lauer zu legen, am Rand des verwilderten Gartens, in der Deckung alter Johannisbeerbüsche, die nur die Vögel abernten würden. Seit er beobachtet hatte, wie ein Marder ein junges Kaninchen schlug und mit seiner zappelnden, fiependen Beute davonhuschte, fiel es ihm nicht schwer, sich wachzuhalten; bei jedem Geräusch hob er den Kopf, und wenn er der Stille mißtraute, verließ er sein Versteck und umrundete die kalte Brandstelle. Ohne umfassenden Plan, ohne sich für eine bestimmte Art der Vergeltung entschieden zu haben, lag ihm vorerst nur daran, Berni zur Rede zu stellen, so lange und so unerbittlich zur Rede zu stellen, bis er zugeben würde, was alle von ihm vermuteten. Kai wartete und wachte bis zum Morgengrauen. Berni erschien nicht.

Im ersten Licht des Tages gab er seinen Posten auf und streifte am Maisfeld entlang zu der bewaldeten Kammlinie hinauf, immer wieder zurückblickend, immer darauf gefaßt, doch noch die Gestalt des Mannes zu sehen, der zu seinem zerstörten Besitz zurückkehrte. Als er die Kiefern erreichte, schaute er ein letztes Mal zurück und stieg dann zu den Teichen hinab. Haß erfüllte ihn jetzt, ein ruhiger, abwägender Haß, der aus Kummer und Verzweiflung hervorwuchs. Aufrecht ging er über den Hauptdamm und, ohne die Hunde zu beachten, am Zwinger vorbei, geradewegs auf das Fenster seines Zimmers zu. Er hatte das Fenster nur von außen angelehnt und wollte unbemerkt einsteigen, so, wie er auch das Haus unbemerkt durchs Fenster verlassen hatte, und er zog es auf und prallte zurück: an seinem Tisch saß Sophie.

Zusammengesunken saß sie da, ein Tuch bedeckte ihre Schultern, ihre Hände ruhten auf dem Tisch. Sie sagte nichts, ihr unduldsamer Blick war auf ihn gerichtet, forschte in seinem Gesicht, als wollte sie erkennen oder die Bestätigung dafür finden, was ein von Leiden bestimmtes Vorwissen sie befürchten ließ. Sie sah zu, wie er einstieg, und überhörte seinen leisen Gruß und folgte ihm mit den Blicken, während er zu seinem Bett ging und sich setzte. Dann fragte sie: Hast du es getan? Und da Kai sie nur verständnislos ansah, wiederholte sie: Sag mir, hast du es getan? Kai hob die Schultern, er sagte: Ich weiß nicht, wovon du redest, Mutter, du mußt schon etwas deutlicher werden. Berni, sagte sie und hörte nicht auf, in seinem Gesicht zu forschen. Kai schien überrascht, als sie diesen Namen nannte, er überlegte einen Augenblick und bekannte dann, daß er tatsächlich versucht hatte, Berni abzupassen, drüben, bei der abgebrannten Kate; er sagte, daß er mehrere Stunden auf ihn gewartet hätte, nur in der Absicht, ihn zur Rede zu stellen und die Angelegenheit mit der Blausäure aufzuklären. Nach einer Pause fügte er hinzu: Leider ist er nicht gekommen.

Jetzt senkte Sophie den Blick und nahm die Hände vom Tisch; Erleichterung war ihr anzumerken, dennoch klang ihre Stimme bittend und hilflos, als sie sagte: Laß dich nicht hinreißen, Kai, mein Gott, gib auf dich acht; ich mach mir Sorgen. Warum, sagte Kai, ich will nur klären, was geklärt werden muß; es gibt Dinge, die man nicht auf sich beruhen lassen kann. Und du weißt, was er uns … Ja, sagte Sophie, ich hab's nicht vergessen, aber ich sehe auch, was mit dir los ist und mach mir meine Gedanken. Du willst Vergeltung. Du willst ihn büßen lassen für alles. Das Ende wird sein, daß sie dich eines Tages holen werden wie meinen Großvater, der auch geglaubt hat, für Gerechtigkeit selbst sorgen zu müssen – als ihm die Worte nicht ausreichten, nahm er die Fäuste, und als die ihm nicht genügten, nahm er das Gewehr; eines ergab sich aus dem anderen, und es ging immer nur um dasselbe jämmerliche Stück Land. Was soll aus allem hier werden, wenn sie dich abholen? Hast du schon mal daran gedacht? Kai schwieg eine Weile, angerührt von der Sorge, die sie sich um ihn machte, dann sagte er: Hör zu, Mutter, ich weiß immer noch, wie weit ich gehen darf, ich vergeß mich nicht, so wie Vater sich vergessen kann. Bei mir brauchst du nicht zu fürchten, daß ich aus dem Ruder laufe, ich will nur rausbekommen, ob meine Vermutung zutrifft – und sie trifft zu, da bin ich mir sicher –, und danach will ich eine einzige Frage stellen, nämlich, was einer verdient, der uns das angetan hat. Vater wird es bestimmt verstehen und Ute auch; Ute erwartet es sogar von mir, schließlich hat sie wohl die größte Rechnung mit ihm zu begleichen.

Das Morgenlicht wurde heller, brachte die Müdigkeit zum Vorschein, die auf ihren Gesichtern lag, doch Sophie entging auch nicht die mühsam beherrschte Erregung des Jungen. Sie bewegte die Lippen, ohne zu sprechen, gerade als müßte sie loswerden, was sie sich in ihrer vorauseilenden Sorge zurechtgelegt und schon durchlebt hatte und nun gezwungen war, zurückzunehmen. Und dann sagte sie: Daß ihr immer zurückzahlen müßt, daß ihr nicht darauf verzichten könnt, eine Rechnung persönlich zu begleichen – auch Ute nicht, auch sie nicht. Es hat nicht viel gefehlt, und sie hätte sich und uns ins Unglück gebracht. Du mußt mir versprechen, Kai … Der Junge unterbrach sie, er richtete sich auf und fragte schnell: Was für ein Unglück? Sophie schüttelte den Kopf, jedoch nicht, weil sie ihm nicht erzählen wollte, was sie wußte, sondern weil sie sich wehren mußte gegen ein befürchtetes Ereignis.

Sie sah ihn prüfend an. Also, fragte Kai, und dann erfuhr er, daß auch Ute Berni abpassen wollte, nicht in der Dunkelheit, sondern bei Tageslicht. Die Kate stand da noch, sie war nicht verschlossen, doch Ute ging nicht hinein, sondern verbarg sich im Gestrüpp und wartete auf Bernis Rückkehr. Stell dir vor, Kai, sie hatte Vaters Karabiner mitgenommen, sie wußte ja, wo er im Schuppen verwahrt war, sie hat ihn genommen und war entschlossen, zu schießen. Warum, fragte Kai, warum wollte sie das? Du wirst es vielleicht nicht verstehen, Junge, aber es gibt etwas, das eine Frau nie vergeben kann. Und stockend und mit zurückgenommener Stimme – und ohne ihm mehr zu sagen, als er in diesem Augenblick erwartete –, erzählte sie, daß Ute es so lange aushielt, bis Bernis klappriger Wagen vor der Kate hielt und er selbst eilig ausstieg und im Haus verschwand. Weil sie sich vorgenommen hatte, das Haus nie mehr zu betreten, ging sie ihm nicht nach, sondern richtete den Karabiner auf den Eingang, bereit, bei seinem Erscheinen abzudrücken. Und auf einmal bemerkte sie Flammen hinter dem Fenster, die höher und höher schlugen, sie hörte das Glas zerspringen, sie sah Rauch hervorquellen und aufsteigen, und als das Fensterkreuz zu brennen anfing, stürzte Berni heraus und rannte gleich zu seinem Wagen. Und Ute, fragte Kai, hat sie geschossen? Sie hat abgedrückt, sagte Sophie, doch es löste sich kein Schuß, zum Glück löste sich kein Schuß. Sie hat wohl nicht entsichert, sagte Kai.

Nun weißt du es, sagte Sophie und erzählte, daß Ute nur noch zugesehen hatte, wie Berni davonfuhr. Und mit Zufriedenheit stellte Sophie fest, daß Holmsen den Karabiner beschlagnahmt und fortgebracht und somit wohl dafür gesorgt hatte, daß sich hier kein Unglück ereignen konnte. Nun weißt du alles, sagte Sophie, weißt auch, warum Ute nichts bezeugen will. Sie hat mich gebeten, nicht mit euch darüber zu reden, aber ich dachte mir, du mußt es wissen. Laß dich nicht hinreißen, Kai, laß es nicht soweit kommen, daß sie dich abholen. Sophie faßte nach der Tischkante und zog sich hoch, sie schwankte leicht und tastete nach der Stuhllehne und schloß vorübergehend die Augen, als warte sie auf das Verrinnen des Schmerzes; dann schleppte sie sich zur Tür. Kai sprang auf und wollte sie stützen, doch sie wies ihn zurück und sagte nur: Leg dich hin.

61

Balnis war gefegt, geschrubbt; Balnis, der einstige Fischerort mit altem Stadtrecht, war aufgeräumt und beflaggt und wie zur Besichtigung hergerichtet, und Willy dachte: Vielleicht brauchen sie die Idylle, die Kehrseite, wenn sie von See kommen, vielleicht zeigt sich in der heimeligen Enge ihr Verlangen nach Geborgenheit, und in der Sommersonne an den niedrigen alten Häusern vorbeigehend, dachte er: zu Hause ist einer nur an begrenztem Ort. Er war dem Wanderweg am Fjord gefolgt, hatte lange am Werftgelände gestanden und von ferne gesehen, wie ein repariertes Fischerboot zu Wasser gelassen wurde, und war dann gemächlich zu der kopfsteingepflasterten Straße hinaufgestiegen, die an den Fischerhäusern vorbeiführte. Unbemerkt ging hier keiner vorüber – überall in den Wohnstuben, auf engen Höfen, in hellgetünchten Schuppen hoben sie beim Geräusch von Schritten die Köpfe. Willy kannte ihre Erwartung, und er nickte jedem zu, der Interesse für ihn zeigte. Oft genug mußte er dabei an Corinna denken, an die Wiedersehensfreude, die sie bei einigen Leuten hervorrief, an die Sympathie, mit der man ihr begegnete. Schlendernd durchquerte er den Ort, der ihm vertraut war aus alter Zeit, er ging die Straße zu Ende, und als er da, wo früher noch freies Feld war, ein mächtiges neues Gebäude erblickte, ging er darauf zu. Ein Schild neben dem Kiesweg sagte ihm, daß er vor dem Stadthaus stand.

Willy trat an einen verglasten Aushang und las die Programmfolge des längst zurückliegenden Einweihungsfestes, als er auf einmal gegrüßt wurde. Nanu, allein, fragte eine Stimme hinter ihm. Erstaunt wandte er sich um und blickte in das Gesicht eines älteren Polizisten, das ihm sogleich bekannt vorkam, und nicht nur dies – Willy erinnerte sich sogar an den Namen des Polizisten und fragte: Herr Bysans, nicht wahr? So ist es, sagte der Polizist. Sie waren mit Corinna bei mir, mit Corinna Claasen, ich hab ihr die Verlustbescheinigung ausgestellt. Und dann deutete er auf das Stadthaus und machte Willy darauf aufmerksam, daß hier am Abend einiges zu erwarten sei, ein vielversprechendes Wettsingen, an dem sich zwölf Shanty-Chöre aus ganz Deutschland beteiligen würden, selbst ein Chor vom Bodensee sei angereist, um gegen den Kieler, den Rostocker und nicht zuletzt gegen den Balniser Chor anzutreten. Die Eintrittskarten seien längst weg, doch falls Willy die Absicht habe, zu kommen, werde sich noch ein Platz finden lassen. Willy überlegte kurz und fragte dann aus Höflichkeit: Wird man auch Sie hören können? Das ist vorbei, sagte der Polizist, mehrere Jahre habe ich mit Corinnas Vater gesungen, doch nun ist es vorbei. Aber Sie werden es erleben, der Balniser Shanty-Chor ist einer der besten. Selbstverständlich wird Corinna auch hier sein, und mit ihr die ganze Belegschaft der Werft, und falls Sie Lust haben, nach dem Wettkampf, das ist so üblich, sitzen wir noch bei Lütt un Lütt zusammen, es gibt auch Krabbenbrote und Labskaus. Fragen Sie nur nach mir, ich schleuse sie rein. Bevor Willy zusagte, erkundigte er sich nach der Abfahrt des letzten Busses nach Barglund, und nachdem er errechnet hatte, daß ihm Zeit genug blieb, um zumindest den Wettstreit der Chöre hören zu können, nahm er die Einladung an.

Er verzichtete darauf, in das Stadthaus hineinzugehen, er streifte an der Glasfront entlang, in der sich frisch gepflanzte, mit Hanfseilen gesicherte Eschen und Buchen spiegelten; der Kies auf dem Rundweg machte das Gehen schwer, und auf der Höhe des Parkplatzes verließ er ihn und strebte an stillen und für sich liegenden Gehöften vorbei wieder zur Schlei hinab. Er wußte nicht, wie er Corinna begegnen sollte, er fragte sich, ob er berechtigt sei, ihr seine Enttäuschung über den unangekündigten Auszug zu erkennen zu geben. Nach nutzlosen Erwägungen beschloß er, sich nicht festzulegen und alles dem Augenblick zu überlassen. Seine Füße schmerzten. Er hatte Durst. Es war Zeit, ins »Kanton« einzukehren, nicht zuletzt, um einen Fensterplatz für die Begegnung mit Süverkopp reservieren zu lassen. An der Treppe, die zur umlaufenden Plattform hinaufführte, sprachen ihn zwei Kinder in Badehosen an, Geschwister vermutlich, die ihre aufgeblasenen Gummitiere an sich drückten und wissen wollten, wie spät es sei, und als Willy es ihnen sagte, sich erschrocken ansahen und zu rennen begannen, als ginge es um ihr Leben. Schon wieder ein Versprechen gebrochen, dachte Willy.

Sämtliche Fensterplätze waren besetzt, er sah es bereits am Eingang, sah auch, daß es ausschließlich Männer in Takelblusen und mit Marinekragen waren, bärtige Männer zumeist, die vergnügt und hochgestimmt waren. Willy zweifelte nicht, daß sie zu einem der angereisten Shanty-Chöre gehörten; nur wenige von ihnen hatten ein Teeglas vor sich stehen, die meisten tranken Bier.

Gelassen steuerte er seinen alten Tisch an, an dem er schon oft gesessen hatte, und auf dem auch jetzt die von bemaltem Ölpapier umschlossene Laterne brannte.

Eine Weile betrachtete er die Zeichnung auf dem Ölpapier, versetzte sich in das Boot, das unter steil aufragenden Felsen durch Stromschnellen glitt, über und über beladen und dennoch sicher und anscheinend mühelos gelenkt von einem bezopften Steuermann, an dessen Seite ein schwarzes, einem Luchs gleichendes Tier saß. Dann schlug er die Getränkekarte auf, und da er unter den genannten Titeln gleich einen Genmaicha fand – einen pfannengerösteten gerollten Grüntee, den Onkel Oswald immer nur dann getrunken hatte, wenn er, wie er sagte, den unruhigen Geist an die Kette legen wollte –, suchte er nicht weiter und wartete auf den Kellner.

Willy war sicher, daß ihn derselbe Kellner bedienen würde, der noch jedesmal seine Bestellung aufgenommen hatte, und er war für einen Moment enttäuscht, als eine neue Bedienung an seinen Tisch kam, eine aschblonde Frau, die ihn gleichgültig musterte und mit bemühter Freundlichkeit fragte: Kann ich Ihnen helfen? Willy dankte ihr und erkundigte sich zunächst, ob sie einen Fenstertisch reservieren könnte für den übernächsten Tag, einen Tisch für zwei, vielleicht auch drei Personen. Die Frau nickte, bat ihn, die Zeit und seinen Namen zu nennen und machte sich eine Notiz. Dann nahm sie die Bestellung auf, und als Willy sie bat, den Genmaicha mit gerösteten Reiskörnern anzureichern, stutzte sie und ließ sich die Bitte noch einmal wiederholen, ohne beim Nachsprechen und Hinschreiben ihren Mißmut zu verbergen – anscheinend erblickte sie in ihm einen Gast, der sie mit seinen ausgefallenen

Wünschen auf die Probe stellen wollte. Sie entfernte sich wortlos.

Willy umfaßte mit beiden Händen den Lampenschirm, drehte ihn behutsam, versenkte sich in die hingetuschten Szenen und Landschaften und mußte lächeln beim Anblick der Frau, die einem Mandarin in ergebener Haltung die Teeschale reichte. Unwillkürlich mußte er daran denken, daß Onkel Oswald hier in seinem »Kanton« einmal den Versuch gemacht hatte, den Tee von eigens ausgebildeten Mädchen servieren zu lassen, die, in Kimonos gekleidet, Teile eines entlegenen Zeremoniells feierlich wiederholen sollten – der Versuch mißlang, scheiterte an der Eigenart der Gäste, die keinen Sinn hatten für andächtige Prozeduren und sich nur belustigt zeigten. Nicht einmal mitspielen wollten sie, und um den Mädchen die Demütigung zu ersparen – denn in seinen Augen stellte die Reaktion der Gäste eine Demütigung dar –, gab Onkel Oswald den Versuch bald auf.

Obwohl er nicht wußte, an wen er sie schicken könnte, beschloß Willy, einige der bunten Karten zu kaufen, auf die der Kellner ihn bei einem früheren Besuch hingewiesen hatte. Später, dachte er, ich werde sie später verschicken, einen Anlaß gibt es bestimmt, und vermutlich sogar einen gerechtfertigten Anlaß.

Mit dem Tee setzte ihm die Kellnerin ein Schälchen hin, das mit Dattelkuchen gefüllt war, bereits abgekühlten Kugeln, die in schimmerndem Fett gebacken waren; während der Tee zog, probierte er eine Kugel und schmeckte gleich den Ingwersaft heraus, mit dem die Datteln und Kokosflocken und die anderen Zutaten getränkt waren. Er nahm sich vor, den Dattelkuchen auch Süverkopp zu empfehlen; daß das Rezept noch aus Onkel Oswalds Zeiten stammte, stand für ihn außer Zweifel. Nachdem er noch zwei weitere Kugeln gegessen hatte, goß er den Tee ein, beugte sich über die Schale und fächelte mit der Hand darüber hin, auf der Suche nach dem charakteristischen vertrauten Duft, den seine Erinnerung bewahrte. Der Duft, so schien ihm, war nicht eindeutig, nicht rein genug, er ließ allenfalls eine Vermutung zu, eine flüchtige Ahnung des Stoffes, der ihn freigab. Behutsam hob er die Schale an die Lippen. Schon bei den ersten kleinen Schlucken erwartete er die Frische, die belebende Fruchtigkeit des unfermentierten Genmaicha, dessen geheime Süße und dessen ebenso geheime Bitternis er wiederzufinden suchte; es gelang nicht; alles, was er bestimmen konnte, war der Geschmack, den die gerösteten Reiskörner hinterließen. Er setzte die Schale ab. Er starrte rätselnd in die Flüssigkeit und trank dann wieder, trank in längeren Schlucken, nachdenklich, konzentriert, nur darauf aus, sich im Kosterlebnis bestätigen zu lassen, was der Name versprach. Ich kann mich doch nicht irren, dachte er, ich kann mich doch nicht irren, aber das ist nicht der Genmaicha, den ich kenne, kenne aus den Gärten von Uji. Willy öffnete den Knoten seiner Krawatte. Er wischte sich über sein erhitztes Gesicht. Dann schenkte er sich nach, trank und behielt die Flüssigkeit so lange im Mund, bis er alles ermittelt zu haben glaubte, was sie enthielt.

Als die Kellnerin mit einem Tablett leerer Gläser vorbeikam, bat er sie an seinen Tisch. Nicht im Beschwerdeton, sondern nachsichtig und so, als hätte er den Fehlgriff im voraus entschuldigt, stellte er fest, daß er den Tee, der ihm serviert worden war, nicht bestellt hätte; in jedem Fall sei es nicht der Genmaicha. Es tut mir leid, aber ich möchte Sie bitten, meine Bestellung noch einmal zu überprüfen. Die Kellnerin setzte das Tablett ab. Nach einem schnellen, mißbilligenden Blick holte sie ihren Bestellblock heraus und blätterte so heftig und gereizt zurück, daß die Blätter einen leisen Knall hervorriefen. Hier, sagte sie, Nummer zweiunddreißig, das ist Ihr Genmaicha; ich wußte es doch. Vorwurfsvoll legte sie ihren Block zum Beweis vor Willy hin und wartete anscheinend auf eine Entschuldigung, und da ihr Gast bei seinem Urteil blieb, tippte sie mit dem Zeigefinger auf die hingeschriebene Zahl und sagte: Hier, sehen Sie, hier. Es mag ja sein, daß Sie die Bestellung korrekt aufgenommen haben, sagte Willy, aber dies hier ist nicht der Tee, um den ich gebeten habe; vermutlich ist der Küche ein Irrtum unterlaufen. Das wird sich herausstellen, sagte die Kellnerin kühl und nahm das Tablett und verschwand hinter der Schwingtür, die zur Küche führte.

Willy ahnte, was gleich geschehen würde, und für einen Moment war es ihm peinlich, daß er seine Unzufriedenheit geäußert und eine Nachprüfung veranlaßt hatte; er mußte daran denken, daß Onkel Oswald oft genug vor Gästen gewarnt hatte, die sich darüber beschwerten, nicht nach ihren Wünschen bedient worden zu sein, und so auf Ersatz spekulierten. Mit Unbehagen sah er dem Erscheinen des Kochs entgegen, und als der, ein magerer Mann mit gelblicher Haut und eingefallenen Wangen, die Schwingtür aufstieß, hätte er ihm am liebsten beruhigend zugewinkt und ihm durch Zeichen zu verstehen gegeben, daß alles nur ein Irrtum gewesen sei, der sich inzwischen aufgeklärt habe. Der Koch kam an seinen Tisch und grüßte freundlich und bedauerte, daß Willy einen Anlaß zur Beschwerde gefunden hatte, und dann stellte er eine Teebüchse vor ihn hin und lud ihn ein, die Aufschrift auf dem Schild zu lesen und den Inhalt zu prüfen. Es ist Genmaicha, sagte er in bestimmtem Ton, es ist der Tee, den Sie bestellt haben. Willy verzichtete auf eine Prüfung, er dankte dem Koch und steckte ihm eine Münze zu.

Er spürte einen zunehmenden Druck auf den Schläfen, seine Hände begannen zu zittern. Nie zuvor war ihm die Luft im »Kanton« so heiß, so stickig und verbraucht vorgekommen. Mehrmals blickte er sich um. Die Kellnerin fragte ihn von oben herab, ob sie abräumen dürfte, und als er zu ihr aufsah, trat sie einen Schritt zurück und musterte ihn skeptisch und fragte besorgt: Ist was, gehts Ihnen nicht gut? Willy schüttelte den Kopf. Es liegt wohl an der Luft, sagte er und starrte auf ihre Hände, die das Geschirr hart aufs Tablett setzten, nicht anders, als wollte sie ihm auch dadurch ihren Unwillen zeigen. Sie müssen entschuldigen, sagte er versöhnlich, es war gewiß ein Mißverständnis, worauf sie nur murmelte: Ist schon gut. Willy rechnete damit, daß sie ihm von nun an keine Beachtung mehr schenken würde, doch bevor sie das Tablett anhob, erkundigte sie sich, ob er noch andere Wünsche habe, und mehr ihr zu Gefallen als aus eigenem Bedürfnis bat er sie, ihm einen chinesischen Schwarztee zu bringen, irgendeinen.

Diesmal schrieb sie seine Bestellung nicht auf den Block, sie wiederholte sie nicht einmal, sondern deutete ihm nur durch ein Nicken an, daß sie ihn verstanden hatte. In einem Gefühl der Niedergeschlagenheit wandte er sich den Männern des Shanty-Chors zu; sie waren zusammengerückt an der Fensterfront, sie lauschten einem stämmigen rothaarigen Mann, der ihnen leise etwas vorsang und den sie von Zeit zu Zeit summend begleiteten – anscheinend probten sie da schon für ihren Festabend. Willy hörte ihnen zwangsläufig zu, glaubte ihr Lied zu verstehen, das mit gedehnter schwermütiger Klage begann und mit verheißungsvoller Ankündigung endete; nach knapper Beratung sangen sie es noch einmal und hoben dann die Biergläser gegeneinander und prosteten sich zu. Ein Schauer lief über Willys Rücken, er hob die Schultern und krümmte sich. Wenn die Kellnerin ihm nicht seinen Tee gebracht hätte, wäre er aufgestanden und hätte das »Kanton« verlassen, doch während er das noch erwog, kam sie mit seiner Bestellung, sagte nur: Ihr Schwarztee, und setzte das Geschirr vor ihn hin. Er vergaß, ihr zu danken. Unschlüssig saß er vor seinem Getränk, nippte hin und wieder am Wasserglas, selbst nachdem der Tee bereits gezogen war. Er zögerte den Augenblick der Probe hinaus, weil er instinktiv fürchtete oder einfach nur voraussah, daß sie ihm nichts anderes bringen würde als den Beweis für seine Selbsttäuschung. Er legte beide Hände um den Schirm der Lampe und drehte ihn ein wenig, bis die Zeichnung mit den Kormoran-Fischern erschien, und das unbegrenzte Gewässer, die Haltung der Männer und die angeleinten Tiere, die auf das Kommando zur Jagd warteten, nahmen ihn gefangen wie einmal schon, und doch wieder auf andere Art; denn wie von selbst fielen ihm seine Leute ein, ihre Erbitterung und Franks bedenkenlose Entschlossenheit, seinen Besitz mit allen Mitteln und auch gegen das Gesetz zu verteidigen. Frank muß es tun, dachte Willy, wenn er erhalten und bewahren will, wovon sie leben, muß er sich wehren. Wieder drehte er den Lampenschirm, ließ die morgendliche Jagdszene auf die Rückseite wandern und zog seine Hände zurück und blickte auf die Schale mit dem Mohnblumenmuster.

Dann trank er. Zuerst nahm er nur einen kleinen Schluck, und gleich darauf sog er, unbekümmert um das schlürfende Geräusch, das er hervorrief, die nicht mehr heiße Flüssigkeit in längerem Zug ein und ließ sie über Gaumen und Zunge gleiten. Er schloß die Augen und saß eine Weile regungslos da.

Plötzlich stand er auf. Er blickte sich ratlos um, als wollte er sich daran erinnern, wo der Ausgang war, dann ging er mit steifen Schritten auf ihn zu und wäre, ohne zu zahlen, an der

Kellnerin vorbeigegangen, wenn sie ihn nicht angesprochen hätte. Sie fragte nur: War's recht so diesmal? Willy antwortete nicht, er sah sie nicht einmal an, sondern ließ sich lediglich die Summe nennen und zahlte und verzichtete auf das gesamte Wechselgeld, das die Kellnerin, sprachlos angesichts der Höhe, so lange nicht anzunehmen wagte, wie er noch neben ihr stand. Ohne auf ihren Dank einzugehen, bewegte er sich zum Ausgang, und die Kellnerin trat rasch an die Durchreiche zur Küche, klopfte und sagte zu dem aufscheinenden Gesicht: Einen Cognac, schnell. Als sie ihn kippte, stand Willy schon draußen auf der hölzernen Plattform, zog den Knoten seiner Krawatte fest. Flüchtig blickte er aufs Wasser hinunter, auf die träge anlaufenden Wellen, die die Algenbärte an den Pfählen schwingen ließen, dann hob er den Blick und suchte die Umgebung ab, nicht unschlüssig, wohin er sich wenden sollte, sondern wie jemand, der feststellen will, ob sich die Welt in den letzten Stunden verändert hat.

Es läßt sich aushalten, dachte er verblüfft, es ist gar nicht so schwer, und er dachte auch: anscheinend läßt sich mehr ertragen, als unsereins glaubt, und dabei machte er sich auf den Weg, ging langsam zur Chaussee hinauf, zur Haltestelle, entschlossen, dort so lange zu warten, bis ein Bus kam.

62

Die beiden Frauen nahmen das Doppelzimmer, und Ute ging zweimal zu ihrem gepflegten Wagen, in dem sie ohne Anmeldung angekommen waren, und schleppte ihr Gepäck hinauf, Koffer und Reisetasche. Es waren zwei höfliche, gutgekleidete Frauen, die sich nicht sofort nach dem Preis erkundigten, die auch kaum Notiz nahmen von Bad und Betten, sondern nur, begeistert von der Aussicht, am Fenster standen und auf die blinkenden Teiche hinabsahen und auf das bewaldete Tal. Ute hörte heraus, daß es Schwestern waren, denen man im »Quellenhof« in Barglund empfohlen hatte, hier herauszukommen; offenbar fanden sie bestätigt, was man ihnen dort versprochen hatte, denn die zierliche Frau mit den kurzgeschnittenen grauen Haaren stellte zufrieden fest: Sie haben wirklich nicht zuviel gesagt, und meinte die Stille, die Abgelegenheit, das friedvolle Bild, das sich ihnen bot. Ute entging nicht, daß die jüngere der beiden Witwe war, sie trug einen doppelten Ehering am Finger. Mehr noch als für sich selbst schien sie sich für ihre Schwester darüber zu freuen, daß sie hierhergefunden hatten; ein paarmal zwinkerte sie ihr glücklich zu, so als wollte sie sagen: Siehst du, nun hat sich die Suche doch gelohnt.

In dem Glauben, daß sie das Gästehaus für sich allein hätten, begannen sie ihre Koffer auszupacken, und Ute wünschte ihnen einen erholsamen Aufenthalt und riet ihnen für den Fall, daß sie etwas brauchten oder erklärt haben wollten, sich ruhig an ihren Nachbarn zu wenden, der wisse mit allem Bescheid. Überrascht hielten die beiden Frauen in ihren Bewegungen inne, sie sahen sich an, fragend, mit dem gleichen Wort auf den Lippen; auch als Ute erwähnte, daß es ihr Onkel sei, der nebenan wohne, musterten sie einander mit diesem fragenden Blick. Und dann erkundigte sich die Jüngere, ob er ständig hier wohne oder ob er vielleicht vorhabe, ebenfalls drei Wochen zu bleiben, und Ute sagte, daß seine Zeit vorbei sei und er schon in wenigen Tagen nach Hamburg zurückkehren würde. Die Auskunft beruhigte sie, und als schulde sie Ute eine Erklärung für ihre Frage und ihr erkennbares Zögern, erzählte sie, daß sie unter Schlaflosigkeit leide und sich gelegentlich von ihrer Schwester vorlesen ließe, auch spät in der Nacht, das sei das wirksamste Mittel. Sie sagte: Wir möchten nicht, daß sich irgendjemand gestört fühlt.

Das wird bestimmt nicht der Fall sein, sagte Ute, erstaunt darüber, daß jemand, dem sie vorher nie begegnet war, so freimütig über sein Leiden sprechen konnte. Sie lächelte zaghaft und wies mit einem Ausdruck der Verlegenheit das Trinkgeld zurück, das die Frau ihr zustecken wollte. Dann ging sie den Flur hinab zur Veranda, kehrte aber plötzlich um und klopfte leise an Willys Zimmertür. Er antwortete nicht, rief nicht. Sie bewegte die Klinke und stieß die Tür auf, ohne das Zimmer zu betreten. Willy saß am Tisch und schrieb; er hob nicht das Gesicht, er schien zu wissen, wer auf der Schwelle stand und ihn ansah, denn auf den Tisch hinabsprechend sagte er: Wenn du deinen Vater siehst, ich muß ihn sprechen, es ist dringend. Sobald ich hier fertig bin, komme ich nach unten. Gut, Onkel Willy, sagte Ute und schloß ohne ein weiteres Wort die Tür.

63

Reg dich nicht auf, Frank; ich war's, die Kai weggeschickt hat; er wird nicht lange unterwegs sein, und den größten Teil des Futters hat er ja schon gemischt. Setz dich hin und zieh dein Hemd aus, damit ich mir die Wunde ansehen kann, der Ärmel ist ja schon durchgeblutet. Einmal mußte es ja passieren, ich hab's mir oft gedacht, immer, wenn du die Sense weggehängt hast, hatte ich Angst, daß sie mal runterfällt vom Haken, von diesem wackligen Ding. Ich werde dir schon sagen, warum ich

Kai weggeschickt habe, aber nun halt still – eine Fleischwunde, nicht so schlimm, vermutlich von der Sensenspitze. Rostig ist die ja wohl nicht, darum brauchst du die Wunde auch nicht auszusaugen. Ich hole nur etwas Jod und mach dir dann einen Verband. Gib mir auch gleich das Hemd mit, du kannst es sowieso nicht mehr anziehen.

Nein, Kai ist nicht zum Kaufmann gefahren. Wir haben dich gesucht, haben gerufen, wir wußten nicht, daß du zum Mähen warst am Torfstich; schließlich, weil keine Zeit mehr blieb, hat er sich auf den Weg gemacht. Wir waren hinter dir her, weil Willy dich sprechen wollte. Ich hab ihm gleich angesehen, daß er einen besonderen Grund hatte, knapper hat er noch nie gefragt, er saß hier und wartete auf deinem Stuhl, mit dem offenen Brief in der Hand. Und als sich zeigte, daß wir dich nicht finden konnten, wollte er wieder gehen, doch dann hat er sich anders besonnen und mir den Brief gegeben und gesagt: Hier, lies das mal, Sophie, ich wäre dir dankbar. Ich wußte nicht, warum er das von mir wollte, und mir war es auch nicht recht, weil ich sah, daß der Brief an Thekla adressiert war, von der ich nicht mehr wissen möchte, als ich schon weiß, aber er bat und drängte, und da hab ich mich hingesetzt und den Brief gelesen.

Halt nur still, das Brennen läßt bald nach. Ich wünschte, auch du hättest diesen Brief gelesen, du kannst dir nicht vorstellen, wie der mit ihr spricht, solch eine Tonart hätte ich Willy nicht zugetraut. Ob er die Arbeit annimmt in der neuen Firma? Nein, Frank, er wird nicht anfangen bei diesem Süverkopp, er wird ihn auch nicht treffen, denn mit dem, was Willy einmal konnte und weswegen er so gesucht war, ist es ein für allemal vorbei; das schreibt er gleich am Anfang. Er bittet Thekla, die Verabredung mit diesem Süverkopp umgehend abzusagen, sie sollten sich im »Kanton« treffen, um alles auszuhandeln und zu unterschreiben, doch daraus wird nichts. Er schreibt ihr offen, daß er fertig ist und verbraucht und endgültig verloren hat, was er zu seinem Beruf braucht. Daß er hier einmal geglaubt hat, noch der Alte zu sein, der wie durch ein Wunder seine Fähigkeiten zurückgewann, kann und will er sich nicht erklären, jedenfalls nennt er es einen unbegreiflichen Irrtum. Hörst du, Frank? Einen Irrtum, den er im Namen der Hoffnung beging – so drückt er sich aus. Schade, daß du den Brief nicht gelesen hast. Er schreibt Thekla, daß er Süverkopp täuschen würde, nun, da er ihm nichts mehr einbringen könnte als seinen Namen, und er sagt ihr, daß ihm jetzt auch sein Irrtum zusetzt. Ich will nur noch etwas mehr Watte auflegen. Was muß in ihm vorgegangen sein, als er das schrieb, als er klar und entschieden feststellte, daß er am Ende ist! Wörtlich hat er geschrieben: Von mir ist nichts mehr zu erwarten. Für ihn hat die Welt nur noch einen Einheitsgeschmack – so nannte er das.

Du hast recht, Frank, sowas sagt sich nicht leicht; und doch, ob du's glaubst oder nicht, hatte ich das Gefühl, daß Willy erleichtert war – vielleicht, weil das Hoffen vorbei war. Ein einziges Mal, während ich den Brief las, sah ich ihn an, und ich war erstaunt, wie gefaßt er dasaß, wie geduldig. Thekla, meinst du? Er dankte ihr, ja, er dankte ihr ausdrücklich dafür, daß sie mit diesem Süverkopp gesprochen und bereits Verschiedenes eingeleitet hatte, und er bekannte ihr, daß er ihren Wunsch gern erfüllt hätte, wenn ihm die Wahrheit über sich selbst erspart geblieben wäre. Daran kannst du sehen, daß es mehr ihr als sein Wunsch war, sich mit diesem Süverkopp einzulassen. Und obwohl Willy wußte, wie enttäuscht sie sein würde, bat er sie nicht um Verständnis für seine Absage, sondern forderte sie auf, seine Entscheidung hinzunehmen, so wie auch er den Schmerz hinnehmen mußte, den er mit dem Verlust empfunden hat. Sag nur, wenn der Verband zu stramm ist.

Wer weiß, wie die beiden bisher zusammengelebt haben, jedenfalls schlägt Willy ihr vor, sich zu fragen, ob es für sie noch eine Zeit der Gemeinsamkeit geben könnte; das sagt er ganz unumwunden. Aber wenn es so weit ist, Frank, ich meine, wenn man schon davon spricht, dann kennt man auch die Antwort; denn so was sagt man doch nur aus Enttäuschung und Kummer, und weil man eingesehen hat, daß es kein Zurück gibt. Ich kann dir nicht alles erzählen, was in dem Brief stand, denn weil Willy neben mir saß, wurde es immer schwieriger, weiterzulesen, das Papier zitterte mir schon in der Hand, und die letzten Sätze überflog ich nur. Aber das mußt du wissen – er wird mit jeder Entscheidung einverstanden sein, die Thekla trifft.

Siehst du, Frank, so hab ich's auch verstanden: das ist der Abschied. Wer mit jeder Entscheidung einverstanden ist, der hat die Hoffnung aufgegeben. Zum Schluß hat er ihr mitgeteilt, daß er nicht gleich nach Hamburg zurückkommt, er will noch eine Zeit hierbleiben, vielleicht zwei Wochen, und das, denk ich mir, ist wohl auch ein Grund, warum er mich gebeten hat, seinen Brief zu lesen. Ich hab ihm gesagt, daß er gern hierbleiben kann, und hab ihm versichert, daß auch du nichts dagegen hast, wenn er seine Zeit ausdehnt – du bist doch einverstanden, Frank? Eben, das hat er verdient. Ihm lag sehr daran, dir den Brief zu zeigen und mit dir zu sprechen, aber nicht mal Kai konnte dich finden, und weil es eilig war – der Brief muß noch morgen bei ihr sein –, hat er Kai gebeten, ihn expreß aufzugeben; ich hoffe nur, daß der Junge es schafft, bevor sie zumachen.

Nein, nicht viel; was er sagen wollte, hat er in dem Brief gesagt, und als ich ihn fragte, ob er schon etwas Bestimmtes vorhätte für die nächste Zeit, meinte er: Etwas findet sich immer, Sophie. Und dann ging er, dankte mir nochmal und ging; er wollte zum Hardinger Moor, zu seinem Freund Arne. Bleib ruhig sitzen, ich hol dir ein frisches Hemd. Es pulst nur am Anfang, Frank, der Verband ist nicht zu stramm, wenn du dir Bewegung machst, wird das Pulsen bald aufhören.

64

Ute lehnte ihr Fahrrad an eine Pappel und ging zögernd auf das Haus zu, das, obwohl es zehn Uhr vormittags war, leer und verlassen wirkte. Sie wurde nicht erwartet. Corinna winkte ihr nicht aus dem weinlaubumrankten Fenster, kam ihr nicht, wie versprochen, entgegen, und als sie zaghaft die Klingel drückte, erschien niemand; das einzige Geräusch kam von den Spatzen, die mit wildem Geschwirr ihre Nester im Weinlaub verließen. Ute öffnete die Tür und lauschte ins Haus hinein, sie war so angespannt, so enttäuscht, daß sie nicht einmal den säuerlichen Geruch wahrnahm, der ihr entgegenschlug. Eine breite, mit Läufern ausgelegte Treppe führte in den ersten Stock hinauf; Ute hatte das Gefühl, daß dort oben, hinter weißgelackten Türen, Leute waren, doch sie wagte es nicht, einfach hinaufzugehen. In der Hoffnung, eine Stimme zu hören, trat sie nah an die Treppe heran; auf mehreren Stufen standen volle Aschenbecher und leere und halbvolle Weinflaschen, auf dem Treppenabsatz ein Tablett mit Gläsern.

Plötzlich hörte sie Schritte und versteifte, es waren harte knirschende Schritte, die sich näherten, sie mußten von weither kommen, denn sie dauerten und dauerten, und während Ute noch nach oben lauschte, ging ihr auf, daß jemand draußen auf das Haus zukam. Sie wandte sich um und sah vor dem Hintergrund der Bootswerft und der lichtgesprenkelten Schlei einen alten Mann in verwaschenem Overall, anscheinend hatte er sie beobachtet. Er winkte sie zu sich heraus, nicht barsch und befehlend, sondern freundlich bittend, und dann wartete er, bis Ute bei ihm war, und erklärte ihr leise, noch bevor er sie nach dem Grund ihres Besuchs fragte, daß im Haus wohl alles noch schliefe, es habe ein Fest gegeben, ein Freudenfest, das bis zum Morgen dauerte. Er riet Ute, in zwei, drei Stunden wiederzukommen, dann würde gewiß jemand auf den Beinen sein. Ob sie zu Dirk wolle, fragte er. Ute schüttelte den Kopf, sie sagte, daß Corinna sie eingeladen habe, sie seien fest verabredet, und bekümmert fügte sie hinzu, daß sie hier nicht warten möchte, keine drei Stunden. Da zeigte der alte Mann zu Corinnas Fenster hinauf und sagte: die Treppe rauf und gleich links; ist schließlich Zeit zum Aufwachen. Gehemmt stieg Ute die Treppe hinauf, stieg über Gläser und Flaschen hinweg und klopfte an der bezeichneten Tür und war sicher, ein »Herein« gehört zu haben. Sie öffnete die Tür.

Corinna schlief noch, schlief fest unter hochgezogener Bettdecke, nur ihr Haar war zu sehen. Einen Augenblick verharrte Ute unschlüssig und musterte schnell das sparsam möblierte Zimmer, die beiden zierlichen Stühle, den Rundtisch, auf dem, noch in Cellophan eingeschlagen, ein Obstkorb stand, die Glaswand des schmalen Schranks und die Ausziehcouch, auf der Corinna sich das Bett bereitet hatte. Noch während Ute überlegte, ob sie gehen sollte, drehte sich Corinna mit einem Laut des Unwillens auf die Seite, schlug die Decke ein wenig zurück und legte, um sich vor dem Tageslicht zu schützen, eine

Hand vor die Augen. Die kleine Geste der Abwehr schien sie wach zu machen, zumindest kehrte die instinktive, auf Sicherheit bedachte Aufmerksamkeit zurück; mit einem Ruck warf sie das Zudeck vollends ab und setzte sich auf. Obwohl sie Ute sofort erkannte, sagte sie zunächst kein Wort, sondern hockte nur mit angezogenen Knien da und blinzelte sie schuldbewußt an. Ute sprach zuerst, sie sagte: Wenn du willst, komm ich ein andermal wieder. Nein, sagte Corinna, nein, du mußt bleiben; komm, setz dich zu mir. Und dann nahm sie Utes Hand und entschuldigte sich dafür, daß sie die Verabredung vergessen hatte, es sei einfach zuviel los gewesen, sagte sie, lange nach Mitternacht habe sie noch eine Biersuppe für Dirks Gäste gekocht, und nachdem die meisten zu Bett gegangen waren, habe sie noch notdürftig aufgeräumt. Du kannst dir nicht vorstellen, wie das hier aussah, sagte sie, und da Ute sie nur schweigend und abwartend anblickte, stand sie auf, linste einmal durchs Fenster und erklärte: Dirk und Beate haben einen Jungen bekommen. Sie schob Ute zu einem Stuhl und drückte sie sanft nieder; dann zog sie die Jacke ihres Schlafanzugs aus, tappte barfuß zu einer Tür, horchte und stellte fest: Das Badezimmer ist frei, Rolf schläft noch. Bei offener Tür putzte sie sich die Zähne und erzählte, daß, als sich die Nachricht von der Geburt herumsprach, Freunde und Bekannte erschienen waren, um Dirk zu gratulieren; einige brachten etwas zu trinken mit. Es blieb nicht bei einem kurzen Glückwunsch; nachdem sie alle auf das Kind und die Eltern getrunken hatten, hielt ein Freund von Dirk eine Rede, und später wurden noch mehrere Reden gehalten, und als sich herausstellte, daß die Eltern auf ein Mädchen gehofft und sich deshalb noch nicht für einen Jungennamen entschieden hatten, hagelte es Vorschläge und Empfehlungen. Du glaubst nicht, Ute, wieviel Freude es gemacht hat, über Namen zu reden, über das, was sie meinen und bedeuten, schade nur, daß Beate nicht dabei sein konnte, sie ist noch im Krankenhaus. Ute schwieg immer noch und sah zu, wie Corinna die Hose ihres Schlafanzugs abstreifte und unter die Dusche trat, schon bibbernd, bevor der Strahl sie traf. Sie prustete und drehte sich, ängstlich darauf bedacht, ihr Haar trocken zu halten. Mit einem Schwung zog sie ein Handtuch aus der Halterung, und während sie sich abtrocknete – sie stand dabei in der Türöffnung –, erzählte sie, daß es spät und später wurde; zuletzt waren sie nur noch zu viert, auch Dirks Freund Rolf war dabei, der unentwegt für Gelächter sorgte – wie er selbst sagte, stammt er aus einer alten Rum-Dynastie. Es stimmt, Ute, seine Familie besitzt eine der ältesten Rum-Fabriken im Norden. Und heiter erinnerte sie sich an den Augenblick, als Rolf Bruderschaft mit ihr trank – er hatte weniger getrunken als alle anderen – und Dirk eine Rede auf sie hielt und gestand, daß er und seine Brüder einst alles taten, um ihr zu gefallen, und eifersüchtig darüber wachten, daß sie ihre Gunst gerecht verteilte. Im Morgengrauen, nach der Biersuppe, als schon die Spatzen schilpten, fragte Rolf, was sie beruflich machte, und sie berichtete es ihm, und er hörte ihr interessiert zu.

Und nun halt dich fest, Ute: Rolf machte mir ein Angebot, er meinte, das, was ich in meiner Firma täte, könnte ich auch bei ihm tun, allerdings müßte ich dann nach Flensburg ziehen. Was sagst du dazu? Ute, die ihrer Freundin bisher nur still zugehört hatte, hob jetzt den Kopf und fragte: Und? Wirst du es tun? Soviel steht fest, sagte Corinna, bei Maack & Pottjohann höre ich auf, ich war schon lange genug da, und ein Wechsel kann nie schaden. Sie hängte das Handtuch zurück, erschien aber gleich wieder und begann, ihr Haar zu bürsten, zuerst scharf nach vorn und dann in gleitenden Zügen zur Seite, und dabei erwähnte sie – nicht so, als sei es eine von mehreren Möglichkeiten, sondern als sei es beschlossen und endgültig –, daß sie zu Süverkopp wechseln würde, eine Verschlechterung würde es sicher nicht sein. Und nach einer Pause sagte sie: Dein Onkel Willy wird sich für mich verwenden; vielleicht weißt du es noch nicht, aber sobald er dort angefangen hat, will er mich nachkommen lassen. Ute machte eine verneinende Handbewegung. Sie biß sich auf die Lippe. Sie stand auf und ging ans Fenster und sah hinaus auf das Werftgelände. Wußtest du es nicht, fragte Corinna, und Ute darauf, ohne sich umzuwenden: Onkel Willy geht nicht zu der anderen Firma, er wird nicht weiterarbeiten, er hat Schluß gemacht, für immer. Corinna reagierte nicht gleich, sie warf noch ihr Haar zurück und bürstete es nach hinten, ließ dann, als hätte sie die Nachricht mit Verzögerung begriffen, langsam die Bürste sinken und murmelte: Das kann doch nicht wahr sein. Es ist wahr, sagte Ute, er kann nicht mehr in seinem alten Beruf arbeiten. Seine Zeit als Koster, die ist vorbei. Und was will er tun, fragte Corinna. Erst einmal bleibt er bei uns, sagte Ute und wandte sich um und kehrte zu dem Stuhl zurück, ohne sich zu setzen.

Das tut mir leid, sagte sie, das tut mir sehr leid, Ute; und achselzuckend, als ließe es sich nicht anders ausdrücken, fügte sie hinzu: Manchmal hatte ich das Gefühl, einen neuen Vater gefunden zu haben – so besorgt, wie er immer war. Sie dachte nach und schreckte auf einmal zusammen, gerade als hätte sie erst jetzt entdeckt, daß sie nackt war; schnell legte sie die Bürste auf das Bord unter dem Spiegel und tappte zu dem Beisetztisch, auf dem ihre Sachen lagen. Unter Utes registrierenden Blicken zog sie sich an und hielt dabei ein paarmal inne und wiederholte nur, wie unbegreiflich es für sie sei, daß Onkel Willy seinen Beruf nicht mehr ausüben könne. Sie konnte sich nicht erklären, wodurch einem solch eine Fähigkeit abhanden kommen kann, sie fragte Ute nach ihrer Meinung, doch auch die wußte nicht genau, wie solch ein Verlust entsteht, sie nahm nur an, daß sich da etwas verbraucht hat.

Wie rasch Corinna ihr recht gab und wie gelöst sie auf einmal wirkte, als sie vor den Obstkorb trat und fragte: Glaubst du, daß deine Mutter sich darüber freuen wird? Er ist nämlich für sie gedacht. Bestimmt, sagte Ute, bestimmt wird sie sich freuen, und Corinna: Gut, dann wirst du ihn nachher mitnehmen; aber nun wollen wir in die Küche und Kaffee machen. Ute hielt sie zurück, ihr entging nicht, wie ungelegen sie gekommen war, und in der Absicht, Corinna freie Hand zu geben bei den Aufgaben, die sie hier erfüllen mußte, schlug sie vor, an einem Sonntag wiederzukommen; doch ihre Freundin ließ sich nicht darauf ein: Komm schon.

Behutsam stieg sie die Treppe hinab. In der Küche saßen, unrasiert und noch in den Schlafanzügen, Dirk und Rolf und rauchten, während das Wasser auf dem Herd zu kochen begann. Das ist meine Freundin Ute, sagte Corinna, und die Männer standen auf und gaben Ute die Hand und setzten sich gleich wieder. Müde und mißmutig sahen sie dann zu, wie Corinna den Tisch abräumte, einen Aschewurm wegwischte, Tassen und Teller hinstellte, und schließlich den Kaffee aufgoß. Du bist unsere Retterin, sagte Rolf und warf Corinna einen angedeuteten Kuß zu, und ohne Ute zu beachten, verkündete er, daß sie gerade beschlossen hatten, gemeinsam ins Krankenhaus zu fahren und Beate zu erzählen, auf welchen Namen sie sich für das Kind geeinigt hatten. Außerdem wollten sie ihr von dem Fest berichten. Stimmt's, Dirk? So ist es; wir fahren alle zu Beate. Unbemerkt bewegte sich Ute zur Tür, und als Corinna die Kanne auf den Tisch stellte und sie einlud, sich zu setzen, wehrte sie ab und sagte: Ich möchte lieber fahren. Obwohl sie erkannte, wie verlegen Corinna war, blieb sie bei ihrer Entscheidung. Corinna begleitete sie hinaus, ließ sie plötzlich aber stehen und stürzte zur Treppe und rief: Der Obstkorb! Hoffentlich hast du einen Gepäckträger.

65

In der Stille des Nachmittags krachten schnell hintereinander zwei Schüsse. Frank ließ den Räucherspieß sinken, hob den Kopf und lauschte bestürzt auf das Echo, das, gefangen zwischen den Hängen, die ganze Länge des Tals hinabrollte, bis es hinter dem Fichtenwald verebbte, erstarb. Er stand vor der gekalkten Räucherkammer, in den Händen den Spieß, dessen scharfe Spitze er durch die Kiemen einer Forelle gestoßen hatte, und sah sich verblüfft um. Das rasende, hohlklingende Trommeln eines Spechtes, der einen toten Ast bearbeitete, hatte aufgehört. Die Hunde im Zwinger, die, ihre Schnauzen zwischen lang ausgestreckten Pfoten, dösend auf der Erde gelegen hatten, richteten sich auf und spitzten die Ohren. Von den hohen Kiefern am Hang schwangen ein paar Krähen ab, boten sich dem Wind an, der sie zum Maisfeld schleuderte. Frank spürte, wie sich nach den Schüssen eine andere Stille über das Tal legte, eine erschrockene, erwartungsvolle Stille, die keinen gleichgültig ließ. Er sah Sophie an den Gartenzaun treten, sah oben im Sommerhaus die beiden Frauen am Fenster erscheinen, sah wie selbstverständlich Kai aus dem Anbau hervorkommen, noch das Messer in der Hand, mit dem er

Forellen schlachtete. Und er blickte auch zum Sandweg hinauf, über den vor kaum einer Stunde Henning Holmsen gegangen war, der angeblich nur hierhergefunden hatte, um sich ein paar frische Fische zu holen.

Als Kai zu ihm trat und ihn fragend ansah, sagte Frank: Am Torfstich, ich glaube, es kam vom Torfstich; und dann zog er rasch noch zwei Forellen auf, hängte den Spieß in den Rauch und entschied: Wir sehen mal nach. Geh du durch den Wald.

Sie trennten sich hinter dem überdachten Bassin, und während Kai in einem Bogen auf die Flanke des Waldes zuging, folgte Frank dem ausgefahrenen Weg. Immer wieder verhielten und lauschten sie, immer wieder suchten sich ihre Blicke in Erwartung eines Zeichens, bis der Junge mit einem knappen Heben des Arms in das dichtstehende Gehölz eintauchte. Die Nachmittagssonne, die für kurze Zeit den Grund des Tals aufhellte, lag auf dem Sandweg, von dem die Wärme wie ein sanfter Hauch aufstieg, zumindest empfand Frank es so, als er, unwillkürlich auf Spuren achtend, weiterging. Am Hundefriedhof vorbei, den nur er und seine Leute kannten, ging er den gewundenen Weg aus und sah bald die schimmernde Fläche des Torfstichs und um ihn herum die krummen Bahnen dörrenden Grases, das er selbst gemäht hatte. Vor dem Schilfgürtel blinkten ölig einige Pfützen; Frank wich ihnen aus und näherte sich dort dem Ufer, wo es steil abfiel.

Unter dem Weidengebüsch fand er die Papphülsen zweier Schrotpatronen, er roch an ihnen und steckte sie in die Tasche, nunmehr gewiß, daß sie hier abgefeuert worden waren. Statt den Torfstich zu umrunden, ging er auf den Waldsaum zu, horchend, beobachtend; er verharrte, als irgendwo – er konnte nicht ausmachen, an welcher Stelle – der Warnruf eines Hähers erklang, und nach einer Weile hörte er entfernt das

Knacken von Ästen und wußte, daß es Kai war. Und dann hörte er in der Nähe das klatschende Geräusch einer zuschlagenden Hand, und er ging auf das gestapelte und durch Pfosten gesicherte Schnittholz zu und beugte sich über den Stapel. Mit dem Rücken gegen das Holz gelehnt, flankiert von zwei prall gefüllten Säcken, saß Willy und sah lächelnd zu ihm auf. Was ist denn mit dir passiert, fragte Frank; er ging schnell um den Stapel herum und reichte Willy eine Hand, um ihn hochzuziehen, doch der wollte sich nicht helfen lassen. Es geht schon, sagte er, ich ruh mich nur ein bißchen aus. Frank öffnete einen der geflickten Säcke, der bis obenhin mit Tannenzapfen gefüllt war; er brauchte sich nicht zu vergewissern, wofür Willy sie gesammelt hatte, denn beim Anblick der von Vögeln zerrupften Zapfen erinnerte er sich sogleich daran, daß Willy dabei war, als er, Frank, in der Räucherkammer Feuer mit Kienholz machte, das sich zu rasch verzehrte. Warum machst du's nicht wie Vater, hatte Willy gesagt, warum nimmst du nicht Zapfen als Unterlage, und war stillschweigend fortgegangen.

Auf einen Sack gestützt, richtete Willy sich auf, dehnte sich, nickte zufrieden. Frank musterte ihn besorgt und sagte: Du hast dir wohl zuviel zugetraut, und Willy darauf: Von Zeit zu Zeit muß man das, Frank – aber nun bringe ich einen Sack nach Hause.

Schon sammelte er mit energischen Griffen den losen Stoff und drehte ihn zusammen, als Frank eine Hand auf den Sack legte. Hast du die Schüsse gehört, Willy? Es waren zwei Schüsse, und sie kamen von hierher, aus der Nähe. Ich hab sie gehört, sagte Willy gleichmütig und versuchte, den Sack probeweise anzuheben. Hast du jemanden gesehen, hier oder im Wald, fragte Frank. Mir ist niemand begegnet, sagte Willy und blickte kaum interessiert auf die beiden Patronenhülsen, die Frank ihm auf flacher Hand hinhielt und dabei zum Weidengebüsch hinübernickte und sagte: Da lagen sie, gerade abgefeuert. Schrotpatronen, sagte Willy, in einem Ton, als sollte er die Hülsen lediglich bestimmen; doch dann bat er Frank, den Sack mit ihm gemeinsam auf den Holzstapel hinaufzuwuchten, um ihn von dort aus auf den Rücken zu nehmen. Obwohl Frank ihm davon abriet, bestand er darauf; er wollte nicht, daß ein anderer die Last nach Hause schleppte, er sagte: Nun laß mir doch die Gelegenheit, mich nützlich zu machen, und er sah ihn bittend an – so dringend, daß Frank schließlich einwilligte und ihm half, die Last auf den Rücken zu nehmen; und sobald er sie austariert hatte, trottete Willy davon. Frank blickte ihm lange nach, bereit, ihm nachzugehen, falls er nicht mehr konnte, und erst als Willy den federnden Torfgrund überquert und den Weg erreicht hatte, wandte er sich um und beschloß, noch die Waldschneise abzusuchen.

Er war gerade hinausgetreten auf die im Schatten liegende Schneise, über die sich eine Reihe faulender Stümpfe hinzog, als Kai aus dem Wald herauskam und rief: Hier! Komm! Ohne ein weiteres Wort kehrte er wieder um und brach, die Hände schützend vors Gesicht gelegt, in das pfadlose Gehölz ein, er wußte, daß sein Vater ihm folgte, er brauchte sich nicht zu vergewissern. Und er brauchte sich auch kein einziges Mal zu orientieren, er leitete ihn zu dem verlassenen Fuchsbau und dann nur wenige Meter weiter bis zu dem Haufen hingeworfener Fichtenzweige, deren frische Bruchstellen ins Auge fielen. Da, sagte er, da drunter, und überließ es seinem Vater, die obersten Zweige abzuheben, griff dann aber auch selbst zu, weil es ihm nicht schnell genug ging.

Frank deckte den Kormoran ganz ab, Blut klebte an den

schwarzen Schwingen, auf dem metallisch glänzenden Brustgefieder. Der hakige Schnabel war zerfetzt. Fühl mal, sagte Kai, er ist noch warm, und Frank hockte sich hin und bekniff die Brust des Vogels und nickte zustimmend. Wer, fragte Kai, und da sein Vater schwieg, fragte er noch einmal: Wer kann es gewesen sein? Was meinst du? Frank packte den Vogel am Hals, zog ihn zu voller Größe aus und betrachtete ihn und ließ dann den Balg wieder los, der so zusammensackte, daß er an einen Vogel erinnerte, der sich das Rückengefieder putzt. Dann sagte er: Ich weiß nicht, wer geschossen hat, aber es muß jemand sein, der auf unserer Seite ist; und während er das sagte, sah er vor sich die unter einer ungewohnten Last gekrümmte Gestalt, die sich schwankend und verbissen entfernte, und er schüttelte den Kopf und dachte: Willy? Hast du das wirklich getan? Aber woher hast du … Und er dachte: wenn, dann von Arne, deinem Freund am Hardinger Moor.

Ich hab gleich gesehen, daß da etwas zugedeckt war, sagte Kai, eilig und dürftig zugedeckt, ein Flügel war noch zu sehen, bestimmt am Torfstich geschossen und dann hierhergeschleppt. Ja, sagte Frank, so wird es gewesen sein, jedenfalls müssen wir uns nun überlegen, ob wir den Vogel hier liegenlassen oder versenken sollen, wie den ersten, den ich erwischt habe. Versenken, sagte Kai, ich besorge ein Gewicht, und am Abend versenken wir ihn. Dann warf er die Zweige über den Balg, umsichtiger, als es zuvor gemacht worden war, und wollte in die Richtung zurückgehen, aus der er gekommen war, aber Frank lotste ihn aus dem Dickicht hinaus zum Torfstich, zu dem Holzstapel, neben dem der zweite Sack mit den Tannenzapfen stand: Den müssen wir mitnehmen. Hast du die gesammelt? Nein, Willy. Kai schulterte den Sack, und Frank entging nicht, wie sicher und ohne nachzufassen der

Junge ihn trug, über den Torfgrund und das gemähte Gras zum Weg, wo er ihn auch nicht abzusetzen brauchte; erst vor der Räucherkammer ließ er ihn auf die Erde fallen und sagte dann nicht mehr als: Das war's, und wollte gleich zurück in den gefliesten Anbau; doch Frank trug ihm auf, zuerst die Fische aus dem Rauch zu nehmen.

Willy war nicht zu sehen, und nachdem er ihn im Schuppen, an den Bassins und auf dem Damm gesucht hatte, ging er ins Haus, in der Erwartung, ihn bei Sophie zu treffen. Dort aber war Willy auch nicht; Sophie hatte nur gesehen, wie er an den Teichen vorbei zu den Kopfweiden hinaufging, einen Sack unter dem Arm, in dem wohl etwas eingewickelt war. Erschöpft sah er aus, als er sich blicklos am Fenster vorbeibewegte, erschöpft, aber zufrieden. Ist was mit Willy, fragte sie, doch Frank sagte nichts darauf. Und zu ihrer Verwunderung nahm er dann sein Fernglas vom Bord und verließ das Haus, ging nicht zum Hauptdamm, sondern streifte am Außenrand der Teiche zu seinem alten Versteck unter den Bäumen, wo sie ihn aus den Augen verlor. Frank zwängte sich durch die Erlen, stieg zum Kamm des Hangs hinauf und legte sich auf die Erde. Dämmerung fiel, über den Teichen erschienen die ersten Fledermäuse in ihrem torkelnden Flug. Die Ellenbogen auf den nadelbedeckten Boden gestützt, hob er das Glas und suchte in langsam wandernder Drehung die Pfade, die Böschungen und Schleusen ab, verblüfft über die Schärfe, in der ihm alles noch erschien. Blickweise wanderte er den Bach hinauf, glitt über das kaum gewellte Wasser bis zu der Stelle, an der es austrat, und dort, am Fuß der mächtigen Buche, saß Willy. Er saß auf dem ausgebreiteten Sack, eine altmodische Flinte mit Doppellauf quer über dem Schoß, den Finger am Abzug. Mit erhobenem Gesicht spähte er auf die Teiche hinab, weniger erregt und fiebrig als gelassen und ausdauernd – so gelassen, daß er mitunter die Augen schloß in der Gewißheit, ihm werde schon nichts entgehen. Und daß es so war, bewies er, als ein Wildentenpaar einfiel; noch während der zischenden Landung setzte er sich auf und vergewisserte sich, wer da niedergegangen war, wachsam, schußbereit.

Also ist es wahr, Willy, mein Gott, es ist wirklich wahr, dachte Frank, und jetzt wußte er, was Willy gemeint hatte, als er am Morgen zu ihm sagte: Von euch ist keiner entbehrlich, aber ich bin es. Ein Gefühl von Mitleid und erstaunter Dankbarkeit erfüllte Frank, er beschloß, zu Willy zu gehen und ihm ein Wort zu sagen, gab es jedoch gleich wieder auf, als er beobachtete, wie Willy die Flinte weglegte, prüfend die Baumwipfel und den Himmel musterte und dann nah an den Bach heranrutschte, an die Stelle, an der er zwischen weißgewaschenen Wurzeln über geriffeltem Grund austrat. Hier tauchte er eine Hand ein, schöpfte Wasser und trank, trank mehrmals langsam und nachdenklich; und nach einer Weile sah Frank, wie sein Bruder zu seinem Sack zurückkroch und die Flinte an sich nahm, ein geduldiger, aufmerksamer Wächter.

Unbemerkt, auf demselben Weg, auf dem er gekommen war, ging Frank zurück ins Haus, hängte sein Fernglas weg und machte sich gleich in der Küche zu schaffen, brachte Teller und Brot und warme geräucherte Forellen auf den Tisch; und weil Sophie, die das noch nie erlebt hatte, nur dasaß und nicht aufhörte, ihm ungläubig und amüsiert zuzuschauen, sagte er: Wenn es dunkel ist, kommt Willy; er wird bestimmt hungrig sein.

Siegfried Lenz
Deutschstunde

Roman
592 Seiten, Taschenbuch
ISBN 978-3-455-00047-4
Atlantik Verlag

Siggi Jepsen, Insasse einer Anstalt für schwererziehbare Jugendliche, muss im Deutschunterricht einen Aufsatz über die »Freuden der Pflicht« schreiben. Erst gibt er ein leeres Heft ab, dann erzählt er die Geschichte seines Vaters, dem nördlichsten Polizeiposten Deutschlands, der den Pflichten seines Amtes so rückhaltlos ergeben ist, dass er nicht zögert, das von den Nazis verhängte Malverbot seinem Jugendfreund Max Ludwig Nansen, einem international bekannten Maler, zu überbringen und unnachsichtig zu überwachen.
Siegried Lenz' berühmtester Roman, sein Opus magnum, ein Meilenstein der deutschsprachigen Literatur des 20. Jahrhunderts.

»Ein Meisterwerk, dessen Ernst voller Trauer ist –
wie es nur bei einem Beobachter sein mag, der Humor hat.«
Die Zeit

Siegfried Lenz

Der Geist der Mirabelle

Roman
96 Seiten, Taschenbuch
ISBN 978-3-455-00048-1
Atlantik Verlag

In Bollerup, einem Dorf an der Ostsee, heißen nur wenige Leute anders als Feddersen. Um sich gelegentlich voneinander zu unterscheiden, haben sich die Einwohner Zusatznamen gegeben: die Kneifzange zum Beispiel, der Schinken-Peter, der Dorsch oder die Schildkröte. Man sieht, Bollerup hat seine Eigenheiten. Zu ihnen gehört zweifellos auch der selbstgebrannte Mirabellengeist. Er produziert seltsame, krummwüchsige Gedanken, aber auch erstaunliche Einfälle, er prägt sogar Charaktere. Und von ihnen erzählt Siegfried Lenz.

»Wahrscheinlich kann man Bollerup –
ebenso wie Suleyken – in keinem Atlas finden.
Aber Bollerup wird, ähnlich wie jenes
masurische Dorf, einen festen Platz haben:
auf der Karte der Literatur.«
Marcel Reich-Ranicki